LES RACINES DU TEMPS

Née dans les Flandres françaises, Annie Degroote fut comédienne, metteur en scène et auteur dramatique avant de se consacrer à la littérature. Personnalité du Nord, elle participe également à des manifestations poétiques ainsi qu'à des lectures dans lesquelles l'auteur et la comédienne se retrouvent.

ANNIE DEGROOTE

Les Racines du temps

ROMAN

CALMANN-LÉVY

ISBN 978-2-253-16958-1 – 1re publication LGF

À Jan De Groote, bourgeois d'Ypres,
notre ancêtre médiéval.

« Nous ne sommes que des nains juchés sur les épaules de géants ; nous voyons ainsi plus loin et mieux qu'eux ; mais nous ne serions rien s'ils ne nous portaient de toute leur hauteur. »

Bernard de Chartres, XIIe siècle

Flandre au XIVe siècle et de nos jours

J'ai grandi dans le mensonge. J'ai vécu dans l'urgence.

Mais aujourd'hui, j'ai retrouvé mon territoire, j'ai recousu le fil de mon histoire. J'ai arraché le masque qui emprisonnait ma mère. Et je le dois à une jeune femme du XIVe *siècle.*

Suis-je folle ? On dit bien que les pierres gardent en elles l'empreinte des siècles passés.

Les colporteurs ont disparu. Les veillées se sont éteintes. Pourtant, je sens que le moindre souffle de vent peut faire renaître cette époque lointaine, et recréer cette étrange connivence avec Insbette, fille de Renaude de Cassel. Mon amie médiévale.

Nina Vanparys

RENAUDE

« Une petite feuille appela le soleil.
Un bourgeon qui bâillait réclama la rosée
et l'arbre, et l'arbre raconta... »

Paul Bergèse, *Le Grand Carré*

1

Flandre-Cassel, aube de 1373

« Je suis née dans la violence. Ainsi soit-il. »

Renaude se signa. Une étrange anxiété lui serrait la gorge. Elle était seule. Seule à la montée de la nuit, c'était rare. Elle était assise dans la pénombre qui peu à peu envahissait la cuisine. D'ordinaire, ils priaient en commun avant le coucher.

Son grand frère lui avait conté les circonstances de sa naissance, et celles de la mort de leur mère. Mais pourquoi ces sombres pensées surgissaient-elles à l'approche de son mariage ? Le fait d'être seule, sans doute.

Aujourd'hui, elle était plutôt confiante. Elle avait tellement vécu dans la peur durant son enfance. Si petite, si démunie face aux dangers de la vie et aux mystères de l'au-delà. Hantée par le spectre de la famine, l'effroi de demeurer seule au monde sans son frère, la crainte de la justice et de la punition divines. Aujourd'hui, elle allait se fiancer. Son mariage, enfin, se profilait. Non, elle n'était plus dévorée par la peur.

Sauf peut-être encore à la tombée de la nuit, comme tout le monde.

Immobile, elle attendait le jeune vicaire, Thomas.

La pluie, qui ruisselait dans les ruelles de Cassel, s'était arrêtée. Le temps du labeur s'achevait. L'agitation s'assourdissait. Les clameurs de la journée se dissipaient. Elle entendit les claquements significatifs de la fermeture des échoppes, ceux des sabots sur le pavement de la grand-place. Les apprentis se hâtaient vers les cabarets et les auberges. À la cloche du couvre-feu, les patrons ne donnaient plus à boire, sauf aux étrangers. Il y eut des piétinements, des aboiements. Puis une accalmie. Chacun aspirait au repos. Et au-dehors, on ne distingua plus le chien du loup.

Elle écoutait le silence de la nuit se répandre peu à peu. Au moindre bruit insolite, elle ouvrait les paupières.

« Méfie-toi. Ne sors jamais à cette heure », lui recommandait son frère Arnaut.

Elle haussa les épaules. Qu'irait-elle faire dehors à cette heure ? Comme toute personne sensée, elle ne se risquait pas la nuit dans les rues. Était-ce parce que lui-même, jadis, en compagnie des fils de maîtres et des autres valets, libérait ses instincts bouillonnants sur la chaussée ? Elle ne voulait pas le savoir. Les garçons étaient portés aux folies nocturnes, aux bravades, aux jeux brutaux. Cela leur passait avec l'âge. Ils recherchaient les filles de bordel ou d'étuves. Cela leur passait avec le mariage.

Les réjouissances des jours gras étaient achevées. Le carême était bien installé et les appétits réprimés. Elle aimait les défilés costumés, le bruit des crécelles et des tambours mais craignait les masques et les bouffonneries. Les ribauds et vagabonds étaient moins nombreux qu'à l'accoutumée, hormis les esprits échauffés par le vin qui sortaient des tavernes, jouaient aisément du couteau et transformaient les ruelles escarpées en coupe-gorge. Pourquoi la boisson provoquait-elle injures, gestes déplacés, bagarres ? Les beuveries encanaillaient. Pourtant c'était bon le vin. Différent de la bière. Et très bon. En boirait-elle encore après ses épousailles ?

Renaude se sentait bien chez les deux curés de Notre-Dame de Cassel. Elle était au chaud, protégée par leurs prières et par l'ombre de la grande collégiale. Elle vivait dans une maison curiale confortable, au sol carrelé et aux chaises à bras. Elle ne manquait ni de pain, ni de bonne nourriture, ni de ce petit vin qu'ils lui laissaient goûter, en dehors des jours maigres, bien entendu. « Comme à la messe », songea-t-elle en souriant. Ils en rapportaient de la demeure des chanoines. Ils s'y connaissaient ceux-là. Pas seulement du blanc, mais aussi du rouge-du-pape, du claret très apprécié des Anglais, des breuvages aux saveurs exquises. Avant d'être servante, Renaude n'avait connu que la bière. Ici, chez les pères, on entamait la journée avec un morceau de fromage et un verre de vin.

« Cela égaie le teint », lui disait le jeune Thomas, les yeux brillants.

Elle préparait leurs repas. En ces temps de carême, ils mangeaient peu, mais il fallait bien avouer qu'ils ne se contentaient pas de hareng.

Bientôt, elle les quitterait. Elle serait une femme mariée. Une chance unique pour elle, la vieille fille de presque vingt-cinq ans.

« La bise », se dit-elle, en entendant grincer les jointures des fenêtres.

La fête de Pâques, qui marquait le début de l'année, approchait. Les vents d'équinoxe s'étaient déchaînés. Ils pouvaient changer de direction plusieurs fois par jour. Durant les veillées, les vieillards disaient que les pluies et intempéries s'étaient accrues et qu'elles étaient plus fréquentes qu'avant.

« Avant quoi ? »

Elle redoutait la nuit. Le moindre craquement de meuble, souffle de vent, les cris des bêtes nocturnes prenaient une ampleur effrayante. Les pères la sermonnaient. Ils la mettaient en garde contre ces peurs inconsidérées et superstitieuses. Le peuple craignait les mondes célestes et impénétrables. D'ordinaire, elle ne demandait pas son reste, et courait se coucher. Mais Thomas était dehors…

« Que se passe-t-il dans les ténèbres ? Et l'homme qui frappe à la brune, est-il le diable ou le bon Dieu ? Comment savoir ? »

« Méfie-toi de l'étranger », l'exhortait son père.

Lui, il aurait mieux fait de se défier de la maladie.

La cloche vespérale annonça le couvre-feu, et la défense de déambuler dans les rues. Cette *banclocke* était aussi appelée *diefclocke*, la cloche des voleurs ou *wulvesklock*, celle des loups-garous.

Les derniers cris d'ivresse s'évanouirent. Son oreille était fine. Elle écoutait s'éteindre tous les bruits.

Un souvenir lui traversa l'esprit, l'espace d'une seconde…

Durant la dernière messe, à la fin d'un chant entonné en latin, elle avait croisé le regard aguicheur de jeunes gens de haut lignage qui avaient remarqué le joli timbre de voix de la blonde aux yeux verts. Ces nobliaux venaient de temps à autre accomplir leurs devoirs de paroissiens à la collégiale Notre-Dame de Cassel.

« Méfie-toi, lui disait son amie Griete. Ils ne convoitent pas ton talent. Séduire et culbuter un humble tendron porte moins à conséquence qu'une damoiselle de leur rang. »

Griete était tranquille, elle était mariée.

Craintive sous son apparence de bonne vivante, Renaude était encline à rire, surtout avec son amie Griete. Renaude n'avait que ça, son naturel affable, son sourire, sa voix.

Les yeux clos, elle commença à lutter contre le sommeil. Ce soir, elle n'avait pas eu de repas à préparer, et s'était rassasiée de quelques restes.

Les deux pères curés soupaient sur la grand-place de Cassel, chez le Doyen, en compagnie des chanoines de la collégiale Notre-Dame. De grandes questions d'ordre religieux, avait-elle compris, cela durerait longtemps. Le couvre-feu ne les concernait pas.

Et Thomas qui ne revenait pas.

Il s'en était allé à pied, à travers la campagne, pour une extrême-onction. Invités, les curés n'avaient pas été mécontents de se décharger de cette obligation sur leur jeune pensionnaire. Ils rémunéraient leur vicaire sur leur fortune personnelle afin qu'il les assiste dans leurs multiples tâches. Ils visitaient leurs ouailles en détresse jour et nuit pour les sacrements. Les paroissiens ne pouvaient se permettre de perdre le gain d'une journée de labeur. Mais un enfant mort sans baptême errait éternellement dans les limbes. Les prêtres étaient ainsi souvent sollicités à domicile, aux heures des repas.

Le mourant se trouvait bien à plus de deux lieues. Renaude n'était pas tranquille pour Thomas. Après la froidure et la neige de l'hiver, la pluie provoquait un vaste bourbier dans la plaine.

Les portes de la ville se refermaient sur ses habitants. Thomas devrait coucher sur place.

« Pourvu qu'il ne soit pas enlisé dans un fossé ou tombé d'un pont. »

Son inquiétude s'accrut.

2

Paris, de nos jours

Autour de Nina, régnait un silence quasi religieux… Jusqu'à l'arrivée de sa voisine et de son ordinateur. Elle se rendit alors compte du bruit léger mais agaçant généré par le sien. Les téléphones portables étaient heureusement interdits dans ce « sanctuaire »…

« Tous ces mots, ces expressions… Nous sommes bien les héritiers des temps médiévaux », songea-t-elle.

Le découragement l'avait envahie à la lecture des procès, des batailles juridiques entre parents de haute lignée, seigneurs et princes du Moyen Âge. Acquittements, requêtes, pétitions. À croire que l'histoire n'était qu'un vaste chantier de querelles familiales et judiciaires, d'intérêts particuliers. Rien n'avait donc changé en sept cents ans ? Le XIVe siècle n'était pas la guerre de Cent Ans, mais un amoncellement de luttes privées, entrecoupées de longues périodes de paix. À moins que cette guerre ne fût la première des guerres modernes, puisqu'elle touchait des souverains et non plus de simples seigneurs.

Journaliste au sein d'un magazine féminin, spécialiste des « papiers » sur les femmes et la société, Nina s'était attelée à un hors-série consacré aux femmes remarquables de l'histoire de France. Elle se souvenait d'une comtesse étonnante : Yolande, la Dame de Cassel. Un fabuleux prétexte pour revoir sa région natale. Avec la maturité, vient le temps des racines…

D'autres raisons se greffaient sur ce besoin de retour aux sources. Peut-être les seules véritables. Elle les refoula.

Ses yeux se fermaient. Exténuée d'être restée assise six heures d'affilée à sa table, dans le cocon de la Bibliothèque nationale.

« Moi qui croyais que l'on ne s'épuisait qu'en s'agitant. »

Elle n'avait pas vu l'heure passer. Le haut du dos, lui, criait grâce.

Elle possédait assez d'informations concernant les faits, les moyens de subsistance, les façons de se vêtir, les métiers… Il lui manquait l'essentiel : l'âme.

Elle referma le livre sur Yolande de Flandre qu'elle consultait, ôta la prise de son ordinateur, repoussa son siège. Elle en avait fini, pour ici. Elle se rendrait sur place. Elle savait pertinemment qu'il ne restait rien. Les guerres de Religion puis la Révolution française avaient dévasté la plupart des édifices du XIVe siècle. Les guerres mondiales du XXe siècle en avaient anéanti les derniers vestiges. Qu'importe, la curiosité la poussait vers sa région natale. Avait-elle jamais bien regardé les vieilles demeures et les portes séculaires de sa petite ville du nord de la France ?

Pourquoi cette impression, voire cette prescience, que Yolande était la chance de sa vie ?

— Tu t'intéresses à cette époque d'obscurantisme ? Tu aurais pu choisir le XIIe siècle, plus favorable aux femmes. La guerre de Cent Ans, c'est une gigantesque mare de sang !

Nina la voyait venir, avec sa bouche dédaigneuse.

Sa collègue de travail poursuivait, feignant l'intérêt :

— L'histoire des chevaliers, châteaux et donjons, c'est bien pour les gamins avec leur *heroic fantasy*, leurs *wargames*, les BD…

— Les jeunes ne sont pas les seuls concernés, répliqua Nina, piquée au vif. On y revient. Les livres et films sur le Graal et autres secrets des Templiers pullulent. Et les son et lumière, qu'en fais-tu ? Ils n'ont jamais été autant à la mode !

— À la mode, oui… Mais elle passe la mode. On en sait quelque chose, non ?

Au bureau, on ne se faisait pas de cadeau. Et elle avait réussi à l'ébranler.

« Ces siècles étaient-ils si ténébreux ? »

Les questions se bousculaient. Il lui fallait les discipliner. En classe, on dressait un sombre tableau de ce XIVe siècle. Son extravagante comtesse aurait-elle été aussi passionnante en dehors de ce contexte historique ? Nina se sentait investie d'une mission. Elle faisait confiance à ses intuitions, nombre d'entre elles s'étaient révélées justes.

Elle devait partir vers Cassel, et se lancer sur les traces de Yolande. Retrouver le sol qu'elle avait foulé. Essayer d'éprouver ce qu'elle avait pu éprouver. Cela serait-il possible ? Avec le XIXe siècle, soit. Mais le Moyen Âge ! On ne connaissait presque rien de l'état d'esprit de ces gens…

« Autant s'attaquer à l'Everest », avait rétorqué Patrick, son mari.

Quelle idée avait-elle eue ! Bouclage du hors-série en novembre, sortie début mars, pour la Journée de la femme. Elle était habituée aux *deadlines*, et elle avait du temps devant elle. Mais cette fois, elle avait décidé de rédiger ses sujets à la première personne.

Nina prit conscience des difficultés : il fallait entrer dans le ressenti de ses personnages. Aux siècles dits modernes, les écrits féminins étaient nombreux, et les femmes ressemblaient à celles d'aujourd'hui. En serait-il de même avec sa comtesse médiévale ?

Recréer des personnages historiques, les faire parler, imaginer les motivations de leurs actes relevaient du roman, même si elle puisait ses sources au sein de la grande Histoire. En qualité de journaliste, Nina revendiquait son ancrage dans la réalité. Elle venait de remporter un prix pour son reportage sur les femmes afghanes. Elle avait écrit la biographie d'une princesse russe. Les faits. Pas l'imaginaire. Elle ne s'était jamais approprié les zones d'ombre de l'histoire, les non-dits familiers du théâtre, celui de Tchekhov en particulier auquel elle avait emprunté son diminutif de Nina.

Brillante dans son métier, elle était une machine, mais une machine à stress, à migraines, à frustrations.

Une machine à café, à recevoir des notes, à écrire des papiers en un temps record. Elle gagnait bien sa vie, visitait les expos, sortait à l'opéra, au théâtre. Une vie plutôt mondaine. Sa signature, Nina Vanparys, était reconnue dans le monde de la presse. À l'approche de la cinquantaine, son but était atteint. Ses ambitions satisfaites. Elle, non.

Une image lui traversa l'esprit : celle d'une corde à nœuds. Elle détestait les cordes à nœuds en cours de gymnastique – tirer sur les bras, pousser sur les jambes, monter, toujours plus haut, tendue… Vouée au journal, sa boss ne s'était pas mariée et n'avait pas d'enfant. Elle n'avait pas le temps. Nina n'était pas comme elle, mais elle en prenait le chemin. Son mari, Patrick… Elle le négligeait, mais lui, s'en apercevait-il seulement ? Était-elle injuste ? Ils s'aimaient. D'amour et d'habitude. Ils savaient tout l'un de l'autre. Ils n'éprouvaient pas la peur de se perdre ; mais le désir, où était-il ? Ils fuyaient la question dans le travail. Nicolas et Luce ne vivaient plus avec eux. De vrais voyageurs, ces deux-là. Plus libres que leur mère.

Elle ouvrit la porte de la direction.

Elle exposa ses arguments : RTT et congés à solder à profusion, fatigue, rythme éprouvant. Le numéro spécial avançait bien. Mais pour étudier le cas d'une Yolande, il lui fallait du temps. Aller sur place. Elle partirait juste après Pâques, y passerait un mois, peut-être moins. Ces femmes remarquables étaient toutes là, dans sa tête et sur le papier. Il n'en manquait qu'une : la Dame de Cassel.

Avait-elle laissé le meilleur pour la fin ? Appréhendait-elle de crouler sous des montagnes de documentation ? Ou de se glisser dans la peau d'une femme des temps médiévaux ?

Elle mentit en affirmant qu'elle en profiterait pour voir les siens. Hormis une cousine à Lille, sa famille vivait à l'étranger. Sa mère, elle, se partageait entre la Côte d'Azur et la Côte d'Opale.

Elle obtint le feu vert.

— Après votre prix, Nina, je ne peux rien vous refuser… J'ai de bons amis à Anvers. Si vous le souhaitez, je vous donnerai leurs coordonnées.

— Je ne vais qu'en Flandre française.

— Ah ?

Elle ne lui connaissait pas encore cet air idiot. Sa supérieure ignorait visiblement tout de ce coin septentrional, frontalier, inlassablement traversé et pourtant méconnu, de notre pays. Nina réalisa que, en dépit de leurs années de collaboration, elle la croyait Belge.

Sa boss se reprit et conclut, avec une formule bien à elle :

— Prenez le temps que vous désirez, Nina, mais faites vite.

3

Flandre-Cassel, 1373

Un bruit presque inaudible tira Renaude de sa somnolence. Comme si l'on cherchait à actionner la serrure. Une angoisse subite la saisit. Elle garda les yeux ouverts. À l'écoute. Elle attendit et soupira. Elle s'était trompée.

« C'est le vent qui fait bouger la porte. »

Elle se rappelait la violence des tempêtes de l'année précédente. La mer avait envahi les dunes et rompu les digues. Cette année, grâce à Dieu, leur fougue s'était ralentie. Il en fallait bien du vent pour faire tourner les moulins. Mais celui du sud-ouest donnait des pluies lourdes et abondantes. Elle n'aimait pas les brouillards de mer, nauséabonds, qui enveloppaient parfois la contrée.

Elle reprit le cours de ses pensées.

Les braves gens de Cassel s'enfermaient chez eux, et les voyageurs au cabaret. Sur les routes, on risquait d'être détroussé. Elle avait peur pour Thomas. Elle l'avait connu novice. Il avait son âge. Elle appréciait sa compagnie. Un plaisir partagé par le jeune vicaire. Il lui enseignait un peu de latin, des mots de français et des rudiments d'écriture. Elle signait de son nom et non d'une croix. En était fière. Mais depuis qu'il la savait promise, il ne prenait plus le temps de l'instruire. Il baissait les yeux, il évitait son regard. Elle en éprouvait un déchirement au cœur. Allons, elle ne devait pas songer à ça. C'était mal. Elle ne méritait pas ce qui lui arrivait, le mariage, et cette nouvelle famille. C'était un péché.

« Par ma foi, ce ne sont pas de vilaines pensées, tenta-t-elle de se convaincre. Thomas a juste pris la suite de mon grand frère. Près de lui, je ne risque rien. »

Bientôt, elle serait protégée par son mari, Jan, fils de Martin. Brusquement, comme un pied de nez à cette idée, la peur revint.

Son futur époux désirait avant tout de la main-d'œuvre à bon marché. On en manquait depuis la Grande Mort de 1349. Elle était née dans cette bourrasque. Sa famille avait d'abord réchappé aux catastrophes qui avaient déferlé sur le monde : peste, disette, inondations et guerres. Mais effrayée par des flagellants, sa mère avait enfanté sur la place de Cassel, face à une centaine d'hommes nus qui se fouettaient devant l'église avec des cordes à nœuds. Elle n'avait pas survécu. C'est ainsi que Renaude était venue au monde, dans la violence et l'effroi.

Relativement épargné par la terrible épidémie, leur petit coin du Nord, non loin de la mer, souffrit davantage au nouvel assaut de la maladie en 1360. Il venait des Anglais de Calais, disait-on. Leur père, si robuste, périt, ainsi que deux frères et sa grande sœur. La mort noire ne faisait pas de distinction entre les jeunes et les vieux, les faibles et les bien-portants. Elle frappait au hasard. Brutale. Depuis ce milieu du siècle, tout avait changé. La confiance s'était envolée. Les gens vivaient dans la peur des séquelles de la peste et ses récurrences. Renaude avait grandi avec cet héritage. À cause de la disette, les corvées se multiplièrent, le coût de la vie augmenta. Même les abbayes s'appauvrirent. Et les brigands pullulèrent. De sa famille décimée, il ne resta que le grand frère, Arnaut, et elle, la petite dernière. Ils habitaient alors sous le mont Cassel. L'un des deux curés de Notre-Dame, le père Baptiste, possédait un domaine, avec champs et brebis au pied des remparts. Il travaillait la terre, menait son cheval, sans soutane.

« C'est un habit trop incommode pour l'user à la terre, et trop cher pour le souiller », se justifiait-il avec un petit clin d'œil.

Arnaut arrêta l'école pour s'occuper d'elle et des bêtes du père Baptiste, puis il s'engagea chez un tisserand. À pain et à pot, donc nourri et logé, faute de salaire. Elle garda seule le troupeau, en bas des remparts. Grâce à ses bonnes relations avec les hommes d'Église, Arnaut les persuada de prendre leur sœur à leur service. Elle était très loin de l'âge canonique requis. Ce règlement rigoureux rendait la recherche d'une servante difficile, pour ne pas dire impossible. À la quarantaine, les femmes respectables étaient mariées, mères et grands-mères, ou elles étaient entrées au couvent. Cette famille éprouvée toucha les prêtres. Le père Baptiste, surtout. Depuis qu'elle gardait ses brebis, il considérait un peu Renaude comme sa fille. Ils firent une exception, passèrent outre la charte, s'acquittèrent d'une pénalité et engagèrent une jeune servante.

C'est ainsi que Renaude entra à quinze ans chez les deux curés de Notre-Dame. C'était une grande chance. Elle n'était plus avec les pauvres et les paysans de la paroisse Saint-Nicolas, au pied du château fort. Elle ne vivait plus dans une chaumière au sol de terre battue, empestant les détritus et les souillures de poules et de truies. C'était agréable de côtoyer les habits raffinés et propres des nobles. C'était devenu sa paroisse, à elle l'orpheline, la roturière, parce qu'elle servait les prêtres de Notre-Dame, et vivait dans leur maison à l'ombre de la grande église. Ils étaient instruits, lisaient le latin, parlaient le français. Ils ne se contentaient pas de la lune et du soleil, mais utilisaient un calendrier.

Les deux curés n'habitaient pas avec les chanoines de Notre-Dame. Ces derniers logeaient, comme ceux de la grande collégiale Saint-Pierre, comme les nobles et magistrats, dans des hôtels particuliers de la grand-place de Cassel. Relevant de l'évêque, les chanoines de Notre-Dame étaient moins richement dotés que ceux de Saint-Pierre dépendant du pape. Ils refusaient toutefois de leur céder le pas. Renaude les soupçonnait de jalousie. Les rivalités étaient vives. Entre eux, il n'était question que de rang dans les processions, de biens, d'impôts, de frais de culte et d'entretien.

« Que de complications ! » se disait Renaude.

Ses deux curés se partageaient l'église Notre-Dame, et cela non plus n'allait pas sans querelles. Ils se répartissaient les paroissiens et les bénéfices, au détriment du jeune vicaire.

Elle avait eu de la chance. Elle en aurait bientôt encore plus en épousant Jan, le fils du tisserand Martin. Elle ne finirait pas ses jours chez les sœurs hospitalières de Saint-Augustin avec les vieilles domestiques des chanoines. Elle, Renaude, la fille sans père pour la marier. Oui, pour une pucelle hors d'âge comme elle, c'était une chance inespérée. Les vicaires et les curés, c'était bien un temps. Elle allait faire un mariage honorable. Tout le monde n'avait pas une dot à déposer dans la corbeille des noces. Pour l'humble petite paroissienne qu'elle était, les chanoines et autres prêtres allaient organiser une quête. Une nouvelle vie l'attendait.

Mais… Que pouvait-elle apporter en entrant dans la maison de Jan Martin ? Y trouverait-elle son compte ? Pourquoi se posait-elle toutes ces questions ? L'attente, peut-être, de Thomas… Que savait-elle de son futur époux ? Un artisan courageux à la bonne réputation et au sens de l'honneur infaillible. Un garçon vers la trentaine, qui suait avec ardeur pour reprendre l'atelier de son père et compenser ses faiblesses d'esprit. Sans mère ni sœur, il avait besoin d'elle pour sa maison. Pour « le reste » aussi, comme disait Griete. Ce reste l'effrayait.

« Allons, il n'est ni difforme, ni lépreux, ni vieux. Et c'est mon frère qui a proposé le mariage. Il le connaît bien. Il a œuvré à ses côtés, il ne peut se tromper. »

Il était juste ni beau ni très causant, et si sérieux ! La famille était stricte sur la morale et les règles de vie. « C'est ce qui fait leur valeur », affirmait son frère avec un sourire qui se voulait réconfortant. Redoutait-il quelque chose pour sa petite sœur ? Avec Jan

Martin, au moins, pas de mariage clandestin en dehors de l'Église comme celui de son amie Griete et de son homme. Dénoncés, ils avaient réchappé à l'excommunication en faisant un pèlerinage en guise de pénitence et en régularisant leur union.

Jan la laisserait-il libre, comme le faisait le mari de Griete ? Dans le cas contraire, obéirait-elle de bonne grâce à son époux ? Accepterait-elle ses corrections ? Serait-il sans merci ? Pourquoi pensait-elle à ça ? S'il était timide, il n'oserait porter la main sur elle. Elle avait tort de s'inquiéter. Mais elle aimait bien rire...

Elle rêva aux noces, quatre ans auparavant, de Marguerite de Flandre, l'héritière du comte de Flandre, et de Philippe le Hardi, duc de Bourgogne et frère cadet du roi de France. Par cette union, Lille était revenue au comté, et les Bourguignons découvraient la Flandre. On racontait que ces deux-là s'aimaient. Que c'était beau !

Elle alluma une chandelle, s'apprêta à monter se coucher. À cet instant, elle entendit un nouveau coup. Passé le couvre-feu, il était interdit de frapper la nuit à une porte, une fenêtre ou sur le mur d'une maison. Elle frémit. Tendit l'oreille. Un oiseau de nuit ? Son bougeoir à la main, elle se rassit avec précaution. Préféra attendre encore un peu, et resta aux aguets.

Calmes sur le plan militaire, ces derniers temps avaient redonné de l'espoir au peuple. La Flandre connaissait des années de paix et de prospérité. Pourtant, des méfaits étaient toujours perpétrés dans les campagnes. Tant de souffrances et de ruines avaient laissé leurs empreintes. Le monde vivait dans la peur des épidémies, de la famine, du soldat et du seigneur, du loup et de la forêt.

« Et Thomas doit traverser les bois pour se rendre au chevet du vieil homme. »

Elle savait que, en dehors des batailles des grands, la tyrannie des hommes d'armes était toujours à craindre. Des troupes parcouraient sans cesse la région. Anglaises, flamandes ou françaises. Les trêves les laissaient sans emploi. Ayant goûté à l'aventure et aux excès des temps de guerre, certains formaient des bandes, chevauchaient les contrées, les mettaient à sac, incapables de vivre autrement. Les pillages revenaient avec la belle saison. Renaude soupira. Les chevaliers rançonnant la campagne, cela ne la concernait pas. À l'abri des murailles du mont Cassel, il faisait bon vivre. Quand les seigneurs guerroyaient à proximité, et durant les sièges, nombre de paysans gravissaient la montagne de Cassel pour être à l'abri des remparts et du château. On les voyait pousser en hâte leur bétail jusque sur la grand-place, avant la fermeture des portes qui sacrifiait les faubourgs.

Un flot de questions l'assaillait. C'était fatigant. Elle ferait mieux d'aller dormir. On ne pouvait rien changer, de toute façon.

Cette fois, on frappait résolument à la porte.

Impossible de vérifier à la fenêtre. Elle n'était pas munie de carreaux de verre comme les demeures des chanoines sur la grand-place de Cassel. La tenture de lin qui la recouvrait n'était pas transparente.

Était-ce un prédicateur, un officier, un marchand ou l'un de ces pèlerins en mal de logement ? Qu'avaient-ils à bouger sans cesse ? Tous marchaient sans trêve en quête d'un avenir meilleur. Peu importaient le temps et les intempéries... Son frère peut-être !

— Arnaut ? s'écria-t-elle mue par un fol espoir.

Mais non, ce ne pouvait être son frère. Il avait promis de revenir pour le mariage. Pas avant. Arnaut était parti chercher fortune au loin.

Personne ne répondit. Elle ne se trompait pas. Son oreille était fine. Elle perçut des chuchotements. Son inquiétude s'accrut.

Peut-être s'agissait-il de ces pèlerins en houppelande monnayant l'eau du Jourdain ? Un jour, on avait essayé de lui vendre une plume de l'aile de saint Georges. Elle ne s'était pas laissé faire et Thomas avait été fier d'elle, car, lui avait-il expliqué, « des reliques, il y en a des vraies et des fausses ». Parmi ces pèlerins, nombre d'entre eux étaient indignes de leur paroisse. On les exilait pour s'en débarrasser.

« Méfie-toi, lui conseillait encore le père Thomas. Méfie-toi des faux aveugles, des faux insensés, des faux mendiants. »

Mais quand on mendie, que peut-on avoir de faux ? C'était la misère. C'est tout. Et c'était ces mêmes prêtres qui, à l'église, leur disaient de faire la charité.

Brusquement, elle se raidit. Les coups à la porte reprenaient de plus belle.

« Prends garde, Renaude, n'ouvre pas à n'importe qui par les temps qui courent. Garde l'huis clos. »

Le père Baptiste avait raison, mais il n'était pas là, le saint homme. Et Thomas non plus. Les brigands et soldats pullulaient sur les chemins. Elle fit le signe de croix. Elle resserra le châle sur ses épaules et s'approcha de la porte. Une voix, assourdie mais autoritaire, la fit sursauter.

— Ouvrez !

« Par tous les saints... Qui va là ? » se demanda-t-elle, craintive. Elle répéta à voix haute :

— Qui va là ?

Un silence s'ensuivit. Elle n'entendait plus que sa propre respiration. Elle songea aux morts qui erraient sans trêve dans la nuit.

— Les pères sont rentrés ?

Elle fut surprise. L'étranger savait qu'ils étaient invités.

— Non, les pères sont absents. Revenez demain, souffla-t-elle à travers la porte.

— On ne vient pas chercher noise. Tu ouvres à tes échevins ?

Les échevins, ces magistrats chargés de la police et de la justice seigneuriale ! Sa peur prit une autre dimension. Celle de la crainte de l'autorité.

— Je suis seule... Que voulez-vous à cette heure, messires ?

— Tu as bien une petite pièce pour notre vaillante comtesse Yolande ?

Quelle niaise elle faisait. Elle avait oublié les quêtes pour la libération de leur souveraine, enfermée au Temple.

Yolande, comtesse de Bar, possédait toute la Flandre-Cassel, un apanage offert par son père, une enclave dans le comté de Flandre. Les bruits couraient qu'elle avait fait emprisonner son fils qui l'avait trahie. Arrêtée à son tour, elle s'était échappée, et allait atteindre son domaine du bois de Nieppe lorsqu'elle fut rattrapée et ramenée en prison. Il devait être bien difficile d'être liée à la fois aux comtes de Flandre et au roi de France, et de gouverner une contrée qui se voulait libre. Yolande menait une vie agitée. Comme tous les Flamands, elle détestait l'asservissement. Une rançon de dix-huit mille livres était réclamée pour sa libération. Il en allait de la protection de ses sujets. On faisait donc appel à son peuple. Et son peuple aimait sa souveraine. Renaude, elle, l'admirait plus que tout.

On se cotisait bien pour elle, Renaude, la pucelle sans dot. Elle devait contribuer à son tour.

Les pères laissaient toujours une petite pièce à sa disposition, à condition qu'elle s'en serve pour faire la charité.

Elle s'en saisit, rajusta sa coiffe carrée fixée à sa chevelure qui s'était défaite durant sa somnolence.

Elle ouvrit la porte et le regretta aussitôt.

4

De nos jours

La route qui serpentait vers Cassel était coupée. Un gros arbre était couché en travers du virage, vaincu par l'ampleur exceptionnelle des intempéries. Des branches encombraient la chaussée. « Il ne manquait plus que ça ! »

Nina était perdue.

« Mes essuie-glaces vont rendre l'âme d'une minute à l'autre, je ne vois plus rien ! Je dois arriver au plus vite. »

Une pluie battante l'accompagnait depuis Paris. La tempête s'était levée à la sortie d'Arras, et n'était pas anodine. Le tonnerre grondait. Les nuages s'étaient regroupés en d'immenses masses noires inhospitalières. Le ciel s'était tellement obscurci que l'on aurait pu se croire au milieu de la nuit. Les rafales de vent s'intensifiaient. « Un véritable ouragan, songea-t-elle. Le retour au pays natal commence bien ! »

Trop tard pour faire demi-tour.

Accrochée à son volant, un œil scotché sur le bas-côté droit, l'autre collé au pare-brise, une vague d'appréhension dans la poitrine, Nina avançait en aveugle. Roulait-elle depuis longtemps ? Une ligne à haute tension pouvait s'abattre à tout instant sur sa petite Twingo, et la tuer. C'était la faute de ces violents cumulonimbus. Elle l'avait vu à la télévision... Toute tornade naît d'un cumulonimbus, surtout l'été. Pourtant, ce n'était pas l'été. Et ce n'était pas une vraie tornade. Mais le sol s'était réchauffé avec ces belles journées printanières d'avril, celles-là mêmes qui avaient décidé de son départ. Elle se remémora ce qu'elle avait retenu du reportage : Un sol chaud, l'évaporation, des cristaux de glace en altitude, des vents pouvant atteindre deux cents kilomètres à l'heure. Ces ouragans se formaient partout dans le monde, du moment que l'humidité et la chaleur s'accouplaient. Plus fréquents aux USA, ils frappaient également les Pays-Bas, le Royaume-Uni, à cause des différences de températures, et la France. Les régions les plus touchées étaient celles du bord de mer, le Poitou et... le Nord. Les fronts arrivaient par là.

Elle s'en voulut d'avoir regardé ce documentaire. Les phénomènes extrêmes se multipliaient, avec une violence rare. Les tempêtes avaient une fâcheuse tendance à se répéter. La dernière avait privé d'électricité quatre-vingt mille foyers après la chute de lignes à haute tension. Elle frissonna.

À l'entrée d'un village qu'elle ne reconnut pas parce qu'elle ne voyait plus rien, une voiture, tous feux allumés, déboucha subitement de la droite. Au risque de déraper et de se retourner, Nina freina, lui laissa *in extremis* la priorité, l'injuria et se maudit. Elle avait eu de la chance. Elle la suivit aussitôt.

C'était l'occasion ou jamais. Il fallait être fou pour s'aventurer au dehors. L'automobiliste lui ouvrait la route. Le véhicule tourna à gauche. Nina l'imita. Elle espérait ainsi revenir vers Cassel. Dominant la plaine du haut de ses cent soixante-seize mètres – point culminant de la région –, sa petite ville natale était juchée sur l'un des monts des Flandres. À l'approche de la Belgique, son plat pays était parsemé de buttes, nées du retrait de la mer dans les anciens millénaires. Ces collines, quoique ignorées du reste de la France, étaient appelées « monts » par les habitants qui s'en enorgueillissaient. D'un ancien *castellum* fortifié, rayonnaient sept voies romaines bien rectilignes, jadis des chaussées empierrées. Aucun moyen de se perdre. Elle retrouverait le bon chemin.

Les deux voitures s'enfonçaient dans la campagne. Elle perdait la notion du temps.

Juste avant de partir, elle s'était rendue dans le VIe arrondissement, rue Cassette, déformation de Cassel. Là, se tenait naguère l'une des deux résidences parisiennes de Yolande. Nina était remontée à pied jusqu'à la rue du Vieux-Colombier, dont le nom évoquait son hôtel du Colombier. Fondé par la mère de Yolande, Jeanne de Bretagne, le domaine était immense, agrémenté de vignes. Il allait jusqu'à la rue du Cherche-Midi, alors chemin de Vaugirard. L'autre propriété de la comtesse était au faubourg Saint-Antoine, près du pont Perrin et de Sainte-Catherine-du-Val-des-Écoliers. Elle se promit de parcourir cet autre quartier dès son retour.

Brusquement, ses phares éclairèrent une pancarte indiquant la direction de la ferme Berniès. Où était-elle ? À l'entrée d'un village, semblait-il. Lequel ?

Ferme Berniès, cela ne lui disait rien. Ce n'était pas un nom flamand. Collée à l'autre voiture, elle avait dû dépasser le panneau de la commune. Elle allait entrer dans la cour de ferme… Elle braqua aussitôt, et repartit.

Un mur de pluie s'abattait devant elle. Des ombres fugaces voilaient sa vision. Elle roulait à cinq à l'heure. Elle ne pouvait plus continuer.

Nina s'arrêta sur un vaste espace qui lui parut être une grande place, bordée par une église massive. À la suite d'une panne d'électricité dans le secteur, le noir était total.

Isolée dans sa voiture, elle exhala un profond soupir. Ce n'était pas le moment de paniquer. Une angoisse, pourtant, l'étreignait. Elle sentit remonter une peur ancienne, profonde, une peur inhérente à tout être humain depuis sa création. Ce noir était un noir des temps passés.

Le monde moderne avait effacé la nuit. On ne vivait plus dans l'obscurité complète, même dans les villages, même à la campagne, même par une nuit sans lune. Comme il en était de nombreuses naissances, la sienne avait eu lieu une nuit de pleine lune. L'astre avait donc une influence sur les hommes, semblait-il. C'était la seule concession qu'elle accordait aux croyances astrologiques et superstitieuses.

Neuf coups sonnèrent à l'église et s'égrenèrent en un lugubre chapelet.

« Mon portable… Rien ne passe avec ce temps, ou bien je suis au bout du monde ? »

Les rafales étaient de plus en plus fortes. Le souffle du vent emportait tout, estompait jusqu'aux silhouettes des habitations. Après quelques instants, ses yeux s'accoutumèrent. Elle distingua mieux les alentours. L'ombre d'un château aux allures médiévales se profilait, avec ses tours. Gigantesque. Effrayant. Rêvait-elle ? Quelque chose se produisait en elle, encore impalpable… Son travail sur Yolande, cette comtesse du XIVe siècle, jouait-il déjà avec son imagination, ses nerfs ?

Non. Elle était à Esquelbecq. Ce village possédait l'un des plus anciens châteaux de Flandre française. Un sacré détour pour atteindre Cassel…

Soudain, un horrible craquement se produisit. Ce n'était pas l'orage. Avait-elle jamais entendu pareil fracas ? Un déchirement presque humain. Elle mit du temps à réaliser qu'il pouvait s'agir d'un très gros arbre déraciné. Elle eut une décharge d'adrénaline. Tétanisée, frigorifiée dans sa voiture secouée par les bourrasques. Devait-elle sortir ? Rester à l'intérieur ? Ballottée, sa Twingo risquait à tout instant d'être renversée. Elle se sentit inutile, petite et impuissante, comme un pantin entre les mains des éléments déchaînés, eut l'impression de voir des monstres prendre corps autour d'elle. Le tonnerre semblait ébranler la terre sous ses pieds.

Elle quitta sa voiture.

La pluie, hargneuse, rendait la chaussée boueuse. « Pays de l'argile. » Un nom venu de loin déferla dans son esprit : *clyte*, la boue en flamand. Premier mot ressurgi de son enfance… Elle sourit intérieurement. Elle pataugea dans une flaque d'eau, dérapa, se retint de justesse au capot.

« Accroupis-toi, tu l'as vu à la télé, c'est la meilleure façon d'éviter la foudre. »

Mais devait-elle demeurer près de l'auto ?

« J'aime l'eau, je suis servie, je m'en serais passé. »

Elle entendit des voix étouffées par la tempête, des bruits de pas sur les pavés. Une ombre grandit. Celle d'un homme qui courait. Elle ouvrit la bouche, tenta de crier « au secours », mais balbutia lamentablement :

— S'il vous plaît…

Il tourna le visage vers la petite chose accroupie, aux cheveux blonds dégoulinants et au regard suppliant.

— Bon Dieu, qu'est-ce que vous faites là ? Suivez-moi ! ordonna la silhouette dans la tornade.

Elle lui offrit une mine reconnaissante et enfantine, saisit sa valise et son ordinateur. Pas question de les abandonner.

Il la prit d'autorité par le bras.

— Venez vite vous mettre à l'abri !

5

Cassel, 1373

« Renaude a vu le loup. La promise n'est plus vierge. »

Elle entendait déjà la médisance bruire de porte en porte. En ouvrant, la jeune servante avait pensé à tout… À tout, sauf à ce qui lui était arrivé. L'agression avait été rapide, brutale. Ni soudards étrangers cherchant à réquisitionner sa maison, ni bande de malfaiteurs, ni vagabonds, faux mendiants ou faux pèlerins, marchands de reliques douteuses, aux chapeaux ornés d'images pieuses, non… Trois faux échevins. Trois jeunes cavaliers de noble rang en mal d'aventure et de virilité.

Elle n'avait rien dit. À personne.

L'amour sur herbette chanté par les baladins était monnaie courante et n'était pas considéré comme un bien grand péché, surtout s'il se pratiquait après les fiançailles. Il s'agissait essentiellement de ne pas se faire prendre ; mais être prise contre son gré, par plusieurs individus, n'était pas de ces choses que l'on confie. Une promise était intouchable. Des peines sévères étaient en principe prévues pour l'abus d'une jeune pucelle. Parfois la potence ou la noyade dans un puits étaient requises pour l'adultère féminin... Mais si le viol était réprouvé, condamnable et puni sévèrement quand il était prouvé, cela restait avant tout une affaire privée, une atteinte à la propriété familiale. Les juges n'aimaient pas ce genre de procès. Ils préféraient châtier les vols, les rixes, le blasphème ou encore le libertinage. Elle avait reconnu l'un de ses agresseurs. Elle lui avait même rendu son sourire enjôleur à l'église quelques jours auparavant.

« Méfie-toi... Séduire un humble tendron porte moins à conséquence qu'une damoiselle de leur rang. » Griete l'avait mise en garde.

Elle était fautive. Ces hommes l'accuseraient de les avoir incités à la débauche. S'ils s'en confessaient, ils se verraient prodiguer des indulgences et seraient pardonnés. Et elle, coupable de fornication, pervertie, serait rejetée. Elle ne dirait rien, même pas à son amie Griete, trop bavarde. Rien au père Thomas ni au père Baptiste. Son frère lui manquait, mais son absence était préférable. Il eût été capable de réclamer justice au seigneur, ou pire, de se battre avec ses prédateurs. Tous deux auraient subi leurs représailles. Elle n'oubliait pas les menaces qu'ils avaient proférées en la laissant choir sur le sol, les jupons relevés. Renoncer aux poursuites, il le fallait. On ne gagnait jamais contre les puissants. Peine perdue. Un roturier ne devait en aucun cas porter la main sur les nobles, fût-il coupable de cet acte odieux qui ôtait une vierge à la société et déshonorait une famille en s'attaquant au pucelage de sa fille. Elle n'était qu'une vilaine, que l'on ne croirait jamais. Qui se soucie d'une vieille fille sans famille déflorée à vingt-cinq ans ? À treize ans, peut-être, mais pas à vingt-cinq. L'homme avait ses exigences avant de prendre épouse. Il avait le droit d'éprouver sa virilité. La fille, elle, devait arriver sans tache. Ne rien dire à Jan. La famille Martin la répudierait. Impossible d'accepter une fille souillée, elle devait être intacte pour épouser un homme respectable. À son âge, si l'on n'était pas mariée, promise ou religieuse, on était écartée.

Elle se débrouillerait le soir des noces.

Quelle serait la réaction de son mari en découvrant qu'elle n'était plus pucelle ? Il se sentirait bafoué. Et elle, pourrait-elle simuler ? Se laisserait-elle faire à présent ? Elle tentait d'oublier cette soirée d'horreur. Le souvenir n'était qu'épouvante et dégoût. Son corps était mort. Sa tête bouillonnait. Elle ne devait plus y penser. Et elle ne pensait qu'à ça.

Ils étaient rentrés tard, les curés, tandis que, calfeutrée dans son coin, ramassée en boule sur sa couche, elle pleurait silencieusement en tenant ses cuisses serrées comme elle avait vainement tenté de le faire. Les bleus infligés pour la maintenir à terre la faisaient souffrir, mais n'étaient rien en comparaison de la violence de leurs gestes, des injures humiliantes, des rires méprisants qu'ils avaient eus en la pénétrant jusqu'à la déchirure, du poids de ces hommes vautrés sur elle, de leurs haleines fétides, de l'odeur de cuir mouillé et de vin, tandis qu'ils la soumettaient sans merci. L'impression d'avoir été ballottée comme un ustensile dont on se sert, puis que l'on jette. Elle était peu de chose… On le lui avait rappelé de la pire façon qui soit.

Le lendemain, après une nuit sans sommeil, elle avait vu revenir un Thomas exaspéré. Il n'avait donné aucune extrême-onction. Arrivé tardivement dans le hameau, la cape souillée par cette fichue boue collante – la *clyte* –, fatigué de courir dans l'obscurité pour porter le bon Dieu au mourant, il avait débarqué devant une tablée stupéfaite, qui soupait tranquillement. Thomas avait eu fort à faire pour dissiper la peur de cette famille qui considérait son apparition comme un signe avant-coureur de désastre et voyait dans son intrusion l'ombre prochaine de la mort, un avertissement du Ciel. En pleine forme, le père lui avait offert une paillasse pour la nuit. S'il tenait le galopin qui l'avait induit en erreur ! Renaude avait compris. Elle ne lui en avait pas soufflé mot. Ses agresseurs avaient traqué leur proie, éloigné le vicaire par un subterfuge, pour s'occuper d'elle en toute quiétude.

Ce matin-là, elle s'était dirigée vers les remparts, avec le désir d'en finir. Mais c'était un péché mortel… Mortel… Quelle ironie ! Et en plein carême. Quel sacrilège ! Pas de sacrement ni de salut, pas de prêtre, pas de voisins compatissants. Elle serait encore plus seule dans la mort que dans la vie. Elle s'imagina en train d'errer sans trêve, dépendante des prières des vivants, dans l'attente de la damnation éternelle. Elle s'était alors longuement parlé.

« Non Renaude, tu ne dois rien faire de terrible. Dieu seul décide de l'heure de notre trépas. Tu n'as pas le droit de te placer au-dessus de sa volonté. Tu finirais en enfer. Tu ne le mérites pas. Eux, peut-être… »

Mais ils étaient hommes de haut rang et ils rachèteraient facilement leurs péchés. Elle n'était pas une fille de taverne, offerte au premier venu. Pourquoi cette honte l'envahissait-elle ? Pourquoi le bon Dieu envoyait-il cette épreuve à une humble servante ? Elle était si peu de chose... Pauvre pantin entre les mains du Tout-Puissant.

Alors, elle avait remis ses intentions morbides à plus tard, laissé passer la semaine sainte et Pâques sans confesser sa honte, sa souillure, son mensonge envers son promis. En se faisant toute petite, transparente, aux messes de Notre-Dame, dans l'appréhension d'y apercevoir ses assaillants.

La lune rousse d'avril était accompagnée des dernières gelées.

La Saint-Philippe ouvrit le joli mois de mai. Les jeunes gens s'offraient des bouquets d'aubépine et, dans les campagnes, les paysannes se frottaient le visage avec la première rosée du matin. Le printemps voyait arriver la fin des stocks de vivres de l'an passé. Chacun était à l'affût des grains. Les trois jours des Rogations venaient de s'achever. Le père avait béni la terre et demandé à Dieu d'accorder d'abondantes récoltes. Des processions eurent lieu. L'époque des pèlerinages reprenait.

Renaude ne s'éternisa pas à la fontaine de la grand-place, prétexta quelque ouvrage à effectuer avant l'heure de la messe. Aucune envie de converser avec les voisines. Elle leva les yeux vers le ciel. Le brouillard s'effaçait devant un ciel printanier, bleuté et serein. Une cruche d'eau dans chaque main, elle passa devant la Maison de ville. Le jour des noces était fixé après la fin des moissons, au début de la semaine de la Saint-Bavon, en octobre.

Elle vit le curé se diriger vers la porte sans sa soutane.

— Mon père, vous ne vous êtes pas changé !

Le père Baptiste lui fit un large sourire.

— Heureusement que j'ai mon petit ange gardien !

Dans les rues de Cassel, il oubliait fréquemment de revêtir son habit, s'attirant les remontrances des chanoines. Il arguait qu'ils n'étaient pas concernés, car ils ne mettaient pas les mains dans la *clyte* et ignoraient les soucis pécuniaires.

Les deux curés avaient fort à faire avec leurs ouailles. En plus de sauver des âmes ou de faire fructifier la terre comme le père Baptiste, ils accomplissaient de multiples tâches. Le père Hugues vivait dans l'espoir d'être appelé à un ministère plus glorieux. Il était froid, distant, n'ouvrait jamais la bouche pour adresser un petit mot affectueux à Renaude. Il ne dédaignait pas la bonne chère et le vin, mais il était aussi sec de corps et d'esprit que le père Baptiste était rondouillard et bienveillant.

Thomas était, comme le père Hugues, le cadet d'une famille bourgeoise et instruite. Mais son commerce était plus agréable. Il s'abaissait sans déchoir en se souciant d'elle. Un gentilhomme, voilà ce qu'il était. Bien né.

« Gentil Thomas, si tu savais… »

— Eh bien, Renaude, mes démêlés avec mon habit de cérémonie ne te font plus rire ?

Les sourcils broussailleux du père Baptiste se relevèrent.

— Vas-tu bien ?

Son regard clair la sonda jusqu'au malaise.

Une expression farouche ternissait le rayonnement de la jeune femme. Elle baissa les yeux, prit conscience qu'elle-même avait gardé son simple jupon de laine quotidien, et ne portait ni ruban ni fleur.

— Tu ne manges plus rien.

— Je suis à jeun pour la messe, mon père.

— Bien entendu, mais tu as un appétit d'oiseau, ce n'est plus carême…

— Je vais bien, mon père.

— Par saint Paul, je n'entends plus ton rire.

— Si, si, mon père, protesta-t-elle en s'efforçant de s'esclaffer.

Son rire s'était éteint. *Eux* avaient ri en la déflorant.

Le père se méprit :

— Après ton mariage, tu accompliras tes devoirs dominicaux dans la paroisse Saint-Nicolas. Tu quitteras notre maison, mais tu ne seras pas une étrangère. Tu nous manqueras…

Au moins, là-bas, de l'autre côté de la « montagne », elle ne risquait pas de *les* rencontrer. À la honte, à l'humiliation se joignait à présent une haine féroce à leur encontre, un sentiment nouveau qui croissait en elle chaque jour davantage, la culpabilisait, envenimait son être et ses pensées tandis que son ventre se tordait de douleur.

Fuir à présent, fuir la proximité de Notre-Dame… Seule la présence de Thomas la retenait…

Elle se méprit à son tour :

— Votre nouvelle servante tiendra propre la demeure. J'en suis certaine.

Dès son arrivée, Renaude s'était escrimée à l'ouvrage, avec cœur et opiniâtreté, et avait permis d'économiser deux autres domestiques. Il allait falloir la remplacer par une femme d'âge canonique. Le père ne pouvait toujours faire exception à la règle.

— Tu n'oublieras pas ton vieux père ?

— Oh non ! Je passerai…

— Fréquemment ?

— Fréquemment.

— C'est ce que j'espérais entendre.

« Oui, pensa-t-il en revêtant sa soutane, mon petit ange gardien me manquera. Quinze ans qu'elle ensoleillait cette demeure. Sans elle, elle eût été bien austère… Enfin, elle est avec nous jusqu'à l'automne. »

Il s'était suffisamment attendri.

— Je suis prêt, ajouta-t-il d'un ton péremptoire. Les cloches nous appellent. Le père Hugues est déjà sur place.

— Aurons-nous du monde ? intervint Thomas qui égrenait son rosaire en silence.

— Mais oui, mais oui.

— Cela n'a pas l'air de vous préoccuper, mon père. La messe dominicale est obligatoire. Vous ne réclamez jamais les amendes.

— Le père Hugues et les chanoines s'en chargent. J'ai mieux à faire que de compter les présents, dénoncer les défaillances, et mettre en garde. Cela me fatigue. Je suis devenu trop vieux.

— Le troupeau est souvent incomplet…

— Certes, sauf les jours de fête, à croire que le vin de messe distribué aux fidèles compense un peu l'obole qu'on leur réclame, répondit Baptiste, sans se départir de sa bonhomie habituelle. Ton instruction te rend soucieux, mon garçon. Il faut comprendre nos paroissiens. Ils sont vigilants pour le baptême et les derniers sacrements. Dans l'entre-deux, chacun se débrouille pour vivre. Notre situation au sein de la collégiale fausse notre jugement. Que dirais-tu de la campagne ! Les fidèles y sont distraits et tapageurs. Assis sur la paille, ils bavardent, n'écoutent ni ne regardent, jouent aux dés et attendent la fin de la messe avec impatience…

— Quand ils ne profanent pas les jours saints à l'auberge… Vous avez raison, mon père, reconnut Thomas. Ils feraient mieux de tisser que de jouer aux dés, et on ne compte plus les noyades provoquées par la boisson !

— Nous avons la chance de consommer à demeure, mon fils, répliqua Baptiste avec un air malicieux. Nous sommes plus riches que nombre de prêtres de campagne, grâce au chapitre dont nous dépendons.

— Et mieux formés aussi.

— Sans doute. Mais nos prélats ne sont pas assez proches du peuple. Il est difficile de se comprendre quand on ne parle pas la même langue.

— Le latin nous réunit.

— Nous, mais pas les ouailles, et j'évoquais ce que l'on sème et plante…

— Ah…

Thomas se tut. Il était habitué au langage paysan et imagé du père. Il respectait ce « parrain » qui l'avait présenté comme candidat à l'évêque. Leurs relations n'avaient pas été simples au début. Le père Baptiste se méfiait de ce « disputailleur d'idées », comme il appelait les étudiants et les jeunes clercs formés à la théologie. Mais le visage juvénile de Thomas, sa détermination, sa mâchoire carrée et volontaire, sa droiture et sa belle figure au teint pâle avaient eu raison de sa défiance.

— Pour te rassurer… Il y aura du monde aujourd'hui avec notre invité…

— L'évêque ?

— On peut toujours rêver mon fils, non, celui qui fera trembler ce matin nos seigneurs et échevins est un prédicateur important qui parcourt le pays. Le père Hugues est parti l'accueillir.

Renaude s'immisça dans la conversation.

— Moi, j'aime bien vos sermons, émit-elle spontanément.

— Parce qu'ils ne sont pas en latin, et que tu les comprends, mais mon âge avancé n'arrange pas ma voix.

— Et parce que vous les faites avec humilité, ajouta Thomas.

— Mais je suis comme nos pères du siècle passé, je prêche un Christ lumineux et je loue sa bonté. De nos jours, nos paroissiens sont plus sensibles aux souffrances invoquées par les frères mendiants. Ces derniers attisent leur besoin d'être remués, jouent d'une certaine fascination pour les images effroyables. Leur prédication est populaire.

— Ce sont les temps qui veulent ça.

— Sans doute, quoiqu'ils chassent sur nos terres pour récolter émoluments et offrandes. Tu es de ton siècle, Thomas, tu prêcheras avec aisance et passion, d'autant que tu t'exprimes aussi bien en français qu'en latin et en flamand.

— Ce matin, c'est un frère mendiant ?
— Un dominicain.

Renaude discerna une légère grimace de désapprobation sur le visage de Baptiste. Le curé se méfiait de ces serviteurs de l'Inquisition qui traquaient les hérétiques, recueillaient les délations, obtenaient des aveux par la torture.

6

Les chanoines de Notre-Dame étaient présents. L'évêque était absent. On ne le connaissait pas. La ville épiscopale de Thérouanne était une enclave française en territoire flamand, et la plupart des évêques, dont les sièges étaient attribués par le roi de France, ne comprenaient pas le flamand. Difficile d'assumer sa fonction dans ces conditions. Fuyant le climat humide, ils s'absentaient sous prétexte de pèlerinage, de mission politique ou de raisons de santé, et ils s'empressaient de quitter Thérouanne pour un archevêché plus prestigieux, ou plus ensoleillé. Ils étaient alors remplacés par des évêques auxiliaires ou des archidiacres. Ce qui déplaisait à la population flamande, à ses moines et son clergé.

In nomine Patris…

La messe débuta comme les autres : offertoire, chants, oraisons. Puis, du haut de sa chaire, le père Hugues donna les nouvelles de la paroisse, celles des châtellenies des environs, et de France. Dès que le curé parlait d'Avignon ou de Constantinople, Renaude, comme la majorité des fidèles, ne cherchait pas à savoir. C'était loin, c'est tout. Il lut la liste des excommuniés de la semaine, la cause de la sanction – manquement répété aux devoirs pascals, pécheurs notoires – et nomma ceux qui demeuraient inscrits sur le registre, et ne s'étaient pas rachetés. Il annonça une mise au pilori sur la grand-place pour vol, diverses pénitences et avertissements.

Lorsque le prédicateur, dans son austère tenue, remplaça le curé en chaire, l'amie de Renaude, qui s'était glissée à ses côtés, songea qu'il ne devait pas avoir le goût de la fête.

— Dieu vous jugera !

Ainsi s'ouvrit le prêche.

— Ça commence bien, murmura Griete. Dis donc, Renaude, difficile de te voir, heureusement qu'il y a les offices !

— Chut ! fit-on derrière elle.

Les deux jeunes femmes étaient debout au fond de la nef, avec les gens de maison. À peine apercevaient-elles la sainte table ; l'église était bondée. On voulait entendre ce sermon qui promettait d'être exceptionnel.

Certains prédicateurs faisaient salle comble. Ils employaient des mots qui touchaient, trouvaient des arguments qui ébranlaient et recueillaient l'approbation. On frissonnait, on s'arrachait les cheveux, on implorait le Seigneur, on applaudissait, on riait, mais on n'en ressortait jamais indemne. Celui-ci était de cette trempe.

Éloquent, cet orateur exercé attirait les foules en usant du latin, parce que c'était la langue de la foi et du pouvoir – la langue céleste –, mais aussi de la langue vulgaire, pour émouvoir. Les fidèles sentirent tout de suite que la harangue serait longue, que le dominicain était de ceux qui annonçaient un cortège de fléaux à venir. Il profiterait ensuite du désarroi distillé dans l'esprit des gens pour récolter de belles pièces. Il mélangeait adroitement les trois langues. Contrairement aux bourgeois et aux nobles des premiers rangs qui parlaient flamand et la langue romane, le peuple ne comprenait pas tout, mais ses gestes, son regard perçant, sa voix qui sonnait comme le tocsin, ses expressions menaçantes laissaient présumer des tourments. Il exhortait la salle, jouant de son pouvoir pour troubler et effrayer son auditoire.

Le père Baptiste se tenait bien droit, autant que le lui permettait sa bedaine proéminente. L'attitude très respectueuse et digne. Lui se contentait de les rassurer sur leur vie dans l'au-delà, de leur donner confiance et de bercer leurs âmes au rythme des cloches paroissiales. Il était un exemple pour ses ouailles, bien plus que les princes et seigneurs, moins accessibles, qui restaient des images fugitives. Eux, on les apercevait. Les curés et les chanoines, on les fréquentait. Peut-être le père Baptiste craignait-il lui aussi la surveillance de cet émissaire du pape ? En cet instant, on ne l'aurait jamais cru capable de truculence et de dérision. Pourtant, il disait : « Je suis flamand ! »

Et cela voulait tout dire. On ne pouvait lui damer le pion ni en plaisanterie, ni en indépendance.

Renaude s'était placée de façon à suivre la messe sans perdre de vue le jeune vicaire, son cher Thomas. Il était concentré, lui aussi. Il buvait les paroles du prédicateur, le visage auréolé de ferveur. Le regard imbibé de sa foi. Il était beau.

Un frémissement parcourut l'assistance lorsque le dominicain évoqua la mauvaise conjoncture astrale.

Comme en 1348 et 1360, où l'opposition des astres avait été néfaste, la réunion de Jupiter et de Mars dans le signe du Taureau de l'an dernier engendrait des airs malsains, et provoquait bubons et pestilence... Dieu frappait à nouveau. Il asséna le coup de grâce en indiquant que la Grande Peste était revenue vers Avignon, et dans l'est de la France.

« Avignon, encore Avignon. Bon, c'est au sud, et c'est la cité du pape. Mais nous, en Flandre, sommes-nous à l'est de la France ? » se demandait Renaude.

— Le danger rôde. Le sentez-vous ?

Des murmures d'approbation coururent dans la nef et se transformèrent en plaintes et cris dans le fond de la collégiale.

— Vos infortunes et vos misères proviennent d'influences sataniques. Le Malin s'est glissé parmi vous, il vous invite à la luxure et la débauche !

La foule était captivée. Le père Baptiste, lui, ne parlait pas en ces termes. Il disait que les vents étaient cause de tout : leur absence empêchait les moulins de tourner. Mais, s'ils étaient violents, les moulins tournaient trop vite, les grains manquaient, les disettes affaiblissaient les hommes, et la peste se jetait alors sur ses proies. Mais qui gouvernait les vents si ce n'était le Seigneur tout-puissant ?

Selon les colporteurs, la campagne flamande respirait une bonne santé et une prospérité ailleurs inconnue, même si des paysans fuyaient toujours les villages pour profiter des salaires plus élevés en ville, et parfois de maisons abandonnées par les victimes d'épidémie et de pillage. La richesse concernait surtout leur comte, Louis de Mâle, et les autres Princes. Le peuple de Flandre ignorait que, menant une vie fastueuse et ruineuse, le comte était entouré de courtisans qui lui mangeaient toute sa fortune.

Quoi qu'il en soit, si la peste revenait, les églises seraient de nouveau bondées, et la ferveur reviendrait comme par miracle. Pour obtenir le pardon et le recul du fléau, il n'y avait que la prière, le jeûne et la pénitence.

— Priez le Créateur !

Le geste excessif, le verbe haut, les mimiques outrées, il les menaça du châtiment divin, loua la vertu, invoqua les saints et les anges réunis. Sa voix résonnait sous les voûtes. Le Ciel était manifestement en courroux. Silencieux, les visages exprimaient la ferveur, l'effroi ou la fascination.

Il incrimina les Juifs, les étrangers, les fugitifs, oubliant que lui-même était un prédicateur itinérant... Le bruissement d'une foule réprobatrice se répandit dans l'église. Les fidèles maugréaient dans leur barbe. Toutes ces choses dont on parlerait ensuite sur le parvis, devant les étals, dans les ateliers.

Les villes souffraient de maladies, les campagnes des guerres. On en gardait des séquelles. La Grande Mort reparaissait, en traître, et frappait. Mais on sortait vite la tête de l'eau. Les rescapés œuvraient avec acharnement. Certains s'en tiraient très bien.

On repartait de plus belle. À chaque fois, la vie reprenait ses droits, la nature criait victoire, les animaux et les paysans s'installaient sur des terres plus fertiles où la place s'était libérée. La pénurie de main-d'œuvre provoquait la hausse des salaires de malheureux qui ne l'étaient plus. Et l'on bâtissait davantage en pierre, au détriment du torchis, on abandonnait les peaux de bête pour le drap.

Le pire n'était pas après la tornade – on se redressait si l'on n'était pas mort – mais bien avant, quand on était rongé par l'angoisse. On redoutait la nouvelle crise, la nouvelle poussée.

Comme ce matin…

Depuis ce grand chambardement du milieu du siècle, on n'était plus tranquille. On ne vivait plus dans la paix, mais dans les répits. La peur succédait à la confiance, à l'opulence et la prospérité.

Le prédicateur tonitrua enfin contre l'inconvenance, l'impudeur des femmes et le luxe des toilettes.

— Femmes de haute lignée, ne vous pavanez pas, vêtues comme les filles des étuves, ces accrocheuses, ces catins… luxurieuses et frivoles ! Fuyez ces pensées lascives. Craignez la foudre divine !

— Quand ils recommencent à s'en prendre aux femmes, c'est mauvais signe, murmura Griete. Tu crois que le mal se loge dans notre âme ? Qu'on a un mauvais fond ?

Elle pouffa, baissa la tête pour se contenir, et risqua un œil vers son amie. Renaude ne réagissait pas. Griete s'en étonna. Ça aussi, c'était mauvais signe.

Renaude regardait les belles dames aux fronts voilés, aux étoffes chatoyantes, aux manteaux parsemés de broderies. Leurs bijoux d'or magnifiaient leurs poignets et leurs doigts. Loin devant les plus humbles de la paroisse, elles semblaient suivre l'office avec davantage d'attention qu'eux, placés au fond. C'est dans cette collégiale que Renaude avait admiré la comtesse Yolande, si belle dans ses atours. Dès qu'il y avait péril en la demeure, la femme redevenait l'instrument du diable. L'avait-on jamais oubliée, cette image de suprême tentatrice ? Ces gens d'Église étaient instruits, ils savaient, pensait-on, de quoi ils parlaient.

Les chants en latin exaltaient l'âme de Renaude. Sa jolie voix entraînait les fidèles. Elle se força à chanter. Le cœur n'y était plus. Thomas, le père Baptiste et Griete l'observèrent avec curiosité. Ce mariage qui allait se concrétiser à l'automne la contrariait. Cela ne faisait aucun doute.

Elle, songeait qu'elle était désormais comme ces filles des étuves, ces catins… ces femmes souillées…

« Personne ne doit savoir… »

À cet instant précis, des spasmes contractèrent son estomac. Des gouttes de transpiration perlèrent à son front. La tête lui tournait. Était-ce la crainte de l'épidémie qui lui avait déjà ôté sa famille, le ton menaçant du prédicateur, les odeurs d'encens à jeun ? Elle avait l'habitude. Ou bien… Une peur viscérale envahit son être.

Les six chanoines déambulèrent en procession, du maître-autel jusqu'à la chapelle dédiée à saint Michel archange située en haut des escaliers, près de l'entrée. Les fidèles s'effacèrent pour les laisser passer. Elle en profita, se fraya un chemin vers la sortie, évita les regards interrogateurs. Elle se précipita au-dehors, contourna le porche et déchargea son estomac, à l'abri d'un contrefort de la collégiale.

« Oh non, mon Dieu, non, pas ça ! »

7

Esquelbecq, Flandre française, de nos jours

Nina s'était écroulée comme une masse. Elle fut réveillée par la sonnerie de son portable. Elle captait enfin. Six appels manqués. Elle décrocha, c'était Patrick, son mari.

— Mais oui, tout va bien… Je ne suis pas à Cassel, mais à Esquelbecq.

— Esquelbecq ?

Elle précisa, avec un soupçon de malice :

— Au cœur du Westhoek.

— Belgique ?

— France.

— Que fais-tu là-bas ?

Sa voix était nerveuse, saccadée.

— J'étais mort d'inquiétude ! Je t'ai téléphoné à onze heures hier soir, tu n'étais pas arrivée, et ton portable ne répondait pas…

Elle réalisa que personne, effectivement, ne savait où elle était.

— Rien ne passait avec la tempête. Je me suis retrouvée ici par un pur hasard.

Une idée saugrenue lui traversa l'esprit. Était-ce le

hasard ? Elle promit de le rappeler et raccrocha, le sourire aux lèvres. Il s'inquiétait pour elle, l'idée lui plaisait.

Ce break s'imposait. Les yeux rivés en permanence sur son Blackberry, des horaires délirants, une malade du temps, voilà ce qu'elle était. Ce déplacement serait un stage de désintox. Elle irait à la reconquête de son temps.

« Changer de rythme, retrouver, songea-t-elle, celui, paisible, de nos ancêtres… Se poser. Ici… Oui, mais… »

Elle devait d'abord se renseigner auprès du jeune couple qui l'avait si gentiment accueillie la veille au soir. L'homme qui l'avait tirée de la tempête et des rafales de vent s'appelait Jean-François Fromentin. Il tenait avec sa femme, Charlotte, des chambres d'hôtes aux abords du château. Ils lui avaient ouvert leur porte dans la nuit, sans lui poser de questions.

Elle les aperçut de sa fenêtre. Ils étaient affairés avec des hommes de métier autour du chêne qui avait rendu l'âme, et dont elle avait entendu le dernier cri… L'arbre était sur leur terrain.

Par chance, la chute n'avait fait aucun dégât, mais le tronc bloquait une partie du chemin, à l'entrée de la maison. Charlotte et Jean-François l'avaient échappé belle. Ils étaient consternés par la destruction de cet arbre dont la carcasse gigantesque laissait présumer un très grand âge. *Le Vieux Chêne* était le nom de leur maison d'hôtes. Allaient-ils la rebaptiser ? Quelle idée stupide, se dit Nina, ils n'en étaient pas encore là.

Nina descendit vers la cuisine, gênée. Elle jugeait sa présence inopportune. Elle n'était pas arrivée au bon moment.

Charlotte rentra aussitôt, l'installa devant un copieux petit déjeuner, et lui ôta ses scrupules.

— Vous êtes gauchère ? remarqua-t-elle avec un large sourire.

— Contrariée ! J'écris de la main droite, mais je suis restée gauchère pour le reste, ou plutôt ambidextre.

— C'est pratique ! commenta-t-elle en riant.

Nina orienta la conversation sur le chêne déraciné.

— Je suis vraiment désolée. Vous devez être peinés de perdre ce joyau.

— Joyau, vous ne croyez pas si bien dire. Il datait d'au moins six cents ans.

— Six cents ans, c'est…

— C'est vieux ! Une étude de dentrologie – vous savez, l'examen des troncs d'arbre – a démontré son ancienneté à un siècle près. C'est triste, mais nous avons eu aussi beaucoup de chance. Les branches maîtresses pesaient des tonnes, nous aurions pu être écrasés. Il a eu l'élégance de ne pas tomber sur la maison.

Jeune mais sage, la petite Charlotte. Nina fit un rapide calcul. L'arbre avait été planté fin XIVe ou début XVe siècle… Son époque !

— Un vestige des temps médiévaux.

— Quel dommage que vous ne l'ayez pas vu debout ! Sa prestance faisait notre fierté.

Son timbre baissa. Elle affectait la désinvolture, mais Nina sentit qu'elle luttait contre l'émotion. Charlotte soupira :

— Il a contribué à notre choix de retaper cette maison. Les chênes se sont toujours plu sur les sols argileux et sablonneux. Ils foisonnaient dans le Houtland, le « pays au bois ». Esquelbecq se nommait encore Ekelsbeke, « la rivière aux glands » en flamand parce que l'Yser charriait les glands.

— L'Yser ne coule pas en Belgique ?

— Si, en prenant sa source non loin d'ici, à Buysscheure. Après Esquelbecq et Bambecque, il passe la frontière et continue son parcours en Belgique où il a son embouchure.

Nina se sentit rougir de confusion.

— Ce nom est tellement lié à la bataille de l'Yser en 1914… Le village est très ancien ?

— Moins que Cassel. Le nom est apparu au IXe siècle. Implanté au bord du fleuve, le bourg fut dès cette époque protégé par un château et un seigneur. Son histoire est connue avec certitude depuis la fin du XIIIe siècle et les seigneurs de Ghistelles.

Nina était ravie.

— Vous vous intéressez à l'histoire, Charlotte ?

— J'aime bien savoir où je mets les pieds.

La jeune femme revint au chêne :

— On nous avait prévenus qu'il était fragilisé avec ses crevasses… Nous devions nous y attendre. Mais jamais on n'aurait pensé, avec un tronc si puissant, qu'il puisse se briser comme du verre et rendre l'âme si brutalement.

— Depuis le Moyen Âge, tout de même…

— Certains chênes sont encore plus anciens. Le plus vieux de France, en Seine-Maritime, date de Charlemagne. La Belgique en possède un de plus de mille ans. Il paraît que le record de longévité est de quatre mille ans.

— De quoi relativiser…

— Et la tempête d'hier soir n'a détruit aucune maison. Quelques toitures abîmées, des caves inondées, des vitres cassées et des branches éparpillées, mais elle a été moins dévastatrice qu'on ne le redoutait. Même si elle fut spectaculaire !

— Mais alors, pourquoi le chêne est-il tombé ?

— La foudre a dû le frapper dans les siècles passés et le fendre jusqu'au sol, provoquant une crevasse et une cavité. Celle-ci abrita peut-être une chapelle dédiée à un saint ou à la Vierge, ou servit de cachette. Ce ne sont que des suppositions. Mais c'est cette brèche qui a fini par le rendre vulnérable. En le terrassant, les fortes rafales ont révélé que l'arbre était attaqué par des insectes fouisseurs.

Charlotte se tut, fit une mimique fataliste.

— On le pensait immortel, reprit-elle.

— De tout temps, le chêne a eu la réputation de jouir d'un pouvoir mystérieux.

— L'arbre saint du druidisme.

— C'est au chêne qu'était suspendue la Toison d'or cherchée en Orient par les Argonautes. Ce bois était apprécié aux époques médiévales. C'est curieux qu'on n'ait jamais abattu cet arbre.

— Trop près du château… Jadis, il était à l'intérieur de son enceinte. Une importante chênaie entourait le village. Riches en tanin, les glands et les feuilles ont un pouvoir astringent puissant… Je m'intéresse aux plantes médicinales ! ajouta Charlotte avec un léger rire. Je vais vous montrer mon jardin. Il a souffert, lui aussi, mais cela aurait pu être pire…

Elle s'arrêta un instant.

— Vous étudiez le Moyen Âge, je me trompe ?

— Surtout ces temps-ci…

Nina expliqua la raison professionnelle de sa visite, son dossier sur Yolande, la Dame de Cassel :

— J'ai cherché à la Bibliothèque nationale, et aussi sur Internet. Pratique, mais lorsqu'il y a des erreurs, dix sites reprennent les mêmes inepties. Il me fallait des précisions, et donc venir sur place. En repérage.

Charlotte fut surprise qu'étant originaire de la région, Nina ne soit jamais revenue depuis son adolescence.

— Une belle opportunité de retrouvailles avec votre pays natal, non ?

Le vieux chêne n'avait pas été classé. On ne s'en était jamais préoccupé. Il fut pourtant, toute la journée, l'attraction du village. À chacun de plaindre le couple, de leur exprimer leurs regrets – de vraies condoléances –, de se morfondre pour la disparition de ce symbole de pérennité et de virilité.

Le mari de Charlotte était de congé ce jour-là. Il désirait le faire débiter dans la journée, le dégager au plus vite et enlever les racines proéminentes, qui risquaient d'être dangereuses. Surtout pour sa jeune épouse.

Jean-François était ostéopathe. Lillois, il avait rencontré sa femme lors d'un stage d'initiation à la naturopathie. Ils étaient tous deux passionnés de médecine naturelle. L'an dernier, ils avaient choisi de quitter la ville pour faire un bébé. Il se rendait quatre jours par semaine à Lille, où il partageait son cabinet avec un confrère. Ils ne regrettaient pas leur décision. Au village, l'accueil avait été chaleureux. Charlotte était jardinière, ou plutôt créatrice de jardins. Dans toute la région, on s'adressait à elle, mais elle prenait une année sabbatique. Elle était enceinte de quatre mois.

— Je vais avoir une petite Vierge !

Charlotte lui montra son domaine. Situé à l'arrière de la maison et protégé par une verrière, il n'avait pas été trop touché. Ce jardin devait ressembler à ceux des monastères du Moyen Âge, ancêtres de nos potagers, dans lesquels les frères herboristes, à l'abri des accusations de sorcellerie, cultivaient les simples et autres herbes à pots.

— Mon jardin des simples, dit-elle comme en écho aux pensées de son invitée.

Nina était arrivée au moment d'une floraison magnifique. Les tulipes et autres fleurs fragiles de printemps étaient couchées et abîmées, mais l'ensemble avait plutôt bien résisté à la tempête.

Pour Nina, la chance semblait au rendez-vous. Des amoureux de la nature. Une maison d'hôtes ravissante, à l'ombre d'une ancienne forteresse médiévale. Un vrai miracle. Tout ce dont elle avait besoin.

Installés depuis l'an dernier, Charlotte et Jean-François avaient restauré le bâtiment, allié la pierre au bois et au verre, utilisé des matières naturelles. Un style un peu zen, qui procurait, dès que l'on ouvrait la porte, une sensation de sérénité.

Charlotte avait un goût exquis. Les fleurs odorantes se mêlaient aux plantes dites médicinales. Elle n'était pas opposée à la médecine conventionnelle, y avait recours en cas de force majeure. Pour les « petits bobos » et la prévention, elle préférait les recettes de « bonne fame ».

— Un cataplasme d'argile pour la gorge, on n'a rien fait de mieux !

Ce qui était auparavant taxé de relents soixante-huitards était devenu très à la mode. Une nouvelle façon de voir les choses, conséquence du réchauffement climatique, de la crise de 2009, des craintes pour notre planète. L'écologie gagnait du terrain. Nina songea que l'on retrouvait les temps médiévaux, avec une différence de taille : on ne brûlait plus les rebouteux et les sorcières. Elle regarda Charlotte. Avec son air mutin, ses cheveux roux et ses plantations, à ces époques lointaines, elle aurait pu craindre pour sa vie. Et comme pour répondre à sa pensée muette, cette dernière déclara :

— Et je suis née un 30 avril, la nuit des sorcières !

— Quant à moi, l'étrangère apparue avec la tornade, j'aurais été accusée d'être l'instrument de Satan !

Un petit banc de pierre invitait au repos au milieu de ce charmant et pittoresque jardin. Nina se dit qu'elle pourrait ne jamais quitter cet enclos. Un besoin naissait en elle, celui de ressentir l'odeur de la terre, de humer le parfum des plantes.

— J'essaie de rivaliser avec le parc du château, mais c'est difficile !

Chacune de ses exclamations était ponctuée d'un rire qui s'égrenait, léger et communicatif. Elle fit une légère grimace.

— Pardon, certains m'appellent Charlotte la rigolote. J'aurais préféré quelque chose de plus distingué, mais bon, c'est sympa…

Un vrai bonheur, cette fille. Âgée d'une trentaine d'années, elle semblait posséder une gaieté naturelle. Jolie avec sa chevelure rousse et ses yeux pétillants, elle était directe et vive, joyeuse. Elle plaisait à Nina.

Cette affinité était réciproque. Pour Charlotte, Nina correspondait à l'idée de la femme de cinquante ans rayonnante : son intelligence se lisait dans ses yeux clairs ; elle ne manquait pas de séduction. Grande et svelte. Le charme personnifié. Elle éprouva aussitôt de l'admiration envers sa nouvelle amie.

— Vous louez des chambres ?

— J'ai hébergé deux couples à Pâques, et j'en attends d'autres pour l'été. En ce moment c'est très calme. Vous êtes la seule.

— Vous me gardez quelques jours ?

— Quelques mois si vous voulez, Nina ! s'exclama-t-elle avec spontanéité. C'est drôle, je n'ai encore jamais dit cela à quiconque.

— Dans ce cas, on se tutoie ?

8

Chaque lieu a son histoire, ses joies, ses douleurs, sa personnalité. Il en existe avec lesquels on se sent particulièrement en harmonie.

C'était le cas pour Nina. Elle avait parcouru une grande partie de la planète, et c'était ici qu'elle éprouvait la troublante certitude d'être au bon endroit.

Esquelbecq n'était pas son village natal. Pourtant, depuis la veille au soir, le sentiment profond d'être revenue chez elle l'habitait. Une espèce de bien-être rassurant. Pourquoi ne venait-elle jamais ici enfant ? Elle en avait oublié son existence… C'était un nom familier, aux consonances flamandes, comme tous les villages des alentours. Un panneau, sur la route. Elle se sentait entourée de vibrations positives. Elle songea un instant qu'elle délirait, elle, si bien ancrée dans la réalité. Elle était tout simplement heureuse d'être sortie vivante de la tourmente de la nuit dernière…

Dans l'après-midi, les bûcherons étant à l'œuvre, Charlotte en profita pour lui faire visiter « son » village :

— Je suis née à Lille, j'ai vécu une partie de mon enfance à l'étranger, mais je me sens bien ici, Nina.

— Moi, je suis née à Cassel.

— Ah ? Le village fourmille d'associations. Il y fait bon vivre. On nous a adoptés tout de suite… Sauf le père Berniès, mais c'est un vieux bougon.

— Berniès, où ai-je entendu ce nom ? Une ferme vers l'entrée du village, c'est cela ?

— Oui.

— J'ai aperçu une pancarte sur la route… J'ai même failli pénétrer dans leur cour !

— Tu l'as échappé belle, ils n'aiment pas les « intrus »….

— Pourquoi indiquer leur ferme dans ce cas ?

— La mère est une brave femme. Elle vend ses œufs et des poulets… Le père, lui, est un drôle de type. Vindicatif et fouineur. Mais il n'est pas dangereux. Chaque village se doit d'avoir son original, ajouta-t-elle en riant.

Les rues étaient asséchées par le soleil. Des mares boueuses demeuraient dans les sentiers mais les nombreux branchages avaient été déblayés dès le matin, et les lignes électriques rétablies.

« Les réparations sont plus rapides ici. L'habitude… », se dit Nina.

Classé monument historique, le château d'origine médiévale avait fière allure avec ses larges douves alimentées par l'Yser et ses épais murs d'enceinte. Il avait été restauré et modifié au XVIIe siècle. Le donjon de l'ancien château fort s'était effondré en 1984. Charlotte lui annonça qu'il s'agissait d'une résidence privée et qu'il ne se visitait pas.

— Quel dommage ! s'exclama Nina. Cela dit, l'intérieur n'a certainement plus rien à voir avec l'époque qui m'intéresse.

— Sauf les oubliettes !

Au même instant, son portable sonna. Devant le sourire amusé de Charlotte, elle s'excusa.

La conversation fut assez brève.

— Ma cousine de Lille ! Je l'avais oubliée ! Elle fut élevée à Cassel. Elle avait laissé les clefs de sa maison familiale chez le voisin, qui s'est étonné de mon absence, expliqua Nina à son hôtesse. Cela fait des années que nous ne nous sommes pas revues. La dernière fois, c'était à Paris. Elle est libre dans deux jours, nous allons nous retrouver à Cassel pour déjeuner.

Sur la grande place pavée d'Esquelbecq, se dressait l'église, une magnifique hallekerque flamande à trois nefs.

— Je peux juste te dire qu'elle date du Moyen Âge, et fut brûlée en 1976, lui avoua son hôtesse. On connaît davantage ici les événements des deux guerres mondiales, particulièrement douloureux…

Langage des ancêtres, des signes runiques, dessins géométriques symbolisant la fertilité ou la prospérité, étaient visibles sur quelques façades des maisons alentour.

— Le village a ses légendes, je te les conterai…

Les rénovations d'anciennes demeures du XVIIe siècle contribuaient au charme du lieu. Les personnes croisées s'arrêtaient pour faire la connaissance de Nina. Oui, il était encore des coins en France où l'on saluait les passants, où l'on parlait avec ses voisins. Nina ne donna d'abord que son prénom, afin de garder l'incognito. Puis on lui demanda son nom.

— Et vous faites quoi dans la vie ?

Sa notoriété était toute relative. Ici, on se fichait bien de Nina Vanparys. Une belle leçon d'humilité. Mais que son nom soit d'origine flamande amena quelques : « On revient au pays ? »

La valse des sonneries ne faisait que débuter. Cinq minutes plus tard, le portable retentit à nouveau. Nina le ressentit, cette fois, comme une intrusion.

— Désolée.

C'était sa mère. À soixante-dix ans, elle vivait une retraite heureuse, entre le Midi et la Côte d'Opale, avec un compagnon qu'elle s'était choisi à l'approche de la retraite. Les parents de Nina s'étaient séparés à sa naissance, ou peut-être avant… Vanparys était le nom maternel. Flamand, il signifiait « de Paris ». Cela lui plaisait bien, sans être dupe du snobisme. L'un de ses lointains ancêtres avait sans doute débarqué en Flandre, venant de Paris. Son patronyme, elle l'ignorait. Son père n'avait jamais désiré la connaître. Elle en gardait une sévère rancune. Sa mère se refusait à toute discussion sur le sujet. Alors, qu'il fût un beau marin grec, qu'il vive en Amérique ou en Australie, qu'il ait été éleveur de kangourous ou dévoré par des crocodiles, peu importait.

L'éloignement relatif de sa mère n'empêchait pas cette dernière d'être inquiète pour le mariage de sa fille. Nina avait la chance d'avoir un homme qui ne s'était pas fait la malle, elle devait le garder coûte que coûte. Cela avait été si difficile pour elle d'élever seule une petite fille à l'âge de vingt ans.

— Oui, maman, je vais bien… Non, je ne quitte pas Patrick. Non, je ne vais pas perdre mon boulot. Oui, j'ai rempli le frigo et le monde saura se débrouiller sans moi. Et arrête de m'appeler Nadine, tu veux, cela fait trente ans que je suis Nina. OK ?

Sa mère aurait pu être plus cool, et moins exigeante vis-à-vis des femmes et de ce qu'elles avaient à assumer. Mais elle restait avant tout une enfant de la guerre, et elle avait eu sa petite Nadine en 1962… On était encore une fille mère à cette époque. Sans doute portait-elle un regard accusateur et jaloux sur ces jeunes filles arborant leur nouvelle liberté avec insouciance et effronterie. Se serait-elle fait avorter si elle avait joui des mêmes droits qu'elles ? Nina y songeait parfois… En 1968, elle traînait son bout de chou comme un boulet. Plus tard, elle l'eût aimée professeur, comme elle. Cette carrière lui avait permis d'avoir toutes ses vacances scolaires et de s'occuper de son enfant. Nina, elle, se demandait de temps à autre pourquoi elle n'était pas devenue neurologue ou astronome. L'infiniment petit et l'infiniment grand la passionnaient. Elle regardait tant les étoiles, enfant. C'était un de ses meilleurs souvenirs, en compagnie de son oncle et de ses cousins. La nuit sur les hauteurs de Cassel… Le ciel, on ne le voyait plus à Paris…

— Charlotte, cela ne te fait rien si je fume une petite cigarette ?

Le coup de fil l'avait agacée.

— Dehors, aucun problème !

Nina proposa un bonbon à Charlotte, en prit deux dans sa bouche et chercha fébrilement son paquet de cigarettes dans son sac.

— Je ne fume que deux fois par jour, des fines…

Charlotte la regarda avec curiosité :

— Et toujours avec deux bonbons coincés dans les dents ?

— Je n'aime pas le goût des cigarettes !

Elles s'esclaffèrent comme deux vieilles copines.

— Excuse-moi si je suis indiscrète, Nina, mais tout à l'heure, tu as dit être née à Cassel. Je n'ai pas relevé sur le coup, mais… Il n'y a pas de maternité à Cassel, comme à Esquelbecq d'ailleurs. J'irai à Dunkerque.

— Non, non, je suis née à Cassel…

— Alors, ta mère a accouché chez elle ? C'est rare…

— C'était peut-être moins rare, il y a cinquante ans… Ou alors, je suis venue trop vite ! ajouta Nina en souriant, pour cacher sa propre surprise. Elle n'y avait jamais songé…

Elle se promit d'interroger sa mère.

En revenant vers la maison, Nina éprouva de nouveau la sensation étrange ressentie la veille.

Elle en toucha un mot à Charlotte :

— Je n'irai pas jusqu'à dire que c'est une impression de déjà-vu, je ne venais jamais à Esquelbecq quand j'étais petite. Et nous ne sommes pas dans un film fantastique… Ces alentours pleins de charme amplifient sûrement ma sensibilité.

— Notre maison est bâtie sur les fondations d'une très vieille demeure. Les lieux gardent l'esprit de ceux qui les ont occupés, comme un écho. Un être te parle peut-être du fond des temps médiévaux…

Charlotte semblait très sérieuse. Nina en fut désorientée.

— En admettant… En admettant que les murs, que les arbres gardent l'empreinte du passé… Tellement d'ombres sont passées en six cents ans. Tellement de gens ont piétiné le sol, tellement d'ondes traversent l'espace !

— Tu as raison, je ne sais pourquoi je t'ai dit ça d'ailleurs… Il y a longtemps que les esprits ont disparu, et avec eux, les pans de leur vie…

— Et pourtant quelque chose d'indéfinissable, qui remonte de très loin, résonne en moi… Mais je ne crois pas au surnaturel et à toutes ces choses… Tu disais, pour ta maison ?

— Elle fut bâtie sur des ruines plus anciennes… Il reste des traces d'un chapiteau en grès dans notre cave voûtée. Une maison construite sur une autre maison, sans doute laissée à l'abandon.

— N'avez-vous rien trouvé ?

— Genre trappe, escalier invisible descendant dans le noir, oubliettes ? Non, mais notre cave correspond peut-être au cellier d'une demeure moyenâgeuse. Du château partaient des galeries. Elles restent inexplorées. Tout est obstrué, muré, enterré profondément… On dit qu'autrefois il existait un souterrain reliant le château à l'église, mais c'est peu probable, la nature du terrain ne s'y prête pas.

— Avez-vous songé à faire des fouilles ?

— Dans notre jardin, ce serait possible, mais pas sur le chemin municipal, ni dans l'enceinte du château… Dans les siècles passés, les gens se sont cachés dans ces passages secrets.

— C'est passionnant ! J'ai lu aussi que des habitants enterraient leurs trésors, à Cassel notamment, avant les pillages et les sièges…

Nina avait l'impression de rêver. Les lieux enfouis s'ouvraient sur le monde de l'étrange. Son imagination se débridait au contact de sa nouvelle amie.

Tout l'emmenait vers le siècle de Yolande.

En fin d'après-midi, Nina appela ses enfants. Rien de spécial du côté de Luce. Elle allait bien. Tant mieux. Elle les aimait plus que tout. Elle était constamment déchirée entre son travail, son désir d'indépendance et son côté mère poule.

Nicolas, lui, passait des entretiens d'embauche. L'heure était grave.

— Alors, on t'a souhaité la bienvenue ? demanda-t-il d'emblée.

— Où ?

— Chez les Ch'tis !

Nina devina l'œil moqueur de son fils, hérité de son père.

— Très drôle, mais figure-toi, mon chéri, qu'ici on est en Flandre, non en pays ch'ti.

— Dans tes brumes lointaines…

— Ce n'est pas le pôle Nord, Nico, et aujourd'hui, il fait très beau.

Elle avait bien fait de venir seule, elle ne serait pas perturbée dans ses recherches. Diplômé, à la recherche d'un premier emploi – il cumulait les stages –, son fils avait failli l'accompagner. Était-ce pour visiter la région natale de sa mère ou pour explorer la vie d'une comtesse médiévale qui le ramènerait vers les jeux de rôle de son enfance, ses romans fourmillant de dragons et ses BD héroïques ?

Et soudain, elle comprit : son Nico détournait la conversation pour ne pas parler de ses entretiens.

— Eh bien, je ne suis pas très confiant, finit-il par avouer. On m'a fait écrire un texte, pour une analyse graphologique.

— Aïe…

Son écriture ne l'avantageait pas.

— Cela se fait encore ?

— Oui, en plus, on m'a demandé mon signe astrologique, figure-toi.

— Tu plaisantes ? Qu'as-tu répondu ?

Elle devina son haussement d'épaules.

— Que veux-tu que je réponde ? Le type s'est exclamé : « Taureau, c'est bien pour le poste ! » J'ai failli lui proposer de me faire les lignes de la main… Non, je n'ai rien dit, maman ! Moi, à sa place, je lirais dans le marc du café le matin, avant de recruter. Franchement, on se croirait au Moyen Âge !

Astrologie, bestiaires, arbres fabuleux, plantes médicinales, simples… Pourquoi tout la ramenait vers ce siècle où avait vécu son héroïne historique ? Était-ce toujours ainsi pour les romanciers ? Étaient-ils à ce point accaparés par leurs personnages et leur environnement ? À ce rythme-là, on devait très vite devenir schizophrène !

Elle n'en était encore qu'au début…

Et ce tout début se concrétisa en fin d'après-midi, lorsque Jean-François, resté seul à déblayer les branches éparpillées sur le sol, se mit à raser de près les dernières racines apparentes.

Il appela Nina et Charlotte.

Ostéopathe, il se livrait avec aisance aux travaux manuels. Il avait dégagé le maximum. Les deux femmes poussèrent un cri de surprise. Enfoncé dans le sol, un objet était prisonnier des racines, comme enveloppé par les tentacules d'une pieuvre.

Le plus naturellement du monde, Jean-François leur tendit une autre bêche, dont Nina se saisit. Ils peinèrent un long moment. Devant les yeux écarquillés de Charlotte, inondés de sueur, exténués et excités, ils conjuguaient leurs efforts comme deux vieux amis. Ils réussirent enfin à l'extraire. Un coffret en étain. Que renfermait-il ? Depuis quand était-il là ?

Le cœur battant, ils jetèrent un regard aux alentours. Personne à l'horizon.

— Allons à l'intérieur, nous serons plus tranquilles…

Que craignait-il ? Qu'un insecte ou une bombe lui saute à la figure ?

Qu'allait-on y découvrir ?

Cette cassette devait être là avant l'arbre, ou peut-être avait-elle été cachée au moment de sa plantation.

Les temps médiévaux… Un trésor ? Un objet d'art ? Un petit retable portatif ? Certains pouvaient tenir dans un poing fermé. Des reliques ?

Il l'ouvrit.

9

Flandre-Cassel, 1373, au lendemain de l'Ascension

La honte poussait Renaude à cacher le plus longtemps possible son « enflure ». Elle songeait à son père… Comme il eût été mortifié !

Elle n'était pas née sous une bonne étoile. Au moment de la Grande Peste, de la disette ; son pays soumis, tiraillé… Elle avait causé la mort de sa mère en naissant. Et à présent, elle allait donner naissance à la pire espèce : un bâtard.

Au lendemain de l'Ascension, Renaude aperçut Pit'che Paul, le colporteur, muni de sa balle de cuir et armé de son bâton pour sauter de pierre en pierre sur les chemins boueux. La saison froide était derrière eux. Les chaussées étaient praticables. Pit'che Paul empruntait les rivières sorties des glaces, sur des embarcations sommaires, traversait les forêts, évitait les eaux stagnantes des marais et se cachait dans les bosquets dès qu'il percevait la présence de troupes.

Les guerres actuelles concernaient les suzerains de France et d'Angleterre. Autrefois, le père de Renaude arguait que le roi d'Angleterre devrait être le roi de

France. Mais d'autres soutenaient que « celui qui commande la France doit être de France ». Elle, n'avait pas d'opinion. Ce n'était pas son pays.

Il était intrépide, le colporteur. Il ne voyageait pas en groupe comme la plupart des hommes. Pourtant, toute sa richesse, il l'emportait avec lui. Chaque année, il quittait Cassel pour se rendre à la foire d'Hondschoote, un village proche de la mer, situé dans la châtellenie de Bergues. La Flandre était déchirée entre un commerce florissant avec l'Angleterre et ses intérêts familiaux avec la France. Renaude n'y comprenait pas grand-chose. Elle n'était pas la seule. Cette foire de Pentecôte était importante. On y vendait du drap, des serges et toiles diverses. On en expédiait vers l'Espagne et l'Orient. Le colporteur ne la manquait pour rien au monde. Il en revenait toujours avec des petites merveilles utiles ou insolites, des potions miracles, et de nouvelles histoires à conter.

La jeune femme lui transmit un message oral pour Arnaut, en forme d'appel au secours.

Dès lors, elle guetta son retour avec anxiété. Quérir de l'aide auprès de son grand frère lui paraissait le meilleur remède à ses maux. Tant qu'il n'avait pas été certain qu'elle fût à l'abri, il était resté près d'elle. Pour pallier l'absence de leurs parents, il s'était occupé de sa petite sœur avec tendresse et dévouement.

Attiré par un gain journalier et plus sûr, l'ancien apprenti du tisserand assistait à présent un drapier à Hondschoote. Le bourg jouissait d'une bonne renommée et accueillait à bras ouverts les volontés. Très affectée par les restrictions sur les laines anglaises, la draperie flamande de haute qualité périclitait au profit de laines de qualité inférieure. Légères, elles remportaient un vrai succès. C'était tout nouveau. Cela s'appelait la sayetterie. À Gand, le comte de Flandre venait d'établir une charte de privilèges en faveur des drapiers d'Hondschoote. Leurs étoffes commençaient à concurrencer celles de l'étranger, contrairement à la petite draperie de Cassel. Dès qu'il avait trouvé, pour lui, l'opportunité d'un bon travail et, pour elle, un époux, Arnaut s'en était allé.

« Arnaut saura que faire. Il me croira, il parlera aux pères, on va me blanchir de cette faute… »

L'attente fut oppressante.

Il ne revint pas.

Elle avait suffisamment patienté.

En dépit de son appréhension – Griete était bavarde –, Renaude se confia à son amie.

— Je comprends mieux…

Elle soupira.

— Tu ne chantes plus aux offices. Toi, que le Seigneur a dotée d'une voix en or.

Le silence qui suivit parut interminable à Renaude.

— Un bâtard ne fait pas bon effet dans la corbeille de noces.

Griete poursuivit sa réflexion :

— Le cacher… Non… Et si Dieu voulait que l'enfant disparaisse ? Le bâtard sanctionne le péché, mais toi, tu n'as pas péché, on t'a forcée…

— J'ai songé à l'ôter de mon corps, priant le Ciel miséricordieux qu'il me pardonne. J'ai pris un breuvage de camomille, de graines de gingembre et de fougère. J'ai essayé des feuilles de saule, du persil et du fenouil. Elles m'ont juste procuré des flux de ventre.

— L'ergot de seigle marche mieux.

Elle y avait pensé. Elle n'avait pas osé s'en procurer, se rabattant sur les herbes plus inoffensives. L'avortement clandestin était non seulement un grave péché, mais il était aussi périlleux. Était-ce un instinct de survie ? Elle voulait garder un espoir. En quoi ? En la grâce de Dieu, en la vie…

— Il y a plus de quarante jours, c'est un crime… Griete.

— Alors, fais-le passer pour celui de ton promis, lança son amie, avec une mimique suggestive. Il n'y a pas grand mal à connaître charnellement son époux avant les noces.

Elle en savait quelque chose.

— C'est trop tard, répondit Renaude.

— À cause de la date de délivrance ? Le tisserand n'est pas une lumière, il est puceau, alors les affaires de femmes ! Tu l'embrouilleras… Mais n'attends pas demain pour le plumer !

Au jour d'accordailles, Renaude s'imaginait Jan, sur le parvis de l'église, épousant une fille engrossée. Impensable. Mentir et l'incriminer ? On ne la croirait jamais. Le mariage était une grave affaire de famille, surtout chez les Martin si stricts sur la morale. Son futur époux était soumis à son père. À moins… Griete avait raison. À moins de l'entraîner sans attendre sur l'herbe en ce mois propice à l'amour. Les fiançailles ne donnaient pas le droit de consommer les noces avant la bénédiction religieuse. Mais nombre de paysannes passaient outre. Hormis le joli mai, la liste des jours néfastes aux jeux de l'amour s'allongeait. Griete lui conseillait de le duper. Elle devait prendre sur elle. En dépit du dégoût que lui procurerait dorénavant cet acte, elle devait le séduire.

Elle lui proposa une promenade en campagne. Il refusa, arguant une besogne à achever. Elle réussit toutefois à l'attirer vers un bosquet, et lui joua une parodie de l'amour. Elle colla ses lèvres contre celles du jeune artisan couperosé, tout en lui prenant une main qu'elle glissa sous sa chemise. La tentative fut vaine. Il se dégagea avec violence. Elle lut l'incompréhension dans son regard, la confusion dans son esprit. Il bredouilla qu'ils n'étaient pas mariés et qu'ils devaient patienter.

Il l'abandonna, pantoise, humiliée, en colère contre elle-même. Ne venait-elle pas de commettre une sottise ? Elle savait que Jan n'accepterait pas une femme coquette. Il l'avait choisie pour son sérieux, même si elle aimait rire. En bonne Flamande, le mariage ferait d'elle une femme respectable, serviable, qui tiendrait correctement son foyer. Que désirait la famille Martin ? Une apprentie, une servante propre et corvéable à merci, une mère. Ils auraient les trois. Nombre de pucelles ne voulaient pas épouser des apprentis. Jan était chanceux. Il avait autant besoin d'elle, une fille qui patiente, que Renaude d'un homme qui accepte une fille âgée et sans dot. « En tout cas, songea-t-elle avec ironie, on ne pourra me répudier pour infertilité. » Quoi qu'il en soit, Jan Martin était bien le seul homme incorruptible dans le bourg, et elle était tombée dessus. Il était trop convenable… À moins qu'il n'aime pas l'amour, ou qu'il préfère les hommes ou les bêtes ?

Que faire ?

Ses pensées se tournèrent vers Thomas… Deux jours auparavant, le jeune vicaire l'avait escortée pour quérir la farine au moulin de l'esplanade, près du fort et de la collégiale Saint-Pierre. D'habitude, elle y allait seule ou avec le père Baptiste. Thomas avait tenu à l'accompagner, prétextant un message à apporter aux chanoines de Saint-Pierre.

Une partie des remparts était toujours démolie. On commençait à reconstruire, selon l'ordonnance du comte. Des échafaudages se dressaient ici et là, le long des fortifications et de la double enceinte crénelée du château fort. Avec la consolidation des murailles protectrices et la solde des gens d'armes venaient aussi les impôts. Il faudrait une fois de plus se cotiser.

Du haut de Cassel, on dominait toute la plaine. On voyait à plus de cent lieues à la ronde. Le regard embrassait tous les territoires de Flandre-Cassel, les quarante-cinq villages de la châtellenie. De l'occident à l'orient, du midi au septentrion. En clerc penché sur ses pupitres, instruit par les manuscrits et les enluminures, Thomas était ignorant de la nature. Renaude prit un plaisir inouï à lui répéter l'enseignement du père Baptiste, celui de l'observation.

— Là-bas, tu vois, vers la mer, c'est la châtellenie de Bergues, avec le village d'Hondschoote, où est mon frère. Les vents du sud-ouest sont impétueux…

— Et à l'orient ? demanda-t-il, les joues rosies d'excitation.

— Les vents d'est traversent la vallée de la Lys, et la sombre forêt de Nieppe, où se situe le castel de notre souveraine Yolande. Les vents du nord-est rétablissent le beau temps.

Elle lui montra le fleuve, nommé Yser, qui serpentait entre de grandes fermes, les monts les séparant d'Ypres et de Bruges, et au sud, la vallée de l'Aa, les marais vers Saint-Omer.

Ils avaient tous deux le visage empourpré de plaisir. Elle en oublia un moment son état, toute à la joie d'être proche de lui. Quand il souriait, deux séduisantes fossettes éclairaient son visage. Des fossettes comme celles de son grand frère. Et lui, si près d'elle, étonné de son savoir, la trouvait plus ravissante que jamais.

Au retour, un troupeau de cochons déboula dans la rue sinueuse. Un petit porcher courait à leur suite, peinant à les diriger dans le chemin en pente. Ils n'eurent que le temps de se jeter tous deux sur le bas-côté. Thomas la retint pour l'empêcher de tomber et la protégea de son corps. Leurs regards s'accrochèrent avec une intensité inconnue. Elle ne put retenir un frémissement. Ils se délièrent prestement, étourdis, essoufflés, priant le Seigneur que personne n'ait surpris cette intimité.

« C'est avec lui que je devrais passer ma vie », songea-t-elle.

Son mariage avec Jan ne pourrait être terrible. Elle avait connu l'enfer, ce ne serait qu'un purgatoire, peut-être même un paradis. Elle en doutait. Mais c'était un bon mariage, et là, il n'y avait rien à redire. Thomas, c'était différent. C'était son ange gardien.

Elle se décida à se confesser…

10

Thomas se méprit sur sa demande. Son cœur battait un peu trop fort lorsqu'il lui répondit :

— Tu as de nouveaux péchés à avouer au Seigneur ?

Depuis l'âge de quinze ans, Renaude se confessait et communiait fréquemment. La majorité des paroissiens s'en acquittaient entre le mercredi des Cendres et le dimanche des Rameaux. La toilette de printemps était incomplète sans confession. Avec la recrudescence des épidémies, le danger de mort conduisait davantage de gens à se mettre en accord avec Dieu. Les pénitents se pressaient vers les prêtres débordés par l'affluence. Ils attendaient leur tour pour obtenir l'état de grâce. Désireux que cela se finisse vite, éprouvant la même appréhension que pour une saignée, ou pire, un arrachage de dents. La peur de passer par cette difficile et humiliante épreuve, la crainte du pilori, du jeûne, d'un pèlerinage lointain à accomplir. Depuis son agression, Renaude s'était confessée, à la va-vite, profitant du flot, sans rien avouer de l'outrage subi.

Dans l'ombre humide descendant des voûtes, elle grelotta.

« Il fait toujours frais dans les églises », pensa-t-elle.

Sa gorge était sèche. Son cœur, à elle aussi, battait à tout rompre, pour d'autres raisons. Allait-elle oser ?

Un prêtre n'était pas autorisé à s'entretenir avec une femme seule dans une église déserte. Thomas passa outre et s'assit dans un coin discret et sombre. Elle se mit à genoux, à ses pieds, et fit le signe de croix.

Il commença à l'interroger avec douceur. Elle chuchota à son oreille. L'un et l'autre se sentirent très intimidés. C'était la première fois qu'elle se confessait au jeune vicaire. Elle croyait en Dieu comme tout le monde, comme on croit à la vie. Une évidence. Elle pratiquait la religion avec un peu plus d'assiduité, du fait de vivre chez les curés.

— Fais ton examen de conscience, et accuse tes péchés.

— Bénissez-moi mon père…

Elle n'avait pas eu de mère pour lui apprendre les prières. Ses gestes de chrétienne, elle les devait à son père, son frère aîné, aux curés. Aux hommes. Elle comprit soudain combien il lui était difficile de se confier à lui. Elle exhala un douloureux soupir.

Il comprendrait son malheur.

Pâques, Quasimodo, les Rogations, l'Ascension, la Pentecôte et la Fête-Dieu ponctuaient le printemps, la renaissance du Christ et de la nature, et servaient de repères.

Occasions de piété collective, les grandes processions exaltaient les âmes. Les bruits stridents des métiers à tisser, le martèlement de l'enclume, les cris des petits vendeurs ambulants ou l'abattage des animaux en plein air laissaient alors la place aux instruments de musique et aux chants. Les confréries déployaient leurs bannières devant les parvis et les porches des maisons de la grand-place. Subjuguée par les statuettes de la Vierge, une foule montait des alentours pour y assister. Cela ne l'empêchait pas, ensuite, de se déverser dans les lieux de boisson. Laissée à elle-même, contrairement à une minorité de riches instruits, la masse appauvrie de ces paroissiens revenait vite à la rue et à ses débordements, aux injures, aux crachats, à une violence engendrée par un sens exacerbé de l'honneur. À moins que la débauche, le dérèglement des mœurs du peuple n'aient augmenté à l'instar de ceux des princes et comtes, croulant sous les richesses et l'opulence. Le trop-plein d'émotivité débordait lors des manifestations voyantes où le merveilleux offrait un antidote aux misères quotidiennes. L'effervescence était à son comble.

Le mari de Griete faisait partie de la confrérie Saint-Sébastien, la guilde des archers. La jeune femme était très fière de son homme, et portait leur fils dans ses bras pour qu'il voie la gloire de son père.

Renaude aperçut Pit'che Paul, quitta son amie et se faufila pour le rejoindre. Le colporteur était revenu pour la Fête-Dieu, chargé de nouvelles marchandises. Il n'avait pu transmettre le message de Renaude. Il était bredouille. Le drapier d'Hondschoote avait vu partir un matin le frère de Renaude. « Je vais à Bruges », lui avait-il simplement annoncé.

Cité grouillante d'animation, Bruges était le carrefour incontournable du commerce du drap et autres denrées précieuses. Nul ne connaissait l'adresse d'Arnaut.

Il s'était lancé dans le négoce. Il n'était pas repassé par Cassel, et Renaude en devinait la raison ; Arnaut appréhendait de l'avouer au père Baptiste. Lorsqu'il avait quitté la châtellenie pour Hondschoote, ce dernier lui avait fait ses recommandations : « Mon fils, ne deviens pas orgueilleux. Et méfie-toi du profit. »

Thomas chanta le *Veni Creator* en entrant dans la collégiale. Des tambours se mirent en branle. Sous les combles, des fidèles produisaient un curieux tintamarre. Ils lancèrent une colombe blanche, accueillie au son des trompettes.

Le jeune vicaire balançait entre peur et colère. Lors de la promenade vers le moulin, il avait failli succomber…

Ses fines et longues mains jointes en signe de dévotion, en humble qu'il était face à son Seigneur, il n'arrivait pas à chasser ces vilaines pensées de son esprit. Il avait pensé à la connaître charnellement. Il était bien membré. Que de fois son sexe ne s'était-il pas dressé fièrement à la pensée de Renaude dans ses bras… L'annonce de ses épousailles l'avait remis dans le droit chemin. Du moins le croyait-il jusqu'à cette promenade… Avec l'obligation du célibat instituée un siècle auparavant, l'union clandestine s'était propagée parmi les clercs, sensibles comme tous les mâles. Mais un enfant naturel, pour un prêtre, c'était autre chose. Les prêtres ne pouvaient accepter de bâtard sous leur toit. Il risquait gros. S'il existait des intendantes, qui s'occupaient des curés à tous points de vue, elles étaient d'âge canonique et impropres aux grossesses.

Il avait bien fait de ne pas fléchir, il était constamment tenté avec Renaude. Thomas songeait tantôt que Dieu lui envoyait une épreuve, tantôt qu'il lui envoyait Renaude… Il se la représentait sous les traits de la Vierge, une panacée de beauté et de miséricorde. Lorsqu'il priait la mère de Dieu, cet idéal de grâce et de tendresse, le visage clair de Renaude se superposait parfois à celui de Marie.

Mais à présent, le Seigneur l'avait accablée, elle, Renaude, et il avait empêché son serviteur de tomber à sa suite, en disgrâce. La tentatrice, la corruptrice était la femme et ce n'était pas pour rien que saint Paul, la jugeant indigne et inférieure, l'avait exclue du ministère ecclésial.

Au lieu de la posséder, c'était elle qui l'avait possédé. Il ne saisissait pas qu'il l'aimait, tout simplement. Son âme était sombre, son cœur soulevé par ses propres désirs. Peur panique d'être accusé, de devenir un objet de scandale et de voir toutes ses ambitions éteintes.

Le père Baptiste croyait en Thomas pour sa relève. Lui préférait les prétentions du père Hugues. Il voulait être archidiacre, grimper les échelons et ne pas rester un obscur petit curé. Cassel était la capitale de la châtellenie, mais il aspirait à plus d'éclat que le père Baptiste, qui était un bon prêtre, courageux et sans histoire. Thomas se sentait exalté par la gloire de Dieu, il se voyait prêcher devant des foules en extase, chanter solennellement les matines et autres offices. Recevrait-il une affectation s'il était accusé de fornication avec Renaude ? Aucune chance, même si les rumeurs étaient démenties.

Il avait failli céder, il la désirait… C'était la faute du père Baptiste qui avait permis qu'elle mange à leur table. Ce n'était pas réglementaire. Il n'allait pas à la fête des fous, ni au jeu, il n'oubliait jamais de se raser la tonsure. Mais il était un homme, avec ses faiblesses. On rejetterait la faute sur lui, le plus jeune des prêtres. « Dieu, ne m'abandonnez pas ! » Si Renaude l'aimait un peu, elle devait partir. Il avait hésité à lui donner l'absolution pour ses péchés. À tel point qu'il n'osait plus croiser son regard. Le sort se jouait de lui, mais Dieu lui accordait de vaincre le mal.

Il lui était défendu de trahir le secret de la confession. Il n'avait pas le pouvoir de la renvoyer. Le père Baptiste l'aimait comme sa fille, mais le père Hugues… Oui, ce dernier saurait la faire parler, et la renverrait… Il attirerait son attention.

Le jeune prêtre ignorait encore qu'il allait le regretter toute sa vie.

Renaude avait vu s'altérer le regard de Thomas. Ses yeux clairs avaient pris la couleur de l'acier. Trop long, le silence qui suivit sa confession l'accabla d'une sinistre appréhension. Devant son attitude, elle se rendit compte à quel point elle l'aimait. Elle l'aimait d'un amour terrestre et interdit. Elle s'en apercevait alors même que la lâcheté de Thomas ternissait ses sentiments. Un sanglot lui noua la gorge. Thomas crut qu'elle pleurait son état.

« Être en repentance », avait-il dit. Comment ? Elle ne se sentait pas coupable. Sauf de leur avoir souri. Sauf d'avoir ouvert la porte. Comme il était curieux, dans cette église dédiée à Marie, la Vierge, la Dame du paradis, de se sentir considérée comme une envoyée de Satan, un instrument du diable.

Transi d'une peur plus forte que la mort, celle du salut compromis, il avait chuchoté :

— Dis-le aux pères, tu dois le dire… et partir.

Et lui avait tourné le dos, avant de sortir précipitamment.

11

Thomas l'avait trahie…

Sans rompre le secret de la confession. Pas vraiment.

Désormais, elle traînait un poids dans le ventre, et un autre sur le cœur. Face à son désarroi, Thomas était resté pantois. Aucune compassion. Encore moins d'amour. Juste de la peur dans les yeux. Elle s'était imaginé qu'il allait la défendre comme son frère l'eût fait. Il avait bien disparu celui-là. Par quelle folle candeur avait-elle cru être protégée par Thomas ? Parce qu'il lui rappelait son frère avec ses fossettes ? Ce qu'elle avait aimé en lui n'était-il que le reflet d'Arnaut ?

Une allusion hypocrite et insidieuse de Thomas à ses changements d'humeur, ses malaises, fit naître la suspicion chez le père Hugues, et l'inquiétude chez le père Baptiste. Ce dernier la questionna :

— Qu'as-tu, Renaude ? Tu ne veux plus te marier ?

— Oh si, mon père !

— Tu es souffrante ?

— Non…

— Alors que se passe-t-il ?

Le père Hugues la sonda de ses petits yeux noirs.

— Tu es engrossée, ma petite.

L'incompréhension lue sur le visage de Jan Martin, lors de leur promenade, se retrouva sur les traits consternés du vieux Baptiste. Son courroux fut à la hauteur de sa déception. Habile et imperturbable, Hugues se tut. Couard et peu fier de lui, Thomas disparut.

Baptiste marchait de long en large, malheureux, hors de lui. Pour cet être sans histoire mais investi d'une mission, celle de sauver les âmes, sa paisible vision du Seigneur et sa confiance en l'âme humaine étaient bouleversées. Renaude tenta de se défendre. Il n'écoutait pas. Il ne voulut pas entendre les mots « contrainte », « forcée ». Comme tous les êtres en apparence calmes, son explosion était démesurée. Sa figure était congestionnée par l'émotion. Les yeux fixés au sol, la malheureuse se sentait pestiférée, damnée à tout jamais. En réalité, elle subissait les foudres d'un père ébranlé par sa fille.

Il ne manquait plus que les mauvaises langues. Elles écoutaient à la porte. Les regards se posèrent sur le jeune vicaire. Il n'était plus question de secret de la confession. Elle venait d'avouer. Lui devait se disculper, dissiper tout malentendu éventuel à son égard.

— C'est Renaude, avec des étrangers… Elle s'est mise dans une fâcheuse position…

Il avait tout dit.

La suspicion s'étendit à leur voisinage, puis à la paroisse tout entière et bientôt à la cité. Son mariage était fini. On n'arrête pas plus les rumeurs que le vent. Elle s'en aperçut à l'office suivant. La foule, agglutinée sur le parvis de la collégiale Notre-Dame, s'arrêta de bavarder, se tourna vers elle, la toisa. Le couperet tombait. Les fauves étaient lâchés. Voraces, ils n'allaient faire d'elle qu'une bouchée. On ne pardonnait pas aux filles mères. Elle n'était plus qu'une ribaude au corps insatiable. Une fille publique, qui s'était jouée de la confiance des pères et de la paroisse. Et cela était pire que tout.

Un visage taillé à la serpe, celui du père Hugues, la congédia avec un ton tranchant, sans se préoccuper de ce qu'elle allait devenir. Aucun scrupule après dix ans de vie commune… Renaude devait expier. Le père Baptiste, dont la réputation était celle d'un homme compréhensif, voire trop complaisant, capitula devant la pression du père Hugues et des chanoines. Peut-être fut-il l'objet de remontrances de la part de ses supérieurs. Peut-être fut-il menacé de perdre sa paroisse. Il lui conseilla d'aller rejoindre son frère à Hondschoote. Elle ne lui avoua pas qu'il en était parti.

Aller où ? Qui voudrait d'elle à présent ? Pas de place pour une fille seule, à moins de devenir la dame de compagnie d'une châtelaine. Le couvent ? Impossible. Il réclamait des dots conséquentes. Et elle n'avait pas le droit, sous peine de poursuites, d'abandonner son enfant.

Heureusement, il y avait la solidarité féminine. Elle prit le visage de Griete. Comme elle l'avait mal jugée ! Griete-la-bavarde avait tenu sa langue et, aujourd'hui, elle la défendait. C'était Griete-la-fidèle.

Elle lui proposa de l'héberger. Renaude quitta la maison curiale.

— Je prierai pour ton salut, dit le père Hugues.

— Je prierai pour toi, dit le père Baptiste.

Thomas ne dit rien.

Son amie Griete habitait une maison basse noircie de fumée, aux murs de torchis, à l'intérieur des remparts. Une famille d'artisans et de servantes au service des bourgeois de Cassel. Ils avaient été nombreux dans ces deux pièces, mais les parents n'étaient plus là. Il ne restait que son mari, Pierre, dit Piet, qui œuvrait pour un tisserand de Cassel, et leur enfant en bas âge. Ce fils de quatre ans jouait aux osselets au milieu des poules, à proximité des jupes de sa mère qui filait la laine. L'un de ces nouveaux rouets à grande roue remplaçait la quenouille. Mise en mouvement par la main, la roue entraînait le fuseau grâce à un système de courroie et de poulie. Griete avançait plus vite et l'opération devenait plus rentable. Imitant sa mère, le petit Piet jurait déjà comme un diable.

Elle lui donna une paillasse et une courtepointe. Renaude dormait sous le grand rouet. Sa couche était bourrée de paille mais aussi de puces. Elle ne s'était jamais autant grattée. En dépit du sable répandu chaque jour sur le sol pour chasser l'odeur des excréments, les effluves de latrines persistaient. Elle se rendait compte de la chance qu'elle avait eue chez les pères.

« On s'en aperçoit lorsqu'elle a disparu », songea-t-elle.

Brave, Piet ne contredisait jamais sa femme, mais il semblait mal à l'aise en présence de Renaude. Griete tenta de la rassurer.

— Ne t'alarme pas, Renaude. Depuis la régularisation des noces, il n'est plus tout à fait le même. On aurait préféré l'amende au pèlerinage, mais on ne pouvait s'en acquitter. Il a fallu choisir. Il craint les foudres du Seigneur… Mais c'est un homme bien.

Un soir, Piet rentra, la tête lui tournait. Il avait bu. Beaucoup. Pour se donner du courage et affronter sa maîtresse femme.

Il s'adressa à Renaude d'une voix mal assurée, ce qui était étonnant de la part de ce gaillard grand et costaud, apparemment sûr de lui. « Un bel homme », se dit Renaude. Il devint emprunté, gauche. « On dirait Thomas. » Elle crut que c'était l'embarras d'un homme qui répugne aux affaires de femmes. Mais il lui annonça, en évitant de la regarder dans les yeux, et surtout de croiser ceux de sa femme, qu'il était temps qu'elle s'en aille.

Les fabricants de draps de Cassel, comme de toute la Flandre, étaient très contrôlés. Ils avaient des amendes si des pièces étaient défectueuses ; des experts passaient pour les marques de plomb, mais leur bonne moralité était aussi surveillée. Les tisserands Martin avaient ameuté les corporations. Piet ne voulait pas perdre son emploi.

— Il n'en est pas question, répliqua Griete, qui avait son franc-parler. Tu restes là, Renaude. Toi, viens dans la cour, mon bonhomme, j'ai deux mots à te dire.

Jugée insolente, Griete commençait à ressentir l'effet des rumeurs. Le fait d'héberger la fautive, aux yeux des bonnes gens, suffisait à la condamner. Peu importait que Renaude eût été séduite contre son gré.

Renaude s'attendit à être chassée.

— Piet ne peut se permettre de perdre notre gagne-pain, lui dit son amie en revenant, l'air grave. J'ai obtenu de te garder jusqu'à la délivrance. Après… Nous avons encore le temps d'y penser… Mais en attendant, tu ne sors plus.

Désormais, on la cachait…

La famille Martin se déchaîna. Son silence équivalait au mensonge. Et le mensonge entachait leur honneur. Renaude n'avait que sa virginité à offrir, et elle n'avait même pas su la préserver. Le père et le fils commencèrent par se déchirer.

— Il fallait la choisir plus jeune ! Qu'elle soit chaste et docile, reprocha le fils à son père.

Le vieux Martin avait craint les dangers de la jeunesse, ses imperfections et ses prétentions. Âgée, Renaude lui avait paru solide pour son fils. Son cadet n'était pas une lumière ; elle aurait du plomb dans la tête pour deux. Il s'était bien trompé.

Chaque parole injurieuse à l'encontre de la promise les touchait personnellement. L'outrage fait aux Martin était irréparable à leurs yeux. L'outrage et le ridicule. Ce qui était pire. Leur honneur souillé, ils laissèrent cours à la violence, et furent les premiers à condamner la femelle qui les avait dupés. Accusations, injures, insultes, ils ne la ménagèrent pas. Elle avait trahi… En dépit de son engagement.

« J'ai volé leur confiance, songeait Renaude, et le vol est un grand mal, un des plus grands. »

Elle devait craindre des poursuites, pour tromperie et acte charnel hors fiançailles. Les Martin se sentaient floués. Ils désiraient un procès et des sanctions sévères. Elle était en danger. Ils voulurent d'abord dépêcher l'évêque, le doyen et le prévôt. Mais des querelles intestines avaient de nouveau éclaté entre le prévôt et le doyen du chapitre de Saint-Pierre, et ce dernier s'occupait de trente-trois paroisses. Il était débordé. Les Martin décidèrent alors un recours auprès des commissaires de la justice seigneuriale, la cour de Cassel. La plainte la poursuivrait toute sa vie. Les suites juridiques seraient sans fin.

Il y avait les notables et les autres. Elle faisait partie des autres. On lui reprocha d'avoir abusé de la charité des paroissiens, prêts à faire des dons pour une fille de rien. La partie plaignante avait le choix de la peine. Que feraient-ils de ses prières à Compostelle ou d'une amende qu'elle ne pourrait payer ? L'humiliation était la seule punition juste à leurs yeux. Ils réclamaient le pilori, le fouet et le bannissement. Le père et le fils lui auraient bien donné eux-mêmes des coups si la loi les y avait autorisés. Sa tentative dans les bosquets se retourna contre elle. Jan l'accusa d'avoir voulu le séduire. Ce qui n'était pas faux.

— Comme les autres, ajouta-t-il.

Et ce qu'elle redoutait arriva : la rumeur la condamna sans merci. La justice faisait appel à la délation. Pour tous, Renaude était une maraudeuse, et cela ne datait pas d'hier. Allez savoir ! Elle cachait bien son jeu. Si la fornication était admise, la grossesse ne l'était pas. Elle avait tout inventé. Ou avait fait acte de provocation. Sa parole était de fiel.

L'irréprochable devenait catin, partenaire de paillardise, et ses rires la trahissaient aujourd'hui. On aurait dû se méfier, elle attirait les hommes de cette façon. Sa réputation de femme courageuse chez les pères, on l'oubliait.

S'il y avait eu de ces nobliaux en mal de virilité, ils ne se montraient pas. Peu de roturiers avaient des bâtards, et la punition de Dieu risquait d'être terrible. Infâme, malfamée, impure, impie… Les qualificatifs ne manquaient pas.

Bien que servante des prêtres dans l'enceinte de la cité, elle restait la petite paysanne qui gardait jadis les brebis. Que valait la parole d'une vilaine ? On se moquait du bas peuple aux habits et aux manières grossières.

Renaude se résigna à subir les foudres des gens, de l'Église et de Dieu qui distribuait les misères et les disgrâces.

— Bats-toi, lui dit encore Griete. Tu n'es pas une sorcière, on ne va pas te torturer, ni te mener au bûcher comme une hérétique. Aucune sanction ne sera appliquée avant la délivrance. Profites-en pour accuser ceux qui t'ont déshonorée.

— Mais j'ignore leurs noms ! Et de toute façon, on ne me croira pas.

— À Lille, il paraît que l'on a tranché la tête d'un de ces hommes à l'aide d'une planche de bois, et ce fut très long…

— On est en émoi pour de très jeunes pucelles, pas pour une vieille fille déflorée.

— C'est vrai. Et ils tirent gloire de leurs méfaits ; c'est l'entrée dans le monde viril des hommes… les bandes et leurs folies nocturnes… Tout est jeu pour eux : couper le cou d'une oie, décrocher les enseignes, conspuer le guet, raser la barbe d'un Juif ou violenter une vierge… Et si tu faisais appel à notre souveraine ?

Notre voisine, Maria la ventrière, fut nourrice dans la maison de notre souveraine Yolande. Elle entretient toujours de bonnes relations avec la famille de la comtesse.

Libérée fin octobre, Yolande venait de rejoindre la Flandre et son castel de la Motte-au-Bois près d'Hazebrouck.

— Elle-même veut peut-être se faire oublier.

— Si c'est un garçon, intervint Piet, il y a toujours la solution de le faire entrer dans la cléricature. Les enfants naturels y sont nombreux.

12

Veille de la Saint-Nicolas d'hiver

Temps froid, jours courts… Renaude était à terme. Griete dépêcha la fameuse voisine. Toujours la solidarité. Cette Maria s'y connaissait pour les naissances.

« Tu enfanteras dans la douleur », souffrance inévitable, signe du péché originel. Blême, Renaude ne parlait plus, elle attendait, espérait son trépas. Fin fréquente de la délivrance. Comme sa mère. Le travail était entamé depuis matines. La matrone massait son ventre.

Le soleil descendit bien bas et disparut, laissant la place à une pleine lune. C'était l'heure de complies – dernier office sonné –, dernières prières chantées par les moines après le coucher du soleil avant que ne s'endorment les monastères et les villages. Le manteau sombre de la nuit allait recouvrir la Flandre et la honte de Renaude.

Les cloches sonnèrent tandis qu'un enfant happait sa première bouffée d'air et criait… Pourquoi n'était-il pas mort en sortant de ses entrailles ? Pourquoi ne succombait-elle pas ? Il lui faudrait porter dorénavant ce fardeau. Les lèvres injectées de sang à force de s'être mordue pour ne pas hurler, Renaude ne vit d'abord qu'une masse gluante. Maria l'essuya et déposa l'enfant sur sa poitrine pour pouvoir nouer le cordon aux deux extrémités et le trancher.

— C'est une fille.

Renaude l'entendit bien qu'elle ne fût plus là. Des cheveux châtains aux reflets roux… Frisés, comme ceux du chef de la bande. Une tache de vin, sur le lobe d'une oreille, comme lui encore. Elle eut un mouvement de répulsion. Et revécut toute la scène… Trois hommes encapuchonnés, bottés, l'avaient bâillonnée et maintenue sous la menace de leurs dagues, tandis qu'il abusait d'elle. La capuche rabattue, qui dissimulait ses traits, s'était abaissée. Peu importait. La crainte des représailles suffisait ; ils reviendraient la tuer si elle parlait. Pourquoi ne l'avaient-ils pas fait tout de suite ? Elle avait croisé ses yeux ardents, vu sa chevelure frisée. Il était jeune, si jeune. Avait-il plus de quinze ans ? Elle avait cru fermer les yeux, mais ses traits étaient restés inscrits dans sa mémoire. Quand il en avait eu assez, il leur avait dit : « Faites vite. »

Le cauchemar avait duré une éternité. Elle s'était sentie comme un ballot entre leurs mains qui palpaient ses seins, ses fesses, ses cuisses, et entraient en elle brutalement, à l'assaut de son intimité, comme ils l'eussent fait d'une citadelle. Elle n'avait pu se défendre. Pourquoi ne l'avaient-ils pas achevée avec leurs dagues ? Elle voulait mourir. Dieu ne le permit pas. Pire, le Seigneur lui implanta dans les entrailles la semence de ces individus.

Maria appuya brutalement pour faire sortir la masse sanguinolente. Renaude poussa un cri et revint à la réalité présente.

— Non ! hurla-t-elle.

Elle saisit l'enfant pour l'étouffer sous un oreiller, devant les yeux agrandis de son amie et de la voisine, sans voix, osant à peine respirer…

L'enfant aurait pu être le fruit d'un autre compère, celui qui était si laid, avec ses dents noires, ses petits yeux vicieux à l'expression si malsaine qu'elle en avait eu une nausée. C'eût été plus facile…

— Je ne peux pas !

Elle la repoussa et sanglota. Maria attrapa la petite au vol.

— Qu'elle disparaisse !

— Tu dois lui donner le sein, Renaude. Bois un coup, cela te fera du bien, ordonna Griete en lui faisant ingurgiter une bonne rasade de bière.

Renaude abaissa de nouveau son regard vers l'enfant. Des yeux lumineux, verts comme les siens, et confiants, qui semblaient la sonder. Une fossette comme celle de son frère… Et de Thomas. Elle était ravissante. « Pauvre chou… Tu n'y es pour rien. » Allait-elle l'abandonner sur le parvis, manière la plus chrétienne de se séparer d'une progéniture que l'on ne peut élever ? Les pères devineraient de qui était la petite bâtarde. On la condamnerait davantage. Et comment la laisser sur la chaussée, au milieu des infirmes, des vieillards abandonnés, des lépreux, des insensés et autres lunatiques ?

Il manquait à Renaude une douceur féminine. L'amour d'une mère. Elle avait gardé au fond d'elle comme une colère. Celle d'un manque. Imposerait-elle la même peine à sa fille ? Ou la laisserait-elle pourrir dans un fossé, mangée par des rats ou par les pourceaux affamés déambulant la nuit ? Dévorée vive…

Et brusquement elle n'eut plus peur.

La résignée se fit rebelle. Elles étaient en danger toutes les deux. Elle devait protéger son enfant, se ressaisir pour elle, fuir pour la sauver, pour qu'elle ne soit pas une infâme bâtarde. Prête à se sacrifier pour ce petit bout. Prête à sortir les griffes, à tuer s'il le fallait. Elle écarta l'échancrure de sa cotte et l'attira contre elle avec tendresse. L'enfant saisit le mamelon et le téta aussitôt.

Ils ne voulaient plus d'elle à Cassel. Il fallait qu'elle quitte le pays de son grand-père qui avait servi la cité, était mort pour elle. En 1328, leur seigneur Robert de Cassel, le père de Yolande, avait favorisé un mouvement populaire. Le comte de Flandre, Louis de Nevers, s'en effraya et prévint le roi de France. Ces défenseurs de la Flandre furent écrasés par Philippe VI de Valois. En moins de trois mois, dix mille d'entre eux périrent. Le grand-père de Renaude, l'un des révoltés, fut supplicié. Son fils raconta à ses enfants la bataille et la féroce répression. Lui avait un an à l'époque. En bon Flamand, il en avait gardé la rage au cœur, surtout en 1347, lorsqu'ils avaient été attaqués de nouveau par les chevaucheurs français. Le roi Philippe voulait les délier du serment de fidélité qu'ils avaient prêté à Édouard III d'Angleterre. La guerre des rois avait débuté lorsque ce dernier, à Gand, s'était fait proclamer « roi d'Angleterre et de France ». Il avait débarqué pour enlever Calais à

Philippe et rejoindre ses alliés flamands, dans la forêt de Crécy. Le comte de Flandre y resta avec de nombreux chevaliers. Un désastre pour la France. Suivi du long siège de Calais au terme duquel six bourgeois enchaînés vinrent apporter les clefs de la ville au roi d'Angleterre.

Elle décida de rejoindre une autre châtellenie.

— Tu dois d'abord la faire baptiser.

— Non, Griete, il faut que je fuie avant que l'on ne m'expulse.

— Un enfant non baptisé va en enfer. Mourir sans baptême est le pire des malheurs, Renaude. Elle va errer éternellement dans les limbes.

— Elle a l'air solide, cette enfant. Elle sera baptisée, mais pas ici. Je gêne ton mari, je te gêne, je vais être poursuivie par la justice et condamnée. Présenter un enfant au baptême sera plus aisé ailleurs, où l'on ignore tout des poursuites et de ma réputation. On dit qu'il y a pénurie de main-d'œuvre dans la plaine. Je suis courageuse. Je peux être une bonne recrue. Ici, je ne pourrai payer ma dette vis-à-vis des Martin et des curés qui m'ont recueillie.

— Tu ne pourras t'établir dans une autre paroisse sans certificat de chrétienté signé de notre curé.

— Me le donnerait-il, pour ma bonne conduite ? Ne t'inquiète pas, si ma fille est baptisée là-bas, moi, je me débrouillerai. Ma vie est finie ici. Je n'étais pas grand-chose, aujourd'hui je suis une moins-que-rien.

Cette petite chose accrochée à son sein était devenue plus importante que tout.

— Baptisée ici, ma fille traînerait la tache de son origine. Je veux lui offrir une chance.

— Il paraît, lui dit Griete, qu'un pape a absous une femme engrossée par son fils. Ses remords ont suffi au Saint-Père. Tu dois écrire au pape. Demande au père Baptiste de le faire.

— Impossible. Je suis déjà un objet de risée dans les veillées.

Griete lui proposa d'attendre les relevailles. Mais son mari s'y opposa. Cette fois, elle capitula. Elle lui conseilla d'aller à Ekelsbeke, dans la plaine flamande.

— Piet s'y rend pour le marché du fil. Le village appartient à la châtellenie de Bergues et dépend aussi de Saint-Omer. L'une de mes parentes, Folquine, vit là-bas. Je ne l'ai pas revue depuis son mariage, mais elle t'accueillera bien, j'en suis sûre. Tu seras en sécurité, on ne viendra pas te faire de procès. Mais tu ne peux t'aventurer seule, les bois, les bêtes…

— Les bêtes sauvages, je les ai vues, Griete, chuchota-t-elle. Celles-ci ne peuvent être pires.

Elle ne craignait plus les revenants non plus.

— Les routes sont hasardeuses. Les grêles et tornades de vent sont plus fortes que jadis, disent les vieux. Et la neige ne va plus tarder…

— Il faut donc que je parte, vite.

Le mari de Griete, qui n'avait pas la conscience tranquille, l'emmena dans sa charrette.

Son amie lui donna du fromage, pour accompagner le pain.

— Comment vas-tu l'appeler ? lui demanda Griete en la serrant une dernière fois dans ses bras, les larmes aux yeux.

Conçue dans la violence, sa fille naissait dans l'anonymat. Il fallait pourtant lui donner un nom.

— Comme ma mère, murmura-t-elle.

— Comment ?

— Insbette ! cria Renaude à son amie, tandis que l'attelage dévalait la rue en pente.

Les cloches sonnaient le réveil de la cité. Les fermiers s'occupaient de leurs bêtes depuis les laudes. Dans la carriole bâchée et cahotante, elle quitta Cassel dès l'ouverture des portes avec son enfant bien emmaillotée dans un châle. L'attention des gardes, sur le chemin de ronde et aux portes de la ville, était accaparée par le convoi d'un marchand qui pénétrait dans l'enceinte. Il était composé de cinq charrettes, attelées chacune de quatre chevaux. Sous les ferronneries des enseignes, les artisans et boutiquiers commençaient à s'activer. Elle entendit le claquement des volets des artisans ouvrant leur échoppe. Des cheminées fumaient.

Un cortège quittait la cité. La charrette le laissa passer.

On ne comptait plus les petites processions du dimanche, celles de l'extrême-onction, des enterrements, des lundis jurés, des jours des morts, sans oublier les kermesses, à tel point qu'on ne les remarquait plus, contrairement aux grandes processions, plus spectaculaires.

Faisant partie du paysage quotidien, elles en perdaient de leur intérêt. Délivrance du mal, saluts à la Vierge, paix entre les princes assurant celle des manants, cette procession-là était porteuse d'intentions. À la moindre alerte, les autorités en ordonnaient une. Une épreuve physique pour ces paysans fatigués qui devaient parcourir, dans la pluie et le vent, à l'heure de prime, plusieurs lieues dans la campagne.

En tête, se trouvait le jeune vicaire. Pour Renaude, la dernière vision de Cassel fut celle du visage de Thomas. Il croisa son regard et détourna le sien. Il tourna le dos au désir. Le combat entre ses sens et son âme était achevé, du moins le croyait-il.

Renaude serra la petite Insbette contre elle, et ravala ses larmes.

Elle ferma les yeux, et ne pensa plus qu'à sa fille.

13

Flandre française, Esquelbecq, de nos jours

— Attends !

Avec le crépuscule, le vent s'était assagi. La tempête eût semblé un mirage sans ce chêne déraciné, sans cette cassette emprisonnée dans ses racines.

Nina, Charlotte et Jean-François s'étaient réfugiés dans le salon donnant sur les tours du château et ses douves alimentées par l'Yser. La pièce était à l'opposé du jardin, à l'abri des regards indiscrets. Charlotte referma le couvercle d'un geste brutal.

— Attends, répéta-t-elle.

Elle croisa des regards déterminés et enfiévrés par le sentiment de frôler un mystère.

— C'est idiot. Je sais… Mais une seconde…

Elle alluma deux bougies.

— Voilà pour l'ambiance.

Elle sourit.

— J'ai l'impression de violer un secret. À présent… Ouvre, J.-F. !

Ils venaient de déterrer un objet surgi du passé, comme des archéologues. Mais ils ne participaient à aucune fouille et ressentaient à la fois la fébrilité des conspirateurs et l'appréhension des profanateurs.

Les deux femmes retinrent leur souffle. Le coffret d'étain contenait une sacoche de veau à grosses lanières. Le cuir patiné était tavelé de petites mouchetures. Leur parvint aussitôt le bruit d'une légère craquelure provoquée par le contact de l'air.

Tous trois exhalèrent une faible plainte.

— Pourvu qu'il ne se désagrège pas entre mes mains.

Contaminé par l'atmosphère presque irréelle régnant autour d'eux, Jean-François s'exprimait à voix basse.

— Je m'attends à un codex, murmura Nina, la poitrine oppressée.

— Un codex ? demanda Charlotte.

— L'ancêtre de nos livres. À part quelques améliorations, nous avons conservé ce modèle.

Avec maintes précautions, Jean-François ouvrit la pochette. L'opération dura une éternité. Et ce qu'ils découvrirent n'était ni un codex, ni un retable miniature, ni une relique ou un objet d'orfèvrerie. C'était un parchemin enroulé autour d'une sorte de bobine. Charlotte poussa une exclamation de plaisir.

Nina frissonna, ses yeux s'humectèrent. Le passé médiéval la rattrapait.

— Attention, il peut tomber en poussière !

Il était constitué de peaux cousues les unes aux autres, fixées sur un cylindre en buis. Jean-François le déroula très lentement. Les coutures se fendillèrent. Mais l'ensemble résista.

— Une merveille ! s'extasia Nina. Il doit dater du Moyen Âge.

— Le papier n'existait pas ?

— Si. Mais le papier était vulnérable au feu, très apprécié des rats et des vers, et il buvait l'encre. Jusqu'au XVe siècle, il fut utilisé pour les brouillons. Le papier venu d'Italie restait cher…

— Déjà les coûts du transport ! répondit Jean-François. Aujourd'hui, on est revenu au texte continu, comme du temps de ces rouleaux.

— C'est-à-dire ?

— Les écrans, les traitements de texte !

Ils se turent. Fascinés, ils se plongèrent dans l'examen du parchemin. Une magnifique lettrine, ponctuée d'élégantes enluminures, ouvrait le manuscrit. Une calligraphie soignée. Une profusion colorée de chérubins et de gargouilles. Puis un texte à l'encre de Chine, suivi de figures géométriques.

Le visage de Nina était empourpré d'émotion.

— C'est l'œuvre d'un artiste ! Cela débute comme un livre d'heures, avec ces images. Mais non, il n'y figure aucun calendrier, ni saint, ni psaume. Un bestiaire, peut-être ? Ce dessin magnifique représente un centaure.

— L'un des mythes les plus instructifs sur l'instinct et la raison, observa Charlotte. Science et mythes peuvent cohabiter…

Elle croisa le regard étonné de Nina.

— Pour peu que l'on conserve ses yeux d'enfants, acheva-t-elle en souriant.

— Non, ce n'est pas un bestiaire. D'autres animaux seraient illustrés. Ce n'est pas un bestiaire, répéta Nina qui faisait les questions et les réponses. Mais cet homme s'est appliqué…

— Ou cette femme, répliqua Charlotte.

— Possible, mais ce serait étonnant. Elles avaient peut-être la parole… chez elles, ajouta-t-elle avec un sourire malicieux, mais sûrement pas la plume. Les greffiers, les notaires utilisaient des procédés d'abréviation, comme ici, fit-elle en montrant des signes.

— Comme nos contractions de mots sur SMS ? s'enquit Jean-François.

— Exactement. Serait-ce un rouleau des morts ? On y notait les noms des défunts auxquels on destinait une prière… Mais…

— Mais il n'y a pas de liste de noms, Sherlock Holmes, répliqua Jean-François amusé par les déductions de Nina.

— Effectivement, mon cher Watson, répondit-elle. Certains rouleaux circulaient de monastère en monastère au Moyen Âge. Leurs messagers apportaient des instructions de la maison mère. Le scribe rajoutait une réponse, cousue au parchemin, qui était de plus en plus long au fil du voyage. Celui-ci ne comporte qu'une couture. C'est un peu court…

— On dirait une espèce de carnet de voyages. Je lis « Capri » à cet endroit.

— On le saura après l'avoir déchiffré. Il est abîmé… remarqua Nina.

— Mangé par des bêtes ? suggéra Jean-François.

Nina fit une moue de désapprobation.

— Il était bien préservé dans le cuir puis l'étain, lui-même protégé par les racines du chêne. Non, ce parchemin est incomplet… Comme les chartes. Les chartes, précisa-t-elle, étaient rédigées en deux exemplaires sur un parchemin que l'on déchirait en deux. On vérifiait son authenticité en rapprochant les deux morceaux.

— C'était intelligent.

— Eh oui, nos ancêtres n'étaient pas des débiles ! Ce n'est pas une charte, il n'y figure aucun sceau permettant d'authentifier l'acte.

— Une partie est rédigée en latin… Un clerc ?

— Peut-être… Les moines utilisèrent longtemps le parchemin. Le papier venait des païens, des Arabes. Ils refusèrent de l'employer pour louer Dieu. Mais un ecclésiastique aurait tout écrit en latin. Il n'y a pas moins de trois langues sur ce bout de parchemin, et ce passage semble codé…

— La langue courante était le flamand, non ? s'étonna Jean-François.

— Oui. Il était également employé pour les contrats juridiques, de mariage, les ventes et les testaments. Le français était la langue du pouvoir, utilisée dans les cours princières. Le latin conservait un certain prestige. Il persistera chez les notaires italiens à Bruges, dans les traités internationaux. La chancellerie des comtes de Flandre en fera encore usage. Au XIVe siècle, le multilinguisme était fréquent, surtout chez les marchands.

— Des Européens avant l'heure !

— Tout à fait. Ce trilinguisme me fait plutôt pencher pour cette période ! Un négociant…

Jean-François gardait quelques souvenirs de ses études latines.

— Je ne comprends que le début…

— C'est déjà ça ! s'exclama Nina. Alors ?

— Il concerne une certaine Insbette de Cassel, née la veille de la Saint-Nicolas d'hiver… Baptisée à l'église Saint-Firmin d'Ekelsbeke… Je n'y arrive plus.

Sauf que. C'est bien « Yolent », ta comtesse, Nina ? Il la nomme ici. Regarde !

— Yolent ! Plusieurs orthographes existaient pour son prénom… Yolande, la Dame de Cassel ! Et ces lignes encodées, juste avant la déchirure ?

— Elles ressemblent à un assemblage de signes runiques.

— Comme ceux qui sont maçonnés sur le mur de la conciergerie du château, sur les pignons de brique de l'ancien bailliage et de l'église ? C'est plus tardif, non ? demanda Nina.

— Ceux qui nous restent sont plus récents, expliqua Jean-François, parce qu'ils figurent sur des demeures du XVIIe siècle, mais celles-ci ont été bâties sur d'anciennes fondations et ces symboles existaient auparavant. Cet homme a dû les écrire comme des porte-bonheur, des signes de fécondité… Ce n'est pas un clerc.

— D'autant que les gens d'Église ne devaient pas avoir de secrets.

Nina rayonnait d'excitation.

— Notre homme était peut-être un esprit universel : théologien, philosophe, physicien, mathématicien. Un homme cultivé, qui aurait enterré ce parchemin, comme les Juifs enterraient leurs livres, la Torah, le Talmud. Et… là ! N'est-ce pas sa signature ? Je n'arrive pas à déchiffrer le nom.

— Nathaël.

— Un prénom hébraïque.

Dans ce décor si paisible – Nina avait déjà oublié la bourrasque de son arrivée –, il était difficile d'imaginer que des secrets aient cherché refuge.

Pourquoi dissimuler ce parchemin ? Dans les temps médiévaux, brûler une œuvre revenait à priver son auteur de l'immortalité. C'était aussi violent que de s'attaquer à sa personne… Ce Nathaël désirait-il transmettre ses écrits ou les cacher et les récupérer plus tard ? Était-ce un testament non parvenu à son destinataire ? Et que penser de la partie manquante ?

— Il reste tous ces chiffres et ces tableaux. Un almanach avant l'heure, peut-être…

— Vous vous trompez tous les deux, s'interposa Charlotte.

14

Charlotte semblait sortir d'un état d'hypnose.

— C'est un thème astral. Du XIVe siècle, précisa-t-elle. Plus que ça, un véritable petit traité d'astrologie. La constellation du Sagittaire nous ramène au centaure de la mythologie grecque, qui est admirablement dessiné plus haut. Ce n'est pas un bestiaire, mais de l'astrologie.

Absorbée par cette partie du manuscrit, elle s'était tue depuis la découverte du parchemin.

— C'est un thème, ça ?

— Oui. Celui d'une naissance. Au centre, nous avons la date et l'heure. Un nom : Insbette, celle dont ce Nathaël parle plus haut. Elle est née début décembre de l'an 1373. Je ne l'ai pas reconnu tout de suite car les astres ne sont pas dessinés sous la forme du carré astrologique divisé en triangles figurant les douze maisons célestes, mais ils sont décrits, maison par maison. C'est d'autant plus précis que les seuls repères étaient les fêtes religieuses. Ils sont abrégés pour gagner de la place. « Sagit » pour *sagittarius*, « capri » pour *capricornus*. Ce n'est pas l'île de Capri, ajouta-t-elle avec un petit rire moqueur à l'encontre de Jean-François. C'est remarquable : des tables astrologiques telles qu'elles étaient dessinées au Moyen Âge ! Ce document date d'avant le XVIe siècle, avant Copernic, Kepler et Galilée, durant lequel l'ellipse a remplacé le cercle, en astronomie.

Charlotte jubilait.

Devant l'air ébahi de Nina, Jean-François expliqua :

— Ma femme est une passionnée d'astrologie. Moi, je suis plus sceptique…

Nina croisa le regard mutin de Charlotte qui traduisit sa pensée :

— Oui, Nina, je suis une rousse née un 30 avril, qui s'adonne à l'astrologie et aux plantes médicinales… À ta place, j'aurais peur !

Elle éclata de rire, et poursuivit :

— C'est l'œuvre d'un astrologue-astronome. À cette époque, les deux notions étaient liées, comme elles l'étaient à la magie, à l'alchimie et aux mathématiques. Omniprésente, l'astrologie était la science des étoiles. Mais en soutenant l'idée d'une influence des astres sur les hommes, les faiseurs d'horoscopes risquaient à tout moment leur tête. Les savants s'en préoccupaient, la polémique existait. Le nombre des astrologues, leur prestige augmentèrent dans les cours princières. Jusqu'au milieu du XVe siècle, ils seront désignés sous le nom de « médecins » et non reconnus comme astrologues, ou plutôt « astrologiens ». Ils excellaient aussi dans l'art de la divination…

— Ou du camouflage ! railla Jean-François. Aujourd'hui aussi, les horoscopes et les voyants fleurissent.

— Je le savais ! s'écria Charlotte, sans écouter son mari. Je savais que nous devions faire nos chambres d'hôtes sur ce lieu, dans cette maison, je le sentais !

— Enterrer un traité d'astrologie, quel intérêt ? objecta Nina. Qu'avait-il de si précieux ? Faisait-il œuvre d'hérésie ?

Charlotte se pencha à nouveau sur le thème astral, le visage très concentré.

— Ces annotations – tu vois, ici – permettent de penser que cet homme était en avance sur son temps, de là à être hérétique… Ce document en appelle un autre que l'on ne retrouvera sans doute jamais, s'il l'a aussi bien caché… Il a peut-être soutenu des arguments en faveur de la rotation de la Terre.

— Déjà ?

— On n'osait le dire pour les raisons que vous comprenez.

— Si c'est l'œuvre d'un Juif, celui-ci a pu être poursuivi, massacré, exilé, comme de nombreux Juifs durant de longues périodes du Moyen Âge…

— Mon Dieu ! Au fait, ce parchemin nous appartient-il ? s'inquiéta Charlotte. C'est une pièce archéologique, non ?

— Je crois savoir, intervint Jean-François, que celui qui découvre un trésor dans sa propriété en est le propriétaire, mais s'il y a intérêt historique, il faut peut-être en informer la mairie… Les archives pourraient avoir envie de le posséder… Et si c'était une supercherie ?

— Impossible, ce chêne était là depuis plus de cinq cents ans, riposta Charlotte. Tu vois quelqu'un le déraciner, placer la cassette et remettre l'arbre à sa place ?

— Il faut le faire authentifier, conseilla Nina. Ce n'est pas une supercherie moderne mais, à ces époques lointaines, les falsifications pullulaient déjà. Les moines copistes avaient le monopole du livre et de la contrefaçon. Un vrai travail à la chaîne, ils recopiaient et parfois ils corrigeaient, révisaient la copie. Pour obéir à des consignes, ou par fantaisie, cela, Dieu seul le sait ! Jusqu'à l'imprimerie, au milieu du XVe siècle, il était aisé de dénaturer des œuvres…

— Quelle horreur ! s'exclama Charlotte.

— Que crois-tu que l'on fasse aujourd'hui ? dit Jean-François. Avec Internet et les images numériques, il est possible de transformer, contrefaire, truquer…

— Comme les copistes médiévaux.

— Retour à la case départ.

— Une de mes amies travaille à la Bibliothèque nationale, elle fera procéder à l'authentification du document.

— On peut déjà demander à Mariannick, qu'en penses-tu, Charlotte ?

— Bonne idée, J.-F. ! C'est une amie. Elle est archiviste à Cassel, et passionnée par les livres anciens. Elle déchiffrera le texte en vieux français… et elle sera discrète. D'ailleurs elle t'aidera volontiers dans tes recherches, Nina.

— Je m'y rends après-demain… Je comptais éplucher les archives après avoir déjeuné avec ma cousine. Quelques questions restent en suspens concernant ma comtesse de Flandre.

— Alors dès demain matin, déclara Charlotte, j'appelle Mariannick. Prenons le document en photo et attendons un peu avant d'avertir les autorités…

— Sur ce, mesdames, je vous quitte… je pars très tôt demain pour Lille.

Nina et Charlotte ne se décidaient pas à se coucher. Charlotte étudiait le thème astral.

— Je dois le déchiffrer… Aucune envie de dormir…

— Moi non plus. Je crois que je n'ai plus été aussi excitée depuis le « club des intrépides » que j'avais créé enfant avec mon cousin !

Elles éclatèrent de rire.

— Je suis du mois de décembre, moi aussi, ajouta Nina.

— Tu veux bien que je te fasse ton thème, pendant que j'y suis ?

— Je dois t'avouer, répondit-elle, que je ne crois pas aux prétendues influences astrales.

— Ne t'inquiète pas, je ne vais pas prédire ton avenir.

— Bon, si cela t'amuse… À une condition : ne me dis pas que, parce que je suis Sagittaire, je dois porter du bleu ou ces autres inepties, que je ne dois pas faire ceci ou cela demain, et que je vais faire un voyage ou une rencontre… Oui, je sais, ajouta-t-elle devant l'œil ironique de Charlotte, que mon magazine regorge de ce genre de niaiseries… Tu ne penses pas que l'homme possède un libre arbitre, que nous avons le choix ?

— Si.

— Alors comment peux-tu croire que les astres nous déterminent ?

— Ils ne déterminent pas. Les astres influencent, dans le sens d'un flux, d'un mouvement, d'une réaction en chaîne… Les saisons, les fruits, la circulation des fleuves et du sang… On parlait jadis de rayons, projetés par le corps, sensibles aux astres, à la lumière… Aujourd'hui, ce sont les ondes… On n'est pas si loin de la cosmologie des anciens. « Les astres inclinent mais n'obligent pas », disait Ptolémée. La véritable astrologie tient compte d'éléments plus complexes. Il est vrai que je me complais à croire que les planètes se penchent sur mon petit à naître, comme les bonnes fées des contes, et je me sens davantage en osmose avec l'univers depuis que je suis enceinte. La Lune croissante ou décroissante a des influences sur les plantes, c'est reconnu et accepté. Pourquoi n'en aurait-elle pas sur les autres êtres vivants, sur les humains ? Elle agit sur les marées, et nous sommes composés en grande partie d'eau…

Les yeux de Charlotte brillaient d'un éclat de plus en plus vif au fur et à mesure qu'elle s'enthousiasmait.

— Toute la nature agit à l'unisson du cosmos. On connaît l'influence du climat sur les paysages, les êtres, les migrations, depuis l'aube des temps, même si ceux qui s'y intéressaient étaient taxés, comme les astrologues, d'hérésie. Au XVIIe siècle, une loi anglaise condamnait les météorologues au bûcher.

— Cela fait froid dans le dos. Aujourd'hui, c'est l'homme qui agit, détruit la nature, massacre des espèces, pollue l'atmosphère.

— Oui, et la nature se venge, elle continue de soumettre l'homme à sa volonté.

Suspendue à ses lèvres, Nina découvrait une autre facette de sa nouvelle amie ; elle était impressionnée.

Charlotte lui posa trois questions : le jour, l'heure et le lieu de sa naissance, puis établit son thème.

Silencieuse, Nina l'observait avec attention et se prenait au jeu. Sous la lumière tamisée des bougies parfumées, elle se sentait nimbée d'une délicieuse sensation d'envoûtement.

Lorsqu'elle eut terminé, Charlotte resta immobile, le stylo à la bouche, refit quelques calculs et leva la tête. Son visage était transformé, ses traits figés, ses yeux semblaient agrandis.

— Que se passe-t-il, tu m'inquiètes ? demanda Nina mi-figue, mi-raisin.

Le regard de Charlotte se porta sur le thème de l'inconnue, puis de nouveau sur celui de Nina. Elle ouvrit enfin la bouche.

— Ce thème qui apparaît sur le parchemin du Moyen Âge est ton thème.

— Quoi ?

— Les similitudes sont plus que troublantes. Tout correspond, la Lune en Scorpion, Vénus en Verseau… Cette Insbette et toi avez exactement le même thème astral.

Elles restèrent sans voix quelques instants.

— C'est impossible, Charlotte ! Les constellations, la place des équinoxes ont changé, non ? Le ciel a changé !

— Tu as raison, Nina, le zodiaque des signes ne correspond plus à celui des constellations, mais l'important est le cycle de la nature. Les saisons et le lieu géographique de naissance – pays froid ou chaud – ont leur influence… Le signe est un rythme qui se réfère au système solaire, au rapport jour-nuit, à la présence ou non d'une planète. Le cosmos, à la naissance, nous détermine au même titre que la génétique…

— Mais…

— Mais, je te l'accorde, on peut ne pas en être tributaire. L'astrologie relève du symbolisme. D'ailleurs, le Soleil ne traverse pas douze mais treize constellations. Ophiucus, ou Serpentaire, est la treizième. Et tu es du signe du Serpentaire.

— Voilà autre chose !

— Les similitudes demeurent. Regarde ! Le serpent qui entoure cette lettre. Un visage de femme, aux cheveux frisés, grands yeux clairs… C'est elle ! Et il existe la même conjonction de planètes dans vos deux thèmes… Tout est identique…

— Comment des astres si lointains peuvent-ils exercer une influence sur nos petites vies ? C'est comme se dire que Dieu nous entend, nous juge, nous envoie des punitions… Non, cela est trop pour moi, vois-tu…

— Tout correspond avec le tien, Nina… C'est le tien !

— Tu ne vas pas me dire que je suis la réincarnation de cette Insbette ? Là on sombre dans…

— Je n'ai rien dit de ce genre.

— C'est un peu comme si elle était ma jumelle au travers des siècles ?

— Oui. Vous êtes nées toutes deux pendant l'hiver, quand la nuit arrive au maximum de son expansion, la nature est en sommeil, tout semble mort, mais les natifs du Serpentaire refusent cette prison apparente. Ils croient en l'avenir, sont épris de liberté comme toi, comme Insbette, des rebelles au signe de feu, tournés vers la renaissance. Ils sont attirés par le lointain, les voyages…

« Ce n'est pas faux », songea Nina.

— Cette inconnue, cette Insbette était sans doute une obstinée en quête d'absolu…

— Tu es très intuitive, déclara Nina, sceptique.

Charlotte ne releva pas, elle poursuivit :

— En révolte contre l'intolérance et toute forme d'injustice. Si elle avait une revanche à prendre, cet objectif l'a soutenue toute sa vie.

Nina était émue. Charlotte avait touché un point sensible au tréfonds de son être, qui résonnait douloureusement en elle.

— Je trouve ces traits dans ton thème, et que tu te sois spécialisée dans les femmes et la société, tes recherches au travers des siècles ou ailleurs, ces femmes afghanes… Curiosité, quête… Il y a ces traits au départ, et puis vient la façon de les transcender, de canaliser ses impulsions, d'être maître de soi, d'orienter son existence.

— D'après ce que tu me dis, c'est en nous-mêmes qu'Insbette et moi nous ressemblons le plus ?

— Oui. Si l'on supprime les aberrations de l'astrologie ancienne, on peut penser que cette Insbette avait les mêmes aspirations, les mêmes inclinations… La même horloge interne. Rappelle-toi, le centaure… Il symbolise la force brutale et aveugle, ou la force sage et vaillante. Il se nourrit de chair crue.

— On me traite parfois de Viking parce que j'adore la viande et le poisson crus ! plaisanta Nina.

— La lune ronde vous fascine, vous aimez interroger le ciel… Oui, même si tu te bats contre cette idée.

Nina était troublée.

« Quand je regarde les étoiles, se dit-elle, j'éprouve une immense sérénité. J'ai l'impression que la lune me parle, et je me dis que cet infini a quelque chose de divin. »

Pourtant, elle se braqua :

— Arrête, Charlotte, tu sais de qui tu parles ?

— De toi, je me trompe ?

— Non… Mais tu parles aussi d'une femme du XIVe siècle ! En tout cas, tu es une fine psychologue.

— Je ressens ces choses, mais je suis sérieuse, et je ne lis pas l'avenir dans les planètes, je te parle juste de ta configuration astrale.

— Elles ont bon dos, les planètes ! D'ailleurs, il y a un petit problème.

— Lequel ?

— Elle est bien née la veille de la Saint-Nicolas d'hiver ?

— Oui.

— C'était déjà le 6 décembre ?

— Exact.

— Nous n'avons pas le même ciel ; cette femme est née en hiver et à Cassel comme moi, mais elle est née le 5 décembre, moi le 16.

Les lèvres de Charlotte s'entrouvrirent sur un sourire malicieux.

— Elle est née sous le calendrier julien, toi sous le grégorien. Cela correspond exactement.

Onze jours… Bien sûr… Charlotte avait raison. Insignifiante en apparence, une erreur de dix minutes par an faussait le calendrier. On célébrait Pâques trop tard, et l'écart aurait continué de croître. On décida donc de rattraper le Soleil. En 1582, la plupart des Européens, couchés le 4 octobre, s'étaient réveillés le 15 octobre ! En France, le changement avait eu lieu début décembre. Les Pays-Bas et le Saint Empire germanique, eux, avaient achevé le mois le 21 décembre, sacrifiant Noël.

— Pour les dates, d'accord. On peut peut-être capter les fréquences d'une autre personne, oui, on a une enveloppe magnétique ; la transmission de pensée, ça, je veux bien l'admettre, mais pas avec une femme des temps médiévaux. Je ne ressens pas l'influence de cette Insbette, je n'ai fait aucun rêve la concernant, je n'ai pas d'hallucinations, je ne ressens pas de malaise, je n'ai pas d'eczéma… Donc, pas de réincarnation, s'il te plaît ! Ni de vies antérieures. C'est notre esprit qui fabule.

— Peut-être… Peut-être pas… Nous ne sommes pas dans la science-fiction, mais tu m'as dit que tu te sentais chez toi, ici, que tu éprouvais comme une sensation étrange de bien-être… des vibrations positives.

— Ah non !

Nina éclata d'un rire nerveux.

— Quand tu laisseras parler tes sens, tu retrouveras le chemin de cette Insbette. Tes sens en éveil, tu la feras peut-être entrer dans ta vie.

— Non, non, je ne veux pas y croire !

— Je crois que c'est déjà trop tard, dit Charlotte avec un sourire énigmatique.

15

Ekelsbeke, 1373

Installées à l'arrière de la charrette, Renaude et sa petite Insbette s'éloignaient de Cassel.

Piet, le mari de Griete, emprunta une chaussée bien droite que l'on disait être une voie romaine, en direction de Zermezeele. Cette route était en bien meilleur état que la plupart des chemins inondés, boueux ou pris dans les glaces, selon la saison. Sous leurs yeux s'étalait un paysage de bocage dense d'où émergeaient bosquets, vergers en sommeil, champs et pâturages. Ils aperçurent les silhouettes rassurantes de moulins à vent. Ils longèrent des bois. Piet prit soin de ne pas s'y égarer. Fréquentés par des charbonniers et des bûcherons, les coquins y proliféraient comme la mauvaise herbe. Il ne tenait pas non plus à croiser des sangliers ou des soudards à la solde de l'étranger et autres brigands vivant de rapines. Superstitieux comme tout un chacun, il voulait éviter l'esprit du mal, le Kludde, qui prenait parfois la forme d'un arbre.

Ils ne firent aucune mauvaise rencontre, mais le temps s'était singulièrement rafraîchi. Le ciel semblait se remplir de neige. Les intempéries hivernales ne tarderaient pas. Le froid, seul, tracassait Renaude. Pour son enfant.

Ils passèrent le village de Ledringhem, dans la plaine flamande. Ils s'arrêtèrent au bord de la rivière de la Peene, afin de permettre au cheval de s'abreuver. Ils en profitèrent pour manger leur pain.

Renaude n'avait qu'une idée en tête : sauver sa fille, puis retrouver son frère. En allant vers Ekelsbeke, elle se rapprochait de Hondschoote.

Elle se raccrochait à l'espoir de le revoir. On disait qu'il n'était plus à Hondschoote, mais peut-être y retournerait-il ou viendrait-il à Ekelsbeke ? Arnaut était un marchand. Le village avait son marché au fil... Mais Bruges était sans doute préférable pour les affaires.

Depuis l'avènement de Louis de Mâle, de nombreuses dissensions troublaient le pays. Ce comte de Flandre, attaché à la famille royale de France, était souvent en lutte avec ses sujets révoltés. Le commerce s'en ressentait. Aujourd'hui, on craignait autant la soldatesque comtale que les Anglais. Peu courtois, prince dissipé et licencieux, Louis de Mâle passait sa vie à comprimer l'esprit d'indépendance des Flamands. Et les Flamands n'aimaient pas ça.

Renaude ignorait ces querelles de grands. Rien ne pouvait plus l'atteindre. Elle était comme emportée dans un tourbillon. Pourquoi devait-elle subir ce châtiment ? Qu'avait-elle fait au Seigneur pour qu'il la punisse ainsi ? Elle n'était plus une femme honnête à Cassel, on avait conclu à sa paillardise. Renaude s'enfuyait pour ne pas être condamnée, et pour que son enfant échappe à cette disgrâce.

« Ma fille, songeait-elle, ne doit pas grandir avec le sentiment d'être une bâtarde, ni traîner cette infamie toute sa vie. »

Elle, Renaude, était déshonorée par des jeunes gens de qualité qui devaient se considérer aujourd'hui comme de vaillants guerriers, de valeureux chevaliers ayant affirmé leur virilité avant de se marier. Peut-être avaient-ils déjà oublié les outrages qu'ils lui avaient fait subir. Ils l'avaient soumise. Elle n'était que de la piétaille après tout, et cette naissance était source de honte. Elle ne s'était pas débarrassée du fruit indésirable. Elle devait expier. Pas son enfant. Se présenterait-elle comme une veuve ? Ou une innocente, bernée par un homme marié ? Dans ce cas, elle passerait pour une imbécile que l'on peut facilement abuser, et elle ne trouverait pas de labeur. Violentée ou séduite par un seigneur ? Le bâtard d'un noble était, disait-on, mieux considéré. Que dirait-elle au curé ? Elle l'ignorait encore. Mais Insbette devait être baptisée, et vivre à Ekelsbeke.

En mangeant son pain, Piet ressassait les mêmes pensées depuis leur départ et pestait intérieurement contre sa femme.

Il avait hâte d'abandonner le « chargement » que lui avait imposé Griete. Il avait frôlé l'excommunication une fois ; il était rentré dans le rang grâce à leur pèlerinage de pénitence et à leur mariage…

Non, il ne tenait pas à rester en compagnie de cette fille et de sa bâtarde. Sa femme portait un peu trop le chapeau à la maison. Il y remédierait en rentrant. Pas question de devenir la risée de sa confrérie. Renaude, il la recommanderait au curé… Il ignorait où habitait la cousine de Griete. Il ne désirait pas être mêlé à cette histoire.

Ils approchaient d'Ekelsbeke.

Des éclats de voix et mille autres petits échos d'une grande animation leur parvinrent. Renaude, qui nourrissait son enfant, prit peur. Et si on lui interdisait d'entrer ? On se méfiait de l'étranger suspecté d'apporter la corruption avec lui. Elle était corrompue, certes. Mais elle n'était ni lépreuse ni pestiférée, et les étrangers entraient en nombre lors des foires et marchés du pays.

Ils croisèrent une autre procession qui s'en revenait du village, et faisait une halte sur le bord du chemin. Saint Folquin, patron de l'église d'Ekelsbeke, était invoqué pour les couches difficiles, les femmes stériles et les fièvres intermittentes. Des pèlerins venant de loin, portant au chapeau une bannière sur laquelle figurait le saint, s'étaient joints aux fidèles de paroisses avoisinantes. Ils n'étaient pas de ceux qui arboraient des coquilles de saint Jacques sans avoir jamais vu Compostelle. L'effort que demandait cette épreuve suffisait à leur piété. Les prières s'estompaient au fur et à mesure de leur marche. Après les suppliques, c'était au tour des distractions et du bavardage de prendre le relais. Ils parcouraient le pays, de la première cloche à l'angélus de midi. C'était l'une des dernières processions à se risquer dans la campagne. Bientôt la contrée serait prise dans les glaces, et personne ne s'enhardirait plus à sortir du bourg.

Partis à prime, ils arrivèrent à tierce. À environ quatre lieues des remparts de Cassel, Ekelsbeke appartenait à la châtellenie de Bergues, dont s'occupait Bruges, l'un des Quatre Membres de Flandre.

Traversé par une voie romaine garnie de cailloux, le village était bâti autour d'une place sur laquelle trônaient l'église et une impressionnante forteresse : un château avec donjon, tours de défense et chemin de ronde, dont le pont-levis était jeté au-dessus des douves emplies par les eaux de l'Yser. Dans ses dépendances logeaient les garnisons.

Avec ses maisons basses et ses fermes, Ekelsbeke devait posséder plus de cent feux, et compter de cinq à six cents habitants. Des pâturages, un bétail conséquent, des marécages et une chênaie l'entouraient.

Piet se hâterait d'acheter le fil pour l'hiver. Avec la neige sur les chaussées, il ne reviendrait pas de sitôt. Il n'attendrait pas de savoir si la cousine de Griete, Folquine, était en mesure d'héberger Renaude et son rejeton.

Il mentirait à Griete…

L'agitation des grands jours régnait sur la place. Le marché au fil battait son plein. De nombreux charrois encombraient les alentours. Une farce se jouait sur le parvis et les bateleurs compensaient l'absence de coupable au pilori. Le peuple était friand de spectacle. Des badauds riaient à gorge déployée aux mésaventures truculentes et grossières du personnage masculin affrontant sa femme.

Des cavaliers descendaient de leurs destriers, les confiaient à des écuyers chargés de les mener à l'auberge, et se servaient sur l'étal ambulant d'une vendeuse d'oublies.

Des enfants couraient avec leurs cerceaux au milieu des tréteaux, invectivés par les chalands, d'autres recherchaient leurs balles en tissu dans leurs jambes et sous les fragiles échafaudages, au risque de provoquer un écroulement.

Sur le seuil de leurs échoppes, des artisans profitaient des étrangers venus au marché pour vanter leurs huiles et leurs chandelles, une marchandise qui s'écoulait bien lors des jours sombres de l'hiver. Et les taverniers se frottaient les mains de satisfaction.

Des gens d'armes du seigneur circulaient eux aussi entre le domaine seigneurial, la maison communale et la place où s'activait la population, afin de maintenir l'ordre, surveiller les forains, éviter les rixes et repérer les menaces éventuelles, les vagabonds, les gens de passage susceptibles d'apporter le désordre.

On était prudent depuis la Grande Peste.

— Je ne peux t'accompagner, avec tous ces encombres. Mais monsieur le curé saura te renseigner et te guider.

Piet la déposa à proximité du parvis et, en guise d'adieu, conclut brièvement :

— Tu seras en sûreté, ici.

16

Renaude avait de la chance, l'église était ouverte. Pour les prières à saint Folquin sans doute. Depuis quelques décennies, la plupart d'entre elles demeuraient fermées en dehors des offices. La raison en était les abus : des bagarres au couteau, des meurtriers trouvant refuge dans le temple de Dieu, en vertu du droit d'asile. Il fallait remédier à ce mal.

Renaude entra.

À l'intérieur, le silence et la pénombre de l'église contrastaient avec l'animation du marché. L'humidité la fit trembler. Elle resserra le châle sur son enfant et s'arrêta, en proie à une émotion inattendue.

La nef était immense avec ses huit piliers, sa tour et ses voûtes. Des dalles bleues recouvraient le sol. Elle fut surprise par la taille des baies, garnies de superbes vitraux colorés.

La lumière divine s'y réfléchissait. L'étroitesse des ouvertures, les baies aveugles étaient plus habituelles. Elle y vit comme une sorte de promesse et reprit confiance.

Seule, à l'ombre d'une absidiole dédiée à la Vierge, une femme était à genoux sur le dallage, en prière.

La présence de fidèles n'était guère fréquente après la messe.

À la recherche du curé, Renaude se dirigea vers le déambulatoire. Elle avisa enfin un très jeune prêtre.

— J'ai besoin du curé. Pour un baptême, murmura-t-elle, laconique.

Il la toisa, les yeux écarquillés. Ce n'était pas ainsi que l'on procédait. L'air contrit, il répondit :

— Je vais le quérir.

L'office était achevé. Le curé s'était retiré au revestiaire pour ôter son aube, déposer les vases sacrés.

Elle attendit, nerveuse.

À quoi avait-elle songé ? Qu'il suffisait de rencontrer la cousine de Griete pour être sauvée ? La plainte des Martin la poursuivrait. Elle était partie avant l'énoncé de la sentence, qui devrait être respectée un jour, fût-ce dans dix ans. Elle s'enfuyait pour ne pas être vilipendée. Pour que sa petite bâtarde ait une meilleure vie. Elle comptait sur la pénurie de main-d'œuvre dans les campagnes, avec les épidémies et les batailles. Mais ce village était loin d'être déserté. La forteresse affichait sa puissance avec fierté. Elle ne pourrait s'installer sans lettre de recommandation de son curé attestant sa foi et surtout sa conduite irréprochable. Ces serviteurs du clergé tenaient lieu de notaires et de magistrats, et ils étaient gratuits ou presque. Tout à la fois médecins et conseillers, ils établissaient diverses autorisations et ces papiers, indispensables pour se faire accepter dans une paroisse.

À présent, elle était une foraine. Le curé d'Ekelsbeke serait-il sans merci, lui aussi ? Il allait poser des questions sur le père, et il suffirait ensuite de quelques mauvaises langues… Elle regrettait de ne pas s'être justifiée davantage auprès du père Baptiste. Il était blessé mais l'aurait-il rejetée si elle s'était défendue ? Elle avait craint et anticipé ses paroles : « Renaude, tu t'es mal conduite. Tu dois expier ton péché. Ton attitude n'a pas été celle d'une bonne paroissienne. »

Il n'avait pas prononcé ces mots. Elle les avait imaginés dans sa détresse. Il l'aimait bien pourtant… À présent, c'était trop tard.

La petite était là.

Elle tenta de se rassurer. On ne lui refuserait pas le baptême de son enfant. C'eût été un crime de les chasser. Mourir sans ce sacrement était la pire des malédictions. L'enfant errerait dans les limbes – l'enfer des nouveau-nés – et apparaîtrait, selon les dires, sous la forme de feu follet.

Quelques instants plus tard, elle aperçut le curé.

Dès qu'il croisa le regard aux abois de cette jeune femme blonde tenant contre elle un nourrisson, il devina sa détresse. Il s'enquit de sa demande. Elle n'osa lui avouer la vérité. Sans réfléchir, elle inventa une explication. Elle sentit, en s'enfonçant dans le mensonge, que pour elle, c'en était fini. Mais Insbette, seule, comptait.

Elle venait de trouver ce nouveau-né dans un fossé, elle faisait partie de la procession…

Il ne se souvenait pas d'elle. Ses arguments étaient vaseux, sa voix hachée, son visage cramoisi. Mais il ne dit rien. Il avait reçu la tonsure à sept ans et choisi d'entrer, très jeune, dans les ordres. Il partageait la simplicité de ses ouailles, comprenait leur désarroi, compatissait à leurs misères. Il ne priverait jamais un enfant de ce rite indispensable à toute vie terrestre, de ce certificat pour le ciel.

— Pour une fille, il faut deux marraines et un parrain.

Il soupira, indécis. Puis appela le jeune prêtre.

— Tu seras le parrain. Folquine et vous serez les marraines.

Le cœur de Renaude battit à tout rompre.

— Folquine ?

— Une brave et courageuse paroissienne.

Il lui indiqua la jeune femme priant dans l'église.

— Sa mère, en mal d'enfant, avait prié saint Folquin. Et Folquine est arrivée ! Un vrai miracle. On espère une nouvelle visite des reliques, qui ont été déplacées. À chaque fois, des miracles se produisent.

« Folquine, si elle est bien la cousine de Griete, c'est le Seigneur qui me l'envoie », songea-t-elle.

— Cela fera du bien à Folquine d'être la marraine d'une petite fille, poursuivit-il. Elle vient d'en perdre une. On pensait Folquine placée sous la protection de notre saint patron… Grâce à Dieu – il poussa un nouveau soupir – j'ai eu le temps de lui donner l'extrême-onction. Elle faisait pitié à voir, la Folquine, lorsqu'il a fallu lui arracher sa petite qu'elle portait dans les bras, enveloppée d'un drap. Les fils aînés l'ont enseveli le jour même dans une fosse creusée de leurs mains, parce que le lendemain c'était la Saint-Nicolas, il fallait faire vite.

— La veille de la Saint-Nicolas… murmura Renaude.

Cela ne faisait plus de doute, Dieu désirait cette rencontre.

Le curé, lui, se demandait ce que le Seigneur punissait en Folquine. C'était une bonne paroissienne.

— Faites connaissance, je reviens dans un instant.

Il ressortit afin de prendre les saintes huiles.

Renaude se dirigea vers Folquine, et à voix basse, lui transmit le message de Griete.

Elle était bien sa cousine. Folquine semblait être du même âge qu'elle bien qu'une ride amère, aux commissures des lèvres, la vieillisse prématurément.

— Tu as des ennuis à Cassel, c'est pour ça que Griete t'a recommandée à moi ?

Renaude croisa un regard franc. Elle se sentit en confiance.

— Elle s'appelle Insbette. C'est une bâtarde…

Elle lui dit tout.

— Elle n'est pas vieille, ta petite… Ta délivrance est récente, non ?

— Elle est née à Cassel, au crépuscule de…

Elle hésita, connaissant le drame de Folquine :

— La veille de la Saint-Nicolas…

— Mon Dieu !

Les larmes peuplèrent les yeux de la paysanne.

— Je suis désolée, Folquine…

— Non, non, c'est… c'est le Ciel qui t'envoie !

Renaude se méprit. Elle lui demanda avec un large sourire :

— Tu veux bien de moi à Ekelsbeke, alors ?

— Tu as un papier de ton curé ?

— Non. Je pensais…

Folquine rougit, confuse :

— Ma cousine Griete s'est trompée… Il y a si longtemps que je ne l'ai vue. Je ne peux t'employer à la ferme, ni te loger. Mon homme s'y opposera. Il est courageux, dur à la tâche, mais intransigeant sur…

Elle chercha un mot convenable, finit par lâcher :

— Sur l'honneur.

— Lui aussi… chuchota Renaude, affligée.

« C'est pas l'honneur, le mot juste. Il est dur, c'est tout », songea Folquine.

Son mari, Jacobus, avait trois enfants bien solides de sa première épouse. Deux garçons pubères qui participaient aux travaux des champs et une fillette de huit ou dix ans, il ne se souvenait plus de son âge. Elle aidait sa jeune belle-mère à la maison, à la basse-cour et au filage. À la ferme, l'hiver, on tissait son lin pour se vêtir. Toute la population s'y mettait, même si Ekelsbeke n'était pas un centre de fabrication. Chacun œuvrait pour les siens. Malgré ses deux fils, Jacobus espérait d'autres garçons costauds de ce nouveau mariage. Pour l'instant, aucun bras utile n'était né de leur union. Il était vraiment regrettable qu'il n'y ait pas plus d'hommes au foyer avec les cultures qui s'étaient diversifiées : lin, colza, navets, fèves et pois… Des bras, il en fallait pour faire vivre le monde. Heureusement qu'il possédait l'une de ces nouvelles charrues.

— Après ma fausse couche, se confia Folquine, j'ai perdu une petite fille de quelques mois. Une vilaine fièvre et des convulsions l'ont emportée. J'ai tout essayé : les prières à saint Folquin, le curé avec son eau bénite, la décoction de feuilles de houx, l'infusion de feuilles d'oseille. Je l'ai liée à un chêne, puis je l'ai dégagée en prenant soin de laisser le lien attaché à l'arbre. La fièvre s'est peut-être écoulée dans l'arbre, mais aussi en mon enfant. Et je n'ai pas eu le temps d'aller jusqu'à Millam pour boire l'eau de la source de sainte Mildred. Son âme s'est envolée sous la forme d'un oiseau. Et ce même soir, acheva-t-elle, elle s'est peut-être posée sur ta fille.

Le curé procéda au baptême.

— Bien, conclut-il satisfait. Qu'adviendra-t-il de cette enfant de Dieu ? demanda-t-il à Renaude, suspicieux.

Elle resta sans voix. Folquine répondit à sa place.

— Mon père, je vais m'occuper de cette petite. C'est une enfant trouvée, on vient de me l'apporter. C'est un don du Ciel. Un signe pour racheter nos fautes. Oui, c'est le Seigneur qui me l'envoie… Je peux l'élever et la nourrir, comme la mienne.

Le curé se tourna vers Renaude. Il avait tout deviné.

Allait-elle enfin parler ? Elle en fut incapable.

Cette famille était constituée de gens modestes et respectueux de Dieu. Ce n'était pas pour rien que l'on appelait Jacobus « le Boudry », le puissant, le courageux. Il comprit que, pour Folquine, ce nouveau-né était un miracle. Elle remplacerait sa fille. Le Ciel allait-il enfin sourire à cette pauvre paysanne ? Il se pencha vers la petite touffe de cheveux frisés. Avec sa petite bouille aux grands yeux verts, elle était ravissante et semblait solide.

— Allons, tout semble pour le mieux.

Il leur donna sa bénédiction.

Et cette autre femme, qu'allait-elle devenir ? Elle repartirait vers les siens. C'était mieux ainsi.

D'ailleurs, était-elle vraiment la mère ?

Renaude embrassa la petite sur le front avec tendresse et toucha sa fossette pour se donner chance et courage. Elle croisa des yeux lumineux et confiants. Elle faillit renoncer et s'évader de ce lieu avec sa fille, loin de cette femme, de ce nouveau monde ignoré encore ce matin. Mais élevée par sa vraie mère, Insbette était destinée à la fange et au déshonneur. Elle devait accomplir ce sacrifice.

Elle réussit à s'arracher à son enfant, la tendit à Folquine et se sauva sans se retourner. Sur la grande place, elle bouscula des badauds mais ne vit personne.

Elle alla hurler son chagrin à l'abri d'une muraille du château, contre le mur d'une dépendance. Elle s'écroula.

Un grand homme, barbu, vêtu d'une vaste houppelande noire à longues manches, s'approcha d'elle. Il posa la main sur son épaule. Elle sursauta.

— Pardon, je peux... demanda-t-il avec douceur.

Elle leva les yeux, ne lui laissa pas finir sa phrase et s'enfuit de nouveau, vers l'église.

— Je peux te secourir ? acheva l'homme.

Navré, il exhala un soupir. Toujours cette suspicion. Il aurait pu l'aider, cette malheureuse éplorée.

Elle avait eu peur de lui, elle n'était pas la seule au village...

L'église était vide. Folquine était partie avec le nourrisson. Renaude ressortit comme elle était entrée, affolée. Un grand chien vint la renifler et s'en alla. Elle se dégagea de l'emprise de deux hommes devant la sortie d'un cabaret. Ils l'oublièrent et s'abreuvèrent d'injures. Elle aperçut la carriole de Piet qui se mettait en branle. Après s'être acquitté de ses marchandises – fils de chanvre, soie et lin – estimées au poids, il s'en repartait en chantonnant vers Cassel. L'humeur joyeuse. Délivré. Et grisé par quelques pintes qui faisaient merveille pour noyer des atermoiements. Il fallait bien se réchauffer pour refaire ce long chemin.

Elle le héla, en vain.

Où était Folquine ?

Elle la repéra, enfin, qui s'éloignait, la petite dans les bras, avec la démarche prudente de quelqu'un qui craint de laisser tomber sa précieuse charge.

Elle se dirigeait vers l'entrée du village. Renaude la suivit.

Folquine pénétra dans une cour de ferme.

Elle n'osa avancer davantage. Elle demeura tapie dans un fourré. En attente. De quoi ? Elle l'ignorait. En l'absence de soleil, le temps s'écoula au fil des cloches de l'église.

Plus tard, elle vit un grand gaillard entrer dans la ferme, suivi de deux jeunes garçons. Bergère dans son enfance, Renaude connaissait bien les paysans, elle les voyait traîner leurs peines, endurer leurs tourments, souvent sans se plaindre. Travaillant la terre de leurs mains sans relâche. Insbette allait vivre désormais dans cette famille et y serait bien.

Des éclats de voix l'alarmèrent. Elle se retint pour ne pas courir, taper à la porte et reprendre son enfant.

Bien sûr, Jacobus ne l'acceptait pas. C'était une charge supplémentaire pour ces gens. Une nouvelle bouche à nourrir. Folquine allait-elle ressortir pour lui rendre sa petite Insbette ? Renaude l'espérait et le redoutait. Elle attendit, assise sur la terre froide. Folquine n'apparut pas.

Elle avait trouvé une famille à sa fille.

« Je l'ai sauvée, se disait-elle, en l'abandonnant. »

Mais elle savait où sa petite vivrait et Folquine était la cousine de Griete. Elle prendrait de ses nouvelles, elle reviendrait si son enfant avait besoin d'elle. Rassurée et glacée, elle sentit la faim la tirailler. Peu importait. Elle était incapable d'avaler un morceau. Demain. Elle verrait demain... Y aurait-il seulement un lendemain ? Et où serait-elle la nuit de Noël, alors que toutes les cloches sonneraient la messe de minuit et que les fidèles chanteraient en chœur les cantiques ?

Elle scruta les alentours. La nuit tombait. L'heure des loups et du couvre-feu sonna à l'église. Mais ici, contrairement à Cassel, pas de portes ni de remparts fermés. Seules les murailles du château se profilaient au loin dans la brume naissante.

Elle était désormais solitaire, comme les exilés, les mourants, les orgueilleux ou les désespérés. Elle se sentait si coupable.

Sa mère tuée à sa naissance.

« C'est ma faute », songea-t-elle.

La trahison des Martin et du père Baptiste.

« C'est ma faute. »

Ses agresseurs, elle leur avait souri, les avait incités au mal.

« C'est ma faute. »

L'heure était venue de rendre des comptes au Seigneur, de rencontrer son destin et, peut-être, d'obtenir son pardon.

Renaude erra encore, prit le chemin de la mer et s'enfonça dans la nuit de décembre, où le monde atteint le fond des ténèbres et s'apprête à remonter vers la lumière.

17

Cassel, de nos jours

Quatre jours après son arrivée accidentelle à Esquelbecq, Nina roulait en direction de Cassel.

Une douce lumière d'avril baignait la campagne. Les saules argentés scintillaient. Elle était au cœur du Houtland, le « pays au bois ».

« Un dense paysage de bocage au Moyen Âge », se dit-elle.

Elle soupira d'aise, baissa sa vitre, huma les parfums du printemps. La tempête n'était plus qu'un souvenir désagréable, presque irréel. Parcouru par une flottille de nuages joufflus, le ciel de Flandre se plaisait à panacher les couleurs. Le ciel…

Elle songeait à cette Insbette. Le même « ciel », était-ce si étrange ? Depuis la nuit des temps, de nombreux hommes avaient partagé le même signe astrologique ou le même thème astral. Les jumeaux par exemple. Pourtant, ils n'avaient pas la même destinée. Non, ce qui lui paraissait insolite était cette somme de phénomènes concomitants qui déferlaient depuis son retour au pays natal, comme si son désir avait entraîné une série de petits miracles. Elle débarquait dans le Nord pour approfondir ses connaissances sur une comtesse médiévale. Et pour d'autres raisons personnelles. Soit. Pourquoi se les cacher ? Elle était à la recherche d'un territoire perdu, celui de son enfance. À la recherche d'elle-même. Elle avait besoin de faire le point sur sa vie, ses sentiments… Bref. Par une circonstance indépendante de sa volonté, elle s'était retrouvée hébergée à l'ombre d'un château Renaissance dont les fondations remontaient au Moyen Âge, par une jeune femme possédant un jardin des simples et passionnée d'astrologie. Et grâce à la chute d'un chêne datant de ces époques lointaines, la découverte d'un parchemin l'emmenait sur les traces d'une certaine Insbette, qui avait côtoyé sa comtesse, Yolande, et avec laquelle elle partageait la même configuration astrale…

« Si je l'écrivais dans un roman, on ne me croirait pas. »

Bien ancrée dans la réalité, Nina refusait les idées de destin et d'esprits, mais ces coïncidences la troublaient. Elle n'ignorait pas les cas étranges révélés sous hypnose, ces langues employées et inconnues à l'état d'éveil, ces expériences avec de petits enfants qui se souvenaient de vies antérieures et perturbaient leurs psys.

Le chêne semblait avoir attendu sa venue pour livrer un secret… Non, là, elle délirait.

Nina s'était chargée de son ordinateur portable pour ses recherches, mais il ne représentait plus rien à côté du trésor placé dans son coffre fermé à clef. À cette pensée, elle ralentit. Elle conduisait trop vite. Elle s'imagina arrêtée pour effraction, la police découvrant à l'arrière du véhicule le coffret, la sacoche de cuir et le parchemin, le tout soigneusement enveloppé dans un linge. Sa poitrine se serra à l'idée d'être accusée de vol, de contrebande d'objet d'art.

Elle lisait trop les faits divers.

Elle écouta un instant la météo. À son époque, Yolande et ses sujets ne devaient pas s'émouvoir au moindre caprice du climat. Ils n'étaient pas abreuvés d'informations. On ne pouvait rien y changer, c'était l'affaire du Très-Haut. Certes, les phénomènes climatiques devaient affecter nos lointains ancêtres, d'autant qu'ils incriminaient leur conduite sur terre. Le ciel s'écrivait alors avec une majuscule. Aujourd'hui, l'homme ne culpabilisait plus. Se décrétant maître du monde, il admettait difficilement de ne pas dominer les intempéries. Les motifs d'énervement abondaient. « On n'a jamais vu ça, de mémoire d'homme ! » N'avait-on pas la mémoire courte ?

Lorsque les infos, plus ou moins alarmistes, s'épanchèrent en lamentations, elle coupa la radio. Cela ne lui ferait pas de mal de souffler, d'être un peu déconnectée… Au bout d'un moment, elle ralluma. Le stoïcisme, pas encore. Elle se devait d'être au courant si la fin du monde était annoncée.

Elle approchait de Cassel, point culminant de « la cordillère des Flandres ». Elle sourit. Ridicule pour les Savoyards, la butte surplombait le plat pays célébré par Brel et prenait réellement des allures de montagne. Lancés sur la route sinueuse qui montait vers Cassel, les coureurs cyclistes des Quatre Jours de Dunkerque ne le démentiraient pas.

L'origine de Cassel, fièrement posé sur sa colline de sable et d'argile, relique de l'ère tertiaire, remontait à des temps reculés et obscurs. Avec ses voies romaines et son *castellum*, il constituait un grand carrefour routier du nord de la Gaule. Les vestiges de son illustre passé, rescapés des grandes batailles menées en son sein, tenaient du miracle. En 1328 – « le siècle de Yolande », songea-t-elle –, Philippe VI de Valois vint au secours du comte de Flandre, Louis de Nevers, pour mater les Flamands révoltés contre la levée d'un nouvel impôt… Déjà… Les mille six cents rebelles enfermés dans les remparts furent cernés, massacrés par cinquante mille Français conduits par le roi qui s'exclama : « Qui m'aime me suive ! »

Puis ce fut au tour de Louis XIV, qui rattacha de force la châtellenie au royaume. Sans oublier les deux guerres du XXe siècle, en 1914, la bataille de l'Yser livrée par le maréchal Foch, et en mai 1940, les bombardements qui détruisirent, entre autres, le magnifique hôtel de ville Renaissance.

Malgré tout, avec ses portes anciennes, ses ruelles pavées pittoresques, son moulin, ses vieilles maisons et ses passages, Cassel, la belle sentinelle, avait su préserver son charme.

Elle tenta d'imaginer Yolande en ses murs.

Elle découvrait sa petite ville natale sous un autre angle. L'esplanade du château, la rue des Remparts rappelaient ce passé, la rue des Archers, la rue des Arbalétriers d'anciennes traditions qui avaient fait la réputation de la cité fortifiée au Moyen Âge… Et tandis que l'ombre de Yolande se profilait, une autre silhouette se glissait, tentait de s'imposer.

Était-ce cette Insbette conçue en ces lieux ? Qu'est-ce qui l'avait contrainte à fuir ? À cette époque, on ne voyageait pas pour le plaisir.

Nina songea à sa propre mère. Qu'est-ce qui l'avait conduite à quitter cette charmante ville, avec sa petite fille, Nadine ? Le professorat, bien entendu. Pourquoi n'était-elle pas allée à la maternité ? Elle se promit de l'appeler à son retour.

Elle l'entendait déjà : « C'est aujourd'hui que tu me le demandes ? Tu es arrivée trop vite, ma chérie ! »

Quelle idiote ! Elle n'allait pas créer des mystères là où il n'y en avait pas.

Nina passa devant l'ancienne maison familiale, sans autre état d'âme qu'une indicible montée de colère. Elle n'y avait pas vécu, et ses grands-parents étaient décédés. Elle ne conservait pas un souvenir chaleureux de ses visites. Elle ressentait leur froideur et repartait avec la tristesse des mal aimés. Des grands-parents, cela vous dorlote, vous cajole, vous gâte, vous pourrit, à force de vous chouchouter. C'est ce qu'elle voyait chez ses amis. Elle était toute petite lorsque sa mère l'avait emmenée à Lille. En tenaient-ils rigueur à sa mère ? Bon, assez de questions… Elle se rappelait, en revanche, être venue chez son oncle maternel. Elle dormait avec sa cousine, Marie-Pieter, dans leur vaste maison bourgeoise, dont le jardin, à l'arrière, dominait toute la plaine. Elle recelait des recoins mystérieux, des portes dérobées, des boiseries dissimulant des trésors. C'était une maison pour jouer à cache-cache, et dans laquelle, la nuit, on se serrait dans le grand lit parce qu'on craignait les grincements, sûrement des esprits. Un jour, lorsque, au petit matin, épuisées par la frayeur, les deux cousines avaient découvert le chat enfermé dans le placard, Nina n'avait plus cru aux fantômes.

Elle se dirigea vers la grand-place. Elle avait rendez-vous avec l'amie de Charlotte et Jean-François devant le nouveau musée départemental de Flandre, situé dans l'hôtel de la Noble-Cour.

Aux côtés de Mariannick, Nina était en arrêt devant l'admirable façade Renaissance, ses pierres de taille et de brique, les corniches, les fenêtres à meneaux. Une petite merveille.

— J'ai lu qu'il avait abrité la châtellenie – l'instance administrative et financière – fondée en 1218 par la comtesse de Flandre, Jeanne de Constantinople, ainsi que la cour de justice.

— C'est exact, Nina. Les tours et pignons rappellent l'art médiéval de la région. Certaines caves appartiennent à un édifice antérieur, sans doute à cet hôtel de la châtellenie, ou *Landhuis*, ce qui signifie « maison du pays ». Elles possèdent des voûtes en plein cintre et sont constituées de moellons de grès, que l'on utilisait pour bâtir les églises et des demeures de prestige.

Elle songea à la vieille cave en grès de Charlotte et Jean-François.

Mariannick la guida dans le musée.

— Il est le premier à mettre en lumière l'identité culturelle flamande, dit-elle avec fierté.

Nina était conquise. Il contenait des tableaux de maîtres du XVIIe siècle, des chefs-d'œuvre de l'art populaire et du sens de la dérision propre à l'esprit flamand.

La visite achevée, Mariannick lui dénicha des documents intéressants sur Yolande. Elle lui proposa de les photocopier.

— Vous les étudierez à Esquelbecq. Non que je refuse de vous revoir, au contraire, mais je sais qu'on est bien dans le jardin de Charlotte.

Elle se tut un instant et reprit, d'un ton sibyllin :

— Vous avez, je crois, quelque chose à me montrer…

Face au parchemin extrait de ses protections d'étain et de cuir, Mariannick était silencieuse. Nina lui raconta brièvement les circonstances de leur trouvaille. L'archiviste la caressa. Son doigt parcourut le vélin avec délicatesse.

— De la peau de mouton… Splendide… Tout l'univers médiéval et son monde d'images.

« Comme le nôtre », songea Nina.

— À Cassel aussi, des bourgeois ont caché leurs richesses en 1328, avant d'être tués par les troupes du roi de France. On ne les a pas retrouvées.

— Pas de doute sur son époque ?

— Non. Et pourtant, il est à peine usé par le temps.

— Il était bien protégé !

— Oui. Il est asséché, avec quelques épidermures – là, vous voyez, où la trame apparaît –, et il est gaufré par endroits. Les craquelures indiquent une fabrication ancienne, le cuir de la sacoche fendillé, le sautoir…

Elle hocha la tête en se mordillant les lèvres.

— Les textiles, les cuirs, les bois du Moyen Âge ont presque tous disparu. Seuls quelques coffres marquetés provenant de familles riches, la céramique et des outils en fer sont parvenus jusqu'à nous. Ce document, s'il est avéré, serait donc très rare.

Devant les yeux admiratifs de Mariannick, Nina revivait le moment où, après s'être assurés qu'ils étaient bien seuls, ils avaient ouvert le coffret avec un frisson d'excitation.

La conservatrice confirma les déductions de Nina et de ses hôtes.

— Ce *rotuli* en parchemin, support noble que l'on déroule, est arrivé avant les codex qui permirent, sur les pupitres, une manipulation plus aisée. Je ne serais pas étonnée de voir figurer un sceau sur la partie manquante. Si elle était retrouvée, bien entendu.

— Il comporte une signature. Le sceau était plutôt l'apanage de la noblesse ou des notaires, non ?

— Le sceau a eu longtemps une valeur supérieure à celle de la signature. Lorsque celle-ci se répand, à partir du XIVe siècle, le sceau reste nécessaire à l'authentification. Et détrompez-vous, Nina, il était employé par les bourgeois, les gens de métiers et certains laboureurs, son usage étant, malgré tout, moins fréquent au fur et à mesure qu'on descendait dans l'échelle sociale. Au XVe siècle, les sceaux se raréfient…

— On pourrait authentifier ce document sans passer par les méthodes scientifiques actuelles ?

— De radiographie ? Les rayons X permettraient de déterminer s'il s'agit d'un palimpseste… Un texte écrit par-dessus un autre, plus ancien, précisa-t-elle.

Les clercs grattaient les manuscrits, de façon à récupérer le support pour le réutiliser.

— Jean-François a réussi à déchiffrer une toute petite partie, ainsi que Charlotte, qui a reconnu, à cet endroit, un thème astral.

Elle ne lui parla pas de la similitude des signes entre elle et Insbette.

— L'ornementation concourt à certifier un manuscrit, mais on peut se trouver devant une copie. En revanche les couleurs, le glacis en surface, l'ordre dans lequel sont employées les couches de fond colorées sont plus fiables… Il existe des moyens plus simples que le carbone 14. Laissez-le-moi le temps de votre déjeuner, Nina. Je ferai une petite analyse. Sans être une spécialiste en matière d'authentification, je m'y connais un peu…

Elle sourit devant l'hésitation de Nina.

— C'est une pièce magnifique pour tout musée ou collectionneur. J'ai bien envie de passer la proche frontière et de m'enfuir avec votre découverte…

Elle éclata de rire.

— Je vous la rendrai, promis !

18

Nina avait rendez-vous avec Marie-Pieter dans un restaurant de la grand-place.

Elle ressentit soudain une profonde fatigue. Cette nuit, elle n'avait pas trouvé le sommeil. Incapable de penser à autre chose qu'à ce parchemin, tout en se jugeant grotesque. Il existait des sujets plus graves et plus susceptibles de provoquer des insomnies. Elle regrettait toutefois de ne pas avoir rêvé de cette mystérieuse Insbette, ressenti des vibrations dans l'air, perçu une présence, des ombres dans un brouillard, une espèce de prescience. Pas de rougeurs sur la peau, pas de visions. Aucune vague anxiété, hyperventilation, hallucination auditive. Elle ne ressentait aucun malaise. C'était bon pour les romans. Ce thème astral était une simple coïncidence.

— Marie-Pieter va me remettre les idées en place, murmura-t-elle en ouvrant la porte.

Chercheuse au CNRS, sa cousine était une « tête », aux dires de la mère de Nina. Le père de Marie-Pieter avait exporté ses compétences scientifiques aux États-Unis. Il vivait à San Francisco. Le reste, Nina l'ignorait.

Elle ne savait presque rien de la vie personnelle de Marie-Pieter. Il était temps de renouer…

À l'intérieur du restaurant aux allures d'estaminet, un immense âtre carrelé de faïence, un comptoir en chêne, des grappes de houblon sur les poutres… Elle était bien en Flandre.

Elles tombèrent dans les bras l'une de l'autre et s'octroyèrent un apéritif pour leurs retrouvailles.

— Quel dommage que tu ne sois pas arrivée à Cassel pour le carnaval ! s'exclama Marie-Pieter la bouche pleine de cacahuètes. Il ne faut pas avoir envie de faire la grasse matinée le lundi de Pâques, mais le réveil de tous les habitants à six heures, lorsqu'il fait encore nuit, par les tambours, les fifres et les grosses caisses, a quelque chose de magique. Les géants, Reuze Papa et Reuze Maman, nous effrayaient lorsqu'ils apparaissaient en sautillant… On adorait ça ! L'an prochain, je t'emmène…

Elle hésita :

— Nous nous reverrons avant dix ans ?

Au cours du déjeuner, défilèrent leurs souvenirs d'enfance, les nouvelles de la famille, leurs métiers… Nina lui exposa la raison officielle de sa venue dans la région.

— Le XIVe siècle ? C'est celui de la guerre de Cent Ans, non ? Tu n'as pas choisi la période la plus drôle.

— La plus drôle, non.

Toujours la même réflexion. Cette fois, elle ne se vexa pas. Elle sourit.

— Tu serais surprise, Marie-Pieter. Cette période de crise ne manque pas de similitudes avec la nôtre. Et depuis que je m'y suis plongée, j'ai l'impression que le Moyen Âge est partout. On fait une grande consommation de médiéval sans le connaître.

Sa cousine ignorait l'existence de Yolande de Cassel. Nina décrivit avec enthousiasme cette femme étonnante qui personnifiait toute la vigueur médiévale.

Au dessert, elles en étaient aux confidences.

— Tu avais oublié tes racines ?

— Je dirais : délaissé. Aujourd'hui j'ai besoin de me dépolluer de cette vie trépidante… Être toujours sur la brèche, c'est tuant.

— Pour cela, tu as choisi ta région natale, ce n'est pas un hasard. Ce break te permettra de te poser un peu.

« Il risque aussi de me confronter à mes problèmes », songea Nina.

— On se croit libre et en réalité, on est prisonnier de notre agenda, du téléphone, des mails.

— Aujourd'hui, nous sommes habiles pour la communication horizontale, Internet par exemple… L'époque de ta Yolande, elle, était verticale.

— Je n'y avais pas songé : des maîtres aux plus humbles.

— En commençant par le plus puissant, le Très-Haut !

— Dans ton travail en laboratoire, Marie-Pieter, tu dois avoir le temps de penser à toi, non ?

— La solitude est le prix à payer pour cette vocation. J'ai failli ne pas me marier…

Nina resta pensive.

— Vas-tu bien, Nina ?

Elle hésita.

— Dans l'absolu, ça baigne. Dans les détails, je rame…

— Quand nous étions enfants, je pensais que tu serais astronome. Tu parlais tout le temps des étoiles…

— Ton père nous emmenait sur l'esplanade du château, pour contempler le ciel. J'aimais bien.

— Mon frère et moi, nous nous sommes tournés vers les sciences grâce à lui. Mais aussi grâce à toi. Je ne t'ai jamais remerciée.

— Remerciée ?

— Je t'admirais. Tu étais fascinée par le cosmos. Pour faire contrepoids peut-être, je me suis attachée à l'infiniment petit.

— Je n'ai pas oublié ce que ton père nous disait : « Plus on regarde loin, plus on va vers le passé de l'Univers. » Il nous montrait une étoile, nous racontait que sa lumière était celle du XIXe siècle, et qu'avec de puissants appareils, on pourrait voir l'époque des dinosaures. J'aimerais bien jeter un œil au XIVe siècle !

— Oui. Les astronomes récoltent des photos de l'enfance de l'Univers. Aujourd'hui, avec les expériences faites au CERN sur le big bang, l'instant où l'énergie est devenue matière, sur des dimensions parallèles qui pourraient réellement exister, nous rattrapons la science-fiction.

— J'avoue que je suis dépassée.

— Tu n'es pas la seule, Nina.

La biologie moléculaire, la mémoire génétique faisaient partie du quotidien de sa cousine.

— Tout cela me passionne. L'ADN, les maladies qui y sont inscrites… Si on éliminait tous les risques, les symptômes ne se manifesteraient pas, on garderait les cartes en main.

— C'est ce que dit Charlotte à propos de l'astrologie : tu as ce ciel, mais les cartes c'est toi qui les possèdes…

Marie-Pieter s'était spécialisée dans la neurobiologie des fonctions rythmiques et saisonnières.

— On a découvert, il y a dix ans, au sein de notre cerveau, une structure qui bat la mesure : l'horloge biologique, sans laquelle nous serions incapables de nous adapter à l'alternance des saisons, des jours et des nuits. Ses dérèglements expliqueraient la fatigue, l'insomnie et la dépression.

« La même horloge interne. » Les mots de Charlotte résonnaient dans la tête de Nina.

— Ainsi Insbette aurait eu la même horloge biologique que moi, lâcha-t-elle.

— Qui est Insbette ?

Nina la regarda un instant, silencieuse, et se décida. Elle lui révéla leur trouvaille et la surprenante ressemblance entre « son ciel » et celui d'Insbette de Cassel.

— Les scientifiques comme toi, Marie-Pieter, ne croient aux choses que lorsqu'ils ont démontré leur existence, non ?

— Pas toujours, Nina. La télépathie n'est pas prouvée, pourtant elle existe. Mes conceptions ont beaucoup évolué avec mes recherches biologiques.

— Je sais que, de nos jours, l'astronomie et l'astrologie n'ont plus rien en commun : la séparation s'est opérée peu à peu au cours de l'histoire, au rythme de la progression des connaissances scientifiques. Le divorce s'est produit au XVIIe siècle lorsque Colbert a exclu l'astrologie de l'Académie des sciences. Que penses-tu de l'astrologie, Marie-Pieter ?

— Les signes du zodiaque ne correspondent plus aux constellations qui leur ont donné leurs noms. L'astrologie relève du symbolisme, non de la science. Faire croire le contraire est un mensonge.

— Charlotte ne le fait pas.

— On peut présenter l'astrologie comme une source de prescience magique, capable d'aider le devin à établir des prophéties…

— Charlotte ne le fait pas non plus.

— Les astres sont des signes, non des causes…

— C'est ce que dit…

— Charlotte ! acheva Marie-Pieter, avec un regard malicieux. Il faudra me la présenter !

— Condamnes-tu l'astrologie, Marie-Pieter ?

— Si rien ne permet de prouver l'influence du jour de naissance sur l'existence des individus, rien ne permet de l'infirmer. Non, je ne condamne pas l'astrologie. Les relations entre macrocosme et microcosme sont proches de celles qui unissent le zodiaque et le corps humain. Parmi les métaux capables de se fixer sur l'ADN et d'y opérer des transformations, on retrouve les sept métaux dits « alchimiques », que la tradition a attribués aux sept planètes. Les taches solaires qui perturbent, les ondes corpusculaires… Je t'en passe… Nous découvrons des choses stupéfiantes. On sait, de nos jours, que les particules vont du passé au futur, que le temps est une construction de l'esprit, alors, existe-t-il un véritable obstacle aux divinations ? Nos avancées nous emmènent sur les traces des hommes éclairés des siècles passés…

— Fabuleux… Et l'inconscient ? Il est indifférent au calendrier, selon toi ?

— L'inconscient ignore le temps, mais il n'est pas étranger au cycle. Pense aux maladies saisonnières, à la grossesse… Après le café, je t'accompagne et tu me montres cette petite merveille !

Elles discutèrent encore quelques instants, sans se lasser, avec l'impression de s'être quittées la veille.

Mariannick avait achevé son travail.

— Je l'ai dépoussiéré au pinceau. Je me suis penchée sur les encres et les colorants. J'ai tout de suite reconnu le blanc de plomb, utilisé depuis l'Antiquité et qui fut remplacé au XVIIIe par le blanc de zinc, l'encre noire, l'arsenion, la *sanguis draconis* ou rouge de sandragon, qui provient de la sécrétion résineuse de fruits, un extrait composé d'un mélange de deux colorants de structure biflavonoïde employé pour les enluminures ou les teintures textiles…

— Vous pouvez nous traduire ? demanda Nina avec un large sourire.

— Pardon ! Aucun doute n'est permis. C'est un parchemin du XIVe siècle. Il est unique. Peu de documents retracent la pensée médiévale. Nous avons découvert davantage de témoignages grecs ou arabes qui furent traduits et recopiés par les clercs. Charlotte et Jean-François possèdent un petit trésor… Il est évident qu'il aurait sa place aux archives…

— J'ai votre promesse…

— Comptez sur moi, Nina. Ce parchemin appartient à ses découvreurs, puisqu'il fut trouvé dans leur propriété. Nous aurons le temps d'en reparler avec nos amis. Qu'ils n'hésitent pas à me le confier, nous effectuerons un travail minutieux de restauration. Je n'ai pu déchiffrer la phrase codée. Mais j'ai retranscrit sur ce papier la partie qui paraissait illisible. Elle mélange l'ancien français et le flamand. Elle concerne une certaine Renaude, et sa fille…

Elle reprit le papier :

— Attendez…

— Insbette ?

— C'est cela. Insbette. Recueillie à Esquelbecq, alors Ekelsbeke, chez une nommée Folquine. L'auteur du document, Nathaël, l'aurait hébergée après un passage chez la comtesse Yolande de Flandre, Dame de Cassel, et les terribles événements qui se sont produits en Flandre en 1383… Il parle de calomnie, de bâtardise… Je vous lis un passage : « Insbette, enfant aux yeux d'émeraude, ange venu sans bruit – c'est-à-dire à l'époque : sans gloire –, tu as vaincu par ta vaillance, le déshonneur ourdi par la perfidie à l'encontre de ta mère Renaude. Tu as ôté mes tourments, dissipé mes ténèbres. Tes chants ont réchauffé mon vieux cœur. »

De retour sur la grand-place, après avoir quitté sa cousine et Mariannick, Nina se dirigea vers la collégiale Notre Dame, dont les parties les plus anciennes dataient du XIe siècle. La paroisse de Yolande…

Elle reprit sa voiture. Une fontaine rappelait qu'aux temps médiévaux, Cassel possédait de nombreuses sources.

Avant de quitter les lieux, elle monta vers la terrasse du château.

Sur l'un des derniers vestiges des fortifications, la porte du château, une pierre conservait les armes de la châtellenie. Le *castellum* romain avait été détruit, mais la terrasse, avec sa vue inimitable sur tout le plat pays et la crypte de l'ancienne collégiale Saint-Pierre, perdurait. Un moulin était situé à l'emplacement du moulin médiéval.

De cette terrasse, elle contemplait les étoiles, enfant, avec ses cousins et son oncle qu'elle adorait. Une émotion refoulée jaillit. Elle parlait aux étoiles. Elle l'avait oublié. Elle expira un soupir chargé de larmes. Que se passait-il en elle ?

19

Esquelbecq, de nos jours

Installée sur le petit banc du jardin, Nina entendit un chant aigu et impérieux. Elle leva la tête de ses dossiers, s'attendant à voir surgir du fourré un gros oiseau. Il était minuscule. Un petit être fragile. Peu farouche, il vint se poser sur le rebord de la fenêtre de la cuisine et fit retentir sa voix de stentor.

Charlotte pointa son nez.

— Bonjour Bernard. C'est Bernard, mon petit ami, dit-elle à l'adresse de Nina. À chaque printemps, je guette son retour. Il n'oublie jamais de me saluer.

Nina lâcha ses papiers.

Le passereau voleta plusieurs fois en direction du chêne absent, avant de revenir vers Charlotte.

— Il est déconcerté. Il avait l'habitude de loger dans ses branches.

Charlotte elle-même avait été chavirée par la disparition du gros arbre. Elle ne le montrait pas, se raisonnait en disant qu'il avait fait son temps. Un long temps.

— Il était creusé de l'intérieur, on ne voyait que son tronc puissant, on le pensait immortel. Il a préféré tirer sa révérence plutôt que de s'étioler.

Elles suivirent le trajet du petit Bernard. De buisson en arbuste, il lançait son chant dans leur direction en remuant le bec d'un air espiègle.

Dans ce jardin de Flandre, Nina se faisait l'effet d'être Alice au pays des merveilles. Que ce Bernard leur eût adressé la parole ne l'eût pas étonnée outre mesure.

— Crois-tu en Dieu ? lui demanda Charlotte à brûle-pourpoint.

— Oh ! lala ! – elle se mordit les lèvres – Depuis quelques jours, tout tient du miracle… Je ne sais plus… Mais les dogmes, l'enfer, le Jugement dernier… ça non.

— C'est ce que l'homme a écrit ou raconté. Je crois à une dimension qui dépasse notre entendement.

— Au paranormal ?

— À l'inexplicable plutôt, Nina.

— Je n'y crois pas… Enfin, je ne sais plus… Je voudrais espérer…

— C'est un début ! Bien, je te laisse travailler.

Charlotte se rendait à la piscine, et ferait ensuite quelques achats à Dunkerque. Elle se retourna vers elle.

— Une dernière chose : toi, quand tu auras retrouvé la nature, tu seras en état de comprendre le monde de Yolande et d'Insbette.

Elle la quitta sur ces paroles.

« Une sorcière, oui, Charlotte, tu es une vraie sorcière… D'ailleurs, le 30 avril approche… »

Au repas qu'elles prenaient avec Jean-François, leur découverte était le sujet principal de leurs conversations. Les soirées prenaient des allures de veillées d'antan. On spéculait sur la vie d'Insbette. On tergiversait sur les raisons de la déchirure du parchemin. Pourquoi l'avoir enterré ? La partie manquante du manuscrit devait comporter des informations importantes. Sinon, pourquoi l'avoir ôtée ? Comment la retrouver ? Existait-elle encore ? Qui l'avait déchirée ? Nathaël ? Une autre personne ?

Tant de questions sans réponses qui taraudaient les trois compères et les perturbaient dans leurs occupations.

Surtout Nina.

Elle était à présent plus curieuse de cette Insbette que de sa comtesse. Ses hôtes aimaient l'entendre parler du XIVe siècle, qui bousculait le Moyen Âge. Il achevait une ère féodale. Après des siècles de confiance en l'Église, en Dieu, il était marqué par la peur et les incertitudes envers l'avenir.

— Un peu comme aujourd'hui… remarqua Jean-François.

— Il a mis un terme aux temps médiévaux, qui allaient déboucher sur la Renaissance.

— Comme aujourd'hui encore, ajouta Charlotte. Espérons que notre monde en mutation aboutisse à une ère plus sereine ! Mais pourquoi Yolande « de Bar », puisqu'elle était flamande ?

— Héritière à sept ans, à la mort de son frère, elle séjournait fréquemment à la cour de Philippe VI de Valois, et elle fut mariée à treize ans à Henri, comte de Bar. Nièce du roi et cousine du comte de Flandre, elle vécut des conflits mais accorda des privilèges aux habitants de ses fiefs et aux filles pauvres.

— Elle faisait du social !

Selon les écrits défrichés par Mariannick, Insbette était une bâtarde. Une tare à l'époque ; ce qui avait sans doute contraint sa mère à quitter Cassel pour Esquelbecq qui n'appartenait pas à la même châtellenie. « La perfidie, à l'encontre de ta mère Renaude. » Nina se rappelait ses lectures concernant les beuveries des jeunes gens en proie au désarroi, depuis la grande crise provoquée par la peste et les disettes, au milieu du siècle. Renaude avait-elle été la victime d'une bande de mâles qui avaient abusé de leur pouvoir ou, comme l'on dirait aujourd'hui, avait-elle été harcelée sexuellement par un patron d'atelier ?

Le lien ! Voilà ce qu'elle devait découvrir. Le lien entre Yolande et Insbette…

Pourrait-elle retrouver la trace d'Insbette chez Yolande ? Mariannick lui avait donné le contact d'un historien d'Hazebrouck, spécialisé dans l'histoire de la Flandre. C'était bientôt l'anniversaire de Charlotte. Elle désirait lui offrir un cadeau. Elle chercherait en ville et en profiterait pour se rendre à la Motte-au-Bois, dans la forêt de Nieppe, où séjournait Yolande.

Elle sortit, longea le château et son pont-levis dont la grille était fermée. De hautes herbes sortaient des douves remplies d'eau. On achevait sa rénovation.

Esquelbecq se révélait moins endormi qu'elle ne l'avait cru en arrivant. Son dynamisme lui plut. La maison du Westhoek, « Terres de l'ouest », organisait des animations le week-end. Esquelbecq regorgeait d'associations. Son marché du terroir était vivant. Elle y découvrit d'autres liens avec l'époque qui l'intéressait : un clos aux herbes de saint Folquin, un potier travaillant l'argile de Flandre selon des techniques ancestrales, voire médiévales. La très citadine Nina commençait à comprendre ce qui avait attiré Jean-François et Charlotte dans ce bourg. Si Paris ou Lille étaient des villes d'art, ici l'art de vivre était de rigueur. En débarquant par hasard, elle ignorait qu'Esquelbecq était un « village du livre », unique au nord de Paris. Les bouquinistes affluaient, et début juillet, se déroulait une folle Nuit du livre s'achevant par un feu d'artifice. Elle avait promis à Charlotte de revenir pour l'occasion.

« Mais je ne suis pas encore partie », songea-t-elle.

Elle se promenait en réfléchissant. Une autre vie se juxtaposait à celle de Yolande : celle de la jeune Insbette. Un puzzle à reconstituer… La fille de Renaude de Cassel, jolie bâtarde aux yeux verts… Pourquoi jolie ? Elle l'imaginait avec sa chevelure frisée, comme sur l'enluminure. Elle n'inventait pas. Nathaël l'écrivait. Charlotte s'était même exclamée : « Des yeux d'émeraude, cela évoque une sorcière ou une princesse, c'est déjà toute une légende ! »

Insbette vivait à Esquelbecq, chez une nommée Folquine, puis chez ce Nathaël… Elle se rappela ces paroles de Charlotte : « Notre maison fut bâtie sur des ruines très anciennes… » Seraient-elles celles de la maison de Folquine ou de Nathaël ? Était-ce la raison pour laquelle elle s'y sentait chez elle ? Elle ôta cette absurdité de son esprit.

« Quand tu oublieras les jours… », lui avait encore dit Charlotte.

Le rapport au temps était différent. Les gens du Moyen Âge ne possédaient pas, à quelques exceptions près, de calendrier. Ils ignoraient leur âge exact. Les trajets étaient plus longs, les jours étaient plus longs… Le temps s'étirait davantage. On mourait jeune, avec l'impression, peut-être, d'y arriver moins vite qu'aujourd'hui… N'était-ce pas là la plus grosse différence avec notre époque ? La densité du temps.

Elle écrivit : « Pas de calendrier. » Elle se souvint des remarques de sa cousine : « Le temps est relatif, élastique, a dit Einstein. C'est une construction de notre esprit. Les particules vont du passé vers le futur. Tout est possible. »

À chaque jour ses interrogations, qu'elle notait scrupuleusement sur son carnet.

Elle y avait recopié ces signes dits runiques, afin de les comparer à ceux qui étaient façonnés sur les pignons des maisons. Y figurait une étoile, semblable à celle de David, des losanges divisés en plus petits. Où les avait-elle déjà vus ? Et aussi le *X*, à l'écart de la phrase codée, et qui semblait l'achever.

Ses pas l'emmenèrent vers l'église Saint-Folquin.

« En semaine, elle risque d'être fermée », songea-t-elle. De nos jours, la plupart des églises le sont en dehors des offices. Par crainte des vols, dégradations ou squats.

« Folquin, Folquine. » De nombreux prénoms étaient attribués en l'honneur des saints.

La porte était ouverte.

Une éternité qu'elle n'avait mis les pieds dans une église, sauf en touriste, à l'étranger. Elle aimait pénétrer dans les lieux de culte déserts et silencieux. Agnostique, elle n'en trempa pas moins ses doigts dans l'eau bénite. Elle huma le léger parfum d'encens. L'une de ses petites madeleines… Elle en tombait dans les pommes, enfant, lorsqu'elle fréquentait assidûment l'église avant sa première communion.

Elle fit un vœu pour le bonheur de ses enfants. Elle s'assit. Sa mère n'avait pas donné de nouvelles depuis le long message qu'elle lui avait laissé. Étrange. Ou pas… Elle songea à son mari. Leurs vingt ans de vie commune. Leur agitation. La perte des fantasmes et du désir. Séparée de lui, elle l'aimait mieux, plus tendrement. « Ce séjour sera peut-être une chance, notre chance… »

Elle plongea son regard dans les vitraux, subjuguée par la magie des couleurs. L'un d'entre eux, sans doute endommagé par la tempête, avait été retiré. Enfant, elle collectionnait les images. Son professeur de dessin leur avait fait peindre un vitrail. Elle se le rappelait comme si c'était hier. En cet instant précis, elle éprouva une émotion intense, comme venue des siècles…

Et elle sursauta.

— Jadis ces images instruisaient, racontaient, réconfortaient.

La voix était chaude, envoûtante. Elle laissa durer l'instant de peur de se réveiller.

— Leur fonction était aussi de remuer, d'éveiller la crainte de la damnation, de mourir non purgé de ses péchés.

Elle finit par se retourner, s'attendant à découvrir un homme en chaperon et chausses. Celui-ci portait une chemise blanche sur un jeans. Un homme très jeune. Séduisant. La main posée sur son épaule la ramena à la réalité.

— Pardon, je vous ai effrayée.

— J'étais plongée dans…

— C'est ce qui m'a plu, dit-il en noyant son regard clair dans le sien. Vous sembliez tellement attentive aux détails. C'est rare de nos jours.

— Je ne vous avais pas vu…

— Je travaille à la sacristie, à la réfection du vitrail.

— Verrier ?

Il acquiesça de la tête et lui offrit un sourire craquant.

— C'est un métier rare de nos jours… reprit-elle en lui rendant son sourire.

— Enfant, j'étais captivé par les couleurs, j'adorais les images, je dessinais déjà des vitraux.

Le cœur de Nina s'emballa dans sa poitrine.

— Dans les temps médiévaux, ajouta-t-il, les cathédrales étaient très colorées à l'extérieur, comme à l'intérieur. Un foisonnement de lumières. Et elles étaient livres d'images, de verre, de pierre…

Troublée, Nina rompit le silence qui venait de s'instaurer :

— L'église médiévale d'Esquelbecq possédait des vitraux ?

— La première église était de type roman, mais oui, elle possédait déjà des vitraux.

Il semblait avoir pris conscience de son trouble et s'en amusait. « Ce garçon est un redoutable charmeur », songea-t-elle. Il poursuivit :

— Consacrée au culte de saint Folquin, cousin germain de Charlemagne et évêque de Thérouanne, elle fut un lieu de pèlerinage dès le Moyen Âge. Ce saint était invoqué contre les fièvres et par les femmes en mal d'enfants. L'édifice était un des plus vastes de France. Mais en avril 1976, le dimanche des Rameaux, un gigantesque incendie a ravagé l'église.

— On m'en a parlé.

— Elle fut rouverte le soir de Noël, en 1978. Elle ne garde des temps médiévaux que des murs de fondations, dit-il en s'asseyant sans embarras à ses côtés. Lorsqu'on a enlevé le dallage devant le chœur, une crypte fut mise au jour, et des dalles funéraires du XVIe… Mais les gisants furent détruits à la Révolution. Un tableau dans l'église relatait une légende sur le château.

— Une légende ?

— Celle de la dame au petit chien, dont le fantôme hantait les murs et le parc. Charlotte ne vous l'a pas racontée ?

— Vous connaissez Charlotte ?

— Qui ne connaît pas Charlotte… Dans un village, tout se sait…

— Racontez-moi ! Pardon, je m'appelle Nina, ajouta-t-elle en lui serrant la main.

— Florian. Au XVIIe siècle, l'une des propriétaires du château fut assassinée par sa servante. Celle-ci l'ensevelit à la nuit tombée, mais le fidèle chien de la baronne conduisit les gens de loi sur ce lieu, le corps fut découvert et la domestique mise à mort.

— J'en ai froid dans le dos.

— Rassurez-vous, on ne rencontre plus son fantôme depuis que le tableau a brûlé.

— C'est vrai ?

— Je n'en sais rien. Je plaisantais.

Ils discutèrent un moment, à voix basse, et sortirent ensemble de l'église.

— Je vous offre une bière, Nina ? proposa-t-il.

— Un café, volontiers.

Depuis quand ne s'était-elle attablée en pleine après-midi sans jeter de coups d'œil impatients sur sa montre ou scruter son portable, en quête de nouveaux messages ?

« Quel plaisir, ici, tout le monde se salue, se parle », se dit-elle.

Florian était à l'image de ces maîtres verriers d'autrefois restés anonymes, humble dans son travail, mais avec une flamme passionnée dans les yeux. « La lumière des vitraux », pensa Nina.

Elle lui tut leur découverte. « Trop tôt. » Allait-elle seulement le revoir ? Elle conta brièvement ses recherches sur Yolande et lui demanda :

— Florian, vous vous y connaissez en signes runiques ?

— Lorsqu'on s'occupe de vitraux et d'architecture, on ne peut être insensible aux symboles revêtant nos murs. Notre monde moderne en est truffé, on ne les voit plus. Je dois avouer que j'ai commencé à m'y intéresser lors d'un travail en Bohême.

Sur la grand-place, ils s'arrêtèrent devant des pignons de brique. Ils comportaient ces caractères ésotériques et mystérieux ; aux vertus surnaturelles pour les uns, relevant de la superstition pour d'autres.

— Ils ressemblent aux runes issues du futhark anglo-saxon, ils sont gravés sur nos murs pour apporter aux habitants prospérité et fertilité. Mais il ne faut pas négliger l'influence orientale. Certains ne viennent pas de Scandinavie mais d'Arabie.

— Par exemple ?

— Les triangles, les losanges…

Les losanges… Ils figuraient sur un tapis égyptien rapporté d'un voyage. Voilà d'où venait son impression de déjà-vu.

— Comment des signes arabes ont pu être mêlés à ceux des pays du Nord ?

— La Flandre fut de tout temps un pays de voyageurs. Nous avons beaucoup hérité des Arabes.

— Comme le service postal avec les pigeons, amené par les croisés… Mais, pour ces symboles courant sur les pignons français, je l'ignorais.

— L'héraldique est inspirée de la chevalerie arabe, même l'emblème des fleurs de lys… Mais je ne veux pas vous ennuyer, Nina.

La façon qu'il avait de prononcer son prénom…

— Vous ne m'ennuyez pas, Florian, murmura-t-elle.

Ses joues s'empourprèrent. Elle aurait pu rester des heures auprès de ce jeune artiste. Elle ouvrit son carnet, le retourna vers Florian et lui désigna la phrase codée :

— Pouvez-vous me traduire ce passage ?

— Voilà un superbe échantillon de hiéroglyphes, aux multiples origines. Il n'y a pas que des runes…

— Que signifie le terme « rune » ?

— « Mystère, initiation », en vieux scandinave. En norvégien, « bonne aventure ». En finnois, le *runo* est un chant magique. Le symbole, obscur aujourd'hui, était plus compréhensible que le texte lorsque peu de gens savaient lire et écrire. Le blason permettait de reconnaître la maison d'un chevalier, d'un bourgeois, d'une corporation de métier. Les runes furent reprises par les bâtisseurs de cathédrales au Moyen Âge, qui se transmettaient des secrets et des règles géométriques… Je ne sais d'où provient ce message. Il ressemble à l'alphabet de vingt-quatre signes appelé futhark. Ce *X* géant correspond au *G* maçonnique, cela peut être la signature du maître ; mais non, ce n'est pas l'alphabet… C'est entrecoupé de signes d'origine arabe. Un vrai foutoir ! Je n'y comprends rien… Où l'avez-vous trouvé ?

Elle ne répondit pas à la question et, sans quitter des yeux les trois lignes codées, elle se contenta d'un : « Dommage… »

— À moins que…

Nina chercha son regard. En vain. Il était très intrigué.

— Oui, Florian ?

— Celui qui a écrit ce texte a peut-être voulu faire croire à un code compliqué. Essayons sans tenir compte des signes orientaux…

— Ce *X* en dehors de la phrase serait la signature d'une personne qui ne savait pas lire ? suggéra Nina.

« Nathaël a signé de son nom », songea-t-elle.

— Le *X* est la lettre Gebo qui symbolise les connexions entre Dieu, les hommes et entre les hommes, elle cimente un accord, un document liant deux personnes.

Il lui répondait, le nez dans le carnet.

— Ça y est !

Il la regarda un instant, comme subjugué…

Il déchiffra, mot par mot :

— « Quand notre moine copiste t'indiquera la cachette du parchemin, je ne serai plus. Ma vie fut belle grâce à toi, Insbette. Garde ton ciel, et transmets ce qui suit à »…

— À qui ?

— C'est tout. La phrase est inachevée.

Le parchemin était déchiré à cet endroit précis. Insbette connaissait-elle le nom du destinataire ? Elle était donc capable de lire ce message. Elle était censée retrouver le manuscrit.

Deux yeux bleus interrogateurs la dévisageaient. À son grand embarras, elle se sentit rougir comme une jeune fille. Florian était un homme d'une petite trentaine d'années, peut-être moins à son air enfantin. Elle détourna le visage. Il attendait des explications. Elle n'était pas prête.

Elle murmura :

— Merci, Florian.

« Il est très beau… Et très jeune… »

Un château, un potier médiéval, un clos aux herbes, un jeune maître verrier, était-elle en train de remonter le temps ?

Un autre regard la ramena à la réalité.

L'homme était appuyé contre un mur, un peu à l'écart de la terrasse de la brasserie. Il la fixait. N'était-ce pas ce Berniès, ce fermier peu amène ?

Elle réprima un frisson. La silhouette s'évanouit aussitôt dans la campagne.

INSBETTE

« Je secoue mes ailes pour prendre mon envol. »

William Blake, *Écrits prophétiques*

Je suis née dans la violence. On vient de me le dire, mais je le savais. J'ai toujours senti que je n'étais pas à ma place. Comme j'ai toujours connu mon âge. Un privilège pour une vilaine, une roturière qui ne sait ni lire ni écrire. Insbette la bâtarde. Une sale bâtarde. Sale, souillée, mais par quoi ? Issue du péché, impure, je ne sais pour quelles raisons, mais c'est comme ça. Je suis née une veille de la Saint-Nicolas d'hiver. Je suis née dans l'ombre, la déchéance. Je dois expier ma faute, enfin celle de ma mère. Celle qui m'a abandonnée. Pas marraine Folquine. Je suis sotte, on me le répète. Les mots ne manquent pas : sotte, poltronne, avide, traîtresse. Ah ! oui, aussi : je suis une malfamée, une race qui doit s'éteindre. Je suis venue au monde à Cassel, mais j'ai été baptisée ici, à Ekelsbeke. Ça aussi, je viens de l'apprendre. Je savais bien que marraine n'était pas ma mère, sinon je ne l'aurais pas appelée ainsi. C'est ma sœur, Pétronille, qui m'a tout dit. Grâce à elle, je sais enfin ce que « bâtard » signifie. Ma sœur, si on veut puisque nous n'avons pas les mêmes parents. Elle est celle de mes frères. Je n'aime pas mes frères qui ne sont pas mes frères. Ils ne m'aiment pas. Je ne joue pas avec les enfants du village. Ils m'ont mise à l'écart en me traitant de bâtarde. C'est un secret, mais le village ne garde pas ses secrets. Les voisins savent tout ce qui se passe chez vous. Tôt ou tard, tout se colporte. Alors je parle à mon amie, l'invisible, parce que je ne la vois pas, mais elle doit bien exister quelque part, comme ma mère, ma vraie mère. C'est parce que je me confie à elle que l'on me dit bête, ou parce que je suis une bâtarde. Je ne me confie qu'à elle et à Lucas. Il me conseille de ne pas écouter les ragots. Ce n'est pas facile. Je n'ai pas bonne réputation. Lui, il s'en fiche. Lucas apporte la lumière, il crée des couleurs, il aime les chiffres, c'est un savant, pas un simple artisan. Lui seul répond aux questions que je pose, aussi je n'en pose plus qu'à lui. Les autres haussent les épaules et me disent de me taire, alors je me tais.

Il faut croire que les mauvaises graines c'est plus robuste que les autres, car le père dit que la sienne de fille, et celle de Folquine, elle n'a pas vécu, alors que la bâtarde, si. C'est peut-être parce que marraine Folquine me donne de la nourriture en douce. Allez savoir !

20

Ekelsbeke, 1381,
au lendemain des fêtes de la Pentecôte

— Doucement, Lucas, tu n'es pas funambule ! Garde bien l'équilibre et concentre-toi sur ta fenêtre de verre, c'est ton œuvre, tu en es responsable. Je reviens…

Le jeune verrier, à la chevelure blonde indisciplinée et au visage exalté, suivit les conseils de son père. Jean le Précis lui enseignait le métier. Il calma son excitation et les battements de son cœur. Il se tenait en équilibre en haut d'un échafaudage qui affleurait les voûtes, à proximité d'une baie creusée, destinée à recevoir un vitrail. Il devait dompter son tempérament fougueux. Le matériau de cet art tout en finesse était fragile. Il s'appliqua avec l'ardeur de ses quinze ans. Il avait hâte de devenir maître à son tour.

Jean s'était vu attribuer un local près de l'église d'Ekelsbeke par le seigneur du village. Son atelier ne fabriquait pas le verre, fourni par les verreries de la campagne. Il réalisait le carton, modèle du vitrail, à partir d'enluminures et de peintures sur bois. D'illustres artistes fournissaient parfois les motifs et les dessins sur papier.

Lucas avait découpé le verre sur une table, avec une pointe rougie au feu.

Délicate, la besogne devait être accomplie à l'abri de tout regard étranger. Les verriers, comme d'autres corporations, cultivaient le secret.

La profession de peintre sur verre avait ses privilèges, et son prestige. À Bruges, la guilde de Saint-Luc comptait à elle seule quatre-vingts artisans, maîtres, compagnons et apprentis. Au siècle dernier, les ancêtres de Lucas avaient fait jaillir les vitraux dans les cathédrales. En ce XIVe siècle, la peinture était plus finement travaillée. De translucide, le verre était devenu transparent.

Démonté, le vitrail venait d'être transporté sur le site. Morceau par morceau, il était hissé puis fixé à son emplacement. Il devait être bien enchâssé et maintenu en place, afin de résister aux pressions exercées par le vent tout en laissant pénétrer la lumière. Un véritable défi technique et artistique que ces assemblages. L'armature constituée de barres de fer était scellée dans les murets et dans les meneaux. Des tiges plus fines, les vergettes, renforçaient la solidité du panneau. Des rubans de plomb les raidissaient et servaient d'attaches.

Sertis dans ce maillage de plomb, les morceaux de verre rouges, ocre jaune, bleus, verts formaient une mosaïque lumineuse. Depuis peu, une nouvelle teinture était apparue, élargissant la palette chromatique des verriers : le jaune d'argent. Un vrai miracle en soi. Du sel d'argent finement broyé et mélangé avec de l'ocre jaune, dilué dans l'eau, permettait la juxtaposition de deux couleurs sur une même pièce. Il produisait ainsi une gamme allant du jaune paille à l'orange soutenu.

Le prix du vitrail était élevé. Nobles ou dignitaires ecclésiastiques finançaient le travail des artisans. Ces donateurs ne réclamaient qu'une légère compensation : l'immortalité. Ils exigeaient que l'on mentionne leurs noms et qualités. Comme ses maîtres et prédécesseurs, Lucas œuvrait dans l'ombre pour apporter la lumière, mais il héritait de la fierté d'accomplir l'un des plus beaux métiers qui soient. Il mettait son jeune talent au service de l'Église et du salut des âmes. Ces vitraux représentaient des scènes de la vie du Christ et de ses saints, le purgatoire, des visions de l'Éden, avec une profusion allégorique d'anges.

« Le vitrail magnifie la lumière, songea le jeune homme, et la lumière est une promesse. De quoi ? De jours meilleurs… »

Son regard fut attiré par une silhouette menue. Elle courait à l'orée du bois vers le village. Il la reconnut aussitôt : Insbette la petite bâtarde. À près de huit ans, elle était déjà une petite bonne femme de caractère, spontanée et combative. Son corps enfantin mais musclé était plus habitué à peiner qu'à jouer. Il aimait son regard profond et ses prunelles vertes, enflammées lorsqu'elle l'interrogeait. Elle n'était pas sotte mais elle l'ignorait.

Elle posait peut-être trop de questions. Son père trouvait que c'était malsain. Monsieur le curé, lui, affirmait que de curieux à hérétique, la frontière était mince. Elle était encore sans défense, elle devrait se méfier… Pourtant il préférait Insbette à sa grande sœur, Pétronille, qui lui semblait plus sournoise.

Soudain, il aperçut des cavaliers. La petite troupe se dirigeait, au galop, vers l'enfant. Il faillit lâcher son morceau de verre, devint rouge de confusion en le rattrapant. Grâce à Dieu, son père n'était pas revenu de l'atelier.

Lucas retint son souffle. Elle avait disparu, sans doute cachée derrière un bosquet. Ils ne la virent pas et ils n'empruntèrent pas le chemin du village.

Il poussa un soupir de soulagement.

Un grondement sourd s'élevait dans la plaine. Il faisait trembler le sol sous ses pieds, comme si la terre allait s'ouvrir et l'enfer l'engloutir…

Insbette se baissa, se fit toute petite, la respiration suspendue, le cœur cognant fort dans sa poitrine.

Elle avait l'oreille fine. La forêt grouillait de marginaux, de hors-la-loi et, disait-on, de spectres. Elle n'en avait pas peur, contrairement à la plupart des villageois. Les charbonniers et les bûcherons y œuvraient et la connaissaient bien, la petite bâtarde. Une fois les glaces et la boue disparues, les troupes y chevauchaient de nouveau. Elles ne risquaient plus de s'embourber dans les sentiers. Avec le printemps, les chemins devenaient praticables. Amis, ennemis, nulle idée. Hors du village, le danger rimait avec étranger. On pliait devant le seigneur, et l'on se méfiait de la soldatesque comme de la peste. Aussi terrifiants l'un que l'autre. Que de fois verrouillait-on portes et fenêtres dans la crainte des hommes en mal de guerre et de pillage.

Dissimulée, elle regarda filer les cavaliers. Ils ne prenaient pas la route d'Ekelsbeke. Tant mieux. L'hiver, le village vivait renfermé sur lui-même mais, dès les beaux jours arrivés, des marchands affluaient au marché au fil, des pèlerins à Saint-Folquin, des étrangers. Certains étaient très beaux. Ils arboraient des épées, des tenues colorées, des étendards. Lorsque des chevaliers ou une cour royale rendait visite à son seigneur, il fallait toujours qu'Insbette soit en première ligne, quitte à se jeter dans l'encoignure d'une porte pour ne pas être écrasée par les chevaux. À ses côtés, un petit groupe de curieux s'approchait et se massait sur les bords du chemin.

Chez elle, Insbette était de toutes les corvées ; dans l'obscurité naissante, pour puiser de l'eau au puits, dans le bois le plus proche, pour ramasser des branchages. Toute petite, elle ravalait ses larmes pour ne pas subir les moqueries des garçons en rentrant à la ferme. Son corps se tendait sous la charge plus lourde qu'elle, elle tentait de discipliner sa respiration et exhalait un profond soupir en demandant à son amie l'invisible de lui donner du courage. Après, elle se sentait mieux. Le père Jacobus était intraitable en dépit des protestations de marraine Folquine. Insbette redoutait de pénétrer dans les ténèbres et de traverser le village endormi. Elle appréhendait de marcher sur la grande voie caillouteuse, mais plus encore, d'emprunter les chemins boisés et sombres, et elle s'écartait toujours du gibet et des deux potences qui se dressaient au milieu de la grande place. Aux aguets du moindre frémissement des arbres, elle s'imaginait être suivie par des spectres, jetait un regard derrière elle subrepticement, sans rien voir. Son cœur battait trop fort quand elle entendait des pas lourds et cadencés crever le silence de la nuit ou qu'elle percevait des ombres qui déchiraient le manteau opaque. Peu à peu, dans cet environnement hostile, la terreur avait fait place à la méfiance. Aujourd'hui, à près de huit ans, elle s'était endurcie. Leur ferme était proche du petit aqueduc enjambant l'Yser. Les flots coulaient rapidement à cet endroit. Elle devait s'accroupir et recueillir le maximum de glands pour les bêtes. Menue, farouche, elle se faufilait partout. Il lui fallait passer inaperçue aux yeux des patrouilles des sergents du seigneur, afin d'éviter les amendes, quand elle revenait avec de pleines brassées de bois plus lourdes qu'elle.

Aujourd'hui, elle aimait presque errer dans les bois car c'est par là qu'était partie celle qui l'avait mise sur terre et qu'elle rejoindrait un jour.

Au-dehors était sa mère.

Elle fit un petit détour en longeant un mur de la forteresse et tenta d'apercevoir « l'homme en noir » à sa fenêtre.

Le noir était l'habit des gens que l'on craignait : les nobles, les sergents, les curés et lui… Un Juif, disait-on, vilipendé mais toléré et vivant dans une dépendance du château. C'était un forain, un voyageur. Il n'était pas d'ici et n'était pas baptisé. Mais il semblait protégé par le seigneur. Il n'y avait rien à dire.

Cet homme l'intriguait, peut-être parce qu'elle était comme lui, en disgrâce. C'était une espèce d'hérétique, ou un sage, on ne savait, qui sortait entre chien et loup dès que les paysans étaient revenus des champs et que les artisans fermaient leurs échoppes.

— Bonjour, Insbette.

Elle se retourna et fit face à la grande ombre. Il semblait la connaître, venait de l'appeler par son prénom. Il abaissa sa capuche. Elle entrevit son visage, celui d'un homme dans la force de l'âge, peut-être au-delà, étonnamment alerte. Ils se regardèrent un instant, elle esquissa un sourire et s'enfuit en se signant.

« Pourquoi me suis-je sauvée ? Je suis une sotte. Le village n'a pas tort. »

Tous évitaient ce Juif, parce qu'il ne venait pas à l'église. Il était bien le seul au village. Pourtant, le regard de l'homme en noir était bienveillant. Il ne lui aurait pas fait de mal. Il ne pouvait être le diable.

Encore haletante, elle pénétra dans l'église.

Elle frissonna sous la chaleur humide. À moins que ce ne fût le souvenir de l'homme en noir. Elle aimait la maison du Seigneur pour ses statues, pour son sol de dalle bleue, ses vitraux qui créaient des ombres et des reflets, pour Lucas qui faisait jaillir les couleurs de l'arc-en-ciel comme par miracle.

« J'aime les images, les lumières, je t'aime Lucas… »

Le calme y régnait. Les paroissiens la désertaient entre les offices, qui leur prenaient suffisamment de temps. Elle appréciait aussi le silence. Dans la famille, le calme était avant-coureur de tempête, de cris, de brutalité. Même les animaux s'y mettaient, et il fallait la petite voix de Folquine pour rétablir l'ordre dans la maison. Insbette goûtait moins la messe, en dépit des chatoyants vêtements sacerdotaux. Monsieur le curé n'était pas trop impressionnant, mais les prédicateurs et les moines qui prêchaient, eux, l'étaient presque autant que le bourreau que l'on croisait parfois au marché.

Depuis l'hérésie des cathares, la torture avait été érigée en science par l'Inquisition. Le père disait qu'il fallait se taire sur les grands sujets à cause du bûcher. Elle avait alors demandé si les étoiles et le ciel étaient un grand sujet et le père lui avait donné un soufflet en la traitant d'insolente.

Et puis elle s'était encore évanouie au dernier office. Sans doute ces odeurs d'encens et son ventre criant famine…

Pétronille l'avait relevée avant que monsieur le curé ne s'en aperçoive.

— Allez, debout, la bâtarde.

C'était rude, mais elle avait obéi. On avait raison de dire que les bâtards étaient des impies. Elle avait toujours ressenti une différence. Elle se doutait bien qu'elle n'était pas la fille de Folquine, même si celle-ci l'appelait « ma fille ». Pétronille le lui avait enfin confirmé :

— Toi non plus tu n'es pas la fille de Folquine, mais elle est ma belle-mère. Toi, t'es qu'une bâtarde. Ta vraie mère c'est une putain, elle est souillée jusqu'au tréfonds. Tu es issue du péché.

Ce jour-là, elle se dit que Pétronille ne l'aimait pas plus que le père et les garçons. Elle comprit qu'elle devait se faire encore plus petite. Transparente. Comment ? Disparaître ? Elle s'enfuit derrière le château dans les bois et c'est là qu'elle vit, pour la première fois, l'homme en noir. Elle sanglotait à l'ombre de la masure. Elle prit peur et retourna chez elle, c'était mieux ainsi. Folquine l'aimait, même si elle n'était pas sa mère. Sa vraie mère était impure comme les sodomites et les vérolés... Insbette était souillée elle aussi, en disgrâce. Elle portait cette croix pour la vie. Devant son regard encore baigné de larmes, Pétronille s'était énervée :

— De quoi te plains-tu ? Tu aurais pu être abandonnée, enlevée, mutilée ou estropiée pour apitoyer les passants.

Dès lors, sa grande sœur ne lui parla guère. Insbette remarqua toutefois qu'elle l'aidait, sans un mot. Pétronille, c'était un mystère pour elle, et pour ça, elle l'admirait.

Qu'était devenue cette mère ? Elle se risqua à questionner sa marraine.

« Morte. »

Folquine mentait. Les yeux perçants d'Insbette l'avaient vue avaler sa salive. Un pli s'était formé au coin de sa bouche. Cette expression lui venait dès qu'elle cachait quelque chose. Folquine ne savait pas mentir. Le cœur de l'enfant l'avait ressenti. Alors tous les soirs, elle faisait une prière pour sa mère. Elle n'avait plus parlé qu'à son double, son amie imaginaire, son invisible, puis à Lucas lorsque les verriers étaient venus s'installer au village pour la réfection et l'élaboration de nouveaux vitraux. Eux, on ne les regardait pas avec suspicion comme l'homme en noir.

En revanche, à la messe, elle aimait chanter à l'unisson. On ne savait pas d'où lui venait cette jolie voix, peut-être de sa mère… À ces moments-là, et seulement à ceux-là, elle se disait que Dieu l'entendait. Quand ses accents clairs s'envolaient vers les cieux, des fidèles s'arrêtaient pour mieux écouter ce bout de femme au petit jupon de laine déchiré. C'est peut-être pour sa voix qu'on la supportait au village, songeait-elle.

Le jeune verrier la devina, dissimulée dans l'ombre, derrière un des huit piliers épais. Elle le scrutait souvent dans l'obscurité, la respiration suspendue, n'osant se montrer. Elle croyait qu'il ne la voyait pas. Elle se trompait. Elle était fascinée par le doigté du jeune verrier. Elle avait peur dès qu'elle le voyait grimper sur les poutrelles, peur qu'il ne tombe et meure comme l'un des fils de la voisine.

Il l'appela. Elle sortit aussitôt de sa cachette. Il coinça son couteau à couper le plomb dans sa ceinture, descendit prestement de son perchoir, lui ébouriffa sa tignasse bouclée d'un geste tendre. Elle rougit. Âgé de sept ans de plus qu'elle, il prenait plaisir à voir s'éclairer son regard grave. Cette enfant n'était pas comme les autres. Il émanait d'elle une force, une énergie, quelque chose, se disait-il, comme ces auréoles qui illuminaient le visage des saints. Non, Insbette ne pouvait être mauvaise.

— Ça va, Insbette ?

— Ça va, Lucas.

Elle lui offrit son sourire, ses yeux pétillants et ses fossettes. Elle, le trouvait très beau, plus beau que tous les garçons de l'âge de Pétronille. Avec ses cheveux blonds un peu fous, sa mâchoire puissante, son allure leste et ses yeux taquins et tendres quand il la regardait. Avec lui, elle était belle, vivante. Elle existait.

« Tu es mon porteur de lumière, mon chevalier de lumière. »

Il lui avait expliqué que les vitraux, comme les fresques, faisaient passer un message aux paroissiens qui ne savaient pas lire. La fierté d'accomplir ce métier ne lui avait pas ôté son humilité :

— Nous ne sommes rien à côté des architectes et des sculpteurs, nous ne faisons qu'éclairer les lieux…

— Et leur donner vie. Vous êtes des sculpteurs de lumière. Un jour, je les ferai avec toi. Je serai ton compagnon.

— C'est impossible.

Elle fronça les sourcils, ne répondit rien, mais son air devint buté, ses yeux lancèrent des flammes.

Il n'y prêta pas attention.

— Regarde les auréoles des saints, Insbette. Elles jaillissent de Dieu, c'est le pouvoir de l'âme.

— Les images du paradis m'apportent de la joie, mais celles de l'enfer, avec ces damnés ébouillantés, me remplissent d'effroi.

— Les dessins sur les parvis des chapelles, sur les panneaux des retables, sur les colonnes et les vitraux, nous portent vers le ciel, nous apportent du réconfort. Ils éveillent parfois la terreur, le repentir, avertissent que le mal et la mort rôdent, qu'il faut s'y préparer et se purger de ses fautes.

Les ravages de la peste hantaient les mémoires ; on était à tout moment à la merci des pillards. On côtoyait la mort, on la sentait, comme un volcan qui couve…

— Un jour, poursuivit-il, je te montrerai des cathédrales, tu verras tout ce verre, c'est magnifique.

Il regretta aussitôt cette promesse qu'il ne pourrait tenir, mais Insbette enchaîna sur l'une de ses terribles interrogations.

— Pendant la grand-messe dominicale, la pluie a inauguré une semaine de mauvais temps. Le vent hurlait si fort que monsieur le curé a dit que c'était une déclaration de guerre de Satan. C'est quoi une tornade ?

— Un grand vent.

— C'est vrai que les tornades sont animées par les démons ?

— D'où te vient cette idée ?

— Un moine dominicain, l'autre jour, à la messe.

— S'il l'a dit…

Lucas haussa les épaules, peu convaincu.

— Et c'est vrai que les orages sont provoqués par des êtres mystérieux qui voyagent sur des navires volants ?

— C'est encore du père dominicain ? s'étonna Lucas.

— Non, c'est de Martin, le tavernier. Dis-moi, pourquoi y a-t-il deux papes ?

Ses questions, parfois, l'embarrassaient. Il ne savait comment lui répondre ni, surtout, s'il devait le faire.

— Tu te montres aussi curieuse chez toi ?

— Chez moi, je suis muette… et invisible.

Lucas éprouvait l'étrange sentiment d'attendre qu'elle grandisse. Pourquoi ? Ses interrogations l'intriguaient, le dérangeaient, mais l'obligeaient à réfléchir. Elle le questionnait sur Cassel où elle était née, sur

Lille, Bruges, ces cités dont elle entendait les noms, et même sur Avignon et Rome où se trouvaient les deux papes. C'était loin. Cela n'intéressait personne. Mais elle, voulait savoir. Sa curiosité était insatiable. Un réel fossé existait entre ce que l'on disait d'elle et ce qui émanait de cette enfant. Il discutait davantage avec elle qu'avec quiconque. Ses remarques étaient sensées, ses suggestions judicieuses. La rumeur le contredisait, mais il pensait, lui, qu'elle était la plus intelligente des filles qu'il eût rencontrées. Avec son père et ses compagnons, il ne parlait que de la tâche à accomplir, des délais impartis, des commanditaires et de la façon d'améliorer leur savoir-faire. Ici, comme dans tous les villages traversés de Flandre ou de France, les gens parlaient récolte, boue, chemins praticables ou non. Ils s'enquéraient parfois des batailles entre seigneurs et rois, ils se distrayaient avec les marchés, les fêtes et les ragots et surtout ils écoutaient leurs curés. Chacun d'entre eux, en Flandre, avait son avis sur les papes, depuis qu'il y en avait deux.

— Dis-moi Lucas, c'est quoi l'enluminure ?

Il lui montra un parchemin.

— C'est ce que je ferai, si je ne peux devenir ton compagnon verrier.

Son visage enfantin était doté d'un air résolu qui stupéfiait Lucas. Il sourit.

— Ce sont les moines qui enluminent.

— Seulement ?

— Les clercs attachés aux seigneurs ou dans les universités. Il faut savoir lire et écrire !

Pour toute réponse, elle fit la grimace et changea de sujet. Elle ne voulait pas gâcher ces instants passés en sa compagnie, instants de joie volés à l'amer quotidien.

— Tu aimes bien le bleu, Lucas.

— Tu as remarqué ? Le bleu est comme le ciel et la mer, il ouvre l'horizon, il porte en lui la sérénité et la sagesse…

La mer ! Les histoires de marins, racontées lors des veillées, la fascinaient. Elle espérait la voir un jour…

Lucas poursuivit :

— Sais-tu que cette couleur est le symbole de l'affranchissement de nos ancêtres ?

— Voilà pourquoi on la retrouve sur les volets et dans les noms !

« Et toi, Lucas, tu es mon chevalier bleu. »

Elle ajouta :

— Tu as remis du rouge ? J'aime aussi le rouge, déclara-t-elle avec une mimique convaincue.

Il adorait sa fossette.

— C'est une couleur forte, de vie et de mort…

— De mort ?

— La couleur du guerrier, de la colère, du danger. Elle annonce le sang. Mais elle est aussi chaleur, ardeur…

— C'est aussi celle du Saint-Esprit, intervint le curé qui revenait en compagnie du père de Lucas. Mais tu n'es pas née à la Pentecôte, petite.

— Il est tard, nous rentrons. Tu devrais être chez toi, la bâtarde, déclara le vieux maître verrier, en regardant son fils de travers.

— Père, Insbette ne fait rien de mal, elle regarde.

— Elle n'a pas à observer notre travail.

Il se tourna vers elle :

— Allez, va-t'en ! De toute façon, nous avons presque fini, nous quittons Ekelsbeke à la Saint-Jean.

Le visage de la petite fille se durcit. Elle s'éloigna, les épaules basses, voûtée comme une petite vieille.

— N'oublie pas que je suis ton ami, lança le jeune homme.

Elle avait déjà passé le porche.

— Toujours à la défendre, Lucas, tu es bien le seul.

— Justement, père, je suis le seul ! Le vieux Jacobus est sans merci avec elle.

— Si un enfant faillit, c'est que le mal l'habite.

21

Esquelbecq, de nos jours

Depuis la veille, une pluie lourde transformait les chemins de Flandre en bourbiers. Nina s'était isolée dans sa chambre. Installée sur son lit, ses documents éparpillés autour d'elle, elle essayait de se concentrer sur un document concernant le grand schisme d'Occident au XIVe siècle. Il lui fallait comprendre les faits et s'en imprégner pour tenter de capter l'atmosphère religieuse de l'époque.

Les conflits politiques avec Philippe le Bel avaient abouti à l'installation de la papauté en Avignon. Désirant suivre le procès des Templiers, Clément V s'était établi dans un couvent avignonnais. Grégoire XI ramena le siège pontifical à Rome. En 1378 – « Insbette n'avait pas cinq ans », songea-t-elle –, l'accession au titre de pape d'Urbain VI déclencha le grand schisme d'Occident. La majorité, française, des cardinaux lui reprocha d'avoir été élu sous la pression de la population romaine en insurrection. Ils plébiscitèrent alors Clément VII qui partit en Avignon et fut qualifié d'antipape.

« Deux papes, ça fait désordre… », se dit-elle avant de poursuivre. L'Occident chrétien fut séparé en deux suivant le clivage des rivalités politiques. L'Angleterre, la Flandre et le Saint Empire maintenaient leur fidélité à Rome. La France, l'Écosse et les États espagnols soutenaient Clément VII.

L'Europe était divisée, l'Église déchirée, la papauté affaiblie. Qu'en était-il des consciences ? Ce devait être un dilemme pour Yolande, parente du roi de France qui appuyait le pape d'Avignon, donc clémentine – d'après les lectures de Nina – et pourtant fidèle au comte de Flandre, fervent défenseur du pape de Rome.

Tout en lisant, son oreille fine remarqua un changement.

Le silence, c'était ça. La pluie avait enfin cessé. Elle jeta un œil à la fenêtre, ses pensées convergèrent vers la petite Insbette. Pour ces gens simples des campagnes septentrionales, qu'en était-il ? Comprenaient-ils ces querelles ? Rome, Avignon, c'était loin. La masse des chrétiens ne devait pas se sentir concernée. Ils se transmettaient oralement prières et cantiques et les récitaient par cœur. Le peuple inculte s'accrochait à ses superstitions, ne doutait pas de la parole de son curé. La plupart des Flamands et du bas clergé suivaient, comme leur comte et les Anglais, le pape Urbain de Rome. Mais en 1378, l'évêque de Thérouanne et de Flandre, Pierre d'Orgemont, était acquis à la cause des clémentins… Aïe !

À Ekelsbeke, village du premier évêque de Thérouanne, il y avait de fortes chances pour que le curé suive les consignes et le pape Clément d'Avignon.

Une autre guerre que celle qu'on appellerait plus tard la guerre de Cent Ans se déroulait à l'ombre des gargouilles, une guerre à coups d'exactions financières, d'anathèmes et d'excommunications. Les évêques, les rois, les seigneurs étaient des gens puissants. Les hommes d'Église avaient le pouvoir de maudire, dans leurs sermons, les princes ou de prier pour leur bien. Dans les villages, on ne percevait que quelques échos du monde des princes. On le devinait déréglé, c'est tout.

Nina ne s'aperçut pas qu'elle était passée des « ils » aux « on ». Un soleil étincelant baignait la chambre et l'éblouissait. Elle sauta hors du lit, prit ses papiers sous le bras et descendit prestement l'escalier.

Elle reprit sa place sur le banc du jardin, huma les senteurs des plantes et de l'herbe mouillée, soupira d'aise et remit le nez dans ses documents.

On ne percevait que quelques échos… Pourtant, imperceptiblement, la foi changeait. La porte était ouverte au doute. On pouvait y déceler les prémices de la Réforme.

Elle s'arrêta. Elle commençait à se faire une certaine idée du panorama chrétien de cette fin du XIVe siècle traversée par les batailles de rois et les querelles religieuses. Un vrai chaos. Elle prit le verre de jus de fruit que lui tendait, en silence, Charlotte et la remercia d'un sourire. Puis elle tenta de poursuivre sa lecture.

En vain.

Jusqu'à présent, son séjour se déroulait avec bonheur. Non un état permanent, mais de petits instants de grâce illuminant ses pas et ses recherches. Ce jardin, la gentillesse de ses hôtes, les incroyables coïncidences… la rencontre avec le jeune Florian. Son visage juvénile ne revenait-il pas un peu trop souvent la hanter ? Vingt ans d'écart. Ridicule. Elle aimait son mari. Elle se sentait attirée. Elle avait entrevu du désir dans le regard de Florian. Ridicule encore. Elle avait fantasmé. Point final.

Pour la première fois depuis son arrivée, un poids incompréhensible sur sa poitrine contrariait sa belle humeur. Les événements de ces derniers jours venaient se juxtaposer à sa lecture.

Elle eut soudain l'impression que son crâne allait exploser sous l'effet de visions fulgurantes. S'y entremêlaient le visage de Florian, les paroles de Mariannick, le code déchiffré, les confidences échangées avec sa cousine. Elle n'arrivait plus à se fixer sur son sujet. Un amas décousu d'images, comme ces rêves du petit matin, l'en empêchait. Elles défilaient comme les pages de ses livres, faites de mots, de parfums, de visions, d'odeurs, de sons. Tout ceci n'aurait pas dû l'effrayer. Mais une tempête balayait le fil de ses pensées.

Elle se revoyait petite fille.

Elle posait, insatiable, des questions à sa mère qui n'y répondait pas. L'ombre de la jeune Insbette se mêlait à ses propres souvenirs. La seconde partie du parchemin était-elle arrivée à destination ? Insbette ne devait pas avoir pris connaissance de la première partie…

Quelque chose la tracassait. Était-ce son émoi pour Florian ? Ce quelque chose avait-il trait au village d'Esquelbecq, à sa naissance à Cassel ?

Elle aimait son métier de journaliste, mais pourquoi s'était-elle détournée de sa passion pour le ciel ? L'observation des étoiles entraînait des réflexions sur l'origine de la vie, sur sa propre vie, sur son père…
Les fuyait-elle ?

Le stress de son travail, le temps qu'elle devançait continuellement, comme une fuite en avant, lui évitaient de réfléchir. Elle avait interrogé sa mère sur son père, en vain, puis elle avait arrêté.
Pourquoi ?
Elle se sentit soudain lourde d'incohérences.

22

Ekelsbeke, 1381

L'angélus du matin et l'angélus du soir rythmaient les journées. La nuit n'était pas tombée. Les volets n'étaient pas encore clos.

La ferme était située à l'entrée du village d'Ekelsbeke. La rivière passait derrière les corps de bâtiment. Ce n'était pas l'une de ces masures si vétustes qu'elles risquaient à tout moment de brûler avec la maison voisine.

Du parchemin huilé et des panneaux en croisillons en bois modéraient les courants d'air et atténuaient les bruits. Insbette n'entendit ni les grincements du métier à tisser, ni ceux du rouet pour filer le lin. Elle possédait une parfaite acuité auditive, comme en témoignait sa voix juste et mélodique. Elle perçut des raclements de gorge, des bruits de mastication et d'éructation. Ils étaient attablés dans la cuisine, la pièce la plus accueillante de la ferme avec son immense âtre. Elle allait se prendre une correction, d'autant que ses vêtements étaient maculés de boue. Fessée, soufflet ou même bastonnade, ce n'était rien. Rien à côté de l'effroi qu'elle éprouvait en cet instant.

L'impression soudaine que son monde, déjà tapissé de silences, se dissolvait dans une obscurité opaque. Son ventre était lacéré, son cœur égratigné. Toutes les fibres de son corps se tendaient comme une corde d'archet prête à casser.

« Lucas ne peut pas partir, pas si vite ! »

Confrontée pour la première fois de sa vie à la séparation – elle n'avait aucun souvenir de l'abandon de sa mère –, elle la refusait de toute son âme. Et brusquement, ce fut comme une digue qui cédait, libérant le flot de larmes contenu devant le maître verrier et son fils.

« Comment te retenir, Lucas ? Je suis trop petite, trop insignifiante, se dit-elle à voix basse. Toi qui es ma couleur et ma joie, comment te garder ? »

Elle s'essuya les joues, ravala son chagrin, tenta de discipliner, en vain, sa chevelure frisée et ébouriffée. La lourde porte grinça sur son passage.

Ils étaient assis sur les bancs. Jacobus le père, Étienne le jeune dit Tièn, Étienne l'aîné dit l'Aîné, marraine Folquine et Pétronille. Courageux et puissant comme son surnom, « le Boudry », l'indiquait, Jacobus traînait un air perpétuellement bourru. Son langage était dru, son visage fermé, son regard insondable sauf lorsqu'il était en colère. Il avait la peau hâlée du peuple qui vit au grand air. Il voulait des enfants solides pour les champs et tenait à son cheval. Il cumulait l'élevage et les cultures, était en lien avec la nouvelle draperie d'Hondschoote. Laborieux, il répétait sans cesse que le travail était une sanctification, qu'il fallait s'user à la tâche et briser le corps. Il répétait ce que disait monsieur le curé. Il était loin le temps où « œuvrer », pour les moines et les esclaves, signifiait « accomplir une punition ».

Étienne l'aîné était le parrain de son puîné. Il lui avait transmis son prénom et faisait valoir son rang. Il était dur comme le père. Sous sa tunique grise, il possédait le torse et les bras massifs de Jacobus, sous ses braies, les mêmes jambes trapues. Il était le portrait craché du père.

Tièn, le jeune, désespérait Jacobus avec sa silhouette fluette et osseuse, son visage tout en longueur et son teint pâle. Quant à Pétronille, du moment qu'elle faisait ce qu'elle avait à faire et qu'elle restait à sa place…

Elle, la petite bâtarde, n'existait que lorsqu'il était en courroux, aussi préférait-elle se faire oublier.

À son entrée, ils levèrent à peine les yeux, sauf le père qui la toisa avec dureté.

— Où as-tu été traîner, la bâtarde ?

Elle sentit l'haleine avinée.

— Encore en maraude, dans les bois ? On va te montrer du doigt, et nous avec !

« C'est déjà fait », songea-t-elle.

— On va surtout la trousser vite fait, gloussa Étienne l'aîné en s'essuyant dans sa manche.

— Ça ne me fait pas rire !

Le père lui asséna un coup sur la tête.

Elle posa le sac de toile, rempli de glands pour les porcs. Les glands étant très appréciés par les sangliers, elle prenait des risques en traversant la forêt, mais le père n'en avait cure. Elle plongea son nez dans l'écuelle. La soupe sentait bon les navets et le lard, mais, chavirée par le départ de Lucas, des nausées l'empêchaient d'avaler la moindre gorgée.

— Ça ne te convient pas ? Tu voudrais du faisan ? Déguster un animal qui vole, comme les nobles ?

Elle saisit la cuillère de bois, de la main gauche, prête à faire un effort pour ne plus entendre ses récriminations.

— Ta bonne main !

Il lui entailla la chair du pouce gauche avec son couteau.

Pétronille et Folquine hurlèrent de concert. Malgré la douleur, Insbette se contenta de serrer les dents.

— Calme-toi, Jacobus ! supplia Folquine. Insbette n'y est pour rien. Tu as failli lui couper la main… Ça saigne, constata-t-elle en tendant un linge à l'enfant, qui entoura son doigt endolori. Elle n'y est pour rien.

— Rien en ce qui concerne Tièn, c'est tout, grogna-t-il, peu fier de lui, en se curant les dents avec le couteau.

Le père avait largement dépassé la quarantaine, ce cap honorable au-delà duquel les gens devenaient édentés. Insbette trouvait qu'il ressemblait de plus en plus au grand-père, décédé l'année précédente de vieillesse et d'une toux persistante due à la fraîcheur ambiante. Un vieux qui ne savait plus ce qu'il disait mais qui avait réchappé aux maladies, à la peste, aux accidents. Un vrai survivant, comme le doyen du village et tous ceux qui avaient les dents pourries – quand il leur en restait – et qui sentaient si mauvais. Comme Jacobus.

À présent qu'Insbette connaissait le secret de sa naissance, son cœur se rebellait. Elle comprenait mieux ce sentiment qui la taraudait : l'impression diffuse d'être une étrangère dans cette famille. La rébellion d'Insbette s'apaisait grâce à Lucas.

« Mon Dieu, faites qu'il ne parte pas ! »

Elle s'évadait du quotidien, se réfugiait dans les mondes merveilleux qu'elle se forgeait face aux images colorées des vitraux et grâce aux peintures murales. Dans ses rêves, elle était la fille d'un noble seigneur. Elle avait été enlevée. C'était pratique courante, paraît-il. Mais selon Pétronille, ces enfants volés étaient voués à la prostitution et au brigandage dans les villes.

— Et puis, t'es trop niaise et surtout trop pauvre pour qu'on réclame une rançon. C'est l'avantage d'être pauvre.

Étaient-ils si pauvres ? se demandait-elle. De nombreux villageois, aux chaussures éculées, se sustentaient de lait caillé et de pain de seigle. Eux, ils avaient une immense cheminée qui accueillait toute la famille. Un grand chaudron était suspendu au-dessus de son âtre. À près de huit ans, Insbette parlait peu mais écoutait beaucoup. Ils faisaient des envieux dans le village. Le verger procurait des pommes. L'herbe était dense avec l'humidité. Les bovins, achetés maigres et à bas prix, engraissaient vite. Les chevaux étaient robustes et massifs. Leur troupeau de moutons, leurs vaches et les deux veaux, leurs cochons, qui se nourrissaient des déchets et les nourrissaient à leur tour, alimentaient des jalousies.

Dès qu'elle avait pu marcher, Insbette avait gardé les troupeaux, aidé à la tonte des moutons, cueilli les fruits, ramené de l'eau de la rivière, recouvert le sol d'herbes fraîches ou de sable pour la cuisine.

À présent, avec Folquine ou Pétronille, elle trottait autant que le lui permettaient ses petites jambes. Après la lessive du lundi, les trois femmes battaient le linge qui trempait pendant la nuit. Aux champs, elles sarclaient les mauvaises herbes. Elles plantaient les pois et haricots, elles liaient les gerbes, battaient le blé, comme les hommes. Tout, sauf le labourage. Elles mettaient des bûches, allumaient les feux, tisonnaient les braises sans se brûler. Elles préparaient la soupe, pétrissaient le pain au fournil, fumaient le lard, salaient la viande. Et aux beaux jours, elles faisaient la chasse aux insectes. Elles filaient, vendaient le grain et le fil au marché. Le père trimait du lever au coucher dans les champs avec les garçons.

On ne chômait pas chez Jacobus.

Il disait que plus on s'activait tard dans la nuit, moins on avait froid, car dès que l'on n'avait plus rien à faire, il fallait gagner le lit au plus vite. Mais il y avait peut-être aussi son besoin d'argent. On œuvrait au-delà du crépuscule, malgré les interdictions. Il ne fallait pas en parler. À personne. On avait juré. Lucas et les verriers, eux, n'accomplissaient pas de travail au noir. Jacobus avait eu ses réserves pillées lors d'un passage de troupes, aussi le filage et le tissage complétaient bien les rentrées. On travaillait tard, surtout l'hiver ; il fallait filer, filer et la petite fille n'en voyait pas la fin. Elle se concentrait alors sur la récompense. Ekelsbeke devait son renom à son marché aux fils de sayette. Pétronille l'y emmenait. Insbette éprouvait une certaine fierté devant la foule bigarrée qui se pressait autour de leur étal. Pétronille glissait parfois de la crème de Jouvence, achetée à la sauvette, dans la poche de son tablier, croyant que l'enfant ne le voyait pas. Ensuite elle mentait au père sur le gain obtenu.

— On est les rois du labeur au noir ! s'exclama l'aîné, avant de recevoir la main du père sur la tête.

Malgré ces mouvements d'humeur, l'aîné était son préféré. C'était sa façon à lui de montrer son affection. Personne n'était dupe. Ces terres roturières reviendraient à Étienne l'aîné. Lui seul avait le privilège de ces tapes sur la tête ; les autres recevaient des soufflets sur la figure. Les coups étaient plus brutaux.

— Qu'est-ce que tu as, toi ? lança-t-il soudain, en croisant les yeux vifs de la petite fille posés sur lui. Attends de grandir un peu, la bâtarde, tu ne perds rien pour attendre…

Folquine baissa la tête, comme résignée. Insbette saisit un regard perçant de Pétronille qu'elle ne sut déchiffrer. Elle, elle pouvait aller où bon lui semblait, on ne lui disait rien, mais il est vrai que c'était pour cueillir des herbes bienfaitrices.

Sa grande sœur, Pétronille, ignorait son âge. Elle connaissait le jour de son baptême. Sa mère était morte en couches. Le père ne s'en souvenait pas. Sa naissance avait moins compté que celle des garçons. Elle voulait devenir une grande guérisseuse. Elle sentait un don de Dieu jaillir de ses doigts. Le père n'aimait pas ça mais il était bien content, les frères également, lorsqu'elle leur mettait des baumes ou leur faisait boire des plantes qui soulageaient leurs maux. Elle soignait les égratignures, susceptibles de provoquer la mort. Elle calmait les flux de ventre, ce mal qui tracassait le père sans relâche. Selon Pétronille, le spectre de la famine en était la cause. Depuis son enfance, se nourrir était l'obsession de Jacobus. La peste, les fièvres dues aux émanations marécageuses, sévissaient dans les populations affaiblies par la faim. Les survivants se remettaient vite s'ils mangeaient. Les autres mouraient. Pétronille maîtrisait aussi les herbes pour le sommeil, la purge et les bains d'yeux. Elle disait que certaines douleurs étaient provoquées par la lune, d'autres, comme l'hydropisie, par Saturne.

Elle avait juré au père qu'elle ne serait jamais une sorcière. Et l'aîné d'ajouter qu'elle ferait bien, parce qu'une femme avait été marquée au fer chaud au visage. Elle ôtait les verrues, les boutons sur la peau, elle avait du pouvoir. Cela lui venait-il de Dieu ou œuvrait-elle sous l'égide du diable ? Celui-ci faisait peur avec son cortège de monstres, de démons, d'animaux sombres. Il attendait ses proies dans les enfers : les damnés.

« Serai-je damnée, moi aussi ? » se demandait parfois la petite Insbette.

Pétronille était impuissante contre les viandes avariées, les eaux pestilentielles ou les maladies foudroyantes. Quoi qu'il en soit, si le péché ressortait par la peau, comme pour les lépreux, Pétronille était capable, la plupart du temps, d'enlever ces pourritures de l'âme et de redonner au corps la pureté. Mais elle n'avait aucune envie d'aller à la léproserie, où des femmes baignaient les malades enfermés.

Insbette ne releva plus la tête. Elle avala sa soupe, pour éviter toute nouvelle réflexion ou geste de violence à son égard. Elle se fit toute petite, dans l'espoir de se faire oublier, et endura les picotements de son pouce. Elle ne perdit pas une miette de la conversation. Sans bruit, elle s'efforça d'utiliser sa main droite, et écouta.

Folquine était courageuse, mais elle faisait ce qu'on attendait d'elle et se taisait. Son mari était tellement plus vieux qu'elle. Avait-elle peur, elle aussi ? Folquine nettoyait, rangeait, époussetait, les mains dans l'eau ou dans la soupe, toujours penchée vers le sol, courbée vers l'âtre, accroupie près du coffre. Au fond, elle se faisait invisible, elle aussi.

Insbette comprit alors qu'il se passait quelque chose de sérieux, indépendant de sa petite personne. Un souffle de peur semblait pénétrer la famille. Une colère noire et sourde grondait en Jacobus. Prémices de la tempête. Elle n'en était pas la cause. Juste le bouc émissaire. Bientôt la ferme résonnerait de cris, de jurons, et Folquine l'implorerait. Pour le père, tout châtiment était moins humiliant que le pardon. Il avait été élevé ainsi. Son ménage ne serait pas une « barque bleue », où la femme commande. Souvent, il ruminait ses pensées au rythme lent de son cheval dans les champs. Il semblait alors paisible mais sa violence pouvait éclater à tout moment.

Pour l'heure, les regards et la mauvaise humeur de Jacobus se portaient sur Étienne le jeune, qui gardait un air renfrogné.

Il désirait entrer en prêtrise. Des deux fils de Jacobus, un seul était costaud. Le père désespérait d'en avoir d'autres pour le seconder, puis le remplacer. Il forçait son cadet maigrelet à travailler dans les champs. Il en avait honte, et Tièn avait peur de lui.

Insbette s'en apercevait pour la première fois. Avant son arrivée, l'empoignade avait été sérieuse. La cuillère de bois du jeune Étienne tremblait dans sa main.

Folquine s'était vu rabrouer. Tout était de sa faute. Les beaux jours revenus, on avait besoin de bras supplémentaires. Elle s'avérait incapable de lui donner un petit gars. Lorsque sa femme était revenue de l'église, cette petite bâtarde dans les bras, la querelle avait été entendue par les garçons, qui s'étaient empressés de répandre la nouvelle dans le village. Avait-il besoin d'une fille ? Jadis, les femmes étaient en minorité à cause de la mortalité en couches. Aujourd'hui, elles étaient en excédent. Les épidémies et les guerres touchaient davantage les hommes, et les religieux ne se mariaient plus. Folquine s'accrochait à l'enfant, prétendait que le Seigneur l'avait envoyée pour remplacer leur fille. Jacobus craignait pour son esprit. Une folle à la maison eût été l'enfer. Il s'était calmé, la pitié l'avait emporté. Un peu de charité, c'est bien pour le salut. Et la discorde dans un ménage n'apporte rien de bon. Elle pouvait garder la bâtarde mais elle avait intérêt à lui faire des garçons. Elle avait promis. Depuis huit ans, aucun nouvel enfant n'était né. Il s'était juré qu'il n'agirait plus jamais au gré de sa femme. Veuf, il avait convolé avec une jeune pucelle, afin de la diriger, de bien la féconder, et celle-ci se révélait incapable d'engendrer quoi que ce soit, encore moins un fils. Grâce à Dieu, l'aîné était fiancé. Sa promise allait bientôt habiter à la ferme. Elle seconderait Folquine et mettrait au monde les petits mâles tant espérés.

Ce soir, l'arrivée d'Insbette avait ravivé sa colère. Si Folquine avait au moins adopté un mâle, mais une fille, sanction, qui plus est, d'un péché ! Quand il réprimandait sa femme, il répétait les paroles du prédicateur, il la traitait de « porte de l'enfer ». La première fois, elle s'était permis de répliquer que Marie était « la porte du Ciel ». Il lui avait rabaissé le caquet en grondant qu'elle n'était pas la Vierge Marie. Le moine avait dit que la femme désobéissante ou insolente était passible de correction. Il la corrigeait à bon escient.

Il avait pensé la répudier, mais quel motif invoquer ? La consanguinité, en affirmant qu'ils étaient cousins, mais le curé n'était pas si bête et Jacobus n'avait pas de quoi engraisser l'église. « Avec ces gens-là, on ne sait jamais où cela s'arrête. » Il ne faisait donc que la menacer.

Quant à Insbette, le père Jacobus la tolérait.

Mais la tolérance ne suffit pas. La tolérance, c'est un poids pour celui qui tolère, de la culpabilité pour celui qui est toléré. La petite l'avait ressentie très tôt, malgré sa prétendue bêtise. Jacobus était dur envers lui-même et envers autrui. Mais un père n'était pas là pour se faire aimer, il devait se faire respecter.

— Si au moins j'en avais douze comme les voisins, se plaignit Jacobus.

Il fronça les sourcils :

— L'aîné ne me suffit pas.

— Et engager d'autres journaliers ? murmura Folquine. Ton père avait gagné des lopins de terre laissés en friche après la Grande Mort…

« La Grande Mort. » À chaque fois qu'Insbette entendait ces mots, un frisson la parcourait de la tête aux pieds. Elle songeait à ces terribles histoires narrées par les vieilles gens. L'une d'entre elles racontait comment un hôte avait mangé ses invités en pâté en croûte.

— Pourquoi mets-tu ton grain de sel ? Tu nous crois si riches, Folquine ? s'écria Jacobus.

À contrecœur, il avait embauché des journaliers. Mais il n'avait aucune confiance dans cette main-d'œuvre étrangère. Il craignait que le seigneur ne lui confisque ses terres pour agrandir son domaine, faute de pouvoir payer ses rentes. Aussi vivait-il toujours dans une certaine servitude.

— Certains ont acquis un fief laissé vacant par une ruine nobiliaire. Ce n'est pas notre cas.

Insbette crut un instant qu'il allait jeter le contenu de son gobelet à la tête de sa femme, mais il tenait trop à son vin. Il le but et grommela :

— Pour les cultiver, ces terres, il faut des bras, mais le salaire journalier a grimpé. S'il n'y avait les redevances au seigneur… Les impôts des princes augmentent sans cesse. Les tailles et dîmes se sont multipliées.

Le seigneur n'avait pas intérêt à pressurer ses paysans, il dépendait d'eux pour se nourrir. Les fermiers payaient moins en nature qu'auparavant. Le seigneur louait ses terres pour de l'argent, mais il continuait de prendre sa part sur les récoltes, en échange de sa protection. Hommes libres et non plus serfs, quoique… Les paysans étaient tenus de lui offrir du grain. En septembre, Jacobus donnait un porc et, à

Pâques, des moutons. En octobre, il s'acquittait de l'impôt. Au début de l'hiver, il devait la corvée. Il coupait des arbres. Quand il allait au moulin ou au four, il devait payer encore.

Ces paysans mi-cultivateurs, mi-artisans du textile avaient connu de bonnes années avec le développement de la draperie, mais ce temps béni semblait révolu. Certes, ils ne subissaient pas l'infortune des gens de la ville : violence, pillages, incendies volontaires, agressions nocturnes. Mais des rapines étaient perpétrées dans les campagnes vulnérables aux intempéries et aux guerres. Le mouvement s'était désormais inversé. L'afflux dans les campagnes s'était transformé en exode vers les villes. Après un an et un jour, ces fermiers devenaient citoyens de la cité choisie. Un des frères de Jacobus était parti. Il œuvrait dans le bâtiment, se croyait promis à une vie facile, mais il était mal payé. La campagne les maintenait à l'abri des tentations et des misères de la ville, c'était ce que disait le curé pour retenir ses ouailles. Des hameaux avaient été désertés après les misères du milieu du siècle. Des terres plus fertiles s'étaient libérées.

— Les stocks de vivres de l'an passé s'épuisent. Nous n'en sommes pas encore aux récoltes, reprit le père.

Si leur condition s'était améliorée, ils le devaient au courage de Jacobus le Boudry, à son obsession du rendement. La terre n'était pas si généreuse. Les argiles étaient lourdes. Il fallait creuser dur avec sa bêche, y répandre le fumier du bétail, l'engrais flamand véhiculé par des charrois malodorants à l'automne.

— Étienne le jeune n'entrera pas en religion, c'est dit ! clama-t-il haut et fort.

— Mais monsieur le curé m'a… murmura le jeune, en un ultime effort.

— Ce n'est pas le curé qui commande dans cette maison !

Il se signa, pour conjurer le mauvais sort. Aucune envie d'être damné pour de mauvaises pensées et des paroles sacrilèges à l'encontre d'un membre du clergé.

Tout était dit.

Je suis sotte et ma sœur, Pétronille, est une sorcière… Ou elle va le devenir. C'est son père qui le dit, Jacobus. Moi je ne suis pas sa fille. Pourtant c'est moi qui porte du roux dans les cheveux et la tache du diable sur l'oreille.

Le père Jacobus doit se faire respecter. C'est normal qu'il soit dur. Un père est toujours dur.

Pourtant, depuis hier, il me regarde d'un drôle d'air. Ce même air qu'il a parfois envers Pétronille. Je ne sais pas ce que veut le père Jacobus, mais ça n'a pas l'air de plaire à Pétronille. Pourtant c'est sa fille. Sa vraie fille.

Il me regarde, c'est nouveau. Est-ce qu'il commencerait à m'aimer ? Je vois bien que Pétronille détourne les yeux quand il le fait.

Hier soir, les parents ont gardé la large couche pour eux et le père a tiré le rideau. Il voulait ses aises avec sa femme. On a dû dormir à même le sol, ma grande sœur et moi. Pétronille a murmuré : « Va-t'en, tu dois t'en aller. »

Je n'ai rien répondu. J'ai fermé les yeux et j'ai fait semblant de dormir. La maison sentait la chandelle. Je me suis retenue pour ne pas pleurer. La nuit s'était infiltrée, je n'ai pu m'empêcher de grelotter. « Va-t'en », pour aller où ? Et pourquoi ?

Elle doit être jalouse.

23

Ekelsbeke, la Saint-Jean, 1381

Pétronille surveillait le ciel nocturne. Il commençait à blanchir. Le signal était donné. Elle récita des prières et partit, à jeun comme le voulait la tradition, à la recherche des herbes de la Saint-Jean. Certaines éloignaient les maux de reins et les maléfices. Le millepertuis, lui, combattait la fièvre et les démons des affligés. Ce matin-là, dans les champs et les vignes de Flandre, de nombreux paysans contemplèrent l'aurore, ses merveilleuses nuances rosées, et assistèrent au lever du soleil. Des enfants accrochèrent des fleurs aux granges.

Les longs jours du cycle de la Saint-Jean et Saint-Pierre étaient chauds et ensoleillés. Les chaumières étaient pimpantes avec leurs portes et fenêtres colorées.

Et très tôt, comme aux jours de marché où les meilleurs emplacements étaient occupés avant l'aube, les badauds s'étaient presque battus pour prendre place sur l'estrade montée sur la grand-place du village. Le peuple était friand de divertissements, tout autant que les seigneurs. Une farce aurait lieu, au jeu outré et truculent. Il fallait bien faire passer les effets comiques et se moquer des femmes sans les mettre en colère. S'y produiraient aussi ménestrels, montreurs d'animaux savants, jongleurs, des trouvères avec leurs ballades et leurs violes.

Les villageois étaient heureux que le spectacle ne fût pas une exécution, même si tout châtiment était populaire, exemplaire, qu'il enfiévrait et exacerbait les sentiments.

Bien plus tard, les jeunes paysannes, coiffées de chapeaux de paille, la jupe encore relevée pour le travail et laissant voir un jupon blanc, reviendraient en chantant. Ce soir était un grand soir, celui de la Saint-Jean-Baptiste…

Cette nuit, on allumerait un bûcher avec des cris d'allégresse, et les rondes débuteraient. On danserait autour du feu de joie, même si l'on associait la danse au diable et qu'elle était affaire de ribaudes et de rustres. On disait que le Christ étirait ses bras sur la croix en l'honneur de Dieu et que les danseurs les étiraient en l'honneur du diable. On prétendait aussi que les pires péchés venaient des jeux et de la danse. Tous les maux y étaient contenus, surtout quand c'était les femmes qui se trémoussaient. Peu importe, on danserait avec ardeur, sans se lasser, aux sons de la vielle et de la cornemuse.

Tout bon seigneur était amené à se déplacer fréquemment pour être vu et reconnu, sur ses terres et celles du comté. Il était aussi appelé à guerroyer en ces temps troublés.

En son absence, le bailli exerçait le pouvoir au

village. Un régisseur gérait ses terres et ses paysans, jugeait les délits avec les doyens du village. Dès son retour, le suzerain tranchait les litiges, arbitrait les discordes et négociait avec le bailli et sa petite assemblée d'échevins et de doyens. Il n'avait aucun intérêt au conflit. Il possédait le château, quelques maisons, des champs. La seigneurie vivait en autarcie, seuls arrivaient d'ailleurs le sel, le fer, les articles de luxe.

Le seigneur de Ghistelles venait de rentrer dans son fief, qui dépendait du châtelain de Saint-Omer. Escorté de ses hommes d'armes, il avait fait son entrée sous un dais portant le blason de l'illustre famille. Jacobus le Boudry prisait ces emblèmes prestigieux. Il comptait bien posséder son blason lui aussi, comme les comtes de Flandre, fiers de leur lion, comme les seigneurs et certaines corporations d'artisans.

Pourquoi pas lui ?

Le château de Ghistelles était une forteresse, avec donjon en pierre, guet et chemins de ronde. Des douves remplies d'eau de la rivière entouraient la haute muraille d'enceinte. Un pont-levis permettait de pénétrer dans la basse-cour du château entre l'enceinte, la maison des gardes et le donjon. Des dépendances abritaient les garnisons. Pourtant, la forteresse inhospitalière se transformait peu à peu en manoir élégant. Des serviteurs et fournisseurs indiscrets rapportaient que les salles étaient harmonieuses, les hautes cheminées accueillantes, les murs recouverts de tapisseries de belle allure. Autour du château, un verger, des plantes, une treille, un jardin étaient apparus.

Insbette aperçut la dame de Ghistelles. Elle se tenait sur l'esplanade du château, pour assister au spectacle. Elle s'arrêta un instant pour l'admirer puis se remit en chemin.

L'enfant cherchait Lucas dans la foule. Elle se tint à l'écart des sergents qui scrutaient les gens suspects. Ils venaient d'interpeller un faux mendiant qui feignait d'avoir perdu l'usage de ses membres inférieurs. Elle ne songeait qu'au jeune verrier. Serait-il déjà parti ?

Le curé devait savoir. Il était en grande conversation avec un échevin du village. Elle attendit à l'écart, perçut quelques mots et s'approcha, prenant soin de rester invisible.

— Cet évêque était un faux évêque ? Mais…

— Le connaissiez-vous, mon père ?

— Non… balbutia le curé, sidéré.

— Ils sont plusieurs à arpenter nos chemins, en se faisant passer pour les évêques de Thérouanne ou de Tournai. Ils profitent du fait qu'on ne les rencontre jamais… Mais là n'est pas notre sujet…

Insbette n'en croyait pas ses oreilles. Des hommes d'autorité, des puissants auxquels les humbles devaient respect et obéissance, se laissaient berner, eux aussi. Elle frissonna aux paroles suivantes :

— Entre le pape Clément et le pape Urbain, une moitié de la chrétienté ne risque-t-elle pas la damnation éternelle ? s'inquiétait le notable. Quelle est la valeur des sacrements si nous sommes du mauvais côté ?

— Il n'y a qu'une chose à faire pour les fidèles : prier, prier pour éviter les calamités de toute espèce.

La force unie des prières, il y croyait. Prières à

Dieu mais aussi à ses saints, la vénération des reliques, les processions et les pèlerinages. Les pratiques et les dévotions ne manquaient pas pour le simple mortel. Le curé ne promettait pas un sombre avenir à ses ouailles, les prédicateurs suffisaient à annoncer la fin du monde, l'avènement de l'Antéchrist et des cavaliers de l'Apocalypse.

Le curé craignait malgré tout d'imminents cataclysmes, aussi espérait-il, avec toute la force de sa foi, la visite des reliques – ossements, mitre, gants, brodequins, étoles – de Saint-Folquin. Des miracles s'étaient déjà produits… Et pour lui, tout miracle, aussi petit fût-il, soudait ses paroissiens autour d'histoires merveilleuses.

L'Église n'était pas là pour aider les pauvres, mais pour le salut des âmes. C'était du moins ce que disait l'Église des évêques. Lui veillait sur ses ouailles, plus de cinq cents réparties en quelque cent trente feux…

Soudain, il sentit une petite présence à leur côté et se retourna vers Insbette.

— Que fais-tu là ? Va-t'en, vilaine petite curieuse !

— Je cherche les verriers, mon père.

— Je n'ai pas vu Lucas, répondit le curé qui n'était pas dupe. Mais ne reste pas ici, Insbette. Rejoins ta famille.

Au même instant, elle aperçut Pétronille qui lui fit signe et l'entraîna à l'écart, contre un mur de l'église.

— Je te cherchais.

— Que se passe-t-il ?

— Tu pars, à l'aube.

— Que me contes-tu ?

Insbette se planta devant sa grande sœur. Ses yeux lançaient des flammes.

— Tu es jalouse parce qu'à la Saint-Pierre, j'accompagne le père à Bergues.

La cité lainière importante dont dépendait Ekelsbeke possédait une charte et un beffroi. La petite fille avait hâte de voir cet édifice, surmonté d'une girouette en forme de lion, qui ressemblait, disait-on, à un donjon auquel on aurait ajouté de la dentelle de pierre.

Depuis quelques jours, Jacobus lui montrait plus de sollicitude. Et il lui avait proposé de voyager avec lui. À elle, la bâtarde ! Ils resteraient deux jours, le temps de lui montrer la ville, de faire ses affaires. Elle se sentait aimée, et elle était prête à l'aimer, à tout accepter de cet homme qui était comme un père.

— Non, réitéra Pétronille, tu n'y vas pas. Tu ne dois pas le suivre.

— Pourquoi ?

Pétronille hésita :

— D'abord, les ragots…

Les rumeurs allaient bon train, nourrissant les rivalités, l'avidité, la vengeance ; mais un père et sa fille… Pas de quoi les alimenter.

Insbette haussa les épaules, lui tourna le dos, prête à s'enfuir. Pétronille la retint par les épaules.

— Je sais pourquoi il t'emmène. Avant c'était moi ; j'ai d'abord eu hâte que tu grandisses pour prendre ma place. Mais…

Elle se tut. Elle aimait bien cette petite sœur venue d'ailleurs, bien plus futée qu'elle, même si la jalousie vis-à-vis de l'amour que lui portait Folquine l'avait amenée à la molester. Les frères s'en donnaient à cœur joie, et le père… Non, il valait mieux qu'elle s'en aille, qu'elle ne connaisse pas ce qu'elle avait subi. À présent qu'elle était grosse, le père s'était retourné quelque temps vers Folquine. Le tour d'Insbette était arrivé. Il l'emmenait pour être seul avec elle et l'initier à ses fantaisies. Et elle, Pétronille, qui voudrait d'elle désormais ? Elle n'osait lui avouer qu'il avait trouvé une femme de substitution auprès de sa fille. Effrayée de la violence qui aurait pu découler de son opposition, Folquine fermait les yeux. Elle ne voulait ni voir ni savoir.

— Je vais te confier un secret : je suis grosse… C'est le père. Tu devines enfin ce qu'il te veut ?

Insbette resta silencieuse un instant, puis des larmes perlèrent à ses paupières. Elle n'était pas si sotte, et la nature était une bonne école chez les paysannes. Mais en dépit de son intelligence, elle avait une âme d'enfant, et gardait toute sa fraîcheur dans son cœur. À présent, elle comprenait.

— Il a marraine pour… ça, murmura-t-elle.

— Elle ne lui suffit pas.

Elle se mordit les lèvres pour refouler les sanglots qui venaient, soupira et lui sourit.

— Suis-moi.

— On va où ? Et Lucas ?

Insbette avait l'impression que sa tête allait exploser. Une tempête balayait le fil de ses pensées, elle tentait de réfléchir. Lui laisser un mot ? Elle ne savait ni lire ni écrire. « Pas besoin », disait le père. Lucas, lui, savait. À la ferme, le père et la mère comptaient, ça, c'était sûr. Mais qui était capable d'écrire ? Étienne le jeune peut-être. Il était allé à l'école quelques mois et il avait appris à lire et à prier. Marraine

Folquine était douce avec elle, elle l'épouillait comme toute bonne mère, elle lui faisait réciter son catéchisme. Elle aurait accepté de lui apprendre à lire, mais elle ne savait pas elle-même.

La main d'Insbette bien serrée dans la sienne, Pétronille fendait la foule qui grossissait avec la fête. Elles évitèrent un trousseur de bourse et s'approchèrent d'un colporteur. Pit'che Paul houspillait deux enfants qui chapardaient. À ses côtés se tenait une femme blonde, vêtue avec simplicité. Quand elle les vit arriver, le visage de l'inconnue sembla se fendiller d'émotion.

— Les voilà, s'écria Pétronille. Tu es Griete, de Cassel ?

— Oui, chuchota l'étrangère.

— Voici la petite.

— Bonjour, Insbette.

Elle se baissa vers elle. Ses yeux verts étaient plongés dans ceux de l'enfant.

— Je t'avais reconnue. Tu…

Elle s'arrêta, se releva avec diligence.

— Qui est-ce ? s'enquit Insbette sur ses gardes, en se dégageant.

— Griete est la cousine de Folquine.

— Ne t'inquiète pas, Insbette, dit la femme d'une voix douce. Là où je te conduis, tu seras en sûreté.

— Où l'emmènes-tu ? demanda Pétronille.

— Je vais la conduire chez ma souveraine, la comtesse Yolande, à son castel de la Motte. Elle y sera en sécurité ; notre bienfaitrice vient d'accorder des droits aux pauvres habitants de Cassel. Pit'che Paul connaît chaque recoin de la contrée, il est de

Cassel lui aussi, revient d'Hondschoote et va sur Hazebrouck.

— La comtesse l'acceptera ? s'alarma Pétronille, réalisant soudain l'imprudence de sa démarche.

— Je suis introduite auprès d'elle, un sauf-conduit que m'a fourni ma voisine, Maria, à Cassel. Elle a mis au monde cette enfant. Elle fut nourrice dans la famille de Bar, et entretient de très bonnes relations avec la comtesse.

— Je dois d'abord voir Lucas... et marraine ! cria la petite, affolée.

— Folquine est prévenue, répondit sa sœur, et vous ne partez pas de nuit, ce serait de la folie... Si je pouvais, je te suivrais. Tu es chanceuse. Et des beffrois, tu en verras d'autres. Il paraît qu'ils foisonnent en Flandre.

— Je vous accompagne jusqu'à la ville d'Hazebrouck, proche du castel de la Motte, précisa le colporteur. Le trajet en forêt de Nieppe se fera en convoi de charrettes, avec des marchands qui livrent la comtesse, tu n'auras rien à craindre. Vous y serez demain, avant le coucher.

— Et Lucas ?

— Quoi Lucas ? répéta Pétronille, agacée.

Insbette ferma les yeux. De ses paupières, des larmes débordaient. Quitter Lucas et marraine Folquine... Qu'avait-elle donc fait au bon Dieu ?

Lorsque Insbette rouvrit les yeux, le jour n'était pas levé, le rideau de grosse toile était tiré, les parents dormaient. Elle n'avait pas fermé l'œil durant cette courte nuit, écoutant le silence troublé par les murmures de la rivière, les hululements de la chouette.

Sans bruit, elle suivit sa sœur. Elles se soulagèrent dans la cour. Elles n'avaient pas le temps pour la toilette. Pétronille lui donna un ballot contenant un peu de linge. Elles marchèrent dans le noir pour rejoindre le convoi qui les attendait sur la grand-place. Griete était là, aux côtés de Pit'che Paul.

— Que va dire le père Jacobus, Pétronille ?

— Il croira que nous sommes aux bêtes, d'ailleurs c'est ce que je ferai dès que tu seras partie.

— Grâce à Dieu, le temps n'est pas à la pluie, les chemins ne seront pas boueux.

Cette Griete de Cassel intimidait Insbette. Elle, si curieuse, n'osait la questionner. Sa gorge était sèche. Dès qu'elle ouvrait la bouche, elle restait muette, heurtée par les intentions du père et ce départ précipité vers des lieux étrangers, qui bouleversait sa petite vie.

Elle se promit de l'interroger durant le trajet. Elle savait… pour sa naissance. Cette Griete connaissait sa mère, elle pourrait peut-être lui indiquer le lieu où elle habitait. Elle était vivante, elle en était convaincue. Mais c'était compter sans la fatigue accumulée.

Griete lui offrit ses bras. L'enfant s'y blottit et s'y trouva bien. Elle s'assoupit très vite, bercée par les cahots de la charrette, et ne se réveilla qu'à l'arrivée. Ensommeillée mais affamée, elle se précipita sur la miche de pain que lui offrait sa compagne. Elle n'avait rien vu, ni de la forêt de Nieppe qui entourait le château, ni d'Hazebrouck. Le colporteur était resté en ville. Devant elles, se dressait un château fortifié.

À partir de cet instant, le temps prit une autre dimension. Il passa très vite, comme dans un rêve où tout se brouille. Au châtelet d'entrée, après les vérifications, le convoi de charrettes put passer. Griete montra la lettre d'introduction aux hommes de garnison. Elles durent patienter. Un serviteur vint les chercher. Elles traversèrent un pont-levis, prolongé par un pont fortifié. Les tours d'angles intimidèrent Griete autant que sa jeune compagne. Elle sentait sur ses épaules peser l'œil du guetteur. Mais elle reconnut, sur la tour de droite, l'abside d'une chapelle surmontée d'un clocher et fut rassurée. Elle prit une profonde inspiration. Elle s'était juré d'aller au bout de sa quête. L'homme, qu'elles suivaient, cheminait vite, il avait l'habitude de ce labyrinthe. Insbette trottinait près de Griete. Elles se dirigèrent vers le donjon, puis rejoignirent le grand logis où se lovaient les appartements. Elles patientèrent dans une belle salle lambrissée. La petite main d'Insbette s'accrochait à celle de Griete. Paralysée de crainte devant l'inconnu.

— N'oublie pas, tu n'es pas coupable de ce qu'a fait ta maman et… elle t'aime.

Elle disparut.

Insbette n'eut pas le loisir de réfléchir aux dernières paroles de Griete. Elle y repenserait plus tard. Face à elle, se tenait une personne de haut rang, Yolande de Flandre, comtesse de Bar et Dame de Cassel. Des effluves de rose l'accompagnaient. Elle était plus âgée que Griete ou marraine Folquine, mais fort belle encore. Insbette fut d'abord fascinée par son costume et n'osa relever la tête. Un surcot de soie vermeille aux manches pendantes recouvrait sa tunique. La fente du corsage était fermée par une affiche, une broche incrustée de pierreries. La ceinture, à laquelle pendait une aumônière, était ornée d'émeraudes et de perles, bordée de serpentines réputées pour protéger des agressions physiques ou soulager les peaux irritées. Un voile cachait son front. Ramené derrière la tête, il entourait le long cou de Yolande, encadrait son visage aux pommettes hautes, à l'ovale exquis. Le diadème, paré de perles, posé à même sa chevelure retenue en chignon, son nez fin, son maintien, tout en elle était grâce et noblesse. Un chien longiligne, au corps musclé, était à ses côtés, un oiseau de proie sur son poing. La dame aimait impressionner ses visiteurs.

Insbette avala sa salive, improvisa une révérence, comme elle l'avait vu faire devant leur Dame de Ghistelles, et se redressa en lui tendant les papiers laissés par Griete. Pourquoi était-elle partie si vite ? Saisie de crainte devant ce visage sévère et les yeux perçants de l'oiseau de proie qui la fixaient, elle eut envie de disparaître, mais elle fit face avec vaillance. Elle n'avait jamais vu de tel personnage. Yolande la toisait sans complaisance de son regard bleu-gris et semblait la sonder. Ces quelques instants parurent une éternité à l'enfant. Elle eut gain de cause. Devant cette sauvageonne ravissante à la chevelure blond vénitien qui osait la dévisager, bravant une irrépressible envie de pleurer, un radieux sourire se forma sur ses lèvres. La petite avait touché son cœur.

Elle se tourna vers un homme qui venait d'entrer, lui tendit l'oiseau de proie et, se penchant vers l'enfant, elle déposa un baiser sur son front.

— Viens avec moi, lui dit-elle en lui donnant la main.

La silhouette de sa compagne de voyage s'évapora dans le jour qui baissait. Impressionnée, sous le charme des effluves de fleurs et de cette présence envoûtante, Insbette l'oublia.

Elle s'était juré d'être là si sa petite avait besoin d'elle. Par l'intermédiaire de Pit'che Paul, sachant Insbette en danger, Griete avait retrouvé son amie.

« Adieu, petite Insbette, adieu, ma fille… Je t'aime… »

Une fois encore, le cœur broyé, Renaude plongeait dans l'obscurité.

24

De nos jours, en mai

Un mois s'était écoulé. Arrivée avec les tulipes, Nina avait assisté à la floraison des giroflées et des pivoines, lesquelles avaient succédé au lilas. Puis ce fut au tour des roses…

« La rose, c'est la licorne des fleurs… », disait Charlotte.

Nina se sentait inculte vis-à-vis de la nature. Elle n'avait pas la main verte comme sa nouvelle amie, qui lui nommait des espèces d'arbres et de plantes inconnues, sans omettre leurs particularités. Elle ne savait que s'exclamer : « C'est beau ! »

Il lui fallait renouer avec la campagne.

Aussi s'efforçait-elle de marcher chaque jour, de profiter du paysage qui lui était offert aux alentours. Les efforts du début se muèrent très vite en un plaisir insoupçonné, surtout lorsque Charlotte lui servait de guide et lui transmettait, mine de rien, un peu de son savoir botanique. Le ciel était d'un bleu pastel. Les prévisions météo s'étaient encore révélées fausses.

Au siècle de Yolande, pour les travaux des champs, les paysans prévoyaient déjà le temps du lendemain.

Ils observaient la marche du vent, le comportement de la végétation et des animaux. Mais le climat était l'œuvre du Seigneur, lequel commandait ce qui lui plaisait : soleil ou pluie. On s'en arrangeait. Aujourd'hui, on s'en souciait pour son bien-être, ses vacances, ses vêtements et l'on n'admettait plus notre impuissance. Jadis, on scrutait le ciel pour savoir si on allait s'en sortir. Les intempéries constituaient des réponses inquiétantes venant encore de Dieu. On interrogeait un ciel très peuplé. Désormais, faute de croire au paradis et à ses saints, on espérait d'autres vies dans le cosmos. Jadis, on priait pour éviter les calamités. Aujourd'hui, le recours au religieux revenait, révélateur d'une peur… Jadis…

« Assez ! Je vais devenir folle ! »

Nina faisait un va-et-vient constant entre le présent et le passé.

« Trop obsédée », auraient remarqué sans concession Patrick et les enfants.

Ses deux grands ados lui manquaient. Leur absence était toutefois préférable. Elle se sentait en osmose avec les écrivains et leur besoin d'isolement. Et puis, le cordon ombilical persistait grâce au portable.

Elle revenait, à pied, vers le village. Charlotte avait rendez-vous à Dunkerque, avec son obstétricien.

Cette jeune femme était incroyable. Pour elle, avec elle, la vie était facile. Les obstacles et le stress de la vie quotidienne semblaient glisser et s'évanouir, faute de prise. Elle prenait les aléas de l'existence avec un optimisme et une sagesse hors d'âge. Elle vivait sa grossesse de façon aisée. Leur sympathie s'était muée en une amitié franche et forte, comme si elles s'étaient toujours connues. Ce matin, Charlotte lui avait proposé d'être la marraine de sa petite. Jean-François s'était joint à cette idée. Désorientée, très émue de leur confiance, elle avait succombé à leur enthousiasme. L'un et l'autre ne couraient après aucune chimère. Ils vivaient, tout simplement.

Au fil de ses promenades quotidiennes, remontaient des émotions inattendues, venues de l'enfance. Un charme indicible la comblait. Dans une prairie – « une pâture », songea-t-elle – paissaient des moutons. Ils n'étaient plus si nombreux en France. Un paysage champêtre qui, les lignes électriques mises à part, devait rappeler celui des temps médiévaux. Moins paisible à ces époques ? Pas certain. Les plus grandes dévastations avaient eu lieu lors des deux guerres mondiales du XXe siècle. Les habitants n'oubliaient pas les pertes de 14-18, les hommes succombant la plupart du temps à leurs blessures ou aux gaz de combat, les soldats britanniques assassinés en 1940. Sur cette route de Wormhout, était érigé un mémorial témoignant de ce crime. À proximité, dans la plaine au Bois, la cabane du massacre avait été reconstituée.

Levé, le vent refluait quelques odeurs venant d'un élevage de poulets. Devant la ferme Berniès, elle se rappela son arrivée épique dans la nuit, le panneau dans ses phares… Elle accéléra le pas. Aucune envie de croiser l'étrange propriétaire des lieux.

La première semaine, elle s'était surprise à consulter son agenda quatre fois par jour. Avec l'impression d'oublier des choses, d'être redevable vis-à-vis de sa boss. Des angoisses l'oppressaient et ternissaient son idylle avec ce village de Flandre. Droguée, *addict* à son emploi du temps. Elle sourit. Ce terme moderne existait au Moyen Âge. Il était alors plus proche de ce qu'elle vivait que l'addiction aux drogues. « Être addicté » se disait d'un débiteur astreint à payer sa dette… par le travail. Si le sevrage n'agissait pas en un jour, si elle culpabilisait de temps à autre, elle avait récupéré un peu de quiétude, un début de paix intérieure.

Sauf ce midi. Elle venait de raccrocher et gardait au cœur une déplaisante frustration. Son mari se méfiait de ses hôtes, de leur découverte. De tout. Partager un thème astrologique ne signifiait rien, et surtout pas qu'elles étaient parentes ou des âneries de ce genre. Il ne croyait pas à l'influence des astres sur l'horloge interne… Elle le découvrait encore plus rationnel qu'elle ne l'était. À moins que… Oui, à moins que cette rationalité ne l'eût arrangée, lui permettant d'occulter ses démons. Les paroles de Charlotte lui revinrent à l'esprit : « Les natifs du Sagittaire, comme toi, comme Insbette, n'aiment pas se sentir prisonniers. Ils sont épris de liberté… » Au lieu de lui avouer qu'elle lui manquait, de lui proposer de venir pour le week-end – son inconscient le désirait –, Patrick usait d'arguments ridicules. Il ne comprenait pas pourquoi elle restait plantée au milieu de ces écolos. Cela lui semblait tellement aux antipodes de ce qu'elle était.

Mais qui était-elle ? Le savait-il mieux qu'elle ?

— Un mois, ça suffit, Nina !

— J'ai besoin de me ressourcer…

Pourquoi ce terme surfait ? La réaction avait jailli :

— Pour te ressourcer, tu as un très beau spa près de chez nous…

Ce matin, avant de quitter Charlotte, elle s'était confiée à son amie. Elle ne voulait ni croire au destin, ni se sentir possédée par une ombre du passé, mais elle était enfin prête à affronter ses incohérences et ne plus fuir. Quoi ? C'était encore imprécis.

Elle appelait ses grands enfants tous les deux ou trois jours, afin de ne pas les inonder d'un amour étouffant. Son séjour « professionnel » ne les gênait nullement. C'était son boulot. Luce s'était toutefois étonnée qu'elle s'attache à une inconnue.

— Une femme qui a vécu six cents ans avant toi et qui te ressemble… C'est bizarre !

Luce projetait de repartir à l'étranger. Nico, lui, venait d'être engagé pour un CDD, c'était déjà ça. Mais sa vie personnelle restait fluctuante. Il se sauvait dès qu'une copine devenait un peu trop exigeante, il fuyait toute responsabilité.

— De vrais pigeons voyageurs, soupira-t-elle.

— Les pigeons voyageurs reviennent toujours, c'est l'essentiel… reprit la pertinente Charlotte avec un sourire indulgent.

— C'est vrai… Mais ne resteront-ils pas chacun dans leur coin, aussi tristes l'un que l'autre, aussi seuls ?

— C'est toi que je sens triste. Je me trompe ?

— Non. Tu as raison. Ils ne manquent pas de ressources ! C'est Patrick. Je n'ai plus peur de le perdre et cela me manque… Je songe parfois à ce vers de Pouchkine, dans *Eugène Onéguine* : « Le ciel nous envoie l'habitude à la place du bonheur. »

— C'est tragique !

— Dans mes premières histoires d'amour, j'ai l'impression d'avoir été Tatiana. Étalant mes sentiments, faisant des avances avec candeur. Trop transparente… Aujourd'hui, je serais davantage Onéguine, qui craint et fuit l'ennui du quotidien.

Elle remarqua la surprise de Charlotte.

— Désolée, tu ne peux connaître encore… Mon Dieu, j'ai l'impression brutale d'être très vieille… Mais le quotidien est lourd, il ôte de la légèreté, du plaisir. Il tue le besoin d'aller vers l'autre, puisqu'on l'a à sa disposition…

« Notre désir se reporte ailleurs », acheva-t-elle en silence.

Florian lui rappelait ses premières amours. Elle éprouvait l'envie de le revoir. Elle résistait. À quoi cela lui servirait-il, sinon à se faire mal ? À se morfondre et à contempler, abattue, la différence d'âge, lorsqu'il la repousserait avec son regard taquin et tendre. Il était à peine plus âgé que son fils…

— Tu es une romantique qui s'ignore, déclara Charlotte.

— Romantique ? Sûrement pas !

— Être romantique, n'est-ce pas vouloir vivre de passion ?

— Peut-être… Qui l'eût cru ? Avec une mère si peu romanesque…

— Que tu crois…

— Je me suis souvent sentie attirée par des hommes qui ne me convenaient pas, des amours difficiles voire interdites. Il doit y avoir une hérédité…

— N'est-ce pas aussi ta quête de père qui te rend romantique ?

— Une vraie psy, mademoiselle Charlotte !

Elles éclatèrent de rire.

— Non, Nina, c'est plus facile de réfléchir pour les autres, c'est tout ! Et tu me rends service : je serai vigilante dans mon couple !

— En parlant de ma mère, elle m'a enfin rappelée. Elle revient dans le Nord la semaine prochaine, nous nous sommes donné rendez-vous.

— Bonne nouvelle, et ravie de te garder encore un peu !

Sa petite Charlotte avait raison. Elle s'était raconté des histoires autour de son géniteur. Depuis toujours elle tentait de se forger une image de père. Pourquoi sa mère refusait-elle d'en parler ? Qui était-il réellement ? Pourquoi ce déménagement rapide ? De quoi sa mère avait-elle eu peur ?

Elle n'avait pas encore refermé la porte qu'un importun débarquait derrière elle. Elle le reconnut aussitôt. Il lui asséna, sans autre politesse :

— Vous pourriez faire notre généalogie ?

— Pardon ? Je ne suis pas généalogiste.

— On m'a dit que vous recherchiez des ancêtres.

— Les rumeurs se répandent vite. Vous faites erreur, je ne recherche pas mes ancêtres. Je suis journaliste.

— Pourquoi vous intéresser à eux si c'est pas votre famille ? demanda-t-il d'un air bougon. On dit que vous avez fait une découverte…

— Mais qui vous a dit ça et qui êtes-vous ? s'enquit-elle, agacée.

— Berniès, mon nom est Berniès, je ne suis pas d'ici, mais ma femme l'est. Sa famille est là depuis toujours. C'est quoi ce parchemin ? Il a de la valeur ?

— Pourquoi me surveillez-vous ? Je vous ai vu l'autre jour près du café, et aujourd'hui…

Charlotte apparut à cet instant. Sans la regarder, il lança :

— On se reverra…

Charlotte n'eut que le temps de s'écarter pour le laisser passer.

— Eh bien, pour un homme qui n'aime pas les intrus, il ne se gêne pas ! s'exclama Nina.

— Il a un comportement étrange, mais ne t'inquiète pas.

— Que veux-tu dire ?

— Chaque village a son débile, lui est persuadé que sa ferme est hantée…

— Il est plus méfiant, fouineur et vindicatif que débile, Charlotte, et il sait que nous avons trouvé un parchemin.

— Curieux…

Elle changea de sujet :

— Dans la salle d'attente, j'ai lu ton dossier sur les femmes afghanes… Très courageux, ton reportage. On croirait revenir au Moyen Âge. L'homme n'a pas changé : les femmes lapidées, voilées, prisonnières, le viol de guerre… Ces femmes traitées comme des esclaves, vendues à douze ans telles des marchandises, élevées pour obéir au mari, comme ta Yolande… J'en fus tellement retournée que le médecin s'est inquiété de mon état !

— À ceci près que certaines femmes, comme Yolande, obtenaient le pouvoir et guerroyaient. À ceci près qu'au XIVᵉ siècle, on ne lapidait plus…

Nina se décida à contacter l'écrivain féru d'histoire dont Mariannick lui avait donné les coordonnées.

C'était aussi le moment d'aller faire un tour du côté de la Motte-au-Bois. Il ne restait rien du domaine médiéval, mais elle toucherait le sol de l'ancien fief de Yolande.

Assez de mystères et d'ombres. Il lui fallait du concret.

L'entretien s'avéra très convivial et tout à fait passionnant pour l'historienne en herbe.

L'épouse l'accueillit avec un sourire de connivence :

— Vous venez pour l'amoureuse de mon mari ?

Interdite, Nina se raidit.

— Je parle de Yolande de Flandre, bien entendu.

Elle éclata de rire.

— Il y a prescription ! Bière, vin ou café, madame Vanparys ?

— Nina… Un verre de vin ne serait pas très flamand…

— Détrompez-vous ! s'exclama l'historien en entrant, avec un large sourire. À ces époques médiévales, la Flandre avait ses vignes ! Bonjour, madame Vanparys, je suis heureux de vous rencontrer, j'ai lu certains de vos articles…

Elle ne put s'empêcher d'en être flattée, mais lorsqu'ils évoquèrent l'étonnante personnalité de Yolande, comtesse de Bar, Dame de Cassel et de Dunkerque, et l'oubli dont elle faisait l'objet de nos jours, elle mesura à quel point, renommé ou anonyme, l'on était peu de chose.

Yolande était riche, célébrée pour sa beauté par le poète Eustache Deschamps, et très convoitée. Une femme qui devait se faire craindre pour régner, qui n'hésitait pas à user de la violence, à se venger des préjudices infligés à sa famille ou des ravages commis sur ses terres, ce qui lui valut excommunication et emprisonnements. Elle était avant tout une femme résistant au nouveau machisme ambiant de ce siècle, un siècle où le droit français venait d'exclure les femmes du pouvoir. Était-elle punie pour son comportement autoritaire ou tentait-on d'écarter une femme qui osait se prétendre l'égale de l'homme ? Une femme pugnace, indisciplinée certes, mais aux grandes qualités de cœur puisqu'elle exerçait la charité, la piété et la générosité. Une femme incarnant la féodalité et les déchirements de la Flandre, ses tiraillements politiques avec la France qui convoitait le comté, économiques avec le commerce anglais dont on dépendait pour la laine, et religieux avec le Grand Schisme.

Ils tombèrent d'accord pour estimer que dans une société qui va mal – une société où de petits groupes s'enrichissent, princes et grands marchands, où la masse est de plus en plus pauvre et prolétarisée –, les femmes trinquent en premier. On se replie sur les traditions. On voit réapparaître les discours anciens. Il y a régression. Ce tableau n'était pas sans rappeler notre époque… Quant à Yolande, si certains historiens « l'habillaient pour l'hiver », Jacques était sous le charme.

Il était tellement passionné par ce personnage historique qu'il en oublia de lui transmettre un document qu'il s'était promis de lui prêter. Il la rattrapa à sa voiture :

— Tenez, lisez, mais… c'est l'un de mes biens les plus précieux.

— Promis, je vous le rends très vite.

— Rappelez-vous, « la très redoutée » ne l'était que parce qu'elle devait se défendre…

— Merci de votre confiance, Jacques… J'espère ne pas la trahir !

Quelques kilomètres plus loin, elle s'arrêta.

La silhouette de l'actuel château de la Motte-au-Bois, devenu un institut aéronautique, n'avait rien à voir avec la résidence préférée de Yolande, domaine de Flandre et de Bar passé tour à tour aux mains de la Bourgogne, de l'Espagne puis de la France. Les fortifications avaient été rasées au XVIIe siècle par Turenne. La forêt avait été davantage protégée par des réglementations au Moyen Âge que dans les siècles suivants, où elle ne cessa d'être détériorée par les guerres et maltraitée pour les besoins des palissades dans les places fortes.

C'était donc ici que sa comtesse avait vécu des heures heureuses, entre ses batailles judiciaires et ses emprisonnements.

Comme à Esquelbecq, Nina ressentit un bien-être indescriptible. L'impression étrange de rentrer à la maison.

— Nina, tu perds la tête. Ce lieu est paisible, champêtre. Tu en avais besoin. Tu ne vas pas commencer à te conter des histoires. Et d'abord, arrête de parler toute seule et à voix haute, c'est le début de la vieillesse.

Elle descendit, ferma la voiture à clef et la rouvrit aussitôt. Elle sortit le document prêté et le mit dans son sac. Pas question de se le faire voler.

Elle découvrit les environs et pénétra dans la forêt de Nieppe. Elle humait les odeurs de mousse des sous-bois. Soudain, un tremblement lui saisit la joue. Elle se sentait suivie. Elle se retourna. Un homme s'avançait effectivement, non loin d'elle. Son regard croisa le sien, elle détourna le visage et accéléra le pas. Que lui prenait-il ? On était en pleine journée. Le bois n'était pas sombre, des habitations étaient en vue. Elle imaginait la petite Insbette courant dans la forêt… Pourquoi ? Des sensations la submergeaient, trop de sensations. Et un sentiment d'abandon… D'où venait-il ? De très loin, ou… Était-ce son père ?

Elle revint vers la voiture, s'y enferma, s'aperçut qu'elle haletait.

Près du château, elle se sentait mieux. Elle n'était pas une fille des bois. Elle fit un geste quasi oublié depuis quelques jours : elle prit dans son sac deux bonbons qu'elle coinça entre ses dents, alluma l'une de ses fines et longues cigarettes et aspira. C'était la dernière fois…

Soudain, une évidence lui apparut. Une urgence. Celle de revoir sa mère au plus vite. Elle lui avait menti. Cette naissance à la maison. On n'était plus dans les années trente. Cette fuite de Cassel, ce père tabou. Elle prenait conscience que le déménagement vers Lille s'était fait dans la précipitation. Elle n'occulterait plus le passé. Elle se sentit revigorée par cette pensée.

Elle écrasa sa cigarette avec une grimace.

Et démarra.

La ville d'Hazebrouck était accueillante. Sous les tréteaux, le marché convivial du lundi matin perdurait, les effluves de gaufres persistaient. « Rien n'a changé », songea-t-elle. Si. On n'attendait plus cette occasion pour se tenir informé des événements marquant la région. Les badauds d'antan n'étaient pas en jeans, les hommes du Moyen Âge portaient des collants, non les femmes. Elle se rappela ce peintre anonyme du XVIIe siècle, surnommé le « maître de la toile de jeans », et son craquant *Petit Mendiant*... Le jeans ne datait pas d'aujourd'hui.

Elle réussit à se garer sur la petite place, sur laquelle se dressait le magnifique édifice des augustins de style Renaissance flamande avec ses pignons à redents. Elle se dirigea vers un estaminet : *La Taverne flamande*. Le nom était évocateur. Et le patron, très jovial. Il venait d'ouvrir sa terrasse. Elle s'y installa et commanda une bière. Elle jeta un regard au dossier. Elle n'aurait pas la patience d'attendre son retour à Esquelbecq pour découvrir les feuillets prêtés par l'historien. Personne ne l'attendait.

Elle commença sa lecture, oublia le temps, avala les pages sur la jeunesse de Yolande, ses folies, ses erreurs, ses... Et s'arrêta, prise de palpitations.

Parmi les demoiselles d'honneur de la comtesse vieillissante, entre 1381 et 1383, figurait le prénom d'une petite fille, Insbette.

25

Château de la Motte-au-Bois, Flandre, mai 1382

Cet enclos fermé de murs, appelé jardin, offrait une idée du paradis à la jeune Insbette. Le temps était ponctué par les saints et les saisons, et quatre saisons étaient passées.

Le jardin de Yolande contenait un potager bien entretenu, délimité par des arbrisseaux et des noisetiers ; venait ensuite le « jardin céleste » dédié à la Vierge avec la pureté du lys, l'humilité de la violette et l'ancolie dont la forme rappelait la colombe du Saint-Esprit ; son « jardin d'amour » planté de chèvrefeuilles, de giroflées pour la constance, de pervenches, garantes de la fidélité, de rosiers éclatants sous des pavillons agrémentés par le pépiement des oiseaux. Les fleurs garnissaient aussi les plats, la violette accompagnait la viande, les pétales de rose le poisson. De petits bancs invitaient aux confidences, aux soupirs et aux caresses volées. Insbette y surprenait parfois quelques étreintes amoureuses. Un jardin des simples complétait le domaine, à l'exemple de ceux des monastères, plein de plantes médicinales comme la lavande si bénéfique, le sureau noir au feuillage dense où se nichaient les oiseaux. Les fleurs attiraient abeilles et papillons ; les baies affriolaient les fauvettes et autres passereaux. Ce dernier jardin aux parfums de camomille et menthe eût enchanté sa sœur, Pétronille. Accroupi, l'épicier de Yolande, au service de l'apothicairerie, venait se servir en diverses drogues.

La châtelaine tressait elle-même des haies de joncs, transportait le terreau dans les paniers, greffait, soignait, repiquait.

— Seuls les vers à soie me donnent du tracas. Je me sens en sécurité dans mon jardin, au milieu de mes fleurs, des papillons et des oiseaux, dit-elle un jour à la petite fille.

Avait-elle peur ailleurs ? se demanda Insbette.

Loin des soucis de l'existence, l'enclos de Yolande était un lieu de repos dans l'enceinte de la forteresse. Lieu de distraction intellectuelle ; on y faisait de la musique. Lieu de plaisir de bouche ; on y mangeait par beau temps.

Élevée à la cour du roi de France, Yolande parlait peu le flamand. De ce fait, Insbette, qui n'était pas sotte contrairement à ce qu'elle pensait, apprenait vite le français.

— Des pieds de vigne couvrent le pré à vin, mais ils ne valent pas ceux de mon hôtel parisien du Colombier, qui étaient des plus prospères.

Yolande possédait, dans la capitale, deux propriétés aux vastes terrains : l'une sise au faubourg Saint-Antoine, près du pont Perrin, l'autre dans les faubourgs de Saint-Germain, l'hôtel du Colombier. De vraies demeures princières. Ses revers de fortune l'avaient contrainte à les vendre dix ans auparavant.

Et si elle chérissait la paisible forêt de Nieppe, la douceur de son jardin et la chasse, la proximité de la cour, où elle traitait de ses affaires juridiques et pécuniaires, lui manquait.

— Je suis privée de domicile à Paris… Pour l'instant… Oui, pour l'instant, répéta-t-elle.

En attendant le jour béni des retrouvailles, elle ne cessait d'embellir le castel, qui tenait lieu de résidence mais aussi d'hostellerie. Au sommet de la tour de justice, bâtie par son père, on apercevait Cassel. Le château fortifié prenait des allures de manoir avec ses jardins et ses vergers, ses impressionnantes salles de réception, ses chambres confortables pour les invités – ou hôtes payants –, ses fenêtres garnies de vitres transparentes comme l'eau pure. Yolande avait fondé une chapelle dédiée à saint Denis, fait fabriquer une horloge placée sur le clocher.

À l'inauguration de la chapelle, des réjouissances avaient réuni la noblesse des alentours, ménestrels et poètes. L'un d'entre eux était adulé par les princes : Eustache dit Des Champs, car il possédait une maison en Champagne, et nommé Morel à cause de son teint brunâtre et de ses épais sourcils. Il chanta une ballade, pour vanter la beauté du site et les charmes de Yolande de Flandre.

Cet homme au visage assez grossier et laid – il se disait lui-même « roi de laidure » – possédait de multiples talents. Il se montrait tour à tour jovial ou sérieux pour discourir de la mode, de la guerre ou des finances. Jongleur de mots, il avait composé quantité de rondeaux et de complaintes. Il savait se faire plaindre avec talent, jouait de la trompette guerrière, mordait la vie à pleines dents avec un appétit peu commun. Doué de malice et d'audace, avide de plaisir et de savoir, chéri des dames pour sa galanterie et ses railleries qui les faisaient rire, il n'épargnait personne, se mettait en scène, disait que le présent était tout et que l'avenir, caché derrière l'horizon, n'existait pas. Maniant l'épée, n'hésitant pas à répondre par des boutades satyriques et provocatrices, il se vengeait de ses disgrâces dans ses vers.

Mais on chuchotait sur son compte dans les couloirs du château. Cet homme qui prisait les plaisirs était aussi infatué. Les serviteurs n'appréciaient guère son arrogance et son mépris du petit peuple, ignare à ses yeux.

Le lendemain de l'arrivée d'Insbette, la Dame de Cassel, accompagnée de son inséparable levrette, avait découvert l'enfant en contemplation devant une statue de marbre blanc de taille humaine. Celle-ci représentait Yolande de Flandre plus jeune ; le visage de la suzeraine était encadré de tresses retombant le long de ses pommettes. Son corps tout en longueur, la souplesse de sa taille, sa gorge mise en valeur par des vêtements ajustés et son déhanchement étaient d'une grâce inouïe. Les seules sculptures qu'Insbette avait vues figuraient des saints ou des madones. Les œuvres profanes étaient rares.

— J'étais belle à cet âge, n'est-ce pas ?

— Oui, ma Dame, vous étiez très belle !

Yolande la gratifia d'un sourire. En voilà une, enfin, qui ne mentait pas pour lui plaire et ne cherchait pas à la flatter. Elle s'aperçut que cette jeune roturière était sensible aux miniatures, sculptures et fresques, qu'elle était fine, attentive et apprenait vite. Dès lors, et sans préjugés vis-à-vis de ses origines, elle attacha la petite à son service personnel. Mieux, elle l'adopta comme confidente.

Aujourd'hui, relevant sa cotte dans un mouvement onduleux des hanches, Yolande restait gracieuse. Sa vêture, elle, était plus sévère. La guimpe de voile noir des veuves, montant jusqu'au menton, couvrait sa gorge. Les couleurs s'étaient faites moins chatoyantes. Les praticiens italiens, interdits de bleu et de rouge, mettaient du noir dans leurs précieux tissus. La contagion s'étendait aux princes de toute la chrétienté. La mode du noir était lancée.

L'entourage de la comtesse, femmes et hommes de haute lignée, portait des toilettes tout aussi fastueuses. Parfois extravagantes – personne ici n'eût voulu être traité de paysan. Dans des atours de soie, de brocart, ils cherchaient à séduire. Penser à sa parure était nouveau pour la petite roturière, qui les voyait se pavaner avec curiosité. On avait beau approcher de l'été, la comtesse et ses invités raffolaient de la fourrure en bordure de manches et de capuche.

Dès le premier jour, elle perçut le haut lignage de sa bienfaitrice. Elle ne comprit les attaches royales de Yolande qu'en croisant des petits-enfants de la comtesse, telle sa petite-fille Yolande, jeune dame de dix-sept ans, épouse du roi d'Aragon. Dans cet antre de félicité, le pape était celui des Français : le pape d'Avignon. Et l'on ne parlait jamais des « maudits François », comme les appelait le père Jacobus. Cousine des rois de France, sa souveraine avait été élevée à la cour de Philippe VI de Valois. Son premier époux, dont elle avait eu deux fils, était le neveu du roi. Son fils Robert, comte de Bar, s'était marié avec la fille du roi Jean le Bon, sœur de Charles V.

L'apanage de Yolande de Flandre, comtesse de Bar, Dame de Cassel et de Dunkerque, était une enclave indépendante. Elle n'était pas assujettie à la domination directe du comte de Flandre. Elle possédait une véritable cour. Et comme dans toute cour comtale, une foule de courtisans s'y pressait, invités ou non. Yolande faisait payer son hostellerie. Elle avait une trentaine de personnes à son service : chevalier d'honneur, maître d'hôtel, pelletier, demoiselles d'honneur, femmes de chambre… Un monde gravitait autour d'elle.

— Mes gens abondent moins que du temps de ma jeunesse, avant mon enfermement.

Il existait un avant et un après le donjon de Vincennes, où le roi Charles V l'avait emprisonnée pour mauvaise conduite…

Et dans cette Cour où l'accent était mis sur la flânerie, où l'on comptait sur la munificence de la suzeraine, on critiquait la conduite licencieuse et les dérèglements du comte de Flandre. Louis de Mâle possédait un château fortifié dans chaque ville de son comté. De fortes murailles, des ponts-levis et des herses, ainsi qu'une immense esplanade séparaient le peuple du prince. Il louvoyait entre Flandre et France. Yolande lui restait fidèle, comme elle tâchait de l'être au roi de France, son cousin. Tout cela échappait, pour l'instant, à l'enfant.

Ce que vivait la petite Insbette depuis un an était un rêve. Elle éprouvait moins le besoin de s'évader du réel et de se réfugier dans des mondes merveilleux, elle y vivait. Elle avait accès à une société méconnue. Dans son milieu, les seigneurs étaient des maîtres armés. Leur apparition pimentait leur quotidien de couleurs, puis ils disparaissaient comme ils étaient venus. Aussi ne s'en souciait-on qu'en cas de danger, pour s'assurer de leur protection. Ces nobles étaient à mille lieues de leurs préoccupations journalières.

Yolande en avait fait sa plus jeune demoiselle de compagnie, son petit page. La petite fille se voyait ouvrir des portes interdites aux roturiers et déambulait à son aise dans cette « futaie des merveilles », au plus grand plaisir de Yolande, très fière de ses propriétés. La joie de sa petite protégée la changeait de tous ces arrogants pour lesquels l'apparat était une habitude, voire un dû.

Sa tenue était simple, mais Insbette se sentait costumée comme une princesse avec son mantelet posé sur sa cotte de drap fin, ses cheveux joliment tressés, ornés de rubans de couleur et sa coiffe de toile retenue par un galon. On s'accoutume vite, qu'on soit enfant ou adulte, aux soieries brochées d'or et au velours. Elle dormait dans un vrai lit, sous des couvertures chaudes. Les premières nuits, Insbette ne fermait pas l'œil, tant elle voulait savourer chaque instant, persuadée qu'au petit matin on viendrait la mettre dehors. Promue à une plus noble fonction, elle ne partageait pas la chambre des servantes mais celle d'une demoiselle d'honneur, plus âgée qu'elle. Les jeunes femmes au service de Yolande n'appréciaient pas sa présence. Elles n'osaient le lui reprocher. Insbette le ressentait. Et cela ne l'étonnait guère. Elle était habituée. Peu importait à l'enfant, elle prenait ce qu'il y avait à prendre, bien décidée à vivre au jour le jour, sans songer à l'avenir. Elle était dans un cocon, à l'abri de l'adversité, aux antipodes de l'âpreté, des peurs et de la disgrâce, loin des disettes, loin de la laideur des guerres, du souci du pain quotidien qui jetait tant de pauvres sur les routes et conduisait à des révoltes. Elle approchait un genre de vie qui s'intéressait à des choses belles et inutiles nommées : art.

Même les intempéries n'avaient pas la même résonance, tant elles étaient prétextes à jeux et réjouissances à l'intérieur du castel. Les occupations étaient la chasse, les joutes, les promenades à cheval, les échecs et les dés, des jeux de table où Yolande misait allégrement des pièces de vin. Une impression de fête continuelle, juste interrompue par les messes, les dévotions et les prières.

Pour les damoiseaux, sans serfs à persécuter, il ne restait que la chasse, celle des filles et des bêtes, comme exutoire à la crainte de perdre leur puissance. Pour Yolande, c'était différent. Elle portait ses gants d'oiseau – des gants de daim montant jusqu'aux coudes –, elle troquait ses ravissants souliers pour des bottes. Toujours leste, elle sautait sur sa monture et faisait corps avec son cheval. Insbette l'admirait. La suzeraine lui disait que l'animal lui donnait sa force, que la chasse était un plaisir d'orgueil, une domination sur le monde animal ainsi qu'une mission : celle de tuer les animaux nuisibles aux champs et à l'homme, tels le sanglier ou le loup. Pour la chasse au vol, ses rapaces étaient dressés à plaquer la proie au sol, en attendant l'arrivée des chiens. Des serviteurs armaient les arcs afin de tuer les oiseaux.

L'oreille fine d'Insbette percevait les vibrations des cordes, entendait siffler les flèches des arcs avec lesquels ils s'entraînaient. L'autour de la comtesse, qui avait accueilli l'enfant le premier soir, ne l'effrayait plus. L'oiseau de proie se nourrissait quotidiennement de poulardes.

Qu'elle fût au sanglier, au loup ou au lièvre, la chasse offrait aussi un dérivatif aux révoltes et aux colères de Yolande et lui permettait d'entretenir son corps. La châtelaine se confiait à sa jeune demoiselle d'honneur plus qu'à toute autre, n'ayant confiance, semblait-il, qu'en cette petite paysanne. Pensait-elle qu'Insbette ne saisissait que la moitié de ce qu'elle lui révélait ou, qu'à l'inverse de ses dames de haute lignée, le regard franc de la petite vilaine ne pouvait la trahir ?

Le soir, elle l'acceptait dans un coin de la salle lorsque des poètes captivaient l'auditoire en narrant la merveilleuse épopée des chevaliers de la Table ronde. Ce n'étaient pas les mêmes que lors des kermesses et marchés de son village. Elle avait assisté à des tableaux vivants sur le parvis de l'église, à des farces qui n'étaient pas du meilleur goût. Yolande haïssait la vulgarité et les couplets grivois dont les femmes étaient la cible. Elle ne dédaignait pas les musiciens ambulants. De la poésie, concernant la grande histoire, était chantée. Insbette n'en perdait pas une miette. Elle retenait tout.

Ce rêve prenait parfois un goût amer pour l'enfant qui grandissait. Elle voyait les miséreux qui entouraient ce château, et sans doute les autres fiefs.

Pourtant, la comtesse était généreuse pour ses sujets, elle venait d'accorder de nouvelles faveurs aux Casselois.

Insbette imaginait parfois qu'un des vitraux de la chapelle se brisait au cours d'une violente tempête. On faisait alors appel à Lucas, son chevalier de lumière. Elle ne l'oubliait pas. Pas plus que Pétronille, qui l'avait sauvée des viles intentions du père, que marraine Folquine et que cette étrangère qui l'avait amenée en ces lieux aux couleurs du paradis.

Dans ce monde, apparemment insouciant, flottait malgré tout comme un secret tourment, que ressentait Insbette. On ne percevait pas ici les secousses des ravages extérieurs… Seule une vague inquiétude concernant une nouvelle irruption de la peste, de l'autre côté du Rhin. On espérait qu'elle ne s'étende pas… Une peur s'immisçait… Peut-être celle de voir ce refuge disparaître ou d'être envahi par l'absurdité meurtrière de l'homme.

La veille, d'autres échos, alarmants, avaient pénétré l'antre de Yolande…

26

Celle qui œuvrait le plus au castel était la souveraine. Avec une admiration sans bornes, Insbette la voyait dicter des lettres, tenir des comptes dans ses cahiers de parchemin et discuter d'affaires royales.

Yolande ne chevauchait pas seulement pour la chasse. Elle parcourait aussi son domaine sur sa monture préférée pour rencontrer le gouverneur, grand veneur et receveur de la forêt de Nieppe.

La salle aux Cerfs était parée, outre des magnifiques bois de l'animal, de tentures et tapisseries représentant des batailles vécues ou imaginaires. Yolande y recevait notables, magistrats, membres de son tribunal, banquiers auprès desquels elle avait contracté des emprunts, drapiers en long surcot, ordres monastiques… tous ces gens vêtus de noir. Elle tenait hostellerie moyennant monnaie, payait ses sergents et bûcherons. Elle nommait les baillis, gardes et clercs. Des délégations de commissaires venaient l'informer des mesures de justice prises en son nom. Ceux-ci arrêtaient les malfaiteurs, levaient des amendes, vendaient la taille des bois. La comtesse accueillait les pèlerins avec beaucoup de générosité, et ses petits-enfants avec un vif amour. Ces temps-ci, après avoir présenté une requête au roi, elle était en procès avec la veuve et le frère de Du Guesclin. Des terres lui avaient été confisquées au bénéfice du favori de feu Charles V. Dans cette retraite hors du monde, Yolande continuait à se battre pour éviter d'être ruinée et spoliée comme par le passé.

Insbette voyait bien que la souveraine renforçait ses défenses. L'effectif de sa troupe s'était accru sans que ses invités s'en aperçoivent, sans que l'ambiance en soit ternie. Mais Insbette, en dépit de son jeune âge, avait l'oreille fine et le regard perçant. Elle ressentait le moindre mouvement étrange, la plus légère inquiétude avec toutes les fibres de son corps. Des guets se relayaient au chemin de ronde. Allait-on être attaqué ?

Les menaces surgirent de Bruges, par l'intermédiaire d'un jeune messager, essoufflé et visiblement secoué. Il avait lancé sa monture à grande vitesse afin d'arriver au plus vite.

Les plaisirs du comte avaient épuisé ses finances. Dès 1379, il avait demandé aux Gantois d'organiser une quête et avait essuyé un refus de son peuple : « Plus une obole ! »

L'insurrection des Gantois – ou révolte des Chaperons-Blancs – débutait, menée par Philippe van Artevelde. Louis de Mâle avait assiégé Ypres et coupé la tête de sept cents insurgés. En autorisant Bruges à détourner la rivière la Lys à son profit, il obligea les Flamands à s'entre-tuer. Il ordonna aux Gantois de sortir de la ville « tête et pieds nus, en chemise et la corde au cou », mais ils ne l'entendirent pas ainsi.

Au matin de la Sainte-Hélène, troisième jour de mai, l'affluence à Bruges avait été considérable et le soleil radieux, rapporta l'envoyé. De nombreux Gantois ligués contre le comte qui les méprisait et les tenait en servitude, se dirigèrent vers la procession du saint sang de Notre-Seigneur, non en bons pèlerins, mais en un corps armé de cinq mille hommes.

Pris de panique, les Brugeois ripostèrent. Un affreux massacre s'ensuivit dans la nuit. Près de dix mille Brugeois succombèrent, sans compter les outrages faits aux femmes. Bruges était tombée aux mains des Gantois qui y semaient la terreur.

— Seigneur ! s'écria Yolande en se signant. Que Dieu ait leur âme ! Et mon cousin Louis ?

— Après s'être caché sous un grabat, monseigneur le comte est parvenu à fuir. Il a gagné Lille. Son hôtel de Bruges est saccagé. Les Gantois sont déjà en train de raser les murs de la ville, côté Gand, pour qu'elle soit à leur merci. La Lys s'emplit de bateaux gorgés de leurs butins et, sur la route de Bruges à Gand, des dizaines de chariots débordent de dépouilles.

Ainsi le comte n'avait songé qu'à sauver sa peau. Ce n'était guère glorieux. Yolande savait que les autres cités qui s'étaient ralliées l'avaient fait sous la contrainte. Les Flamands se déchiraient entre eux.

« Où est le cœur de mes sujets ? » se demandait Yolande.

Dès le lendemain, de jeunes chevaliers quittèrent le château pour rejoindre Lille.

Et puis ce fut le calme, de nouveau, durant l'été, comme si ces horribles nouvelles n'avaient été qu'un mauvais rêve, une parenthèse dans la sérénité du jardin de Yolande.

Parmi les jeunes nobliaux aux pourpoints ajustés, aux chausses moulantes et aux poulaines de daim, Insbette remarquait des cheveux un peu fous, une mâchoire puissante. Son cœur se mettait à battre plus vite dans sa poitrine, mais ce n'était pas le regard taquin, tendre et profond de Lucas qu'elle croisait.

Dans un champ clos, elle assista au maniement des armes, aux joutes à cheval. Sur leurs destriers, portant un heaume et couverts d'une armure, les combattants avaient fière allure. Ils se blessaient parfois, sentaient le cuir mouillé, brisaient leurs lances sur l'écu de l'adversaire. Certains avaient déjà fait la preuve de leur bravoure, d'autres allaient prendre les armes pour la première fois et s'exerçaient, empanachés de sueur, sinon de gloire.

Sur les champs de bataille n'existerait plus cet esprit chevaleresque. Du reste, nombre de seigneurs étaient ruinés par les guerres. La cérémonie d'adoubement, l'entretien de pages et serviteurs étaient trop onéreux. Les ordres chevaleresques disparaissaient les uns après les autres. Certains seigneurs n'avaient même plus les moyens de s'offrir un cheval.

Le gagnant, ce jour-là, fut un des bâtards du comte de Flandre.

— Un bâtard ? Et il peut gagner ? s'interrogea, interdite, la jeune Insbette.

C'est ainsi qu'elle fit connaissance avec les bâtards de nobles. Rien de l'infamie, de l'impureté qui affectaient les roturiers. Ils étaient reconnus comme nobles. Ils n'encombraient pas les orphelinats, les couvents ou la cléricature. Les filles savaient lire et écrire ; Insbette les enviait un peu. On les croisait moins dans les châteaux, mais elles étaient traitées avec respect et revêtaient pour leurs noces de belles robes d'écarlate et des manteaux fourrés de vair. À douze ans, les jouvencelles devenaient des damoiselles en âge d'être mariées. La plupart du temps, les noces étaient célébrées lorsque la jeune fille atteignait quatorze ans. Dans leur monde, pas dans celui d'Insbette. Si elles n'avaient pas trouvé de mari, on les envoyait au couvent, avec une belle dot bien entendu. Le couvent… Insbette ne les jalousa plus. Jusqu'au moment où elle entendit que dans ces conditions, le couvent s'apparentait à une prison dorée très confortable dans laquelle elles pouvaient parfois prétendre à une relative liberté. Les bâtards mâles, eux, excellaient dans l'art d'étriller les Anglais, de mettre un terme aux excès des bandes errantes de pillards. C'était des meneurs, de preux chevaliers. Les fils héritiers étaient davantage ménagés dans les chevauchées et les batailles. Envoyés en première ligne, courageux malgré eux, les bâtards devenaient des héros et, en ce sens, ils gagnaient en respectabilité, d'autant que paysans par leur mère, ils étaient plus proches du peuple et commandaient aisément les domestiques. Légataires, mentionnés dans les testaments, ils recevaient des écus, un cheval de leur illustre père et des vêtements dignes de leur qualité. Le second époux de Yolande fit doter largement ses deux bâtards, Robine et Lancelot. Ces deux prénoms faisaient rêver la petite Insbette. Les bâtards du comte de Flandre, Louis de Mâle, étaient une quinzaine, tous seigneurs ou mariées à des seigneurs. Ces enfants de Flandre avaient un penchant pour la bravache, l'ivresse du combat et le verbe haut ; plus haut que leurs frères de lait, les héritiers. Ces derniers, qui affichaient une arrogante assurance, apprenaient la mesure et la prudence en parole. Ils se prodiguaient des compliments, camouflaient leurs rivalités ou antipathies viscérales. Du jour au lendemain, ils pouvaient se retrouver brutalement dans le mauvais camp.

Aussi certains de ces jeunes gens, sollicités par la souveraine pour sa défense, étaient de petits barons qui oscillaient entre Anglais, Flamands et Français. Dans l'espoir d'en recueillir un bénéfice, ils pactisaient avec une grande dame afin d'obtenir son appui.

Insbette s'habituait à la présence des chevaliers. Elle oubliait le temps où elle courait, avec les jeunes paysans, pour voir passer des seigneurs.

Un autre monde, plus proche du sien, côtoyait la Cour. Elle observait le savoir-faire des cuisiniers, des tailleurs. Elle avait gardé l'habitude de mettre son nez partout. Elle déambulait entre les dépendances de bouche de la châtelaine, comme la fruiterie, le cellier, les étables de basse-cour ou de chevaux à chariots.

Elle flânait si souvent près des écuries, humant avec délice l'odeur familière de la terre, que Yolande lui fit apprendre à monter, auprès d'un valet d'écurie.

De fréquentes tempêtes perturbaient cette année 1382. Lorsqu'un brouillard épais recouvrait la plaine, les averses persistaient parfois plusieurs jours.

Cette après-midi-là, une pluie lourde et poisseuse ruissela le long des murs, transforma en bourbier la prairie où se déroulaient les joutes.

Insbette resta dans le champ jusqu'au dernier instant. Tous étaient déjà rentrés. Devant son état pitoyable, Yolande l'envoya se changer.

Coline, la jeune femme de chambre, âgée d'une quinzaine d'années, était en pleine conversation avec une femme ronde et d'un âge avancé.

— Je suis venue par les rivières de l'Yser et de la Peene Becque. En cette saison, elles ne sont pas prises dans les glaces. C'est moins dangereux que de traverser les forêts.

Elle se tut en découvrant une petite sauvageonne trempée de la tête aux pieds, les mèches frisées dégoulinantes, la coiffe de guingois. Elle l'observa sans un mot tandis que Coline la déshabillait, la frictionnait, furieuse d'être la servante de cette fille du peuple qui revenait souvent la robe poussiéreuse ou maculée de boue. Elle ne comprenait pas qu'une paysanne puisse être une favorite, vêtue comme une princesse. Mais Yolande tançait du regard qui osait s'en prendre à sa petite protégée et se mettait vite en colère. Elle lui tira un peu trop les cheveux en les séchant avec un linge propre. Faute de laisser libre cours à son ressentiment, elle maugréa sur le temps :

— Ces pluies sont des avertissements de Dieu.

— Contre quoi ?

— Contre… Rien…

— Qui est cette enfant ? demanda l'étrangère, intriguée.

— Insbette.

— Bonjour, Insbette. Je suis Maria. Jadis, j'étais nourrice au château. Je viens de Cassel. Et toi ?

— Moi aussi je suis née à Cassel, mais je vivais à Ekelsbeke, chez marraine Folquine.

— Folquine, la cousine de Griete... marmonna Maria.

Insbette saisit ses paroles et s'exclama :

— Vous les connaissez, madame ?

— N'es-tu pas née une veille de la Saint-Nicolas ? Allons, tu ne peux le savoir...

— Mais si ! J'ai pris la place de l'enfant de marraine Folquine qui est morte la veille de la Saint-Nicolas. Pour elle, ce fut un signe de Dieu. Pour le père, un signe du diable.

— Alors, c'est toi ! Coline, voilà une enfant que j'ai mise au monde. Je t'ai donc bien reconnue. Tu avais cette chevelure frisée déjà, ce regard si intense et la couleur des yeux de ta maman... L'angélus sonnait, lorsque j'ai délivré la malheureuse Renaude.

Le cœur d'Insbette s'emballa.

— Maman... Elle est morte ?

— Je... je ne pense pas, répondit Maria décontenancée. Elle a fui, la pauvresse, vers Ekelsbeke. Elle n'est plus avec toi ?

— Je ne l'ai jamais vue. Marraine Folquine m'a élevée. Et c'est sa cousine, Griete, qui m'a emmenée jusqu'ici. Une dame blonde, très gentille.

Maria haussa les sourcils.

— Tu te trompes, Griete est brune.

— Non... Elle était blonde aux yeux verts. Je m'en souviens ! protesta-t-elle avec précipitation.

— Des yeux d'émeraude comme les tiens, Insbette...

— Alors, vous croyez que… C'était ma mère… Ma mère n'est pas morte, je le savais !

De violents frissons lui parcoururent le dos en songeant à la douceur de sa compagne de voyage…

Sa mère ! Bien sûr, toutes les fibres de son corps le lui criaient. Comment ne l'avait-elle deviné ? Blottie contre sa poitrine, elle se rappela sa dernière pensée avant de s'assoupir : « Je suis chez moi. »

Un flot jaillit de ses paupières.

Maria la prit dans ses bras. Figée de stupeur, Coline cherchait à remettre de l'ordre dans ses pensées.

— Que s'est-il passé, madame ? Pourquoi maman a-t-elle fui ? Pourquoi me traitait-on de sale bâtarde au village ? Dites-le-moi, je vous en prie !

— Allons, allons, sèche tes larmes d'abord.

Elle soupira. Hésita. Le regard d'Insbette la suppliait. Elle obtempéra :

— C'est une bien triste histoire. Ta maman était fiancée à un brave tisserand, Jan Martin. Elle œuvrait chez les pères de Cassel. Une bonne fille, courageuse et honnête, la meilleure amie de Griete. Un soir, seule dans la maison, elle fut… forcée. Sans merci. Par de jeunes nobliaux en mal de virilité. La rumeur s'est propagée très vite, les Martin se sont sentis floués et elle a dû quitter Cassel.

— Voilà pourquoi elle m'a abandonnée chez Folquine. Elle ne pouvait pas m'aimer.

— Bien au contraire, Insbette, elle t'aimait tellement qu'elle n'a pas voulu pour toi la déchéance et le rejet. Elle t'a offert une vraie famille.

Elle s'approcha. D'un geste tendre, elle lui essuya le visage et dégagea sa chevelure.

— Tu as toujours ta petite tache sur l'oreille… Je ne sais pas où est ta maman. Mais tu la retrouveras un jour, j'en suis sûre. Et avec notre comtesse Yolande, tu es entre de très bonnes mains. Dieu te garde, petite Insbette.

Elle l'embrassa et la regarda s'éloigner.

Lorsque Insbette fut partie, les yeux tout embués de larmes, Coline était étrangement rêveuse.

— Qu'as-tu ma nièce ? demanda Maria.

— Non, rien… Je n'aime pas cette Insbette. Elle n'a pas les manières posées et polies des damoiselles, son regard est insolent…

« J'ai toujours l'impression qu'il fouille dans mes pensées », songea-t-elle.

Elle poursuivit :

— Un regard peu humble. Cette effrontée traîne partout et, dès que la souveraine la mande, elle accourt, échevelée, comme une mendiante ou une voleuse… La charité de Dame Yolande envers cette pauvresse devient injustice. Quel agrément peut avoir sa compagnie ? À moins que ce ne soit sa seconde levrette ! dit-elle en s'esclaffant.

Maria lui décocha un regard courroucé.

— Méfie-toi de ce que tu dis, ma nièce. Tu es bien chauffée, bien nourrie. Mais tu jacasses comme une pie. Notre souveraine n'aime pas le bavardage… Tu n'es pas à son service depuis longtemps. Aussi permets-moi ces autres conseils : méfie-toi des chevaliers à la belle figure, qui offrent bijoux ou dentelles aux dames, et rachètent la défloration des paysannes en leur envoyant des pâtés de lièvre. Vaillanterie et galanterie vont de pair. Prends garde à ne pas te laisser berner. Ils fleurissent à tout vent, et parfois, ils se disent barons de fiefs inexistants.

— C'est possible ?

— Oh oui, et ils abusent volontiers d'un pouvoir usurpé. N'approche pas de ce poète, Eustache Morel. Il plaît aux dames et aux rois. Il n'aime que les jeux de mots, la bière et les femmes. Il manque outrageusement de modestie.

— Il est trop laid !

— Tu crois que cela le dérange ? Lors des fêtes pour la chapelle, je l'ai vu séduire une damoiselle sous la fraîcheur des feuillages. Ne prends pas l'habitude, ma fille, de te coucher sur le dos et de n'être qu'un ventre !

Elle la regarda attentivement.

— Je crois deviner qui est le père de cette enfant.

— Celui qui a violenté sa mère ?

— Sa chevelure ne te rappelle personne ?

Coline pâlit.

— Le jeune messire de Berkin, précisa Maria. Je l'ai croisé ici même. Insbette lui ressemble.

— Philippe de Berkin, s'écria Coline. Oh mon Dieu, non, pas lui ! La chevelure ne signifie rien. Ils ne se ressemblent pas !

— Je me trompe peut-être… Mais dis-moi, tu m'as l'air toute retournée, toi…

La jeune fille rougit, baissa les yeux.

— Regarde-moi Coline, dit-elle en lui prenant le menton. Tu ne vas pas me dire que…

— Si… Dans l'antichambre de la comtesse…

Maria émit un soupir.

— Tu veux porter plainte ?

— Le poursuivre en justice ?

— Notre comtesse Yolande y veillerait.

— Il fait partie de l'illustre maison de Berkin, même s'il n'en est pas l'héritier. Les vilains ne remportent aucune victoire sur les puissants et les seigneurs. Et puis… je… je n'ai guère résisté…

— Il t'a ensorcelée… Ce genre de chevaliers séduit les belles mais ne pense qu'à la guerre. C'est un chasseur, tu es une proie facile comme le fut la mère d'Insbette.

— Si je fais un bâtard, il sera reconnu. Tout ventre chargé d'enfant est un signe d'espoir. Je l'ai entendu…

— Tu es niaise, ma pauvre Coline. Je suis restée suffisamment auprès des puissants pour savoir que les bâtards de nobles sont légion de nos jours. Ils ne sont reconnus que si l'aventure est louable. Alors oui, ils peuvent vivre un grand destin, car une abondante descendance est une grâce de Dieu. Ils sont anoblis, faute d'héritage. Mais la plupart du temps, ils connaissent le sort de leur mère et deviennent valets ou servantes. Les bâtardes de hobereaux doivent se contenter de bons laboureurs. Dis-toi aussi que les mères, elles, sont déclarées inconnues. Heureusement qu'il ne t'a pas engrossée…

— Comment le sais-tu ?

— Nourrice, puis ventrière. Ce sont des choses que je ressens…

Coline se tut un instant et se mordilla les lèvres.

— Tu as encore quelque chose à m'avouer, ma petite. Je t'écoute.

— Eh bien, pour messire de Berkin… Il porte, lui aussi, une tache sur le lobe de l'oreille.

27

Jour de la Saint-André, 30e jour de novembre 1382

Le miracle continuait pour Insbette.

Dieu enfin lui souriait, et une pensée ne la quittait plus : « Retrouver maman, un jour. »

Des mots très doux prononcés lors de leur voyage lui revenaient à l'esprit. Son image la poursuivait et sa voix berçait ses rêves.

En attendant, elle ne voyait, ou ne voulait voir, que la générosité de Yolande à son égard et les marques de respect dont elle faisait l'objet, elle, la petite bâtarde. On ne lui cherchait pas noise. On ne se gaussait pas d'elle comme au village. Elle oubliait les murmures envieux de son arrivée. Elle ignorait que ces faveurs et largesses et, plus que tout, cette connivence entre elle et la suzeraine suscitaient la suspicion, attisaient la jalousie. Elle grandissait sans augurer du mal sournois qui se répandait autour d'elle.

Yolande lui avait ouvert sa chambre. Une splendeur dont elle n'avait idée.

Derrière les volets intérieurs, les fenêtres étaient semblables aux vitraux des églises…

« Lucas, comme tu aimerais... »

Insbette s'était sentie aussitôt enveloppée d'une douce chaleur. Ici, il n'y avait pas d'humidité refroidissant le dos comme dans certaines grandes salles du château. Le feu brûlait dans le foyer d'une vaste cheminée de pierre, dont l'âtre était muni d'écrans. Il y était constamment entretenu, dès le début de la saison froide, comme en cas de maladie ou de délivrance. Des carpettes orientales aux curieux dessins géométriques jonchaient le sol. Un tapis de brocart tramé d'or habillait une petite table, sur laquelle trônaient de ravissantes boîtelettes en ébène. Des coffres, en chêne ouvragé et marqueté, garnissaient la chambre. Il était loin le tronc d'arbre évidé, fabriqué par le père Jacobus.

Protégé par un treillis qui empêchait les chiens de s'y coucher, le lit de Yolande était monté sur une estrade. Un « ciel », étayé de colonnes, était suspendu aux poutres du plafond. Ses tentures de soie bleue, rehaussées de dessins brochés d'or, étaient glissées et maintenues dans les angles en journée. Contre le mur – par précaution –, la tête de lit était agrémentée de coussins confectionnés avec des soieries italiennes. Des tapisseries flamandes achevaient de réchauffer la chambre.

— Celle-ci vient d'Arras. C'est la plus belle, n'est-ce pas ?

Le regard extasié, Insbette resta silencieuse un instant.

— Où est Arras ?

— Dans le comté d'Artois, mais la cité fut par le passé la résidence préférée des comtes de Flandre. Arras est devenu le plus grand centre au monde de la tapisserie, lui apprit-elle, à tel point qu'en italien, le mot *arazzo* désigne toute tapisserie.

L'enfant n'avait entendu parler que de Lille et Bruges, des villes prospères et animées dans lesquelles on disait qu'il faisait bon œuvrer et vivre.

Très inattendu pour la petite paysanne fut le « retrait à pisser », mais ce fut un cri d'enthousiasme lorsque Yolande lui montra sa garde-robe, sa fourrerie contenant des merveilles, sa chambre des joyaux et celle des tapisseries, prêtes pour les voyages.

C'est dans cet antre d'amour que Yolande fit d'Insbette sa petite confidente. Elle lui assigna une place, près d'elle, sur l'épaisse et douce fourrure recouvrant le lit. Elle éprouvait, sans doute, le besoin de se livrer. Elle s'y refusait jusqu'alors, de peur de paraître faible et d'être vaincue par les appétences de son entourage.

Très jeune, on l'avait unie au comte de Bar, mais elle souffrait de rester une étrangère vis-à-vis de cette illustre famille.

« On peut être bien né, s'étonnait Insbette, et être une importune, comme elle ? »

— Veuve, je déchaînais les convoitises… Oh davantage pour mes terres que pour mes attraits, même si l'on célébrait ma beauté, ajouta-t-elle avec lucidité.

En secondes noces, elle avait épousé un homme de huit ans son cadet.

— Je le choisis pour le lignage et parce que le veuvage m'était insupportable. J'étais trop menacée, il me fallait trouver des appuis. Cette situation inversée, due à sa jeunesse, m'a valu tellement d'incompréhension ! L'affaire ne fut pas avantageuse. Épouser le Navarre ne fut pas un bon pari, ma petite Insbette. Mon second mari était lâche. Il m'abandonna très vite à mes désillusions. Il prit le parti des ennemis de la Couronne, négocia avec l'Angleterre et m'écarta du pouvoir. La responsabilité de notre séparation me fut attribuée, car je m'étais éloignée de Philippe. C'était un chef de guerre, jeune et violent, impécunieux, dépensier, qui remboursait ses dettes avec ma dot… Il m'a fait détrousser…

Devant les yeux agrandis d'Insbette, elle précisa :

— Il commandita à distance, mais je sais qu'il en fut l'instigateur. Je n'ai jamais récupéré ces joyaux. Il m'a volée, trahie…

Sa voix se brisa. La petite fille ressentait, sans le formuler, que cette chambre, antre d'amour, était aussi un antre de solitude. D'un geste spontané, elle mit sa petite main dans celle de sa bienfaitrice. Yolande la garda, soupira et lui sourit.

— Nous ne servons que les intérêts familiaux. Si d'aventure, l'amour s'en mêle, il ne faut pas le montrer. Nous ne sommes qu'un ventre à féconder, murmura-t-elle.

Elle songea : « La volupté est réservée aux putains. »

— La façon de traiter les femmes, reprit-elle à voix haute, était différente au temps de mes ancêtres, les comtesses Jeanne et Marguerite de Flandre. À leur époque fut institué l'amour courtois…

Au fil des révélations de Yolande, Insbette découvrait que le culte de la dame existait, et pas seulement dans les contes…

— De nos jours, cette célébration de la femme disparaît au profit des fabliaux qui prônent sa soumission. Nous avons beau recevoir de la terre, être en mesure de gouverner un fief, voire un comté, le mari reste un maître qui a le droit de nous battre.

La petite fille la fixa, stupéfaite. Cette dame invincible et redoutée était-elle une femme comme marraine Folquine ? Avait-elle reçu les verges de son mari ?

— Jadis, les pressions furent telles qu'elles me brouillèrent avec mon fils. J'avais beaucoup sacrifié pour lui, participé grandement aux frais de son mariage. Je l'avais aidé contre les routiers, versé sa rançon. Les enfants sont ingrats, ils nous doivent respect et obéissance…

Sa voix devint à peine audible :

— Je ne dois pas le condamner, il me ressemble…

Elle l'avait fait emprisonner, « pour lui donner une leçon », et cela lui avait valu, à son tour, un long internement.

— Dès que je fus libérée, je résidai chez mon fils et son épouse, lesquels avaient supplié le roi de m'accorder sa grâce. Nos querelles étaient apaisées.

Ce matin de la Saint-André, elles avaient assisté à la messe dans la chapelle Saint-Denis du château.

Yolande était vêtue en cette saison d'une majestueuse fourrure de zibeline, importée de Russie, et qui marquait sa haute naissance.

En entendant chanter sa petite protégée, la comtesse réclama sa présence à ses côtés. Elle avait introduit quatre messes hebdomadaires, en disait fréquemment pour son père Robert de Cassel et pour sa mère Jehanne de Bretagne. Yolande avait la fibre familiale. Insbette découvrirait plus tard que cet attachement filial avait mené sa vie.

Elle respectait et faisait respecter l'abstinence chaque vendredi et aux jours prescrits.

— Le jeûne nous permet de rester en forme ; aussi alerte que les membres de l'Église ! Trop de viande et d'alcool nous vieillit prématurément.

Insbette ne s'en plaignait pas, un jeûne pareil était une fête chez elle, et l'on était bien loin du saindoux, du pain, des choux et autres racines, tous ces fruits du sol méprisés par les nobles qui leur préféraient les fruits de l'arbre.

La Sainte-Catherine s'était achevée par un festin qui aurait pu nourrir tout son village. Avec les jours froids et courts, les valets ne dressaient plus la table sur des tréteaux à l'extérieur, mais dans l'une ou l'autre des grandes salles. Ils profitaient de la messe pour trotter, joncher les dalles d'herbe, secouer les tapis. Chacun à sa besogne.

La table était recouverte d'une vaste nappe, dont les longs pans permettaient de s'essuyer les mains après que des bassins avaient circulé pour se rincer les doigts. Une nappe, des bassins… Ses frères, se disait Insbette, auraient bien ri.

Certains convives devaient abuser des bons plats, leurs ventres étaient gonflés comme des ballons. Les vins de taverne étaient pour les officiers subalternes. Le bouteiller et ses deux valets choisissaient les meilleurs vins de bouche pour la seigneuresse et ses invités. Yolande appréciait la variété : vins de Bourgogne ou de Rochelle achetés à Dunkerque, vins du Rhin, du comté du Barrois, de Paris ou d'Orient, vins aromatisés à l'absinthe, à l'aloès, au romarin ou à l'anis. Le repas débutait par des fruits frais. Sur d'immenses plats d'argent, reposaient des écrevisses, des sangliers, des cerfs et des chevreuils entiers. Quelques herbes accompagnaient les plats. Insbette aimait le saumon et le hareng. Elle goûta au cabillaud. Elle raffolait des raisins et prunes, et espérait que cela ne finirait jamais. Elle essayait des plats inconnus. Elle découvrit une épice rapportée par les croisés : le sucre. Il remplaçait le miel, on le mettait dans les sauces. Elle fit connaissance avec un ustensile étrange, genre de petite fourche à deux dents, au manche d'argent, pour piquer la viande dans le plat commun.

— Cette fourchette provient de la cour du roi Charles, lui confia la suzeraine. Il en possédait une douzaine, certaines ornées de pierreries.

Les légumes étaient cuisinés et pimentés, les rôtis mijotés dans la cannelle, le gingembre et un vin doux. Une myriade de desserts s'étalait sur la table. Et, tandis que les hôtes et invités se repaissaient d'épices exotiques venues de loin, le chambellan fournissait l'éclairage, apportait fourrures, senteurs et onguents voluptueux pour leur coucher.

En ce jour de la Saint-André, ils étaient encore attablés lorsque les échos de la bataille de Roosebeke leur parvinrent par la voix d'un jeune messager français.

Des parfums aux essences précieuses brûlaient dans la salle, exhalant leurs suaves effluves. Des valets servaient le vin et les friandises achevant le repas. Des jongleurs se livraient à des acrobaties. Des dames et leur compagnie s'apprêtaient à rejoindre, main dans la main, leurs chambres. D'autres se divertissaient en jouant aux échecs ou trictrac.

La conversation venait de glisser sur Eustache Des Champs, huissier d'armes de Charles VI, comme il l'avait été de Charles V. Chargé d'écrire l'histoire de la vie du roi, il était à ses côtés face aux Flamands révoltés. Le Morel haïssait les Flamands encore plus que les Anglais et ne s'en cachait pas. Alliée des Français en ces circonstances, Yolande l'accueillait volontiers.

Après l'attaque de Bruges, le comte de Flandre avait fait appel à son gendre et héritier, le duc de Bourgogne, pour organiser une expédition punitive en Flandre. De jeunes chevaliers, bâtards en tête, étaient partis les rejoindre.

Passer du jeu chevaleresque à la vraie guerre et affronter la mort n'avait pas dû être facile pour ces jeunes seigneurs. Insbette en avait surpris plus d'un, altiers, au verbe haut en public, pleurer lorsqu'ils se croyaient seuls.

La nouvelle stupéfia les convives. Non qu'elle fût mauvaise pour les Français. Au contraire. Mais chacun s'arrêta de boire, reposa ses figues ou autre friandise avec l'exaltante sensation de vivre un événement historique.

Au vingt-septième jour de ce mois de novembre, Olivier de Clisson avait écrasé les insurgés flamands près d'Ypres à Roosebeke.

Installée sur un petit coin de la table, Insbette ne perdait pas sa suzeraine des yeux. Elle tentait de capter ses sentiments. Elle se rappela ses confidences : « Tu ne peux t'imaginer comme il me faut de santé pour défendre mes droits, à la fois contre les empiétements du roi de France et ceux du comte de Flandre qui s'amuse à opprimer mes sujets flamands. Il n'est guère étonnant que les tisserands de Gand et d'autres villes de Flandre se révoltent contre le comte. Malgré tout, il me faut le soutenir. Dieu soit loué, nos gens de Cassel, comme ceux de Bergues et de toute la Flandre maritime, se sont emparés des capitaines gantois imposés par van Artevelde. Ils leur ont lié bras et jambes et les ont envoyés au roi de France. »

Tous retinrent leur souffle à l'exposé des combats :

— Le chef des insurgés, Philippe van Artevelde, paria sur le mauvais temps. Se tenant le bras pour ne point s'égarer, les Flamands marchaient dans un épais brouillard. Mais le Ciel fut avec notre roi. La brume se dissipa comme par miracle, et les Flamands, vêtus de rouge, continuèrent d'avancer, exposés et éblouis par le soleil. Les canons crachèrent leurs boulets, les archers anglais tirèrent. En bleu, l'infanterie française se jeta dans un corps à corps meurtrier. Le vacarme était infernal, fait de hurlements, du cliquetis des épées, des engins de guerre comme les ribaudequins à petits canons. Au centre, la piétaille fut submergée par les troupes flamandes, mais les chevaliers sur destriers, placés aux flancs de l'armée française, les piégèrent. Cernés, les Flamands se piétinaient. Ils cessèrent de lutter mais le carnage ne s'acheva qu'au coucher du soleil. Entre vingt-cinq mille et cinquante mille cadavres jonchaient le champ de bataille, qui n'était plus qu'une mer de sang. Les Flamands qui avaient échappé au massacre se perdirent dans les marécages et périrent noyés.

— Et le roi ? s'enquit Yolande, rompant le silence qui suivit le rapport.

— Sa Majesté le roi ne percevait que de faibles clameurs de la bataille. Il avait été tenu à l'abri de tout péril. Il découvrit une plaine dévastée et recouverte de corps. Il en sembla très émotionné, les sens comme exacerbés. Il fut sans merci. Il donna l'ordre de ne pas les enterrer mais de les laisser en pâture aux chiens et aux rapaces.

— Et Philippe van Artevelde ? s'écria un jeune seigneur, dans la salle.

— On le rechercha toute la nuit. Au matin, on l'extirpa d'un fossé. Il était mort. On pendit son cadavre.

Insbette ne perdit pas une miette du récit. Des sourires de satisfaction se lisaient sur les visages des invités.

L'enfant se sentait en pleine confusion et n'en comprenait pas la cause. Était-ce de la compassion vis-à-vis des victimes du massacre ? Malmenées par l'agitateur, elles étaient flamandes, comme elle et comme la plupart de ces jeunes nobles qui ne semblaient en avoir cure.

Peut-être fût-ce cet embarras qui lui fit quitter le monde de l'enfance pour entrer dans celui, sanguinaire, des grands.

Le lendemain matin, elle se rendit dans la bibliothèque de Yolande. Depuis qu'elle y avait découvert ses premiers livres, elle s'y glissait dès que possible, avec la bénédiction silencieuse de sa souveraine.

Elle choisissait à chaque fois un ouvrage différent. Elle le prenait avec délicatesse, caressait et humait l'habillage de cuir. Elle éprouvait une singulière émotion à le tenir entre ses mains. Elle touchait de son doigt les initiales entrelacées, véritable lacis orné de têtes d'animaux et d'allégories. Et elle repensait aux dessins montrés par Lucas. Faute de déchiffrer le texte, elle restait parfois des heures devant les images. Une procession de flagellants et des miniatures représentant des Juifs au bûcher l'avaient particulièrement impressionnée.

Ce matin, elle était en contemplation devant la représentation suggestive de deux amants se tenant avec tendresse au bord d'un lit, dans un livre d'heures en maroquin rouge. Était-ce cela l'amour courtois ?

Arrivée sans bruit derrière elle, Yolande ne la blâma pas.

— Ce sont les lois de l'amour, Insbette.

— L'amour courtois ?

— Oui.

Yolande lui lut les douze règles.

— Et à présent, sauve-toi. J'accorde une audience privée… À Philippe de Berkin, ajouta-t-elle en la regardant avec attention.

La petite confidente se demanda ce qu'elle avait à lui dire de si privé.

La jalousie fut-elle la raison de l'affliction d'Insbette ?

Elle s'effaça pour laisser entrer le jeune seigneur. Il ne lui accorda aucun regard. Ce chevalier aux cheveux roux et frisés provoquait en elle un inexplicable malaise.

28

Esquelbecq, aujourd'hui

— Tu as une jolie voix, Nina, proclama Charlotte en passant son nez à la fenêtre.

— Tu trouves ? Quel est ce délicieux parfum ?

— Un plat médiéval.

— Pour nous deux ?

Jean-François participait, à Paris, à un colloque sur l'ostéopathie.

— Le plaisir n'est pas proportionnel au nombre de convives ! C'est une simple omelette aux violettes.

— Et l'on dira encore de ce Moyen Âge qu'il était vulgaire…

— Tu vas me manquer, tu sais ! s'écria Charlotte la poêle à la main.

Elles échangèrent un sourire.

— Continue de chanter !

— Je ne chante jamais, je ne sais ce qui m'a pris.

— Ne te gêne pas pour moi, Nina, tu devrais le faire plus souvent !

— C'est peut-être qu'ici je dors comme un bébé.

Nina prenait soin d'elle, non en coup de vent ou par épuisement comme à Paris, mais sur la durée. Elle s'accordait le temps de sentir les odeurs de la campagne, d'entendre les bruits de la nature, de humer l'air, de toucher… Ses sens revivaient.

— Sûrement, oui.

Le regard que lui jeta Charlotte lui signifia qu'elle n'était pas dupe.

Nina avait oublié sa voix comme elle avait oublié ce qu'était le désir. Elle ne voulait pas en parler, mais Florian était passé ce matin, pour l'inviter à dîner le lendemain. Une griserie lui emportait la poitrine, un élan agréable et terrible à la fois, qui lui rappelait ses émois d'adolescente et lui faisait délicieusement peur…

Le jeune Florian n'était peut-être pas seul en cause. Sa mère avait enfin répondu à ses messages et quittait le Midi pour la Côte d'Opale. Elles allaient se voir.

Et une autre émotion ne la lâchait pas, due cette fois à ses recherches.

Parmi les papiers concernant Yolande, elle avait trouvé le prénom d'Insbette. Petite demoiselle de compagnie. Les dates correspondaient… Sa jeune inconnue avait donc été proche de sa comtesse. Très troublée, elle y pensait sans arrêt. Un visage – imaginaire, pensait-elle – commençait à se forger dans sa tête.

« Imaginaire, oui. Mon imagination ne me joue-t-elle pas des tours ? »

Elle s'adressa à Charlotte, sans vérifier si elle était toujours à proximité. Peu importait. Elle se posait ces questions à elle-même.

— J'apprends des faits, j'en déduis des choses concernant Insbette et Yolande, mais ne suis-je pas dans l'erreur ? Je les sens proches de nous, mais c'est un leurre. Plus de six siècles nous séparent. Il suffit de mesurer la différence entre nos grands-parents et nous-mêmes…

Elle soupira et poursuivit :

— Je suis dans l'illusion…

Elle se tut et reprit :

— Notre plus grande opposition avec le Moyen Âge reste l'argent, tout compte fait. Le commerce était considéré comme source de vanité et d'envie. Ils n'avaient pas un ego débordant comme nous autres, mais…

Charlotte avait tout arrêté pour l'écouter. Elle l'interrompit.

— Ils combattaient leur ego par l'humilité, Nina, et on les y enjoignait un peu, non ?

Nina poursuivit sa pensée :

— Le repos du dimanche convenait à l'Église, pour la méditation vers Dieu…

— Il convenait aussi à des gens qui faisaient davantage travailler leurs jambes et leurs bras. Sans machine, sans véhicule, ils étaient plus fatigués… Je suppose…

— Il fallait respecter le rythme de la nature, ne pas travailler après la tombée du jour…

— En tant qu'écolo, j'approuve ! s'écria Charlotte.

— Tu m'étonnes ! Mais nos lointains ancêtres étaient moins individualistes que nous. Les villages, les métiers, la charité. Ils étaient vraiment unis face à la nature…

— C'est vrai. Notre égocentrisme déborde. Mais les élans de générosité perdurent, de façon plus médiatisée… Et ne revenons-nous pas, Nina, à une certaine forme de solidarité ? D'ailleurs, dans le

Nord, les associations ont toujours fait partie de notre patrimoine.

— C'est clair ! Mais… Ce que je veux dire, c'est que…

Elle émit un nouveau soupir.

— Nous ne saurons jamais ce qu'ils pensaient, nous ne pouvons capter que d'infimes lambeaux de leur esprit…

— Oh toi, je préfère quand tu chantes ! Tu ne vas pas nous faire un coup de blues, dis ? Nous pouvons, comme eux, percevoir les odeurs qu'ils sentaient, dans les bois par exemple, toucher leurs pierres…

— Voir leurs vitraux, renchérit-elle en songeant à Florian. Tu redonnerais le moral à tous les déprimés du monde… Merci, Charlotte.

Elle tenta de s'immerger à nouveau dans sa lecture et ne put se concentrer. Elle fit sursauter Charlotte en arrivant derrière elle dans la cuisine.

— Ah ! tu m'as fait peur, dit-elle en touchant son ventre.

— Mon Dieu, désolée… Parfois, j'oublie, tu es tellement en forme… Ça va ?

Charlotte éclata de rire.

— Oui ! Ça va très bien !

— Je pense à autre chose… Je ne voulais pas le crier dans le jardin. Ce Berniès est tout de même très étrange. Il cache quelque chose… Et cela a un rapport avec le parchemin, j'en mettrais ma main au feu. Et si la ferme de Berniès était sur l'emplacement de celle où vécut Insbette ?

Charlotte apporta son omelette sur la table, et la regarda cette fois d'un air sérieux :

— La ferme de Folquine ? Peut-être a-t-il découvert la partie manquante du parchemin ?

Elles dégustèrent leur repas, toutes deux enlisées dans leurs interrogations. Nina rompit le silence, pour complimenter son amie.

— C'est succulent, Charlotte.

— Merci, Nina, c'est on ne peut plus facile…

Elle releva le visage, découvrit celui de son amie. Ses traits étaient contractés. Son regard comme affolé.

— Qu'y a-t-il ?

— Je me demande…

Nina frissonna. Elle posa la main sur son cœur pour discipliner sa respiration. Sa peur ridicule et sans fondement dans la forêt de Nieppe l'ébranlait de nouveau.

— Oui ?

— Je me demande comment cette enfant s'est retrouvée à Esquelbecq durant cette terrible année 1383… Qu'est-ce qui a bien pu se passer pour qu'elle quitte Yolande de Flandre ?

29

Vers la Saint-Urbain, 25e jour de mai 1383

L'aurore promettait une journée claire et sereine. Insbette s'interrompit en entendant les cloches de prime.

À la fenêtre en ogive de sa chambre, pieds nus sur le parquet de chêne, elle chantait le joli mois de mai, gracieux et fécond. Elle était inconsciente du danger qui guettait, mal sournois attendant son heure. Elle chantait une ballade, retenue par cœur, de cet Eustache Des Champs, dit Morel. Il faisait partie d'une société poétique et galante, Le Puits d'amour, et avait envoyé, au premier jour de l'an, un aimable rondeau à la châtelaine de la Motte. En dépit de son animosité contre les Flamands, cet homme avait bien du talent. Encore un terme appris aux côtés de Yolande. Lucas, lui aussi, avait du talent.

La veille, deux seigneurs s'en étaient allés à la guerre, et leurs dames au couvent, dans l'attente de leur retour. Insbette avait vu s'éloigner le messire de Berkin. Le soir, Yolande avait souri à la petite fille avec tendresse. Elle devait être, comme elle, soulagée d'en être débarrassée.

Soudain, son chant se brisa dans sa gorge. Elle se figea.

La litière de la comtesse venait d'apparaître dans la cour. Des valets se pressaient vers la voiture, portant des coffres de voyage. Elle sortit aussitôt, pieds nus et en chemise, au milieu d'un va-et-vient insensé, des hennissements de chevaux piaffant d'impatience. Elle fut bousculée par des maîtres d'armes et des serviteurs se croisant dans les couloirs. Elle chercha en vain sa souveraine dans le château. C'était étrange, elle ne s'était pas confiée à elle hier. Qu'était-il arrivé ? Elle descendit le grand escalier et l'aperçut qui se dirigeait vers sa litière. Coline la suivait. Pourquoi Coline ? Elle allait atteindre la lingère lorsqu'elle fut rabrouée par une demoiselle d'honneur qui l'envoya avec rudesse se vêtir.

Pantoise devant cette brutalité inaccoutumée qu'elle mit sur le compte de l'agitation, elle se changea à la hâte. Elle n'entendit pas les propos de Yolande à son égard. La comtesse la recommandait aux bons soins de la lingère. Elle remit une lettre à Coline, extorquée par le chantage et la menace au sieur de Berkin.

— Tu la donneras à Insbette… Je n'aime pas les adieux.

— Ma gente Dame… Je ne sais pas lire.

— Elle ne t'est pas adressée.

— Eh bien, Insbette ne sait pas lire non plus, murmura la lingère en baissant la tête. Si je pouvais lui dire ce qu'elle contient…

Yolande la toisa, déconcertée.

Elle avait si souvent trouvé sa petite protégée installée devant les ouvrages de sa bibliothèque qu'elle ne s'en était jamais soucié…

Elle la lui lut.

Coline pâlit. Yolande avait été informée, par la nourrice sans doute, de l'identité du père d'Insbette. Cette lettre allait lui ouvrir les portes du château de Berkin, lui permettre d'être reconnue par la famille et d'accéder au rang de bâtarde de noble.

— Prends la petite avec toi, en attendant mon retour de Paris. Si elle n'a pas rejoint le fief de Berkin, tu me l'envoies. Voici une bourse pour les frais. Fais-en bon usage.

Et elle referma le rideau de sa litière.

Ton affectionnée Yolande.

« Son affectionnée m'impose la bâtarde et la fait élever au rang de damoiselle ! »

Elle plongea le document dans l'échancrure de son corsage à l'instant précis où Insbette ressortait dans la cour de la forteresse. Elle se glissa furtivement à l'intérieur.

L'heure de la vengeance avait sonné.

Suivie par des cavaliers en armes, la litière quittait le château avec diligence.

Insbette s'efforça, en vain, de calmer les battements de son cœur. La panique s'était emparée d'elle.

Elle aperçut Gauthier. Le jeune page d'une dizaine d'années se rengorgeait de porter l'écu de son seigneur. Lorsqu'elle lui avait demandé de lui enseigner le maniement des armes, elle n'avait recueilli pour toute réponse qu'un éclat de rire moqueur. Mais s'il fallait la renseigner, il se pliait à sa demande avec la fierté d'en savoir davantage qu'elle, toute protégée fût-elle.

Lui-même s'apprêtait à suivre son chevalier qu'il attendait dans la frénésie du départ.

— Que se passe-t-il, Gauthier ?

— Depuis le débarquement des Anglais à Calais, à la Saint-Georges, tout va mal. Sous la coupe du pape de Rome, ils se prennent pour des croisés et ont envahi le rivage. Des milices de Cassel, de Bergues, d'Hazebrouck ont pris les armes. Les compagnons de notre suzeraine se battent près de Dunkerque... Mais l'ennemi avance en semant des incendies. Il faut fuir !

Ainsi, les chevaliers et serviteurs ne se sentaient plus en sécurité. Seule et isolée, la très redoutée Yolande risquait d'être attaquée dans son imprenable château fort.

— Sais-tu où se rend Dame Yolande ?

— Elle ne te l'a pas dit ? demanda-t-il d'un air ironique.

Elle tourna les talons, désespérée. Rien à attendre de celui-là.

C'était impossible. Yolande ne pouvait l'abandonner ainsi.

Elle rattrapa Coline qui, de toute évidence, quittait la forteresse à son tour, un ballot sous le bras.

— Dame Yolande t'a transmis quelque chose pour moi, Coline ? s'enquit-elle, à bout de souffle.

Coline évita son regard et secoua la tête.

— Rien.

— Rien ? Où va-t-elle ?

Coline mentit :

— Avec juste quelques joyaux, presque sans effets, elle ne peut être en partance que pour Cassel. Tu n'es plus dans ses confidences ? Je croyais que tu étais sa petite protégée, rétorqua-t-elle avec un sourire pervers.

— Et toi, Coline, où vas-tu ?

— Je repars dans mon village.

— Tu m'emmènes ?

— Si la souveraine n'a pas jugé bon de le faire… Débrouille-toi !

Le visage de Coline rayonnait d'une joie mauvaise. Insbette fut enfin consciente de l'étendue de son ressentiment à son égard. Une fois de plus, on ne voulait pas d'elle. Qu'avait-elle cru ? L'amitié de Yolande n'était que feu de paille, celle déférente et affable de ses suivantes n'était que mensonge. Elle était seule, bien seule. Où aller ? Ils l'avaient tous oubliée. On venait de lui rappeler qu'elle n'était qu'une vilaine, une sale bâtarde, damnée par le sang de sa mère.

« Je dois faire quelque chose », se dit-elle en ravalant des larmes inopportunes.

Elle remonta dans sa chambre. Sa décision était prise.

Elle mit une cape par-dessus son surcot, troqua ses souliers brodés contre de petites bottes de cuir. Yolande lui avait offert une poupée en céramique. Insbette n'en avait jamais vu. Au village, elle avait son amie invisible. Mais elle était si belle qu'elle avait décidé de lui parler, ce qui paraissait moins étrange que de s'adresser au vent ou aux arbres. Elle saisit sa poupée, la mit dans un sac de toile de lin avec ses jolis souliers.

« Pour un long chemin, que prendre d'autre ? »

Lors de son voyage avec sa mère, en dehors de sa douceur, elle n'avait eu besoin que de nourriturc. Ellc descendit. Personne ne faisait attention à elle. Elle était redevenue transparente. Elle prit une miche de pain dans la cuisine et sortit.

Elle se dirigea vers l'écurie.

Bonne cavalière, elle rattraperait la litière. Insbette ignorait que le mal courait vers Cassel et que sa bienfaitrice avait pris la route opposée, celle de Paris. Il ne restait plus un cheval, hormis celui du vieux valet d'écurie, lui-même assis sur un tronc d'arbre, l'air abattu.

— Jacques, où sont les chevaux ?

— Tous envolés…

— Mais…

— Le tien aussi. Je n'ai pas eu le temps de réagir. Au milieu du brouhaha de la fuite, on a fait fi de mes protestations. Tout juste si je ne fus pas écrasé par les sabots. Maudits soient ces sacripants !

Le destrier qu'elle montait en compagnie de Yolande avait été dérobé. Elle s'assit près du brave serviteur, désemparée, et passa son bras sur les épaules de son vieil ami.

— Prends le mien, Insbette.

— Mais toi, Jacques ? Tu restes là ?

— Avec mes vieux os, je ne crains rien, toi si.

Il lui sourit.

— Toi, précisa-t-il, tu es jolie comme un cœur… C'est encore plus dangereux pour toi de rester que de partir.

— C'est la belle saison.

— C'est aussi le mois où l'on pille le grain, où l'on capture des bêtes et parfois les filles. Attention, dans les bois, aux mauvaises rencontres, petite, ils sont peuplés de hors-la-loi.

Il répéta les paroles du dernier prédicateur dominicain :

— C'est l'antre du Malin. Et abrite-toi, avant les complies. Les Anglais ne sont pas loin, ils parlent français comme toi et moi, ajouta-t-il, oubliant qu'ils étaient tous deux flamands.

Elle cacha ses frayeurs en riant un peu trop fort et en relevant la tête d'un air crâne.

— Ne t'alarme pas, mon bon Jacques, je connais la forêt, j'y ai chevauché avec Dame Yolande.

Elle lui donna un baiser, prit le cheval dans l'écurie, l'enfourcha, s'arma de courage et passa les portes de la forteresse. Une partie de la garnison avait suivi la comtesse. Qu'étaient devenus les autres gardes ?

De l'autre côté de la palissade du château, elle hésita. Trop tard pour reculer. Rien ni personne ne la retenait. Elle emprunta le sentier qui menait à la forêt. On interdisait aux enfants de s'aventurer dans les bois. Elle en avait l'habitude à Ekelsbeke. Mais la forêt de Nieppe était très dense.

À la lisière, elle s'arrêta. Et si la comtesse avait pris l'autre chemin, celui qui conduisait vers le midi ? Non, elle devait être dans ses terres.

Elle évacua l'appréhension qui lui montait à la gorge en s'engageant dans la sombre forêt. Elle eut soudain l'impression angoissante que le paysage se refermait sur elle. Elle chevaucha dans les bois et les terres marécageuses, dans l'espoir de rattraper le convoi. Rien en vue. S'était-elle trompée de direction ?

La tristesse s'était emparée de la région et de son cœur. La lumière, estompée et brumeuse, transformait toutes choses, et son monde rassurant redevenait inhospitalier. En levant le visage, elle entrevoyait les nuages courant entre les arbres. Après la pluie de la veille, l'humidité imprégnait la végétation.

Elle connaissait Hazebrouck mais elle contournerait cette ville. Le contrôle des étrangers s'était durci et elle n'avait pas de passeport à présenter aux portes et autres péages. Elle craignait d'être arrêtée par les commissaires de Yolande qui patrouillaient dans la forêt. Elle devait aussi éviter les marais qui entouraient la cité, les trop nombreux fossés, et bien tenir son chemin car il était étroit.

Pourquoi sa mère n'était-elle pas venue à son secours, comme la dernière fois ? Où était-elle ?

Elle freina son allure sous l'ombrage des grands arbres. La pluie avait détrempé la terre argileuse, la *clyte*. Le cheval de Jacques, presque aussi vieux que son maître, pataugeait lamentablement. Elle sauta dans la boue, macula son surcot. Il lui fallut toute son énergie pour dégager l'animal.

Un grondement étouffé s'élevait. Six chevaux, à l'haleine fumante, fonçaient non loin d'elle. Des soldats à bride abattue émergeaient des bois. Elle s'allongea sur le cheval, se faisant invisible, ferma les yeux et pria le Seigneur. Ils filèrent sans la voir.

Elle approchait d'un cours d'eau. Elle descendit à nouveau, se désaltéra, fit boire sa monture dont le poitrail était empanaché de sueur et lui décrotta les sabots.

Elle reprit place, fit volte-face pour s'élancer, quand une forme sombre se dressa devant elle. Elle tira sur ses rênes d'un geste brusque pour l'éviter. Son cheval se cabra. Désarçonnée, elle tomba sur le sol. Sans mal. Mais un homme s'enfuyait avec le cheval de Jacques et disparut derrière les arbres.

Longtemps, très longtemps, elle courut à l'aveuglette, tentant de le rattraper, et dut s'avouer vaincue. Elle devait quitter les bois avant la nuit. Elle marchait aussi vite que ses jambes le lui permettaient, dans une forte odeur d'humus, s'écorchant les mains dans les broussailles, heurtant des branchages, trébuchant sur une racine proéminente, se relevant, les genoux ensanglantés. Les ronces s'accrochaient à son surcot. Elle regardait droit devant, avec méfiance et ténacité. Elle était définitivement perdue.

Un sanglot lui noua la gorge.

« C'est ma faute, se dit-elle en se tapant la poitrine. J'ai cru être une princesse. J'ai vu plus haut que ma condition. C'est ma faute. »

Elle expira profondément pour évacuer ses larmes. Elle épiait chaque bruit en marchant, des branches lui frôlaient le visage. Elle se sentait seule. Pourtant la forêt grouillait d'un monde en perdition. Des ombres fugaces filaient. Les chênes, les frênes prenaient eux aussi des formes terrifiantes. Elle regrettait de ne pas avoir demandé son chemin, elle n'avait pas osé. Peu de gens à la besogne, peu de bûcherons, de charbonniers, de bergers, mais beaucoup de fugitifs. Les hommes ne tenaient pas en place. Ils partaient pour l'aventure, la bonne fortune ou leur salut. Pour le moment, chacun semblait suivre sa route, sans se préoccuper des autres.

Elle était effrayée, moins de ce qu'elle rencontrait que de l'idée d'être de nouveau abandonnée. Le tourment s'était éloigné depuis son arrivée chez Yolande de Flandre, mais une immense peur s'emparait d'elle une nouvelle fois ; peur des morts qui erraient dans la forêt, peur des vivants…

Un peu plus loin, déambulait une bande de paysans aux vêtements troués, boueux et usés, armés de dagues, de bâtons et de haches.

Elle entendit des bruissements furtifs, des craquements dans les arbres, des pas précipités. Elle se tapit, sentit une odeur désagréable mais familière, celle des tanneurs et de l'urine de mouton qui permettait de fixer les couleurs.

Ils ne virent pas ce petit bout de femme seule. Ils la prirent pour un marcassin. Et avant qu'elle ait eu le temps de crier, elle reçut une bûche sur la tempe et ressentit une douleur fulgurante.

Un vertige horrible la fit chanceler. Dieu avait-il décidé que son heure était venue ? Elle tomba comme une masse. La nuit l'engloutit dans ses profondeurs infernales.

Elle sombra en murmurant : « Maman. »

Deux artisans aux ongles bleus, vivant de rapines, marchaient d'arbre en arbre. Ils portaient des besaces de grosse toile, contenant de petits gibiers, fruits de leur braconnage.

Ce qu'ils découvrirent était une enfant.

— Mon Dieu ! s'écrièrent-ils.

Ils lurent l'effroi dans les yeux grands ouverts d'Insbette.

— C'est une frêle damoiselle, dit le premier tanneur. Vois ses habits, les couleurs de son surcot, ce voilage… Que faisait-elle ici ?

— Les seigneurs abandonnent même leur descendance, grogna le second. Viens vite, il faut fuir.

Le peuple éprouvait du ressentiment envers ces seigneurs incapables de les protéger des Anglais.

— On ne peut abandonner cette jouvencelle aux bêtes, il faut l'enterrer.

— Tu es sûr qu'elle est morte ?

Ils lui tapotèrent les joues. Aucun souffle ne passait.

— Elle est bien morte, mais avant… Elle n'en a plus besoin, nous si.

L'homme lui enleva sa cape maculée de terre, lui ôta ses bottes et l'aumônière. Pendant ce temps, l'autre vida le sac de lin, poussa un cri de satisfaction en découvrant le reste de pain, les souliers brodés et la poupée.

— Regarde ça !

— Ça vaut au moins six mois de salaire !

— Tu la dépouilles ? J'ai une fille moi aussi, laisse-lui sa tunique, on l'enterre.

— Avec notre dague, ce sera difficile, marmonna le second tanneur, mécontent.

— Mettons-la sous les branchages et les pierres, ça vaut mieux pour les bêtes sauvages.

Et il joignit le geste à la parole.

30

— Attendez ! hurla une voix de femme. Insbette ! Seigneur, Insbette !

— Elle est morte… protesta l'un des tanneurs, face à cette apparition échevelée et inopportune.

— Poussez-vous ! ordonna-t-elle en colère.

Et sans s'occuper davantage des deux hommes interdits, Pétronille souffleta les joues d'Insbette. Aucune réaction. Le corps demeurait inerte.

— Va-t'en, espèce de sorcière, sinon…

— Je n'ai que faire de vos menaces ! Honte à vous ! Dépouiller une enfant !

Telle une furie, n'admettant pas son décès, elle lui tapa sur le cœur avec violence.

— Non, ne me fais pas ça !

Un frisson parcourut le corps d'Insbette. Ses paupières clignèrent, ses grands cils battirent. Ses yeux se fermèrent puis s'ouvrirent de nouveau. Figés de stupeur, le regard écarquillé, les deux artisans assistaient au sortilège. La morte émergeait des ténèbres.

— Insbette ! Tu es vivante ! s'exclama Pétronille en lui baisant le front.

— Mais non, elle était morte ! Elle ne respirait plus !

Les deux hommes se sauvèrent, croyant avoir assisté à une manifestation du diable au travers des gestes de cette sorcière.

Insbette discerna d'abord une lueur papillonnant devant ses yeux, puis des couleurs atténuées par l'ombre des arbres.

Elle reconnut à peine Pétronille. Son visage émacié était contusionné, une balafre striait le côté droit dont l'œil était fermé.

— Pétronille ! Qu'arrive-t-il ? Oh ma tête… J'ai mal…

Une douleur lui vrillait le crâne.

— Où suis-je ?

— Te voilà revenue du pays des morts.

Elle l'aida à s'asseoir, lui fit boire un breuvage de sa composition.

— Ces deux bougres étaient prêts à t'enterrer. Tu avais toutes les apparences de la mort. Heureusement que j'étais là !

— Mais qu'est-ce que tu fais ici ?

— On se bat partout dans la plaine, l'invasion a jeté l'effroi dans le pays, des milices ont pris les armes. Je venais chercher protection auprès de ta souveraine.

— Elle a fui, elle aussi… Les temps sont fols. Mais toi, que t'est-il arrivé, Pétronille, ta figure…

— C'est Étienne l'aîné…

— Le monstre !

La mâchoire de Pétronille se durcit, ses yeux prirent un éclat d'acier pour murmurer entre ses dents :

— Le père est mort.

Insbette ne ressentit ni étonnement ni compassion. Elle crut avoir le cœur sec. Ces maudits flux de ventre avaient donc eu raison de lui. Il buvait tant. Elle accueillit toutefois avec stupéfaction l'aveu de Pétro nille :

— Je l'ai tué.

Affabulait-elle ? Le regard de sa sœur brillait un peu trop. Un sourire maléfique illuminait son visage. Elle ne semblait pas être hantée par le remords, mais plutôt par une espèce de joie insensée. Elle devait être sous l'emprise de ses hallucinations.

Devant l'expression dubitative et les sourcils froncés de sa petite sœur, Pétronille précisa :

— Je l'ai empoisonné.

— Comment ?

— Un mélange de jusquiame et de belladone.

« Bien sûr, ses plantes… Il en a abusé. »

— La menthe n'a pas fait d'effet ?

— Tu n'as pas compris, Insbette… Je l'ai empoisonné, répéta-t-elle.

La petite resta silencieuse un instant.

— Pourquoi, Pétronille ?

— Souviens-toi de ce que je t'ai dit. Lorsque je l'ai vu te sourire… Il ne souriait jamais d'habitude… J'ai vite deviné. Tu étais trop jeune pour te méfier. Après ton départ, il est devenu comme enragé, signe que je ne m'étais pas trompée. Il a battu, répudié Folquine et l'a chassée de la ferme.

— Pauvre marraine…

— Puis il m'a attrapée pour me punir…

Elle n'eut pas besoin, cette fois, de préciser.

— Pardon, Pétronille, tout est de ma faute.

— Non, il était temps qu'il s'arrête. Mes plantes m'ont permis d'accepter mon sort. J'ai tenu grâce à elles. Et ce sont elles qui m'en ont débarrassé. Il a fait… son affaire, pour la dernière fois. Je lui ai apporté à boire. Il s'est tordu de douleur. Étienne l'aîné a compris. Il m'a mis une dérouillée et a conclu : « C'est moi qui commande, maintenant. » J'ai fui. Je savais que tu étais bien chez ta comtesse.

— Et ton enfant ? demanda Insbette, qui l'avait quittée engrossée.

— Mort-né, c'est mieux ainsi.

Devant le courage de sa sœur, Insbette se releva. Elle devait oublier la douleur lancinante à sa tempe, oublier ses peines, et la suivre avec vaillance. Sa sœur portait ses souffrances sans se plaindre. Elle lui confia pourtant son incompréhension face à l'abandon brutal de Yolande.

— Ce sont les seigneurs. Tu ne peux rien attendre d'eux. Leur protection, il ne faut pas y compter. Si nous sommes attaquées, tu cours et tu te caches, compris ?

— Et toi ?

— Tu cours sans te retourner et tu te caches. Tu feras ce que je te dis ?

— Je cours et je me cache. Oui.

Elles marchèrent longtemps, l'oreille aux aguets. Dans les modestes bourgades traversées, la plupart des petites gens se terraient. La faim les travaillait. Elles dénichèrent dans les taillis de quoi se sustenter : des baies rouges, des glands et des noix. Elles croisèrent des paysans armés, en partance pour offrir leurs services aux forces armées. Elles empruntèrent une rivière qui serpentait vers l'Yser et leur village d'Ekelsbeke. Les nombreuses voies d'eau étaient surchargées de barques de transport de marchandise. Par voie de terre, des brigands guettaient les marchands pour les détrousser. On leur dit que c'était folie de s'aventurer en direction des côtes. Les Flamands étaient vaincus. À Cassel et Bergues, ils étaient massacrés ou soumis. Par crainte des Anglais, des habitants abandonnaient leurs maisons, cachaient leurs biens et se dirigeaient vers Amiens et Tournai.

Elles débarquèrent du coche d'eau à la tombée de la nuit. À proximité d'un champ, elles aperçurent une ferme isolée au toit de boue et de branchages et, non loin de là, une grange de belle importance. Elles s'y réfugièrent. Avant d'achever le trajet en marchant, il leur fallait reposer leurs membres fatigués et leurs pieds meurtris.

— Je ne peux me montrer à Ekelsbeke. Je te dépose à l'entrée.

— Que vas-tu devenir, Pétronille ?

Insbette perçut les cris la première. Elle s'interrompit, mit le doigt sur sa bouche.

Et tandis que des odeurs de chair brûlée parvenaient à leurs narines, elles virent au-dehors des fumées épaisses. Était-ce un feu pour fertiliser la terre ? Il était trop important. Ce n'était pas un incendie de buissons et de morceaux de bois. La chaumière était en feu. Elles n'eurent que le temps de s'enfuir de la grange, sur laquelle on venait de jeter des brindilles enflammées. Pétronille craignait le feu. Il avait brûlé un jour le bas de ses jupes. Des ombres inquiétantes couraient autour d'elles.

— Sauve-toi, Insbette, ordonna Pétronille.

— Et toi ?

— Cours !

« Tu cours et tu te caches. »

Elle obéit, prit son élan, se tapit dans un bosquet derrière un tronc d'arbre et se fit toute petite. Sa sœur avait disparu. Elle ne voyait rien. La fumée formait un rideau opaque. Ses paupières piquaient. Des larmes coulaient, de peur autant que d'incommodité. Elle ressentit un grand vide, puis, de nouveau, cette douleur à la tempe.

Lorsqu'elle reprit conscience, l'après-midi était entamée. Elle entendait une cloche lointaine. Était-ce l'office de none ou de vêpres ? Le soleil était absent. Était-ce déjà la *banclocke* qui annonçait le couvre-feu, l'heure des loups-garous et des voleurs ? Non, il ne faisait pas nuit. Mais de nombreuses heures avaient dû passer. Les lueurs du jour s'estompaient, la fraîcheur s'installait.

Elle se releva avec difficulté et, n'osant crier, elle murmura en réprimant des sanglots :

— Pétronille. Pétronille…

Elle la chercha, blanche de peur. L'avait-elle abandonnée à son tour ? Avait-elle été capturée ? Le hameau semblait déserté. Un silence impressionnant aspirait tous les bruits. Il fut transpercé par des aboiements lointains qui se commuèrent en plaintes. Elle avançait comme un pantin, dans la crainte de ce qu'elle allait découvrir. Les habitants de la chaumière avaient dû fuir vers les bois. Qu'était devenue sa sœur ? Où avait-elle trouvé refuge ?

Lorsqu'elle la découvrit, elle repensa à ses paroles : « Le loup n'attaque que s'il est menacé ou poussé par le besoin. L'homme est pire que le loup. »

Son estomac se révulsa, ses yeux s'agrandirent de terreur. Un cri rauque, animal, sortit de sa gorge.

Sa sœur était couchée sur le chemin. Son corps à moitié dénudé n'était qu'un amas d'os disloqués et de chairs broyées. Son visage, déjà défiguré, n'était plus qu'une bouillie. Son regard était révulsé.

Les soldats s'étaient emparés de tout ce qu'ils avaient pu trouver, des graines, des bêtes... et de Pétronille, avant de l'abandonner, et de s'amuser à piétiner son corps avec leurs chevaux.

31

Lorsqu'elle revint à elle, des images terrifiantes flottaient dans sa tête, nouaient son estomac : celles de deux hommes empestant l'urine dont elle ne distinguait pas les traits, le visage de sa sœur penché sur elle. Cette douleur à la tempe… Une barque, le feu dans la nuit. Fuir… Il fallait courir, mais ses jambes n'obéissaient pas ; crier, mais rien ne sortait de sa gorge. La sensation d'étouffer, une odeur d'humus ; des larmes piquant les paupières, la peur encore… Allait-elle sortir de ce cauchemar ?

Puis la vision d'un corps disloqué, celui de sa sœur, s'imposa. Elle élimina toutes les autres.

Et Insbette comprit qu'elle ne rêvait pas.

Comment était-elle arrivée jusqu'au village d'Ekelsbeke ?

Elle avait parcouru quelques lieues, sans rien voir autour d'elle, choquée, dans un égarement total. Elle se rappela un convoi. Des cahots. Des mains l'avaient agrippée pour la faire monter. Quand tout va mal en ce bas monde, il reste l'entraide. Une couverture tirée sur elle. Des questions se chevauchant. Y avait-elle répondu ? On l'avait déposée à l'entrée du village. Sous les feux du crépuscule.

Elle revoyait à présent le porche de l'église. La faim la tiraillait, mais elle était vaillante. Elle avait frappé. Frappé. En vain. La porte restait fermée. Un vitrail était brisé, par un jet de pierres, sans doute.

Elle avait encore perçu des bruits de sabots. Comme une clameur, puis un nouveau vertige l'avait prise.

Sa dernière pensée fut pour Lucas.

Elle ouvrit les yeux sur un visage qu'elle ne reconnut pas d'emblée. Un visage maigre d'homme barbu. Ses traits marqués laissaient deviner une longue expérience. Ses cheveux noirs, à demi recouverts d'un turban, étaient striés de blanc. Sa figure altière, creusée de rides et de tourments, portait tout un univers. Il aurait pu lui faire peur, mais son regard aux cils de velours était doux. Cet homme était beau.

Elle se souvint alors de la silhouette encapuchonnée qui se faufilait dans le village, au couchant, et longeait les murailles. Ce visage qui lui avait souri dans l'ombre, en l'appelant par son prénom. L'homme en disgrâce. L'homme en noir. Le Juif.

— Insbette, petite Insbette, enfin tu nous reviens !

Cette enfant haute comme trois pommes avait grandi, mais elle le touchait toujours autant. Dès la première rencontre, elle lui avait rappelé sa petite sœur, Sara.

— Non, ne bouge pas, repose-toi. Je m'appelle Nathaël, ajouta-t-il d'une voix chaude et intemporelle. Tu as reçu un sérieux coup et ta fièvre persiste. Tu es à l'abri. Tu n'as plus rien à craindre.

Il lui changea l'emplâtre qui recouvrait son front.

Plusieurs jours s'écoulèrent.

La petite maison de Nathaël, au sol de terre battue mêlée à la chaux et à l'argile, était simple mais confortable. Elle était située dans l'enceinte du château d'Ekelsbeke. Les seigneurs l'y avaient installé, attendant de lui des prédictions. Nathaël était un mathématicien astrologue. Toutefois, il refusait de faire de l'astronomie divinatoire. L'épouse du seigneur l'aimait bien. Elle avait réclamé la clémence et il était resté là. Comme une assurance pour la vie.

Insbette s'était réfugiée dans le silence. C'est ce que l'on fait avec des êtres comme Jacobus qui crient, grondent, éructent, se grattent bruyamment et vous frappent. C'est ce que l'on fait aussi quand on a croisé l'horreur, et qu'on ne peut en parler.

Mais cet homme – Nathaël – était, lui aussi, un silencieux. Et il était patient. Il n'attendait rien, sinon sa guérison. Il prenait soin d'elle.

Il lui faisait boire une poudre de sa composition.

— Ne crains rien, la rassura-t-il. Le goût est détestable, car elle est à base de moisissure et d'écorce de saule. Mais elle fait, si j'ose dire, des miracles.

Était-il un guérisseur, un herboriste, comme Pétronille ?

Des émanations de thym emplissaient la chambre.

Parfois, elle entendait une autre voix d'homme dans la seconde pièce. Elle la connaissait. Qui était-ce ?

Un jour, enfin, elle put s'asseoir. La fièvre s'était consumée dans ses visions barbares. Les monstres s'éloignaient.

Son regard parcourut les murs. Des livres et des parchemins !

Nathaël lui sourit. Sans un mot, il devança son désir. Il avança ses longues et fines mains vers un ouvrage, le saisit et le lui tendit.

Le reste de la matinée se passa, pour Insbette, à admirer les enluminures, à toucher du doigt les reliures, à humer les couvertures. Elle retrouvait la même griserie que lorsqu'elle s'enfermait dans la bibliothèque de Yolande. Nathaël était penché sur un pupitre éclairé par une petite lampe, non loin d'elle, dans une atmosphère irréelle et fantomatique. Sur une table étaient posés des manuscrits, des cartes, une boussole, un sextant, des parchemins, de la cire, des encres, des stylets. Une étagère de bois supportait des pots de poudre de couleur, des calames, des plumes, des fioles de blanc d'œuf. Nathaël observait à la dérobée son petit air résolu, ses mains posées avec fébrilité sur ses livres et, lorsque leurs regards se croisaient, elle percevait de la bienveillance.

— Veux-tu que je t'apprenne à lire ? demanda-t-il, l'air de rien.

Les yeux clairs pétillèrent de joie.

Le cri fusa de sa gorge :

— Oh oui !

Elle pouvait reparler.

Le lendemain, comme si ses sens retrouvaient toute leur vigueur, elle reconnut la voix masculine dans l'autre pièce.

— Les pillages et massacres continuent dans le pays, annonçait-elle.

Elle trembla.

Lorsque Nathaël lui annonça : « Vois qui est ici et vient te voir », elle savait qu'il s'agissait de Tièn, le jeune. L'un des fils de Jacobus.

Mais un petit cri de surprise sortit de sa bouche. La silhouette osseuse de son frère flottait dans une robe de bure.

Il semblait heureux de la retrouver. Ils s'embrassèrent avec chaleur, en pleurant dans les bras l'un de l'autre. Il la trouva changée, elle aussi. Sous ses vêtements de princesse déchirés, elle était plus fragile et plus pâle. Plus âgée aussi. Et son regard, clair sous sa tignasse frisée, était plus sérieux que jamais.

Elle s'enquit aussitôt de la famille.

Folquine était partie. Dieu seul savait où. Peut-être à Cassel, chez sa cousine. Ce n'était guère avisé, selon Tièn. Il aurait mieux valu rejoindre Lille. Le comte de Flandre lui-même s'y était réfugié après la bataille de Roosebeke, quand la terreur s'était installée à Bruges et dans ses environs. Aujourd'hui, la bannière du comte était rétablie sur les murailles, la cité de Marguerite de Flandre était sauvée grâce à l'appui du duc de Bourgogne. Bruges indemnisait les grandes compagnies bretonnes à la solde des Français, renonçait à toute alliance avec les Anglais et reconnaissait le pape Clément VII. Insatiables, les Bretons avaient poursuivi leurs pillages. C'était au tour des Anglais, dans la plaine maritime. La Flandre payait cher sa situation d'entre-deux…

Sa chère Yolande, elle, n'était pas dans son fief. Insbette sentit une lame lui traverser le cœur lorsqu'elle apprit que le fort de la Motte-aux-Bois était dévasté.

À son tour, elle raconta son séjour béni chez la comtesse, la fuite brutale, l'agression, l'arrivée de Pétronille, sa mort. Si violente. Si injuste. Les mots venaient par à-coups, entre deux sanglots.

— Mais toi, Tièn... ?

Peu après la mort de Jacobus, le fils cadet s'était sauvé. L'Aîné, qui remplaçait le père, était resté à la ferme.

Sans endosser l'habit de prêtrise, car il ne savait plus à quel pape se vouer, il avait rejoint des moines qui avaient fui la côte envahie par les Anglais, ils s'étaient cachés dans un monastère à demi détruit et déserté par ses anciens locataires. Insbette fut très surprise d'apprendre qu'il venait souvent voir le Juif, en cachette, du temps de Jacobus. Nathaël lui enseignait ses secrets et savoirs.

— Je fus copiste et enlumineur. Dans une autre vie, expliqua Nathaël.

— Copiste et... Juif ?

— Un jour, je te conterai mon histoire...

32

Esquelbecq, aujourd'hui

En rentrant chez Charlotte, Nina lutta contre la turbulence des éléments et tenta de renouer avec le concret.

Elle avait vécu ces dernières heures « comme dans un rêve ». Quoi de plus banal que cette comparaison, mais aucune métaphore plus expressive ne lui venait à l'esprit. Cette impression de tanguer entre illusion et réel, de s'être abandonnée à un doux égarement. Qu'elle ne regrettait pas.

« Un rêve… Ce fut un rêve… Nina Vanparys, tu es folle, mais c'est si bon de vivre… » Une simple petite phrase de Colette dansait dans sa tête : « Faites des bêtises, mais faites-les avec enthousiasme. »

Bien sûr, le prochain rendez-vous avec sa mère lui donnait le trac, bien sûr, les silhouettes de Yolande de Flandre et d'Insbette se dessinaient avec davantage de précision. Elle les voyait évoluer, telles des présences complices. Comme si son cerveau s'ouvrait sur un monde oublié et parallèle. Elle sourit. Les séries télévisées en regorgeaient. Pour le moment, elle songeait surtout à sa nuit avec Florian. Tout s'était passé de façon si subite.

Leur dîner... Elle avait été incapable d'avaler le moindre morceau. L'écho d'un cataclysme était monté en elle, celui de ses quinze ans. Son premier coup de cœur lui avait ôté tout appétit. Le « dernier verre » chez Florian, adorable périphrase pour le mot « sexe ». Personne n'est dupe de ce genre d'invitation. Avait-elle seulement hésité ? Ce baiser si sensuel derrière la porte refermée... Elle s'était reculée, effrayée. L'imminence de son retour à Paris avait eu raison de ses réticences. Et elle le lui avait rendu, plus charnel encore. Il l'avait attirée sur son lit. Les appréhensions dues à son âge s'étaient évanouies. Elle n'avait plus éprouvé autant de désir depuis des années. L'amour pour son mari, beaucoup plus âgé qu'elle, était paisible, sans tumulte, sans surprise, presque anesthésiant. Celui d'une longue habitude. Sans fantaisie, parce qu'on n'y songe plus. D'un cœur rétréci par le manque de distance. Fatigué et négligé par excès de confiance. Expéditif, parce qu'il faut prouver à l'autre que l'on est encore capable. Mais le désir, où se cache-t-il ? N'est-il qu'endormi ? A-t-il disparu ? Elle n'aurait su le dire, mais en ces instants, elle oublia tout. Son quotidien, son existence à Paris. Elle eut l'impression de passer de la survie à la vie. De sentir de nouveau son cœur battre. Le temps n'avait plus d'emprise. Une sensualité presque vierge débordait en elle. Était-elle amoureuse de Florian ou de l'amour ? Ses sens étaient exacerbés. Son corps se donnait sans restriction à cet homme jeune, fougueux et magnifique. Elle avait revécu l'étreinte charnelle de ses vingt ans, en mieux. Avec le sentiment de faire l'amour pour la première fois, sans en éprouver aucune gêne. Elle osait la passion, l'impudeur. Elle se fondait en lui, et lui en elle. Leurs bouches s'étaient faites dévorantes. Elle avait répondu au murmure tendre de ses mains sur sa peau par des tressaillements. Ses seins fermes et tendus vers la jouissance étaient redevenus ceux d'une jeune femme amoureuse. Elle avait frémi du tréfonds de son être lorsqu'il avait pénétré en elle. Des ondes de plaisir l'avaient parcourue tandis que leurs reins s'épousaient, exécutant la même danse brûlante. Elle était longuement restée soudée à lui après leurs étreintes.

Vers les deux heures du matin, le vent s'était mis à gronder, les éléments s'étaient déchaînés.

— L'apocalypse, avait-il murmuré, le regard facétieux.

Il était trop craquant. Inassouvie, elle s'était glissée sur lui.

Rien, elle n'oublierait rien du parfum de cette nuit. De sa peau. Sa douceur. Sa voix. Elle rit, pleura, cria. L'amante était comblée.

Le parapluie de Florian se retourna. Inutile d'insister. La météo se dégradait à un rythme effréné.

Il l'avait quittée pour se précipiter vers l'église. Il craignait pour l'échafaudage extérieur.

« L'apocalypse », et s'il avait raison ?

Se sentir amoureuse la rendait brusquement mélancolique. Une douce tristesse semblait l'emporter sur l'exaltation. Le vent qui fouettait ses cheveux la giflait-il pour qu'elle retombe sur terre ? L'étiolement allait-il succéder à la griserie ? Passait-on si vite d'un état à son contraire ? La tentation assouvie, venaient ensuite l'attente et l'espoir de recommencer ce doux entretien érotique. La femme, et tant pis pour les poncifs, était plus entière en amour, plus exigeante, et l'homme plus fuyant. À moins que ce ne soient uniquement ses hommes. À moins que ce ne soit son comportement. Elle s'était souvent cognée au silence glacial de l'iceberg. Les hommes qu'elle avait fréquentés étaient plus âgés qu'elle. Des pères ? Son mari, Patrick, avait dix ans de plus. Florian était son premier jeune amant. Mais si jeune… Trop jeune… « En d'autres temps, songea-t-elle. Avec quelques années de moins… »

Durant la nuit, elle avait murmuré :

— Comment peux-tu ? Je suis presque vieille…

Pauvre idiote.

Il lui avait répondu :

— Tu n'es pas vieille. Et ne deviens jamais vieille, je te l'interdis.

Voilà, tout était là. Dans cette petite phrase, qui évoquait un avenir. Elle craignait de l'avoir laissé trop entrer dans son intimité. Il était mature, elle faisait jeune. Mais si l'amour avec Florian était une jolie chose, très jolie, ils ne pourraient jouer les prolongations. Plus de vingt ans d'écart, sans possibilité d'enfant pour lui… Cette union, trop fragile, était vouée à rester éphémère. À quoi pensait-elle ? Ce n'était pas dans ses habitudes d'échafauder tout un roman… À moins que… Charlotte avait peut-être raison. Elle était une romantique qui s'ignorait, qui avait rayé ce terme de son existence au profit de la rationalité. Par instinct de survie.

Elle songea à son mari sans remords.

Elle venait peut-être de sauver son couple. Curieuse façon de voir les choses, sans doute, mais elle lui paraissait évidente. Florian l'attirait terriblement, peut-être l'aimait-elle, qui sait ? Notre cœur est aussi souple que le temps ; il peut éternellement s'accroître pour de nouvelles amours. Mais elle aimait toujours Patrick. Il lui fallait juste retrouver du plaisir, de la fantaisie… Et ce n'était pas gagné.

Elle arriva en courant chez Charlotte, dégoulinante, sous une tempête qui lui rappelait son arrivée. Elle ouvrit la porte et sursauta. Elle se trouvait nez à nez avec Charlotte et Jean-François, rentré plus tôt à cause des intempéries. Tous deux s'inquiétaient pour elle. Elle se sentit rougir comme une jeune fille, mais n'eut guère l'opportunité de se justifier. Encore moins de se confier à son amie. À peine s'adressèrent-elles un regard complice qu'un bruit les fit sursauter. Le grondement se répercuta, faisant trembler les murs.

— C'est l'orage ?

— Cela semble venir des soubassements de la maison. La cave ! Restez là !

Jean-François se dirigea à la hâte vers l'escalier menant au sous-sol.

— Sois prudent ! cria Charlotte. Mon Dieu, je vais finir par accoucher prématurément, ajouta-t-elle avec un sourire pour dissiper le malaise.

Toutes deux songeaient à la même chose. Ces bruits ressemblaient à un éboulement de pierres.

— Venez voir ! appela Jean-François. Venez !

— S'il insiste, c'est que l'on ne risque rien.

Charlotte prit les devants.

Nina n'avait encore jamais vu la cave.

Elle l'imaginait volontiers remplie de fioles moyenâgeuses. Elle n'était pas rentrée dans l'intimité de la salle de bains de Charlotte, mais elle la voyait bien composant des élixirs de jeunesse. Elle sourit intérieurement. Ne consommait-elle pas elle-même une quantité astronomique de crèmes anti-âge ?

Au fur et à mesure de sa descente, une émotion indéfinissable s'insinua en elle. Allait-elle découvrir quelque chose en relation avec Insbette ou le Nathaël du parchemin ? Elle s'arrêta au milieu des marches, comme tétanisée. Elle porta la main à sa poitrine. Se sentit oppressée. Prit une large inspiration. Mais ses jambes flageolaient.

« L'imprégnation des murs... Allons, je suis sotte. »

La cave voûtée sous la maison semblait intacte au premier abord. Charlotte lui montra les vestiges d'un chapiteau en grès.

— Jean-François ? s'enquit Charlotte.

— Je suis là, venez !

On ne découvrait le fond de la cave, tapissé d'ombre, qu'après une légère bifurcation sur la droite. Jadis, celle-ci avait dû se prolonger. Une petite partie du mur venait de s'effondrer, sans dommage heureusement pour la structure de la maison. Un halo de poussière les empêchait de distinguer l'autre côté.

— Impossible de déblayer pour l'instant et de voir où cela mène. Il faudra de l'aide.

Soudain, une voix s'éleva :

— La galerie débouche sur l'Yser.

Berniès passa la tête au travers du mur. Le visage couvert de particules blanches. L'air ahuri. L'éboulement n'avait rien à voir avec la tempête extérieure. Il avait profité des coups de tonnerre pour achever son exploration. Avec l'aplomb qui le caractérisait, il ne s'excusa ni des dégâts provoqués ni de son intrusion.

— Personne n'est blessé, je vous rassure, remarqua Jean-François avec ironie. Bon… Puisque vous êtes là… rejoignez-nous, proposa-t-il d'un air apparemment placide.

— Attendez !

Berniès se baissa. Il disparut une seconde et se tourna vers eux.

— J'ai une proposition à vous faire. Mais…

— À monnayer ? demanda Charlotte, méfiante.

— Non… Mais… Berniès s'arrêta.

Il n'avait visiblement pas songé à cette éventualité. Il y réfléchit un quart de seconde, parut hésiter et abandonna. Trop risqué avec ces gens-là. Des étrangers au village. Ils peuvent avoir des relations. Il reprit :

— Après tout, moi, je n'y comprends rien, mais ça a l'air d'être important. Je vous le montre, si vous me mettez dans le secret.

Il brandit un épais rouleau de parchemin.

— C'est ce que vous cherchez, non ?

NATHAËL

« *Alles komt aan de zon.* »
« Tout vient à la lumière du soleil. »

Brueghel

33

Comté de Flandre, après 1383

Des tempêtes secouaient le comté, tant sur le plan politique que dans le ciel. Insbette, elle, vivait en toute quiétude aux côtés de celui qui était devenu son maître. Ils consacraient de nombreuses heures, avec ou sans Tièn, à écrire, recopier, dessiner au milieu des fioles et des parchemins. Seul Lucas, qu'elle n'avait jamais oublié, manquait à son paysage. Si l'image de sa mère s'estompait, une impression de douceur persistait.

Certaines nuits, le cauchemar revenait et se déployait dans toute son horreur. On la palpait pour lui ôter ses vêtements. Des ombres maléfiques tailladaient sa sœur en morceaux. Ses tympans bourdonnaient. Elle se réveillait en sursaut, anéantie, brûlante. Nathaël venait alors à son chevet et lui contait une histoire.

Cet étranger s'intéressait à elle. Il n'était pas le premier et elle se trouvait drôlement chanceuse pour une petite bâtarde. Lucas, Pétronille, sa mystérieuse maman et sa belle Dame de Cassel s'étaient tour à tour penchés sur son sort. Elle ne craignait pas de poser des questions à Nathaël. Et comme Lucas, il répondait toujours. L'homme s'inquiétait de ce qu'elle ressentait. C'était nouveau pour elle, il lui était difficile de se livrer. Elle ne se confiait jadis qu'à son amie invisible. Et lui sondait son âme. Cet apprentissage se révéla ardu.

En revanche, elle apprit très vite à lire et à écrire. Au moment de former ses premières lettres, elle hésita. Nathaël ne la quittait pas des yeux. Sans un mot, il prit la plume de la main droite de l'enfant et la déposa dans sa main gauche.

— C'est mieux ainsi ?

Elle lui sourit et se lança avec ténacité.

Elle ne lâchait plus les livres. Elle y découvrait les mots qu'elle cherchait autrefois pour expliquer les choses, pour traduire certains sentiments ; ceux des autres, les siens. Bienveillant, Nathaël ne la considérait pas comme une sotte bâtarde. Il disait qu'il n'y avait pas de fin à la connaissance et restait d'une grande modestie.

Un jour, il lui dévoila son activité principale.

— L'Église condamne cette pratique satanique qu'est l'astrologie. N'est-ce pas, Tièn ?

Il adressa un regard complice à son copiste. Le jeune moine esquissa un sourire contrit.

— Cependant, ajouta Nathaël, les premiers chrétiens, en particulier les évangélistes, furent influencés par la pensée astrologique, comme l'étoile des Mages, entre autres… De nos jours, nos princes et papes recherchent notre compagnie, dans l'espoir que nous lisions leur avenir dans les étoiles.

— Les papes ? s'exclama Insbette. Mais…

— Oui, soupira-t-il. L'homme peut dire une chose et faire son contraire… Ils ne peuvent entreprendre une action sans faire appel aux mages et aux faiseurs de destinée. Mais l'influence des astres sur notre être est limitée.

Il niait que l'homme puisse être esclave des étoiles. Sa volonté lui permettait de s'élever au-dessus des astres, de vaincre ses inclinations.

— *Astra inclinant, non déterminant.* Ptolémée, un astronome grec, l'écrivait déjà. Pour lui, des facteurs comme le pays et l'éducation affectent une personne au même titre que la position des planètes dans le ciel au moment de sa naissance…

— Tu connais mes planètes, maître ?

— Eh bien… Grâce à ce que t'a confié Maria la ventrière, nous savons que tu es née à Cassel la veille de la Saint-Nicolas d'hiver, au coucher du soleil. Le 5… C'est un chiffre sacré, murmura-t-il comme pour lui-même.

Il consulta des tables qu'il appelait éphémérides, fit des calculs, lui dressa son ciel de naissance.

— Tu es Serpentaire. Le treizième signe. Il était utilisé par les Égyptiens. C'est le serpent qui guide la barque du pharaon dans son périple après la mort. Il le ramène après son voyage dans la nuit. Il est la renaissance, après la transformation.

— Il me plaît bien, dit Insbette.

En l'absence de soleil, les cloches de l'église réglaient le temps. Dans l'antre de Nathaël, pas de lambris ni d'étoffes soyeuses ni de plats en argent, mais Insbette n'en avait cure. Elle avait trouvé son havre de paix. Une table pour les cartes, une autre pour écrire. Dans sa cave, Nathaël entreposait certains ouvrages et une réserve de fioles de couleur. Lui seul y descendait. Le silence n'était troublé que par les activités des gens d'armes du château : claquements de sabots, aboiements. Les bruits de la vie leur parvenaient étouffés. Les jours de marché, l'écho des camelots vantant leurs marchandises sur la grand-place d'Ekelsbeke résonnait jusqu'à l'oreille aiguisée d'Insbette.

Tièn ambitionnait d'être reçu au scriptorium d'un grand monastère.

Assis sur un haut tabouret, face au lutrin qui supportait le livre à recopier, il traçait des lignes sur le support. Puis, devant son écritoire, tenant la plume à deux doigts, son corps entier était à l'œuvre sous le regard vigilant du maître. Ce dernier était d'une grande sévérité envers ses élèves. Il s'autorisait de brefs accès de colère. Tièn manquait parfois de concentration.

Le voyant les yeux dans le vide, Nathaël lui demandait, les sourcils froncés :

— Où as-tu la tête ?

— Pardon, maître…

Était-il distrait ou réfléchissait-il à ce qui était écrit ? Nathaël ne voulait pas savoir s'il réfutait certaines idées exposées dans ses ouvrages. Cela ne pouvait que lui ouvrir l'esprit à d'autres horizons.

Lorsque tout était achevé, son jeune copiste lui donnait ses parchemins, et il les embellissait. Très vite, c'est la main d'Insbette qu'il guida.

Elle apprit l'enluminure avec plaisir, décora les pages de titre, les marges et certaines lettres initiales ou essentielles. Les pigments utilisés pour les teintes lui semblaient familiers et lui rappelaient encore Lucas. Elle s'appliquait d'autant plus qu'elle était, selon Tièn, une des rares femmes de Flandre à accéder à ce savoir. À Bologne, quelque part en Italie, où Nathaël avait œuvré, il était fréquent de rencontrer des femmes calligraphes et enlumineuses. Des religieuses aussi s'y adonnaient, copiaient, composaient dans l'ombre de leur couvent.

Tièn avoua à Insbette que le fils du maître verrier, Lucas, était venu à la ferme. Elle était alors au castel de la Motte. Il avait demandé à la voir. Il était reparti, Dieu savait où…

— Et tu ne lui as pas dit où j'étais ?

— Je l'ignorais.

— Et Pétronille ?

— Disparue, elle aussi.

Elle se mordit les lèvres, baissa la tête, tenta de dissimuler ses larmes. Sa tristesse ne passa pas inaperçue aux yeux de Nathaël. Il ne dit rien, il avait compris.

Très active, Insbette tenait le petit intérieur du maître. Elle préparait le feu, en se faisant violence. Enfant, elle aimait contempler les pluies d'étincelles, même lorsque le vent, le froid ou la pluie obligeait à calfeutrer les ouvertures et que le feu, dans l'âtre, enfumait la pièce. À présent, en attisant les braises, elle revoyait la grange s'embraser. Elle entendait Pétronille lui crier : « Cours ! », et elle découvrait l'innommable. Mais elle devait endurer ce souvenir.

Elle nettoyait le linge, préparait les repas. Nathaël se contentait de peu. Avant de l'héberger, comment se nourrissait-il ?

Tièn rapportait des racines et des légumes de la ferme. Sa façon à lui de dédommager le maître pour son apprentissage, la façon d'Étienne l'aîné de se débarrasser de son puîné. La Dame du château d'Ekelsbeke faisait livrer des volailles et du poisson, en guise de rémunération pour les conseils de Nathaël.

Insbette retrouvait ses gestes d'antan. Elle dénichait des herbes dans les bois, composait des recettes piochées dans les cuisines du castel de la Motte. Elle n'utilisait plus, désormais, de graisse animale de porc, mais de l'huile, selon les traditions de Nathaël. Ses repas étaient de nouveau composés de navets, de céréales, d'œufs, de soupes et de pain. La viande était cuite à la broche, la marmite suspendue dans la cheminée pour faire bouillir les légumes. Les festins royaux ne lui manquaient pas.

Étienne l'aîné était marié et père de famille. Son caractère s'était aigri avec les difficultés. Il ressemblait de plus en plus à leur père. Le portrait qu'en brossait son jeune frère ne lui donnait pas envie de le revoir. Mais, dans un village comme Ekelsbeke, ce vœu était irréalisable.

Elle n'allait jamais à la ferme. Lorsqu'elle sortait, le guetteur placé sur le donjon lui faisait un petit signe de connivence. Elle fréquentait l'église de façon régulière et ne ratait ni les Rameaux ni la Toussaint. Elle espérait y revoir Lucas mais elle ne rencontrait qu'Étienne l'aîné. Il faisait semblant de ne pas la reconnaître. Elle s'effaçait derrière les gros piliers. Il évitait son regard et quand, fortuitement, il le croisait, elle n'y lisait ni tendresse ni familiarité. Il évitait de lui montrer la moindre attention, de crainte qu'elle ne revienne s'installer ou réclamer un dû. Elle n'était rien, rien qu'une vilaine bâtarde. Cet accord implicite convenait à Insbette. Elle ne tenait pas à ce qu'il se comporte comme un aîné ayant tous les droits sur sa sœur, suite au décès du père. À l'office, discrète, elle ne chantait pas comme dans la chapelle de Yolande. Elle réservait sa voix à Nathaël. Elle faisait ses génuflexions, signes de croix et prières pour ceux qu'elle gardait dans son cœur. Elle s'arrangeait malgré tout pour être vue par le nouveau prêtre de la paroisse et disparaissait avant les bavardages sur le parvis.

Le vitrail restait désespérément brisé.

Quelque temps après son installation chez Nathaël, le curé la mit en garde. Elle ne devait pas fréquenter le Juif.

— Nos seigneurs le protègent. Va-t-on m'écorcher vive ? avait-elle répliqué avec malice, un grand sourire camouflant son insolence.

— Prends garde à toi, Insbette, fit-il. Souhaitons que sa bonne fortune continue. Je te le dis à bonne enseigne.

Nathaël n'allait pas à l'église, soit. Mais il était pieux, et sa religion, il la vivait dans son cœur. Ce que l'on assénait à propos des Juifs était faux. On les disait, comme les sarrasins, laids, difformes, grimaçants, monstrueux. Les adjectifs diffamants ne manquaient pas. Un seul définissait Nathaël pour Insbette : il était beau. Et tous les Juifs n'étaient pas des usuriers. Et s'ils s'étaient repliés sur ce métier, c'est qu'on ne leur avait pas donné le choix. Elle avait envie de crier à tous que Nathaël était bon. Mais elle se devait de ne pas attirer l'attention sur lui. Elle ravala sa salive et partit.

À son retour, furieuse et amère, elle interrogea son maître :

— Pourquoi être venu ici, à la campagne ?

Il la fixa en silence. Il exhala un profond soupir, un sourire se dessina sur son visage.

— Les pèlerins ont la coquille de saint Jacques, les lépreux la crécelle, les femmes de petite vie et les fous la rota. À la ville, on ne nous tolère qu'avec le port d'un insigne circulaire, la rouelle rouge et blanc, ou jaune. J'en ai toujours fait à ma tête.

Elle réalisa qu'il ne vivait pas en reclus pour le plaisir, qu'il sortait peu durant le jour pour s'affranchir de cette marque d'infamie sur la poitrine, pour éviter les huées des enfants.

Elle ne sut que répondre, mais courut lui baiser la main. Il la prit dans ses bras.

— Tout va bien, mon Insbette, tout va bien…

Il lui cacha – inutile de l'effrayer pour l'instant – qu'en 1370, des Juifs avaient été brûlés vifs à la suite de vols d'hosties à Bruxelles. Et récemment, en 1382, des émeutes antijuives s'étaient déroulées à Rome et à Paris.

On ne s'étonnait pas qu'elle vive chez Nathaël. Elle avait toujours été une enfant à part et l'objet de rumeurs. Elle était la petite servante d'un Juif mais, comme il était protégé par le seigneur, on se taisait. Plus ou moins. Certains se contentaient de la toiser avec un air affligé, d'autres s'adressaient à elle d'une voix aigre. Autant elle était prête à griffer, montrer les dents, mordre si l'on touchait à Nathaël, autant elle se fichait de l'hostilité qu'on lui manifestait. Elle avait l'habitude.

Et puis, chacun vivait où il pouvait depuis les derniers pillages des Anglais. Des familles s'étaient décomposées. Certaines étaient parties vers Lille ou Arras, d'autres étaient venues s'installer. Apparemment, le calme était revenu. Avec un peu plus de misère. Le village vivotait dans la crainte de nouveaux désastres. On restait cloîtré chez soi ou l'on fuyait vers les grandes cités. Et quand le seigneur, au travers du bailli, réclamait de nouvelles contributions, des paysans en armes se rassemblaient sur le marché. La vie était devenue difficile même pour les grands. S'enrichir n'allait pas de soi. Sauf à la cour de Bourgogne peut-être…

La seigneurie d'Ekelsbeke dépendait féodalement du château de Saint-Omer, ce qui n'empêchait pas que les impôts soient payés à la châtellenie de Bergues. Un système obscur pour les gens simples, sur lesquels retombait cette charge. Et depuis la grande catastrophe du milieu du siècle, qui avait provoqué la disparition de villages entiers, le spectre de la famine terrifiait.

En 1384, mourut le comte de Flandre. Une effrayante tempête s'abattit sur le pays la nuit où il expira. La rumeur courut que les démons avaient emporté Louis de Mâle.

Le duc de Bourgogne, Philippe le Hardi, fut aussitôt proclamé comte de Flandre. Une trêve fut signée avec les Anglais. La Bourgogne recevait un héritage considérable avec les territoires flamands. Désormais, la Flandre faisait partie des Pays-Bas bourguignons.

Le duc organisa des funérailles fabuleuses à Lille, reçut les seigneurs de France, de Flandre – dont le sire de Ghistelles, seigneur d'Ekelsbeke –, de Hainaut et de Brabant, ainsi que les hauts dignitaires de l'Église.

Débuta alors une période paisible pour la Flandre meurtrie. Avec le décès du comte, de nombreuses conversions à la cause clémentine se produisirent. Philippe parvint à calmer, sinon éteindre les rébellions des villes de Flandre. La fierté, l'indépendance allaient demeurer dans le cœur de ses nouveaux sujets. Le duc de Bourgogne installa son administration à Lille. Amateur d'art et généreux mécène, il dépensait des fortunes pour sa passion du luxe. La Cour vivait de nouveau dans le faste.

Insbette se laissait influencer par l'homme de bien qu'était son maître Nathaël. Elle avait besoin de se cogner à cet esprit éclairé. Elle l'observait lorsqu'il lisait. Le visage impénétrable, concentré sur sa lecture. Il ne laissait rien paraître de ses sentiments mais, quand il les exprimait, sa détermination était sans faille. Cet homme lui donnait le sentiment de n'être ni incapable, ni sotte. Tous deux portaient en eux une différence qui les avait rapprochés.

Le savoir de Nathaël était immense : l'enluminure, le ciel, les langues, les lettres et les chiffres. Il comptait les jours, les mois. Il fascinait Insbette par sa science, l'intensité de son regard, sa sagesse. Il était bon.

Lui était stupéfait par l'intelligence de son élève, la pertinence de ses questions. Elle apprenait à se forger des opinions personnelles. Elle assimilait avec une vitesse étonnante. Son esprit était affamé de connaissances. Aurait-il le temps de lui transmettre les siennes ? Sans que les choses soient dites, il en fit son héritière.

Plongés dans leur complicité, aucun des deux ne percevait le dépit de Tièn. On le laissait à l'écart. La jalousie montait insidieusement en lui. Il sentait que leur harmonie dépendait de savoirs auxquels on ne lui donnait pas accès. Insbette et le maître étaient loin de s'imaginer le venin distillé par mégarde dans le cœur chrétien de Tièn.

Le soir, alors que Tièn rejoignait les moines, Insbette et son maître sortaient pour assister au coucher du soleil. À la venue des ombres, pour contourner le couvre-feu, Nathaël l'emmenait à l'arrière de la maison où ils ne risquaient pas d'être vus par les guetteurs. Et il lui racontait les étoiles. Pour l'enfant, le monde s'apaisait et se parait de rêves. Une torpeur presque surnaturelle l'enveloppait. Des liens se tissaient imperceptiblement entre eux, et avec l'Univers. Petit à petit, il lui enseignait de nouvelles notions d'astronomie. Il ne le faisait pas devant son frère.

— Il y a des choses que la religion n'est pas prête à entendre. Toi si.

Il levait ses mains vers le ciel et fermait les yeux. Il était impressionnant dans sa vaste houppelande noire à longues manches. Il entrait en communion avec Dieu et les astres. Il lui parlait de la vie. Il était intarissable. Elle ne se lassait pas de l'écouter.

L'étoile Polaire, les constellations, les éclipses, la formation des nuages, les équinoxes n'eurent plus de secrets pour Insbette. Il lui expliqua la course des planètes dans le ciel. Il lui confia que la Terre était ronde.

— Dès que l'on explore l'Univers, ou que l'on voyage un peu, l'horizon se recule, on ne craint plus d'avancer.

— Mais si la Terre est ronde, les océans dont tu parles, maître, ne se déversent pas dans le ciel ?

— Non, une force invisible nous relie à la Terre. Beaucoup d'hommes d'Église le savent et le cachent. Je dois me taire pour l'instant. Il est trop tôt. Je crois que des planètes tournent autour du Soleil. Je ne suis pas certain non plus que notre Terre soit au centre de l'Univers. Mais je n'ai aucune preuve. Un jour, plus ou moins lointain, quelqu'un en apportera… À l'aide ou non de mes calculs. Bientôt, je te confierai mon traité d'astrologie. Tu sauras ce qu'il faut en faire. Il ne doit pas tomber entre les mains d'esprits incompétents et bornés.

Ses théories étaient extravagantes, mais elle le croyait. Elle lui faisait confiance. Elle savait que peu à peu elle comprendrait…

— Et Dieu ?

— Nous l'appelons *Elohim*, ce mot est au pluriel. Dieu est pluriel…

Il parlait peu de sa propre religion. Mais il n'acceptait pas l'humanisation de Dieu. Il remettait en cause les discours d'un Paul de Tarse qui n'avait jamais connu Jésus. Parfois il s'isolait pour prier et rendre grâce à Dieu des merveilles du monde.

— Comprendre ne fait pas injure à Dieu, c'est au contraire mesurer combien l'Univers nous inspire de curiosité. Ne crois pas que je sois un insensé qui récuse son existence. Notre univers suffit à la prouver. Mais il est trop grand pour notre petit esprit.

— Et Satan ?

— Oublie-le celui-là, les hommes l'ont créé. Il devrait demeurer comme un avertissement. Son imagerie animale est là pour effrayer. Le diable est absent des traditions juives. Il n'existe pas dans l'Ancien Testament, les Évangiles l'inventèrent…

Dès lors, elle rejeta les contes de certains prédicateurs dominicains, à savoir que les démons animaient les tornades. Son cœur restait chrétien, mais les connaissances transmises par son maître affûtaient son esprit critique.

Si Nathaël croyait en une influence des astres sur le monde d'en bas, il pensait au flux et influx, aux réactions en chaîne liant les différents éléments. À commencer par la Lune, le feu, l'air, puis en dessous la Terre, les êtres y vivant. Le Soleil était déterminant. L'homme participait au tourbillon cosmique, faisait partie intégrante de l'Univers au même titre que les végétaux. Comme les alchimistes, il pensait que des liens unissaient le corps humain, les métaux, les astres et les cieux.

— Je laisse à d'autres, comme Nicolas Flamel de Paris ou mon ami Thomas de Bologne, le soin d'avancer sur cette science.

— Comment se fait l'action des étoiles ?

— Chaque être ici-bas émet des rayons à l'instar des astres. Comme si nous étions balayés par un vent de planètes. Toute l'action des étoiles s'effectue par l'intermédiaire de ces rayons. Même la voix humaine en produit.

Elle voulait bien le croire. La voix grave et envoûtante de Nathaël l'influençait, projetait des rayons bénéfiques. Ses longs doigts l'avaient guérie. Il était un peu comme les saints des vitraux de Lucas, ceints d'une auréole.

— N'oublie pas que le monde est immense. Chacun porte en lui son monde, qu'il apporte aux autres.

— Y a-t-il autant d'étoiles que de mondes ?

— Propos sacrilèges !

Ils rirent, tous deux conscients d'être unis par la différence et le danger que celle-ci engendrait.

— Et comment sais-tu tout ça, maître ?

— Les Arabes traduisirent les manuscrits grecs et développèrent leur propre culture scientifique, ainsi l'astronomie, la médecine. Avec les croisades, leur savoir nous est parvenu. J'ai découvert la pensée grecque ramenée d'Orient. J'ai étudié la science astrologique avec les mathématiques gréco-arabes. J'ai traduit des traités arabes en latin. J'ai recopié des manuscrits grecs, que j'ai rapportés d'Alexandrie. J'observe, je réfléchis. J'ai eu la chance de rencontrer de grands penseurs.

Et aujourd'hui, c'était elle qui avait la chance d'en côtoyer un. Était-il possible que son Nathaël, si solitaire, ait eu une vie si pleine de rencontres et de voyages ?

Il s'intéressait aussi aux dates. Il lui disait que les solstices et équinoxes étaient devenus l'Ascension, la Saint-Jean, la Saint-Michel, que la date de Noël était fausse, d'au moins quatre ans.

— En quoi est-ce important ? s'enquit-elle.

— Pour notre histoire… Mais certains se sont permis de falsifier les dates.

— Quel intérêt ?

— Pour faire partie de l'histoire, justement.

Elle se demandait pourquoi c'était si grave à ses yeux. Du moment que le clergé connaissait les dates des saints…

Mais tout était différent chez Nathaël. Il était courageux. Il osait remettre en question – jamais devant Tièn – ce qu'on leur inculquait. Il observait. Mais il se méfiait aussi. Il n'était pas toujours en accord avec les autres astrologues. Il refusait les interprétations rapides, telles Vénus la blanche assimilée à l'amour et Mars, par sa couleur rouge, à la guerre.

Il disait : « Et si c'était autrement ? »

Un esprit rare, hérétique, qui n'effrayait pas Insbette.

Ils menaient une vie paisible et rebelle. Ils étaient discrets et libres. Elle acquérait une richesse plus noble que celle des biens terrestres. Elle sortait peu à peu de l'obscurité de l'ignorance pour entrer dans la lumière du savoir, et sa différence s'accroissait. « La connaissance recule les limites de l'homme », disait Nathaël.

Il était comme un spectateur apaisé de l'Univers.

Quand elle passait sur la place d'Ekelsbeke, le gibet et les deux potences qui l'entouraient la terrifiaient, non pour elle, mais pour son maître. Nathaël était un esprit indépendant et singulier. Jamais il ne démentirait ses idées, même s'il devait finir un jour sur le bûcher.

Elle le pressentait et craignait pour la vie de son ami. Elle devinait que le jour où la seigneuresse se désintéresserait de lui, il serait en grand danger. Cette dernière ne venait pas mais le convoquait. Et s'il refusait d'annoncer des événements, elle se plaisait à l'entendre parler des étoiles, de la science. Peut-être lui donnait-il aussi quelques sages conseils ? Car s'il n'était pas devin, il lisait avec justesse dans la façon d'être des gens. Il était aussi médecin, avait appris à calmer les fièvres, à combattre certains troubles. Mais de guérisseur à sorcier, il n'y avait qu'un pas…

« Trop de gens aimeraient que je leur prédise la fin de ces guerres, leur destin et celui de leur royaume. »

On frappait parfois à sa porte pour une consultation. Il refusait poliment toute astronomie divinatoire. Et se faisait un ennemi de plus.

34

Les années passaient…

La vague du Grand Schisme, légère au départ, connue des serviteurs de l'Église, des notables ou des curieux comme Insbette, avait peu à peu enflé, envahi les régions et submergé toute la chrétienté.

Elle durait, et l'on se disait que l'on n'était pas près d'en voir la fin. Certes les fidèles n'étaient guère dérangés dans leurs habitudes. Les deux papes étaient loin. On suivait son curé. Mais, frontalière, la Flandre la subissait de plein fouet. Le choix religieux dépendait beaucoup du territoire géographique.

Nathaël vieillissait. Toutefois, les années glissaient sur lui sans laisser de traces. Au contraire des personnes d'âge, son esprit semblait s'ouvrir. Il restait éveillé au monde. Il chaussait simplement des lunettes de sa conception, pour lire ou écrire à la lumière vacillante des chandelles. Aucune envie de devenir aveugle. La voisine la plus proche ne voyait plus et ne pouvait plus filer. Le village se demandait ce qu'elle avait pu faire au bon Dieu pour mériter ce châtiment. Lui ne croyait pas en une quelconque intervention divine.

Avec son maître, Insbette s'amusait à mélanger les langues ; elle avait recommencé à rire. Elle surprenait parfois de la tristesse dans les yeux de Nathaël, mais ignorait la cause de ce chagrin qu'il portait dans son regard. Il lui en parlerait à son heure. Elle se doutait qu'elle le quitterait un jour pour suivre son propre chemin, retrouver sa mère. En attendant, ils savouraient ces moments ensemble. Elle se souvenait en souriant de sa peur d'autrefois. Celle de l'homme en noir. Cette couleur était portée par davantage de personnes désormais, comme elle l'avait constaté à la cour de Yolande. Le duc de Bourgogne était lui-même vêtu de noir depuis la mort de son père.

Insbette grandissait.

Habituée à traîner avec elle la tare de sa bâtardise, elle gardait le franc-parler de son enfance, son côté buté qui la rendait parfois muette.

Elle éprouvait depuis quelque temps le désir de se contempler dans la rivière. L'eau lui renvoyait son reflet. Elle n'était pas laide. Mais Lucas la reconnaîtrait-il ?

Plus âgé, n'était-il pas déjà marié, père de nombreux enfants ? Et pourtant, dès qu'elle revoyait danser devant ses yeux l'image du jeune verrier, c'était un peu comme celle du bonheur qu'elle tentait désespérément de retenir. En devenant femme, elle percevait l'ampleur du sacrifice de Pétronille et le danger auquel elle l'avait soustraite. Elle ne l'oubliait pas dans ses prières.

Elle avait dû se tailler de nouveaux habits. Ils n'étaient ni soyeux ni aussi onéreux que les cottes et surcots portés chez Yolande. Mais elle avait retenu les coupes et les détails qui faisaient la différence. Ces deux années l'avaient à tout jamais marquée. Simples, ses tenues étaient d'un goût exquis. Les gestes de la petite fileuse, exécutés sous le regard de marraine Folquine, n'étaient pas oubliés.

« Qu'est-elle devenue ? » songeait-elle, la poitrine serrée.

Elle portait ses fils à l'un des tisseurs du village, dont elle appréciait l'habileté et l'accueil. Elle tâchait de rester invisible mais n'y arrivait plus. On la remarquait, on l'interpellait. Les hommes qui l'approchaient lui trouvaient du caractère. Jolie avec ses boucles et la fossette qui se creusait dès qu'elle souriait. Sa bouche appelait l'amour et ses grands yeux verts pétillaient. Son élégance naturelle étonnait chez une bâtarde, son charme saisissait. Elle avait pourtant de la retenue, ce qui n'était pas le cas de toutes les filles du village. Elle avait pris conscience du manège des paysannes. Le désir des hommes, elle le lisait dans leurs regards, lorsqu'elle marchait dans les rues, qu'une enclume se taisait sur son passage, que le bruit strident d'un métier à tisser s'arrêtait un instant. Elle le sentait au marché, au milieu des chausses, dans le tumulte de la criée et des prières des incessantes processions. Elle en avait surpris plus d'un, à demi camouflé derrière un chêne, la fixant de loin tandis qu'elle se baignait dans la rivière. Mais aucun ne lui plaisait comme Lucas. Elle craignait ses propres rêveries. Des pensées impures la travaillaient. Elle finit par se confier à Nathaël. Son maître, c'était le père qu'elle n'avait pas eu. Il la rassura. C'était de son âge.

Ayant atteint une quinzaine d'années, elle questionna son « frère » :

— Tièn, tu n'as jamais songé à te marier ?

— L'une des filles de notre voisine me plaisait bien, elle a préféré le fils de Jan, le cordonnier. De toute façon, en religion, c'est interdit.

— Pourquoi ?

Tièn haussa les épaules. Les sempiternelles interrogations de sa sœur l'agaçaient.

— Pourquoi ? Parce que c'est comme ça.

Nathaël répondit à son insatiable curiosité :

— Le célibat fut institué au siècle dernier pour éviter le morcellement des parcelles paroissiales lors des héritages. La chasteté a entraîné la sublimation du culte de Marie.

Ainsi la femme oscillait entre enfer et paradis. Elle se souvint des paroles de Yolande, évoquant un siècle passé où les femmes étaient traitées avec respect. Les contes gras, les fabliaux les tournaient en dérision. Les paysannes étaient aux champs, dans les ateliers, mais elles entendaient les prédicateurs asséner qu'elles étaient la porte de Satan.

Vers les années 1388 et 1389, elle entendit parler – elle écoutait volontiers les colporteurs – de conflits entre le duc de Bourgogne et Yolande de Flandre. Le duc désirait lui interdire l'exercice du pouvoir judiciaire. La suzeraine était revenue dans son château de la Motte. Des troubles sanglants s'étaient produits, disait-on, vers la forêt de Nieppe. Des attentats avaient été perpétrés contre ses sujets à Cassel. Les différends entre Yolande, Philippe le Hardi et Charles VI concernaient bien entendu la restitution de sa châtellenie. Ils furent suivis de tentatives de conciliation durant l'été 1389. Insbette imaginait la ténacité avec laquelle sa Dame de Cassel devait défendre ses biens et ses prérogatives, quitte à se mettre à dos le duché de Bourgogne et le pays de France tout entier ! Elle n'avait peur de rien ; Insbette l'admirait plus que jamais.

Mais c'était une autre vie pour elle. Certains épisodes étaient restés trop douloureux.

Elle ne voulait pas repenser au passé. Elle y songeait sans arrêt. Et comme Nathaël devinait ses tourments, elle confia son obsession à son maître. Yolande l'avait abandonnée et n'avait jamais cherché à la revoir. Pourquoi se serait-elle souciée d'une petite bâtarde roturière ? Elle avait juste vécu un beau rêve.

— Un jour, peut-être, nos chemins se recroiseront…

Nathaël l'encouragea à devancer le hasard. Elle décida finalement de partir, aux beaux jours de 1391, pour Nieppe. C'est alors que s'abattirent sur le pays de violentes tempêtes et que Nathaël tomba malade. Elle resta à son chevet, jour et nuit, suivant ses propres indications pour la fièvre. Elle ressentit à quel point elle aimait cet homme qui l'avait adoptée comme un père.

Les bourrasques s'apaisèrent. Il guérit, elle respira.

Et oublia Yolande.

35

1395, un jour sans saint

Et vint le matin de la séparation.

Elle le devina avant qu'il ne le lui dise. Elle le vit dans son regard, plus triste qu'à l'ordinaire. Elle sentit, elle aussi, la souffrance la submerger, sans bruit. Elle se devait d'être forte, pour lui faire honneur.

Nathaël l'emmena le long de l'Yser. De jour cette fois, comme s'il n'avait plus rien, ni personne, à perdre. La campagne était verdoyante en cette saison printanière. De l'autre côté de la rivière s'étendait une forêt de chênes. Des jacinthes fleurissaient au pied des arbres.

Ils croisaient des paysans affairés à couper de hautes herbes balayées par le vent. Il marchait à grands pas. Il semblait indifférent aux regards qu'il suscitait. Il chercha pourtant un endroit isolé.

Il se confia. Totalement. Parce que l'heure était venue de se séparer. Parce qu'il lui avait appris ce qu'il savait. Parce qu'elle était prête à poursuivre son chemin. Parce qu'il était dangereux qu'elle reste auprès de lui, pour lui.

— Tu as vingt ans. Tu dois partir, tu t'exposes à l'opprobre.

Elle ne lui avoua pas qu'elle y était déjà exposée depuis des années. Les villageois la fixaient désormais avec une insistance malsaine. La bâtarde avait atteint l'âge du mariage mais préférait rester auprès de ce vieil ermite. On les soupçonnait de commerce charnel.

Lui craignait qu'on ne la violentât. La tolérance envers les Juifs s'amenuisait. On leur reprochait de nouveau de souiller la terre de leur présence. Des expulsions étaient promulguées. Aussi éprouvant que fût son départ, il était temps pour elle de retrouver sa mère et peut-être cet inconnu, Lucas, qu'elle recherchait depuis l'enfance dans le regard des hommes.

— Auparavant, il faut que tu connaisses mon histoire. Ainsi tu jugeras si tu désires endosser mon héritage et transmettre ce que je t'ai enseigné.

Ils s'installèrent contre le tronc d'un chêne, face à la rivière, à l'écoute de la musique du vent et des gazouillis d'oiseaux. Ils s'accordèrent d'abord l'un de leurs silences coutumiers. Un silence habité par l'amour et l'étendue de leurs secrets. Elle attendit qu'il soit prêt.

Par où débuter ? Le passé était enfoui depuis tant d'années…

— Je suis né dans le Saint Empire. Dans la cité libre et florissante, la *freie Stadt*, de Strasbourg. Notre communauté juive était soutenue par les notables et le patriciat. Elle comportait de nombreux savants. Tous les enfants juifs apprenaient à lire et écrire…

Son sourire se fit énigmatique.

— Lorsque j'écris, aujourd'hui, ma bouche se remplit d'un goût succulent…

Elle ouvrit de grands yeux étonnés. Il précisa :

— Je me souviens avec délice du premier jour d'école. Le maître recouvrit la tablette abécédaire de miel. Il nous la fit lécher pour découvrir les lettres sous ce nectar…

Il sourit.

— Mon père était un bon médecin. Il avait assimilé différentes sciences. Il s'intéressait aux étoiles. Ainsi, il évitait de pratiquer des interventions lors de certains quartiers de lune. On le consultait, comme on a toujours consulté les Juifs. On a besoin de nous pour effectuer des tâches ingrates : traduction, usure, médecine, et on nous déteste de les accomplir. Utiles, nous étions tolérés, mais à l'approche de la Grande Peste…

— Vous avez été suspectés.

Il opina de la tête.

— Si nous ne savions la guérir, c'est que nous l'avions provoquée… Louis le IXe nous avait bannis après avoir fait brûler notre mémoire, le Talmud, pensant consumer notre âme. Des massacres furent perpétrés à Mayence au tournant du siècle. Vers Coblence, et le long du fleuve, un exalté parcourait les contrées avec des disciples pour exterminer les Juifs… La vallée du Rhin était encore épargnée par l'épidémie, mais des bruits couraient. On nous accusait d'avoir provoqué le fléau en empoisonnant les points d'eau. On allait jusqu'à dire que nous buvions le sang d'enfants disparus afin de nous approprier l'âme des chrétiens, que nous nous servions de leur sang pour notre pain…

Il se tut. Le plus difficile restait à venir.

— L'histoire de ma famille s'est achevée le jour de la Saint-Valentin de 1349…

Cette date du 14 février restait gravée en lui, comme une cicatrice béante qui ne voulait pas se refermer. Elle l'encouragea d'un tendre sourire.

— Je rends grâce au pape Clément VI qui tenta de faire taire les rumeurs. En vain. Les nouvelles des pays de l'Empire étaient alarmantes. Nombreux furent ceux qui choisirent de s'occire eux-mêmes pour ne pas renier leur foi. Sous la torture, des Juifs avouèrent tout ce que les tortionnaires désiraient. Dès lors, la situation devint intenable, nos familles vécurent dans l'appréhension. Les esprits s'échauffaient. On évitait de sortir dans la rue. Le Stettmeister de Strasbourg, désireux de nous protéger, ordonna la fermeture du quartier juif. Aux émeutiers fanatiques s'étaient alliées des corporations de métiers.

— Lesquelles ?

— Bouchers et tanneurs. Ayant contracté envers eux des dettes considérables, ils étaient les adversaires les plus acharnés des Juifs. Ils proclamèrent la déchéance des magistrats qui nous étaient favorables. Des familles s'enfuirent en chariot de la ville. Mon père, qui avait bonne renommée, espérait un revirement. Il décida de rester. Ma mère ne voulut pas le quitter. Pendant l'hiver, certains fugitifs périrent de froid, engloutis par la neige. Mon père pensa qu'il avait fait le bon choix.

Le regard fiévreux de Nathaël se perdit quelque part à Strasbourg. Il avait quinze ans.

— Dès l'aube de la Saint-Valentin, un vacarme assourdissant emplit les rues de la cité. Les cris féroces d'une foule déchaînée accompagnaient les troupes.

Toute peur irraisonnée défigure les êtres. Ma mère nous poussa, ma petite sœur Sara et moi, vers les barrières qui encerclaient le quartier juif et nous aida à les escalader.

« Courez ! Courez vite ! cria-t-elle. Ne vous retournez pas ! »

Insbette ferma les yeux. « Lui aussi avait couru… » Une larme coula sur sa joue.

— Du coin de la rue, nous avons entendu que l'on brisait les barrières. Tenant ma petite sœur contre moi, je me dissimulai derrière des tonneaux, sur les quais. D'autres Juifs avaient survécu au massacre. Nous étions sauvés, semblait-il…

Insbette retint sa respiration. Celle de Nathaël se fit haletante.

— Une battue eut lieu dans la ville. On nous extirpa avec violence de nos cachettes et l'on nous rassembla. Je pris Sara par la main et me sauvai. Pendant ce temps, on menait des centaines de personnes hors des remparts de la cité, près de notre cimetière, sur un terrain dégagé. Là s'élevait un grand bûcher auquel on mit le feu. L'horreur prit place. Près de deux mille d'entre nous furent mis à nu et brûlés… Le feu devait purifier la ville.

« Le feu, encore ce feu… », songea-t-elle.

— Je courais vite… Soudain, la main de Sara m'échappa. Je me retournai. Elle venait de trébucher. Je lui ordonnai de se lever. Je crus qu'elle m'avait suivi. J'entendais la voix de ma mère nous dire : « Courez ! Courez vite ! »

La poitrine d'Insbette se serra.

— Je réussis à leur échapper. Recroquevillé dans ma terreur, je m'aperçus de l'absence de Sara. Je devais la défendre. Au lieu de ça, je l'avais perdue. On l'avait rattrapée. J'ai suivi, sans me faire repérer, un flot de curieux qui se dirigeait vers le cimetière. Et là, ce que je vis… Ma petite Sara… Ils ne l'ont pas épargnée…

Sa voix trembla. Il se mordit les lèvres pour ne pas sangloter. Ses longs cils de velours étaient humectés de larmes.

« Ses yeux sont rouges de sang », se dit-elle. Elle lui prit la main. Il la serra fortement.

— La foule s'acharnait sur les petits enfants. Ils recevaient le baptême avant d'être jetés sur le bûcher. Des mères les arrachaient aux mains des baptiseurs pour les lancer elles-mêmes dans les flammes où elles les rejoignaient aussitôt. J'allais m'y précipiter, pour mourir avec les miens, avec Sara. Mais je sentis que l'on m'empoignait et que l'on me tirait en arrière. Aveuglé par le désespoir, je me suis laissé conduire, comme un pantin, jusqu'à la demeure de mon sauveur. Il me cacha. Le lendemain, anéanti, je voulus m'enfuir. Ce généreux chrétien m'interdit de sortir et se mit en quête de mes parents. Notre quartier avait été incendié. Hommes, femmes, enfants et vieillards avaient été égorgés…

Un lourd silence s'ensuivit, qu'Insbette ne chercha pas à rompre.

— Cet homme avait survécu lui aussi à un massacre, celui des Templiers, perpétré par Philippe le Bel. Il avait dû se couper la barbe et renoncer à son habit blanc pour se sauver. Il était originaire de Flandre. Il se souvenait de la commanderie de Cassel et rêvait de mourir en cette terre flamande qui avait vu naître l'ordre. Il m'emmena à Cassel, et y trépassa trois ans plus tard. Il avait eu le temps de m'apprendre l'arabe, que les Templiers utilisaient entre eux comme code, étant les seuls à le comprendre. « En venant au monde, me dit-il avant de mourir, chaque homme est investi d'une tâche qu'il ignore. Je sais aujourd'hui que la mienne était de te sauver. Je meurs réconforté. » Dès mon ami en terre, je suis parti, sachant que je reviendrais en Flandre. Je voyageai, je cherchai à comprendre surtout…

— Comment la religion du Christ, religion d'amour, est-elle devenue une religion de persécution ? Oh mon Dieu, comment est-ce possible, Nathaël ?

Il soupira et poursuivit :

— Je parcourus le monde. Nos exils nous ont permis de transmettre nos savoirs. La connaissance de l'arabe m'aida. Je m'arrêtai à Bologne. J'y suis resté plusieurs années. Désireux d'étudier, j'intégrai l'université et le *studium* des artistes.

— Des artistes ?

— On y enseigne en latin la médecine, la rhétorique, l'astrologie et les autres arts. Je vivais dans une ruelle donnant sur le fleuve Reno. Je suivis les conférences d'astrologie données par un médecin réputé, Thomas de Pise, qui devint Thomas de Bologne en arrivant à la cour de Charles V, dont il fut le physicien. Nous nous liâmes d'amitié. Il n'est plus de ce monde. Sa fille, Christine de Pisan, te plairait. Élevée à la cour de France, érudite comme toi, elle est encore jeune mais déjà philosophe et poétesse. Elle est veuve et veut se lancer dans le métier d'homme de lettres. Elle a du courage. Je lui prédis, dit-il avec un sourire malicieux, un bel avenir. Je fus également copiste…

— Copiste ? s'étonna Insbette. Je croyais que seuls les moines pouvaient le devenir ?

— Eh bien… Influencé par l'enseignement chrétien de mon vieil ami Templier, je devins moine novice… Avant de revenir à ma religion.

— Que s'est-il passé ?

— Un jour, je refusai de falsifier un ouvrage, de gratter des feuillets manuscrits sous le prétexte qu'ils étaient dangereux. À la correction, on commença à déchirer les pages litigieuses. Peu importait, je les avais dans la tête. Rentré chez moi, je les recopiai de mémoire.

— On transforme ce qui est écrit ?

— L'Inquisition brûle des livres, d'autres sont mis à l'index. De nombreux copistes ne savent pas écrire. Ils dessinent les lettres sans les comprendre.

— Ce n'est pas le cas de Tièn.

— Ni de toi, ma petite Insbette. Je dois reconnaître que la plupart des copistes œuvrent avec courage. Être copiste n'est pas enviable. Écrire pendant des heures et des heures, la main levée, est pénible. Tu t'en es rendu compte. Les *scriptorium* sont parfois très froids et les membres s'engourdissent. L'encre gèle. Oui, certains moines réécrivent l'histoire, transforment, arrangent. Pas tous, Dieu merci.

Dans les manuscrits, qu'il possédait parfois en différentes versions, Nathaël s'efforçait de retrouver la vérité, de distinguer les originaux des contrefaits. Il cherchait aussi des explications aux incohérences dans les dates, notamment avant l'an mille, et se demandait si les pontifes romains n'avaient pas manipulé le temps. Mais il se refusait à communiquer ce qu'il pressentait sans disposer de preuves.

Insbette comprenait ce qu'il disait. Pensait aux traductions des textes.

— Mal interprétés, les mots perdent leur sens initial, observa-t-elle.

— Il est aussi facile de détruire des documents compromettants, de faire dire aux écritures anciennes ce que l'on veut, de réinventer l'histoire, voire de falsifier des dates pour augmenter son pouvoir…

— Quel pouvoir ?

— Celui des princes et de l'Église. Les Grecs savaient déjà que la Terre est ronde. L'océan sans fin relève du domaine des rêves. On a effacé les cartes des Vikings, une civilisation nordique. Ils étaient allés très loin sur l'océan, dans des terres à l'ouest, qu'ils appelèrent Vinland[1], ayant trouvé des vignes sauvages. Le climat changea. Les glaces recouvrirent ces grandes îles, interrompant leurs voyages. Mon père possédait une de ces cartes, elle venait d'Islande. Elle a disparu avec le feu qui consuma ma famille. Par la suite, on retrouva des récits gallois racontant les aventures du Viking Éric le Rouge. On a fait d'une histoire vraie, une légende.

— Pourquoi ?

— Pour garder le monde chrétien au centre de la terre.

Il soupira et reprit :

— Entre Arabes, Juifs et Chrétiens, nous discutions ensemble d'un cœur tranquille, sans chercher à nous convertir, alors que les puissants se complaisent dans les guerres saintes. Ils refusent l'évolution du

---

1. Nouvelle-Écosse, Canada.

monde, au profit de leur domination. Il est temps que tu saches tout ce que je sais. Un jour, tu le transmettras à ton tour. Et la personne à qui tu le transmettras l'apprendra à une autre. Jusqu'au jour où les hommes accueilleront ces nouvelles sans brûler les soi-disant hérétiques que nous sommes. Durant ton absence, je vais parfaire mes notes et les regrouper sur un parchemin. Si tu reviens, je te dirai qu'en faire…

— Je reviendrai, je te le promets.

— Je te remercie, mon Insbette. Ton arrivée illumina mon existence. Toi, l'enfant venue sans bruit. Je te chéris. En acceptant de faire halte dans ma maison, tu as dissipé mes ténèbres, séché mes larmes et mes soupirs. Une dame s'éloigne, ma Dame de l'Yser, pleine de sagesse et de mérite. Il te faut partir vers d'autres rivages…

— Tu es mon maître, tu es mon père, Nathaël. Je t'aime et je t'obéirai. Mais j'ai peur…

— Le monde a subi un bouleversement. Auparavant, les gens étaient joyeux et confiants, depuis… L'on craint la fin du monde. On vit dans cette attente imminente. Ne sois pas rattrapée par cette peur.

— Comment la vaincre ?

— Tu le trouveras dans ton cœur. Tu gagneras ta lumière.

Elle regarda cet homme qui lui avait donné son affection, ses connaissances, l'avait rendue à la vie. Il était plus beau que jamais, et d'une dignité princière. Elle lui fit un baiser de dévotion sur la main, puis d'union sur la bouche.

— Sois bénie, mon enfant.

36

Cassel, été 1395

Elle savait qu'elle ne pourrait retrouver la trace de sa mère qu'à Cassel.

Les années précédentes, prête à accourir vers la châtellenie, elle s'était renseignée auprès de Pit'che Paul, le colporteur. Il se rappelait bien Renaude. Il avait servi de messager entre elle et son amie Griete. Elle n'était pas revenue en ville. Et lui, le colporteur, ne se rendait plus à Ekelsbeke.

Insbette suivit l'ancienne voie romaine rectiligne. Elle évita les eaux stagnantes des marais, manqua de s'embourber dans des rigoles, fit attention aux ornières profondes qui s'étaient creusées avec la fonte de la neige et les pluies accompagnant les tempêtes. Puis elle emprunta le chemin abrupt qui serpentait vers la cité. Elle se souvint des paroles de Nathaël. Les habitants de Flandre-Cassel se surnommaient les Montagnards.

Des parcelles de terre étaient louées aux paysans libres par les seigneurs. On s'activait dans les champs. Elle était venue à pied, sans obstacles fâcheux. Nul besoin de se cacher dans un bosquet. Aucun brigand, ni troupe. Les embarras surgirent avec les gardiens des portes qui jouaient aux dés et refusaient de la laisser passer. Elle dut patienter. Présenta enfin les papiers obtenus auprès du bailli d'Ekelsbeke. Elle éprouva, en franchissant la porte, une ineffable émotion.

Nathaël y avait vécu avec son ami et protecteur, le vieux Templier. Il lui avait conté la terrible bataille des Cassellois en révolte contre le comte de Flandre. C'était avant Yolande de Flandre. La cité de Yolande… La ville de sa mère. Le lieu de sa propre naissance.

Pourquoi n'était-elle pas encore venue ?

Cassel était bien différente de son village. Tout en hauteur, elle dominait la plaine. Une phrase de Yolande lui revint en mémoire : « De la forteresse, plantée en haut du mont, j'aperçois mon castel de la Motte et la forêt de Nieppe. »

À l'intérieur des murs, les rues étaient pentues. Au-dessus d'elle, s'élevaient les fortifications du château. La grande place était bordée d'hôtels particuliers. Ils occupaient de vastes espaces bien exposés, donnant sur le versant sud, tous plus resplendissants les uns que les autres. Certains, comme celui de la châtellenie, le Landhuis, étaient isolés des autres habitations. Insbette se rafraîchit à la fontaine, avec l'étrange et douce sensation d'imiter les gestes de sa mère. Que d'hommes vêtus de noir dans cette cité ! Des membres du Magistrat saluaient des religieux en soutane. D'autres personnages se croisaient devant le porche du Landhuis, étalant leur faste et leur orgueil aux yeux des artisans et du bas peuple. Ils portaient des vêtements de cour. Verrait-elle la Dame de

Cassel ? On la disait installée au castel de la Motte. Elle y recevait les notables qui la représentaient. Mais Insbette connaissait aussi le goût de la comtesse pour les chevauchées. Une douleur lui oppressa la poitrine. Cela faisait bien longtemps qu'elle n'était montée sur un cheval. Saurait-elle encore ?

Elle s'arrêta à la collégiale Notre-Dame.

Un très vieux prêtre sortit de l'ombre en s'appuyant sur une béquille, s'approcha d'elle, curieux de voir l'étrangère. Elle s'enquit de Griete.

— Ce n'est pas une de mes paroissiennes, mais je peux t'indiquer sa maison. Je suis le père Baptiste. Elle fréquentait mon église, il y a bien longtemps, lorsque Renaude nous servait.

« Renaude. »

Son cœur se mit à battre à tout rompre.

— Et… Renaude habite là-bas, elle aussi ? se risqua-t-elle, le feu aux joues.

— Tu es de sa famille ?

Il la dévisagea.

— Je suis Insbette, d'Ekelsbeke. Une cousine de Griete, répondit-elle avec prudence. Je suis en visite.

Le vieux père Baptiste se tut un instant. Des souvenirs affluaient. Il ne s'était pas retiré du monde et de sa paroisse dans l'unique et insensé espoir de voir reparaître Renaude. Et devant lui, se tenait son enfant. Aucun doute n'était possible. Dieu qu'elle lui ressemblait, avec ses grands yeux verts, cette beauté fraîche et saine. Cette enfant qui avait provoqué un déchaînement de haine, considérée dès sa naissance comme une malfamée.

Un combat intérieur s'était engagé dans l'esprit du prêtre. Une voix lui criait que Renaude n'était pas cette impie donnée en pâture aux braves gens de Cassel. Une autre voix la blâmait, la traitait de catin. Que de fois il avait prié le Seigneur de l'aider dans ses doutes, puis de lui pardonner. Il lui avait refusé le certificat de bonne chrétienne, et Dieu ou diable, seul, savait ce qu'il était advenu de la malheureuse.

Des bouleversements s'étaient produits depuis sa disparition : le grand schisme de l'Église, surtout. Il avait beau suivre la souveraine de Cassel, il ne se sentait pas si clémentin dans l'âme. Mais il fallait se taire, accepter ou disparaître comme l'avaient fait quelques religieux des environs. Un prêtre urbaniste avait prêché en plein air avant de fuir vers Gand. Thomas, lui, n'avait eu aucun mal à devenir clémentin. Sans se retourner vers son parrain qui l'avait accueilli comme vicaire et hébergé, il était parti vers l'évêché et de plus hautes fonctions.

Le père Baptiste revint à la réalité, se rappela la question de la jeune femme :

— Non, Renaude n'est jamais revenue. Dieu la garde !

Il avait connu sa mère. Mais il ne semblait pas vouloir s'étendre sur le sujet.

Elle sortit, s'arrêta sur le parvis. L'astre solaire l'éblouit un instant, indifférent à la lourdeur de son cœur. À ce moment-là, elle entendit le martèlement de la béquille derrière elle. Le vieux père haletait. Il reprit sa respiration.

— Insbette… Tu es l'enfant de Renaude… Si tu retrouves ta mère, dis-lui que le père Baptiste prie pour elle chaque jour que Dieu fait.

— Vous l'avez bien connue, mon père.

Ce n'était pas une interrogation.

— Je l'ai aimée comme ma fille, avoua-t-il à voix basse.

Elle le regarda sans un mot. Son silence lui reprochait de ne pas l'avoir défendue, jadis. Le vieux père semblait triste et à bout de forces. Elle contint sa désapprobation, opina de la tête et partit.

Elle crut entendre derrière elle :

— Je regrette tant…

Non, elle ne l'avait pas rêvé. Son oreille était fine. Elle se retourna. Il la suivait des yeux, elle lui sourit et lui fit un petit signe.

Elle suivit le chemin indiqué par le père. Elle s'orienta grâce au soleil et aux enseignes, déambula dans les ruelles de la cité. Les eaux des caniveaux s'écoulaient, hâtives, avec les dernières pluies. Elle dut se tenir sur le haut du pavé, frôla des devantures, faillit se perdre, laissa sur le côté la porte qui montait vers le château, longea les remparts, demanda de nouveau le chemin de la maison de Griete. Elle fut interpellée par des apprentis. Ils interrompaient leur besogne pour admirer, par la fenêtre de leur ouvroir, cette inconnue si jolie.

D'où venait-elle ?

La ville tout entière résonnait du bruit des artisans : coups de marteau, rythme lancinant et régulier des tisserands poussant les navettes. Tous ces gens de labeur, protégés par l'auvent, ne s'interrompaient qu'aux cloches des églises et à l'heure de certains offices. Elle fut surprise par la quantité d'hommes occupés à reconstruire des édifices. Et se souvint… Quelques années auparavant, encore enfant, tandis qu'elle fuyait avec Pétronille, Cassel avait été sacrifiée dans les batailles entre Anglais et Français. L'occupation étrangère avait tué nombre d'habitants et abîmé la ville.

Vers la maison de Griete, située de l'autre côté du mont, elle aperçut les moulins qui tournaient selon le bon vouloir d'une brise légère. Sur les flancs des remparts, à proximité du chemin de ronde, s'étendaient des prairies. Des arbalétriers s'exerçaient non loin de là. Un étendard de saint Georges était planté dans l'herbe.

Sa mère n'était pas auprès de Griete. Marraine Folquine y était. La veuve s'était réfugiée chez sa cousine. Elles tombèrent dans les bras l'une de l'autre. Griete mêla ses pleurs à ceux des deux femmes.

— Tu es belle, comme ta maman !

Ce soir-là, elles fêtèrent leurs retrouvailles. Folquine était méconnaissable. Ne croulant plus sous le poids des vexations et n'étant plus soumise, elle se révélait débordante d'énergie. Elle parlait toujours aussi peu, mais souriait à tout propos. La bonne humeur de Griete, au tour de taille conséquent à force de trop aimer la bière, était contagieuse. Renvoyée de la ferme par le père, Folquine n'était pas revenue pour le décès de Jacobus. Aucune envie de vivre sous la coupe de l'aîné. Maligne et bien conseillée, elle avait recouvré sa maigre dot et n'était pas une charge pour ses cousins. Elle avait appris la mort de sa belle-fille, Pétronille. Comment ? C'était un mystère. Tout se savait, tôt ou tard.

— Pétronille était une brave enfant. J'ai fait son malheur. Et toi, tu es arrivée…

Elle se tut. Les mots ne sortaient pas pour évoquer cette douloureuse période de son existence. Heureuse de retrouver la petite bâtarde, élevée comme sa fille, elle gardait toutefois une distance. Sans doute craignait-elle, avec les souvenirs ou la tendresse, de retomber dans ses anciennes souffrances.

— Maria t'a mise au monde ici même, dit Griete. Elle nous avait rapporté que tu étais la protégée de notre gracieuse Dame Yolande… Tu restes un peu avec nous ? Maria a de la place pour te loger, elle sera heureuse, elle aussi, de te revoir.

— Attends, Griete… dit Folquine. Insbette a l'âge d'être en ménage. Ton mari t'attend peut-être ?

— Je n'ai pas de mari…

Elle hésita. Elle se sentait d'humeur joyeuse grâce à ces deux femmes. Elle venait de vivre des années en compagnie des hommes. Elle était toujours attachée à Folquine. Elle songeait, chaque jour que Dieu fait, à sa mère. Elle avait hâte de la voir puis de courir l'annoncer à son cher maître Nathaël. Mais quelques jours à Cassel, à se laisser vivre entre Griete et Folquine, ne changeraient rien au fil de son existence.

— Je reste avec vous jusqu'à la Saint-Jean, à condition de me rendre utile.

La plupart du temps, elles étaient entre femmes. Maria les rejoignait dans la journée. Le mari de Griete, Piet, qui tissait à son compte à présent, et leur fils aîné passaient leurs soirées au cabaret. Leurs deux filles, toutes deux plus jeunes qu'Insbette, vivaient chez les parents de leurs époux.

Bien après le crépuscule, Insbette sortait en cachette, contemplait les étoiles, se remémorait l'enseignement de Nathaël. Une nuit, Maria la surprit et la suivit, amusée et curieuse. Le lendemain soir, une petite bande de femmes, dissimulées avec prudence derrière des bosquets, écoutait Insbette leur raconter les astres.

Au petit matin, elle se mêla aux paysans dans les champs. Elle entendait des plaintes, non sur l'effort et les longues heures de labeur, c'était normal, mais sur les pluies inhabituelles de l'année qui avaient anéanti les récoltes. Les paysans redoutaient que la faim et les maladies ne frappent de nouveau et ne déciment le bétail. Certains parlaient d'apocalypse. Beaucoup citaient les prédications, priaient et priaient encore.

Insbette se rendait compte de sa différence. Grâce à Nathaël, elle ne craignait plus qu'on la traite de sale bâtarde, elle ne sentait plus planer sur elle l'ombre menaçante du péché et de l'impureté. Elle n'était plus la sotte qui se faisait transparente, se voulait invisible, pour se faire oublier. À Cassel, on la présentait comme une nièce de Folquine, mais avait-elle encore sa place parmi eux ? Impossible ici de lire, d'écrire. Parler de son art eût paru incongru dans cette cité aux deux importantes collégiales. L'enluminure était une voie réservée aux moines. Nathaël et son enseignement lui manquaient.

Au lendemain de la Saint-Jean, elle décida de repartir, au grand dam de ses compagnes mais aussi de jeunes artisans prêts à l'épouser.

Elle se dirigea vers une maison basse au toit de chaume, à l'extérieur des remparts. Pit'che Paul souffrait de ses jambes et de sa hanche et ne pouvait presque plus marcher.

— Ainsi va la vie, Dieu a décidé que j'avais vu assez de pays.

Il s'arrêta, la contempla.

— J'ai revu Renaude.

Elle eut peur soudain qu'il ne lui dise de chercher du côté des filles communes, dans le monde des bas-fonds, des fossés et remparts, de ces lescheresses, filles secrètes, filles d'étuves vivant sous l'emprise de leur maquereau. La plupart rejoignaient les pestiférés et les lépreux dans les maladreries, mouraient jeunes ou achevaient leur triste existence dans les fondations pour repenties. Non, son instinct lui disait que sa mère n'était pas une catin.

— Elle me demandait sans cesse si je n'avais pas de nouvelles de son frère, reprit Pit'che Paul. Un jour, j'appris que, devenu un riche négociant, il s'était établi à Ypres. À mon avis, c'est là qu'elle est partie. Elle a dû rejoindre son frère, Arnaut de la Montagne.

Il lui conseilla de suivre les rivières plutôt que les routes, mal famées, dangereuses pour une jeune et si jolie femme comme elle. Elle rougit du compliment.

— Je ne voudrais plus voyager comme je l'ai fait jadis. Les bandes de routiers se sont accrues de paysans réduits à la ruine par les gens de guerre, de gentilshommes…

— De gentilshommes ? Mais c'est contraire à leurs règles de conduite.

— L'homme qui n'a plus de terre, comme ces gentilshommes dépossédés de leurs fiefs, est prêt à se joindre à une bande.

— Pourquoi ?

— Pour se venger… et n'importe qui devient une proie. Un petit conseil, mademoiselle Insbette, ne circulez jamais de nuit.

« L'homme est pire que le loup », lui disait Pétronille.

37

Duché de Bourgogne, Ypres, 1395

Insbette croyait qu'il ne pouvait y avoir de ville plus animée que Cassel. Elle se trompait.

Au-delà des étangs, des grasses prairies et des faubourgs, les solides murailles de la cité se dressèrent face à elle. Lorsqu'elle entra dans Ypres, elle se sentit transportée comme par magie dans un monde bigarré, qui bourdonnait à ses oreilles. Y circuler tenait du miracle. Les chariots se croisaient avec difficulté. Des roues s'accrochaient les unes aux autres. L'incident devenait une affaire qui concernait tout le quartier. Des rires se mêlaient aux invectives des artisans et aux injures corrosives des conducteurs. Ses oreilles sensibles, habituées au calme relatif de la campagne, étaient sollicitées par un tintamarre incroyable, fait des interpellations des marchands, des bonimenteurs croulant sous le poids de leurs besaces, des sabots martelant le pavé, des porteurs d'eau et bateleurs. Son regard se portait partout, sur les habits en fibres naturelles des plus humbles, les vêtements chamarrés des nobles et des riches, les poulaines de daim alternant avec les semelles de cuir ou les sabots.

Insbette tomba en arrêt face à l'édifice des halles aux draps et poussa un cri d'admiration. Le colporteur le louait comme le plus grand bâtiment non religieux de toute la chrétienté. Mais elle ne s'attendait pas à une telle magnificence. Façonnées et ouvragées, ses arcades et colonnes, ses fenêtres en ogive à l'étage donnaient l'impression d'une richesse opulente. Construites autour d'un beffroi, à la fois marché et entrepôt couverts, les massives halles aux draps s'étalaient le long d'une rivière, l'Ieperlee. Des échoppes en bois la bordaient.

Elle se mit en quête d'Arnaut de la Montagne, auprès des commis installés devant chaque porte. Tous le connaissaient, aucun ne put la renseigner.

Du haut d'une bretèche en bois accolée à une petite halle, elle entendit une proclamation faite au peuple. Par quelque sortilège, chacun arrêta net son occupation. Un silence troublant envahit la place. Il s'agissait d'un édit concernant une des corporations de métiers. L'annonce achevée, tous se remirent à la besogne.

Où devait-elle chercher ?

Elle allait s'éloigner, lorsque les cloches du beffroi se mirent à carillonner. Elle releva la tête, subjuguée. Cette étrange musique était joyeuse et pure comme le cristal. Elle découvrit l'horloge. Elle n'en avait vu qu'à la chapelle du château de la Motte. La hauteur de la tour lui donna le vertige.

Une voix masculine bien timbrée s'éleva derrière elle.

— Le beffroi est l'emblème de notre fierté et de notre richesse. Il veille en sage sur la cité, et il est le garant de notre indépendance. Tu me cherches ?

Elle se retourna brusquement.

— Que me veux-tu, jeune…

Il s'interrompit. Son air irrité, ses sourcils froncés, ses lèvres serrées firent place à la surprise. Son regard s'élargit. Tous deux se dévisagèrent.

Cet homme, vêtu de chausses moulantes et neuves, d'un pourpoint bien ajusté de belle étoffe, n'était pas un manant. Le port de tête était digne, le menton épaissi par l'âge, les cheveux blonds sous le chapeau. Il ressemblait à sa mère.

— De la haute tour du beffroi, nous nous adressons aux Yprois, ajouta-t-il de façon machinale, sans la quitter des yeux.

— Nous ?

— Nous, les échevins de la cité. Que me veux-tu ?

— Je cherche Renaude de Cassel… Ma mère…

Il sourit à la fossette et aux yeux brillants, couleur émeraude, qui lui rappelaient sa sœur.

— Suis-moi.

Un burgrave gouvernait la châtellenie d'Ypres. Seconde ville de la Hanse flamande de Londres, elle était, avec Arras, un important centre de la draperie. Arnaut de la Montagne de Cassel avait été élevé au rang de bourgeois, puis d'échevin. Les marchands étaient parfois suspectés de commerce avec le diable. Ces titres le mettaient à l'abri et lui conféraient de sérieux privilèges.

— Comme celui d'acheter du vin ! dit-il en riant.

Elle aussi appréciait le vin depuis son séjour chez Yolande. Elle n'y avait pas goûté depuis qu'elle avait quitté le château de la Motte.

— Je ne peux me passer de la ville. Comme dit un vieux proverbe : « L'air de la ville rend libre. »

— Pourquoi avoir choisi Ypres, messire ?

— Appelle-moi Arnaut, ma nièce. Tu es toujours aussi curieuse ? demanda-t-il avec un sourire légèrement moqueur.

Il n'attendit pas sa réponse :

— Une des routes du commerce qui relie Arras à Bruges passe par Ypres. La laine, qui approvisionne la cité, est acheminée par bateau sur l'Yser. J'y venais très souvent. Certes, elle a perdu de sa superbe, tandis que Bruges brille de nouveau d'un vif éclat. Mais la châtellenie d'Ypres offre des avantages en matière de draperie, et une jolie damoiselle m'y a accordé sa main.

Des artisans étaient grimpés, comme à Cassel, sur des échafaudages. Ils œuvraient à la reconstruction d'édifices. Le colporteur l'avait prévenue. Lors du siège de 1383, la ville avait souffert. Malgré tout, Ypres prisait les fêtes. Les joyeuses entrées suscitaient l'enthousiasme populaire, comme celle de Philippe le Hardi venu avec sa femme, Marguerite de Flandre, qui apportait, en dot, le comté au Bourguignon.

— La population diminua fortement avec les ravages de l'été 1383, provoqués par les Anglais. Son marché annuel rayonne encore, mais des petits métiers se sont effondrés, les fluctuations des opérations de change…

Il s'interrompit et, pensant s'excuser, il déclara :

— Tu ne peux comprendre.

Elle se mordit les lèvres pour ne pas répliquer. Il ignorait son instruction. Elle se tut et s'efforça de se conduire avec humilité comme le devait toute femme respectable. Elle avait besoin de lui pour retrouver sa mère.

Il marchait vite, en homme habitué à ne pas perdre son temps, à vivre de manière fébrile. Il jetait des coups d'œil de côté pour s'assurer qu'elle le suivait bien. À peine lisait-elle les enseignes, apercevait-elle des auberges, des échoppes, que l'on était déjà dans une autre rue. Elle était curieuse de cette diversité. Les bruits, les odeurs, les couleurs différaient d'une rue à l'autre. À proximité des maisons couvertes de chaume s'élevaient des demeures bourgeoises crénelées et munies de tourelles. Elle avait le feu aux joues, et ce n'était pas la chaleur. Elle était avec son oncle ! Elle courait pour se maintenir à sa hauteur. Elle se sentait si joyeuse.

Il s'en aperçut et ralentit son pas.

— Pardonne ma diligence, je suis attendu aux halles aux draps.

— Certains bâtiments, aux pignons triangulaires, sont surmontés d'une girouette, comme sur le beffroi.

— Des maisons nobles, répondit-il, laconique.

Elle croisa des pèlerins, la coquille de saint Jacques à la ceinture. Un homme portait une rouelle jaune à la poitrine. Son cœur se serra.

Ils conversaient en marchant.

Ce bel homme viril parlait avec passion de sa ville, avec une satisfaction altière de son métier. Son négoce contribuait à la prospérité de la cité. Grâce à ses droits honorifiques et financiers, il vivait aujourd'hui dans une opulence à laquelle il aurait peine à renoncer. Elle lui permettait de s'adonner à son goût pour les plaisirs de l'esprit qu'il partageait dans son cercle.

— Tu es venue comment ?

— À pied, par les rivières lorsque cela était possible.

Il la regarda avec attention. Elle lut une grande surprise dans ses yeux. Cette jeune personne avait du courage. Il lui sourit. Elle était bien sa nièce.

Ypres était propre, mais dans certaines ruelles, les eaux usées, avec la chaleur de l'été, étaient malodorantes.

— S'accommode-t-on en ville de ce flux nauséabond ? demanda Insbette avec spontanéité.

— Des mesures ont été prises depuis la grande maladie. Tu as pu voir des femmes déverser de l'eau et nettoyer devant leurs portes. Que dirais-tu après le massacre des chats ? Leurs cadavres se déversent dans les caniveaux.

— Je ne comprends pas…

— La cérémonie se déroule lors du *kattewoensdag*, le mercredi des chats. Il suit le dimanche de Laetare, le quatrième dimanche de carême, avant les Rameaux… Les chats nous sont utiles pour garder les grains. Mais les négociations achevées et les denrées vendues, les félins redeviennent alors les instruments du Malin. On les traque, on les enrubanne. Ils ont rendu service, ne l'oublions pas, ajouta-t-il avec une expression amère. On les porte à l'échevinage. Pour montrer que les transactions sont vierges de toute action maléfique, nous les jetons du haut de la tour sur le pavé. Je vois et comprends que tu n'apprécies pas. C'est un aspect de ma fonction qui me répugne. La foule, elle, est en délire…

— On y est.

Un grand mur blanc et un porche fermé. Des maisons basses aux alentours, qui ne lui inspiraient pas confiance. Sa mère vivait-elle dans un lieu de débauche ? Insbette était prête à le lui pardonner. L'histoire de Renaude, rapportée par Griete, la hantait. Elle enlèverait sa mère à sa maquerelle, elle… Elle édifiait déjà tout un conte.

Plus elle pensait à sa mère comme à une ribaude n'ayant d'autre issue que de vendre son corps, plus sa colère montait à l'encontre de ce grand frère, riche et puissant, qui n'avait pas aidé sa sœur, l'avait abandonnée alors qu'elle était rejetée de tous à Cassel, faisant d'elle et de sa fille des réprouvées.

Arnaut s'arrêta. Il se retourna vers elle :

— Nous y voilà. Tu vas voir ma sœur. Ta maman.

Il sursauta. Devant lui, l'aimable jeune fille avait laissé la place à une sauvageonne aux prunelles perçantes, prête à le griffer et à le mordre.

Il la prit par les épaules.

— D'où te vient cette irritation, Insbette ?

Un flot de larmes déborda de ses paupières. Elle ne se contenait plus. Ses manières posées s'étaient envolées.

— Tu n'as pas tenu ton rôle d'aîné, cria-t-elle dans un hoquet. Tu n'as pas cherché à laver son honneur ! Ma mère est une…

Il l'interrompit, décontenancé.

— Je ne sais ce que tu crois, Insbette, mais tu te trompes !

Comment dompter la rage de cette jeune furie dont il ignorait l'existence une heure auparavant ? Il murmura, pour l'apaiser :

— C'est un lieu de sérénité ici. Suis-moi.

Elle se modéra. Baissa les yeux, se mordit l'intérieur des joues.

— Pardon…

Elle le suivit.

C'était un endroit fermé. Arnaut se fit connaître à l'entrée, sous le porche. Ils pénétrèrent dans l'enceinte. Accolées les unes aux autres, des maisons identiques étaient regroupées autour d'une chapelle et d'un jardin de belle dimension. Elles possédaient chacune un clos planté d'arbustes et de fleurs.

— Voilà où ma petite sœur a choisi de vivre.

— Un couvent ? Elle est religieuse ?

— Ce n'est pas un couvent. Elle vit en communauté, selon des règles précises, mais elle n'est pas religieuse. C'est un béguinage.

— Mais oui ! se rappela-t-elle à haute voix, je me souviens d'un écrit concernant le mouvement.

— Ah oui ?

Il sembla intéressé. Elle se laissa emporter par son savoir :

— Elles n'obéissaient à aucun homme supérieur : prêtre, père ou mari, et se permettaient de discuter de la sainte Trinité… Au début de ce siècle, le pape élargit les pouvoirs donnés aux inquisiteurs. Les béguinages furent considérés comme hérétiques et interdits. Marguerite Porete, une béguine du Hainaut, finit sur le bûcher. Mais cette bulle papale fut annulée, l'Inquisition ayant purifié les communautés. N'est-ce pas ?

— Qui te l'a lu ?

— Moi.

— Tu sais lire ? lui demanda-t-il l'air incrédule.

— Oui, lire et écrire.

Décidément, cette jeune femme au regard pétillant était bien étrange.

— Qu'en est-il de nos jours, mon oncle ?

— Chez nous, les béguinages sont sous la protection du comte de Flandre. Ailleurs, sévit un climat de suspicion envers ces femmes. Leur vie ne tient qu'à un fil. Ici même, elles sont surveillées.

— Elles inquiètent ?

— Elles fascinent. L'Église y voit un péril. La simplicité volontaire de leur mode de vie est suspecte, leur liberté de parole concernant la foi et le divin prêtent aux rumeurs... Affranchies de toute tutelle masculine, choisissant de ne pas se marier, elles sont incontrôlables. Elles peuvent s'exprimer, écrire dans la langue du peuple. Leur solidarité et leur façon de se gouverner méritent le respect. Je viens souvent voir Renaude pour m'assurer qu'elle ne manque de rien.

— C'est autorisé ?

— Je suis de sa famille, échevin de surcroît. Mais aucune visite de nuit n'est tolérée. J'avoue que, dans cet enclos paisible et fleuri, au milieu d'arbres qui se font si rares dans les villes, au sein de cette communauté de femmes libres mais silencieuses, je me repose de l'activité trépidante des villes de Flandre, des foires, des négociations, des inquiétudes en voyage...

— Quelles inquiétudes ?

« Sa curiosité est insatiable », songea-t-il.

— J'aime prendre la mer, rencontrer des marchands florentins et lombards... ou anglais, osa-t-il ajouter. Mais la piraterie est devenue un fléau pour la navigation. Et sur routes, les droits perçus par les seigneurs pour les frais d'escorte de marchandise et le passage sur leurs terres sont devenus tellement exorbitants… Parfois, j'envie ma sœur.

L'enclos possédait une ferme, un petit hôpital et une table du Saint-Esprit pour les nécessiteuses. La Très Noble Dame, ou Grande Dame, dirigeait l'ensemble.

Ils croisèrent des béguines. Sans être un uniforme, leur habit, aux couleurs foncées, ressemblait à celui des moniales. La plupart revêtaient une robe de drap noir, sans ornements ni bijoux. Elles portaient un petit voile blanc.

— Elles sont libres de leur temps et ne sont pas obligées de suivre tous les offices. Elles se confessent tous les quinze jours. Certaines sont contemplatives, mais la plupart s'occupent de blanchissage et de filage – Insbette avait remarqué que le béguinage était situé le long de la rivière –, ce qui irrite les corporations de tailleurs et de lavandiers. D'autres, comme ta mère, font œuvre artistique.

— L'écriture ?

— Non… répondit-il dérouté.

Ils approchaient de la chapelle.

— Elle dirige la chorale. Tu entends sa voix ? Elle est magnifique.

Insbette se troubla. Elle tenait son joli timbre de sa mère. Le visage de son oncle rayonnait. Il aimait sa sœur.

— Si tu restes un peu à Ypres, tu pourras loger chez moi. Renaude t'y emmènera.

— Elle a le droit de quitter les lieux ?

— Elles ne sont pas cloîtrées. Ma sœur nous rend visite chaque semaine. Les béguines sortent seules, mais doivent être rentrées à une heure prescrite par la Grande Dame. Elles apportent des soins aux malades, en ville. Ce soir, je suis dans ma loge de négociants, pour me délasser et jouer aux cartes. J'ai femme et quatre enfants. Ils seront heureux de rencontrer leur cousine.

Un oncle descendu du ciel, des cousins… Insbette était ivre d'une joie nouvelle. Une famille, une vraie famille…

Elle ferma les yeux, autant pour se remémorer tout ce qui venait de lui arriver que pour écouter la fin de la chorale.

Il resta à ses côtés.

Lorsque les béguines sortirent de la chapelle, elle n'eut pas à lui demander qui était sa mère. Elles se reconnurent, aussi troublées l'une que l'autre. Renaude lui ouvrit les bras ; elle s'y précipita.

Arnaut s'effaça sans bruit.

Insbette suivit sa mère dans le jardin.

Elles dépassèrent une très vaste maison. Elle se tourna vers Renaude, interrogative.

— Notre couvent, appelé ainsi parce que la maison abrite plusieurs béguines qui mettent leurs ressources en commun. Lors de mes années de noviciat, j'y logeais. Nous sommes soumises, à l'arrivée, à une période d'épreuve de cinq ans. Nous organisons notre existence comme nous l'entendons, en tenant compte des facultés mais aussi des goûts de chacune. Notre Grande Dame vient nous visiter une fois l'an pour vérifier que nous ne vivons ni dans une opulence déplacée ni dans l'indigence. La pauvreté n'est pas l'un de nos devoirs. Celles qui possèdent une fortune la gèrent. Nous disposons à notre aise des revenus acquis par notre labeur. Je ne jouis pas de ma propre maison, je n'en ai pas les moyens, mais je la partage avec de jeunes nécessiteuses ou postulantes.

— Tu pourrais quitter le béguinage ?

— J'ai fait vœu d'obéissance et de chasteté, mais non de pauvreté et surtout pas de clôture. Je peux me libérer de cet engagement quand je le désire. Mais tant que je vis au sein de la communauté, je dois en respecter les règles.

Elle l'emmena dans son petit logement, qu'elle louait. Elle habitait avec une béguine encore novice.

La colère déversée contre son oncle atteignait à présent sa mère. Un sentiment d'abandon l'oppressait, l'empêchait de parler. Renaude vivait en toute quiétude. Elle s'était enfermée de son plein gré au lieu de la rechercher, elle, sa fille.

— Je te croyais en sûreté auprès de Dame Yolande.

Elle ne retint pas ses larmes lorsque Insbette lui narra la façon dont elle s'était sauvée, après la fuite de Yolande.

À son tour, Renaude lui conta son enfance, ses années de félicité auprès des curés de Notre-Dame.

— Le père Baptiste prie pour toi tous les jours… maman, prononça-t-elle pour la première fois, très émue.

Vint le moment éprouvant du récit de la violence infligée par les jeunes seigneurs, la peur des représailles, la fin de ses fiançailles et son bannissement de la cité.

« Je les ai peut-être croisés chez Dame Yolande », songea Insbette avec effroi.

Et quand Renaude lui dit qu'elle ressemblait au chef, avec ses cheveux frisés, sa tache sur le lobe de l'oreille, le visage de Philippe de Berkin vint la troubler. Sa beauté, sa prestance de jeune seigneur, mais aussi son sourire hautain, son air arrogant. Elle ferma les yeux pour évacuer cette vision.

Insbette était une femme. Renaude se confia sans réserve. Elle lui avoua son ressentiment envers les hommes. Envers Dieu qui l'avait abandonnée.

— Je me sentais coupable, on me disait coupable et je le croyais. Coupable vis-à-vis de mon fiancé, de sa famille, du père Baptiste, coupable de m'être conduite avec légèreté face à ces hommes à l'église. J'étais, aux yeux de tous, Renaude la menteuse, Renaude la ribaude. Je gardai longtemps cette colère au fond de moi. Je faillis montrer à tous qu'ils avaient raison et devenir la putain que l'on prétendait que j'étais. Tu m'as sauvée.

— Moi ?

— Oui, toi, ma fille. Au moment même où j'allais être cueillie par une maquerelle, Griete me fit savoir que tu étais en danger. Je me suis reprise. Je t'ai emmenée vers Dame Yolande et, te sachant en sûreté, je me suis éloignée. Je souffrais de te quitter une fois de plus, mais il le fallait. Pour toi, mon Insbette. Il ne fut plus jamais question d'aller en maraude.

— Pourquoi n'es-tu pas revenue à Cassel ?

— J'y suis toujours indésirable, sous le poids d'une accusation.

— Mais elle est injuste !

Renaude sourit. Sa fille semblait avoir du caractère.

Yolande ! Elle irait voir Yolande et lui demanderait d'innocenter sa mère.

— Et… je suis très occupée ici, ajouta Renaude.

— La chorale.

— Entre autres. – Elle sourit. – Une sœur m'a initiée à la dentelle au fuseau.

Sa mère rayonnait d'une joie intérieure, elle faisait du bien autour d'elle, et son frère lui demandait souvent conseil, comme à un sage. Insbette comprit qu'elle avait trouvé sa terre. La paix. Et sans doute une liberté rare pour une femme. Ici, elle était la très respectable et respectée dame Renaude.

Elle vivait dans une humilité, non celle de la conscience du péché, mais dans une humilité face à la vérité. En ce sens, elles étaient toutes deux proches de Nathaël. Sa mère faisait la lecture à voix haute pour de jeunes femmes, leur apprenait à lire. Elle s'intéressait aux écrits de béguines du siècle passé, ceux tout au moins qui n'avaient pas été brûlés.

Et tout cela grâce à Thomas qui l'avait instruite. Elle ne l'avait jamais oublié. Mais elle n'en dit rien.

Insbette resta trois mois dans sa nouvelle famille. Elle se promit d'y revenir, mais elle était partie d'Ekelsbeke depuis le printemps et il lui tardait de retrouver Nathaël. Elle irait également demander la grâce de sa mère à Yolande de Flandre, afin de lui rendre son honneur à Cassel.

Avant son départ, Renaude lui donna un conseil :

— Ma fille, tu es en âge de te marier. Pardonne-moi de te tenir ce langage singulier, mais je souhaite que tu épouses l'homme que tu aimes. Sinon, ne te marie pas. Suis ton cœur, et non une quelconque volonté de revanche sur ton état de bâtarde…

Pour revenir au pays, Insbette montait l'un des chevaux de son oncle. Il lui en avait fait présent afin qu'elle revienne vite les voir. Elle se reprochait ce sentiment peu chrétien d'orgueil, mais la puissance qu'elle ressentait sur sa monture la comblait de joie. Elle la mena avec habileté et sollicitude. Elle lui évitait de s'embourber dans la *clyte*, cette glaise rebelle inhérente au Westhoek – les « Terres de l'ouest ». Elle esquivait les fossés et les chemins empierrés. Munie de papiers procurés par son oncle échevin, elle passait les contrôles sans embarras. Elle versait les pièces demandées dans les huches à péage, un tronc percé d'une ouverture que des agents, détenteurs des clefs, venaient relever.

Au croisement de routes, arrêtée dans un relais pour faire boire sa monture, elle entendit parler de la comtesse de Flandre-Cassel. Les tensions avec Philippe le Hardi depuis trois ans avaient ruiné sa santé. Elle était, à les entendre, au chapitre de la mort.

Elle changea de direction et galopa vers la forêt de Nieppe.

38

Flandre française, Esquelbecq, de nos jours

Les deux parties du parchemin déchiré s'ajustaient de façon parfaite. La suite était considérable et ne correspondait en rien à la première partie. Plus de trilinguisme. Le latin et le dialecte flamand avaient laissé place à l'ancien français.

Dès qu'ils avaient pris connaissance du rouleau détenu par le père Berniès, Jean-François avait téléphoné à Mariannick. Vingt minutes plus tard, trop heureuse de les aider à déchiffrer la nouvelle trouvaille, l'archiviste était attablée dans la cuisine, devant un café, avec ses amis et M. Berniès.

— Monsieur Berniès, pourquoi ne pas nous l'avoir montré plus tôt ? demanda Nina, au paroxysme de l'exaltation.

Son cœur battait à tout rompre. Ce n'était plus elle, Nina, qui découvrait la seconde partie d'un parchemin du XIVe siècle, mais Insbette qui recevait le testament de son maître Nathaël.

— Oui, renchérit Charlotte, vous saviez que nous avions entre les mains un document exceptionnel…

— Vous me l'avez montré, vous ? la coupa Berniès, exaspéré par ces remontrances.

— Voyons ce que dit la fin du premier parchemin, tempéra l'archiviste. Ces mots codés, on en ignore toujours la signification.

— Non, nous la connaissons, Mariannick.

Celle-ci se tourna vers Nina, étonnée. Le père Berniès, dépassé, gardait une moue boudeuse.

— Florian… Le maître verrier, ajouta-t-elle, se sentant rougir jusqu'aux oreilles.

Charlotte retint un fou rire face aux pommettes empourprées de son amie.

— Florian me la traduit, reprit Nina. Il a étudié l'alphabet futhark.

— J'ai hâte d'en connaître le sens, s'exclama Mariannick.

Nina prit son carnet, et lut à haute voix :

— « Quand notre moine copiste t'indiquera la cachette du parchemin, je ne serai plus. Ma vie fut belle grâce à toi, Insbette. Garde ton ciel, et transmets ce qui suit à… »

— À qui ?

— C'est là le mystère, Mariannick, dit Jean-François. Le second parchemin commence par la fin du message. Il doit renfermer le nom du destinataire. La personne qui a déchiré le manuscrit, sans doute le moine copiste, n'a pas voulu qu'Insbette connaisse le nom de ce destinataire.

— Il nous faudrait Florian, n'est-ce pas, Nina ? fit Charlotte, l'air de rien.

— Oui… Je peux aller le chercher.

Jean-François ne cacha pas sa désapprobation.

— Faut-il lui montrer le parchemin ? Nina, tu lui as déjà parlé du code…

— Je l'avais recopié sur un carnet. Il s'intéressait aux signes runiques. Il ne sait rien de notre découverte.

Charlotte gronda son mari.

— Tu ne vas pas la traduire devant l'Inquisition, non ? Tiens, quand on parle du loup…

Florian faisait irruption dans la cuisine où ils s'étaient rassemblés.

— Pardon ! Je tombe mal, je crois.

— Entre, Florian, proposa Charlotte. Tu es le bienvenu et tu vas nous aider !

Le jeune homme n'eut que le temps de jeter un rapide regard à Nina. Il s'extasia sur le parchemin et se pencha sur le message.

— C'est prodigieux !

— Alors ? s'enquit Mariannick avec impatience.

— « Transmets ce qui suit »…

Il leva le visage, savoura cet instant :

— « au duc de Bourgogne » !

Un frémissement parcourut les acolytes.

Insbette était chargée de le confier à Philippe le Hardi. Nathaël devait être persuadé que Yolande de Flandre lui fournirait les introductions à la Cour. Sans doute ignorait-il les démêlés entre la Dame de Cassel et le duc de Bourgogne.

— À toi, Mariannick ! souffla Jean-François, contaminé par la fièvre générale.

— Je vais lire lentement, d'autant qu'au Moyen Âge, un texte était réputé pour avoir plusieurs sens : littéral, allégorique, moral et anagogique, dit Mariannick.

— Tu veux dire analogique ? demanda Charlotte.

— Non, anagogique, le sens profond et caché des Écritures, puis de tout texte.

Elle commença la lecture, sous le regard fasciné d'un petit auditoire tenu en haleine.

— « Pour notre gracieux seigneur et prince Philippe, duc de Bourgogne et de Flandre »…

Il s'adressait au duc. Il n'était plus question de mélanger les langues, ni d'utiliser l'alphabet futhark ou un quelconque code. Le parchemin devait être lu par un prince, et donc en français de l'époque.

Ce qui suivait était un traité d'astronomie. Nathaël justifiait ses théories :

— « Très gentil prince, je ne fais que reprendre les travaux d'Arisarque et d'Eratosthène d'Alexandrie »…

— Ah oui ! s'écria Charlotte, en levant le doigt comme une gamine. Je sais ! Des Grecs d'Alexandrie avaient calculé la durée de l'année solaire à six minutes près. Ils avaient compris la position centrale du Soleil. Nathaël avance des arguments en faveur de la rotation de la Terre, comme l'a fait Oresme avant lui, mais qui les abandonna pour les raisons que l'on devine…

— Comment sais-tu tout cela ?

— Tandis que tu t'intéressais à Yolande de Flandre, je me suis replongée dans l'histoire de l'astrologie et de l'astronomie, toutes deux liées au Moyen Âge.

— Quelle est cette suite de nombres ?

— Ah ça, c'est facile ! s'exclama Charlotte. C'est une table astronomique. Elle permet le calcul du mouvement des astres, les dates d'entrée du Soleil dans les signes du zodiaque, les éclipses, les nombres d'or. Mais c'est étrange…

— Quoi ? firent-ils tous de concert.

— Eh bien… Au XVe siècle, on réalise que les tables dites « alphonsines » fournissent des positions erronées de plusieurs degrés. Or lui, ce Nathaël du XIVe siècle, a établi de nouvelles tables. Elles me rappellent celles de Copernic, peut-être moins précises, mais celles de Copernic datent du XVIIe siècle. Il fait aussi mention d'une erreur de calcul dans les jours, d'un décalage qui entraîne un retard de calendrier…

— C'est surprenant, commenta Mariannick. Mais imaginez à l'époque ! Ces révélations, si elles étaient arrivées à destination, auraient frappé la chrétienté de plein fouet.

— Nous serions passés au calendrier grégorien avant 1582… Nous serions peut-être sous le calendrier clémentin ! s'esclaffa Charlotte.

— Cet homme était réellement en avance sur son temps… – le visage de Nina se rembrunit – il était voué au bûcher… À moins que Philippe le Hardi, convaincu par Insbette, et qui sait, sous le charme d'une belle et talentueuse ambassadrice, ne l'ait protégé.

— Convaincu par une jeune bâtarde, Nina ? J'en doute !

— Quelques années plus tard, une jeune pucelle nommée Jeanne a bien persuadé le roi d'aller faire la guerre aux Anglais !

— Que l'on admette déjà que la Terre fût ronde aurait pu changer le futur. Une remise en question de l'Inquisition… Que serait notre monde aujourd'hui ? se demanda Charlotte à voix haute.

— Nathaël faisait partie de ces hommes remarquables, dit Mariannick sidérée. C'est là un document rare du XIVe siècle. Les théories d'un savant méconnu.

— Tout cela était impossible à accepter pour l'Église de l'époque, conclut Jean-François. Le moine qui a dû copier ces lignes pour Nathaël a pris peur. Nathaël avait confiance en lui. Il ignorait que ce frère allait déchirer le parchemin et dissimuler son traité d'astronomie.

Charlotte reprit la parole, de façon très solennelle :

— Nous ne pouvons garder ces trésors. Nous en ferons des copies, pour nous, pour toi Nina. Ils doivent être étudiés par des spécialistes des temps médiévaux. Je propose de les confier à Mariannick. Cet homme mérite attention. Qu'en penses-tu, Nina ?

— C'est à vous d'en juger.

— Non Nina, tu es celle qui doit transmettre à ton tour. Insbette l'aurait voulu ainsi.

— Alors, oui. Donnons-les à Mariannick. Ce sera notre façon de réhabiliter Nathaël.

— Oh là ! s'écria Mariannick. J'ai un temps de retard !

— Nous allons t'expliquer.

Berniès s'interposa de façon brutale.

— Et moi ? Je ne mérite pas de tout savoir ? Tout de même !

On l'avait oublié.

— Bien entendu, monsieur Berniès, dit Charlotte, toujours conciliante. Mais au fait, où l'avez-vous trouvé ?

— Il était temps, répondit-il.

L'on s'intéressait enfin à sa personne. S'ils avaient leur parchemin en entier, c'était grâce à lui.

— Dans votre ferme, je suppose ? fit Nina.

— Eh non !

Il prit un air très satisfait. Attendit que chacun porte les yeux sur lui. Soupira d'aise avant de poursuivre :

— Une galerie souterraine part de notre cave. Nous le savons depuis que nous sommes entrés en possession de la ferme familiale de ma femme. Elle s'interrompt juste avant la rive de l'Yser. Normal. Mais je suis curieux, c'est ma nature. Vous l'avez remarqué, ajouta-t-il avec un sourire malicieux qui ruina aussitôt tous les *a priori* le concernant. Il y a peu, j'ai découvert une entrée, de l'autre côté de la rivière. De votre côté. Pour aller d'une galerie à l'autre, on devait jadis franchir l'Yser en barque. Aujourd'hui, il y a le petit pont. J'ai déblayé l'entrée. Ni vu ni connu. Et j'ai pénétré dans la nouvelle cavité. C'est ainsi que je suis venu chez vous. Ne vous attendez pas à de longs souterrains, comme dans le film *Benjamin Gates* ! s'esclaffa-t-il, suscitant des sourires étonnés. Près de l'entrée, j'ai tout découvert.

— Tout ?

— Vous n'aurez qu'à me suivre. Le parchemin était protégé dans une sacoche de cuir, elle-même placée dans un recoin sous des ossements, un crâne.

— Nathaël ! s'écria Nina. C'est Nathaël !

— Pourquoi cette certitude ?

— Je ne sais, je le sens de tout mon être, de toute mon âme.

Charlotte acquiesça.

— Nina a raison.

Une tristesse s'était emparée de Nina au fur et à mesure de la lecture, une tristesse venue de loin, comme si elle hébergeait en elle la jeune femme du Moyen Âge.

Insbette n'avait donc pas eu connaissance du traité d'astronomie.

Que s'était-il passé ?

39

Décembre 1395

— C'est hasardeux de cheminer en cette période, s'alarma l'oncle d'Insbette.

— Les troupes ont pris leurs quartiers d'hiver, le rassura-t-elle.

— Le danger ne vient pas seulement de la soldatesque. L'aube est très humide. L'hiver est précoce. Et le pays sera bientôt emprisonné dans les glaces. Ta mère et moi venons de te retrouver. Nous ne désirons pas te perdre. Tes cousins non plus.

Ces paroles lui réchauffèrent le cœur, mais la jeune femme ne lâcha pas prise.

Ses parents d'Ypres n'eurent pas gain de cause. Forte de leurs recommandations, Insbette quitta les siens au lendemain de la Saint-Nicolas. Ce jour signifiait beaucoup pour elle. Elle était restée pour la grande veillée, se réjouissant de voir les petits, les joues rougies par le feu de l'âtre, le regard écarquillé, écouter les vieux leur raconter la légende du saint.

Le courage et la détermination emplissaient ses membres. Pourtant, durant la traversée de la forêt de

Nieppe, qui bruissait, obscure, autour d'elle, elle se sentit moins assurée. Elle galopa droit devant elle, le regard fixe, la respiration suspendue, le sang figé.

Elle leva les yeux vers la muraille. Arrivait-elle à temps ?

Couverte d'une chaude pèlerine, elle grelottait. Le froid glacial mordait ses joues, gelait ses lèvres, piquait ses doigts gantés, la pénétrait par tous les pores. L'hiver promettait rigueur. Elle s'aperçut que la faim lui harcelait les entrailles.

Quelque chose dans le voisinage de la forteresse lui donnait un aspect sévère, effrayant. Avait-elle embelli son souvenir grâce aux doux moments vécus auprès de sa souveraine ? Était-ce cette lueur hybride, entre obscurité et clarté du jour ? La mort hantait-elle déjà les lieux ? Il y persistait des traces du passage des Anglais. Ses jambes se dérobaient. Elle avait tant chevauché. Elle se retint à sa monture.

La suzeraine résidait au château, mais l'ordre était donné de ne laisser entrer aucun visiteur. Insbette parlementait avec âpreté, bien décidée à ne pas se laisser refouler par les hommes de la garnison, lorsqu'un vieux sergent la reconnut et la fit pénétrer dans l'enceinte.

Le médecin-physicien attaché au service de la maison de Yolande était aux côtés de la comtesse alitée. Elle approchait les soixante-dix années de vie. Amaigrie, le teint sableux, elle était assise bien droite, appuyée sur des oreillers, avec l'air déterminé de celle qui veut s'éteindre dans la dignité. Derrière sa vêture sévère, elle gardait, au fond de son regard fatigué, l'éclat bleuté des prunelles du temps de sa jeune beauté.

Son visage rayonna à l'entrée d'Insbette.

— Ma petite demoiselle de compagnie ! Tu es de toute beauté...

Elle lui fit signe de s'approcher et l'embrassa.

— Tu m'as manqué. Sans toi, je ne fus environnée que de flatteurs et de traîtres. Pourquoi n'es-tu pas revenue plus tôt ?

— Vous le désiriez, ma gentille Dame ?

— Tu en doutes ?

Insbette baissa la tête pour dissimuler le courroux inconvenant qui lui rongeait le cœur. Elle s'entendit répondre avec une voix de petite fille de neuf ans.

— Vous m'avez oubliée, lors de votre départ de Nieppe...

Nul besoin de préciser. Yolande devina la félonie de la jeune lingère.

— Coline ! Seigneur ! Je t'avais confiée à Coline, en attendant mon retour de Paris.

Insbette était abasourdie. Coline n'avait fait que la narguer, avant de l'abandonner. Elle ne lui avait rien remis. Rien dit sur sa naissance, juste signifié son renvoi.

Elle était la bâtarde de Philippe de Berkin. Elle pâlit, mais n'en fut pas étonnée. Elle l'avait déjà deviné, sans se l'avouer. Les entretiens entre la comtesse et le jeune seigneur... C'était d'elle qu'il s'agissait. Yolande avait obtenu de Philippe la reconnaissance d'Insbette. Le sieur de Berkin, cet homme qui provoquait en elle un infini malaise, était bien celui qui avait violenté sa mère, et de qui elle tenait la chevelure bouclée et la tache sur le lobe de l'oreille.

Yolande semblait à bout de forces. Elle se fit pourtant remettre une plume neuve et son écritoire. Elle rédigea une lettre témoignant de la filiation d'Insbette avec Philippe de Berkin sur laquelle elle apposa son sceau. Silencieuse depuis cette annonce, la jeune femme eut la présence d'esprit de lui demander de lever la sanction contre sa mère. Yolande l'accorda de bonne grâce. Toute la dignité de Renaude tenait dans ce nouveau parchemin.

Yolande reposa la plume. Ferma les yeux. Épuisée.

— Quel temps fait-il ?

— L'hiver est là. Il gèle.

— Le froid vient d'entrer dans mon lit.

La comtesse s'agita.

— Tu entends le vent ? Le vent du nord…

— Je n'entends que nos souffles, gentille Yolande.

Insbette retrouva les gestes spontanés de ses années passées au côté de la Dame de Cassel. Elle lui prit la main, avec tendresse, et la baisa.

— Vous allez bien, ma Dame ?

— Cette année fut éprouvante, lui répondit-elle en rouvrant les paupières.

Yolande garda la main d'Insbette dans la sienne et ne la quitta plus des yeux. La mort venait-elle de s'effacer devant tant de volonté ?

Elle prit une large inspiration :

— Mon hostellerie s'est restreinte. Ma garnison est réduite de moitié. Rien ne va plus pour mes sujets, les charges s'accumulent sur leurs têtes. Les membres de l'échevinage furent emprisonnés. Ne pouvant satisfaire mes créanciers, je fus arrêtée à Tournai. Je pus emprunter et sortir de captivité le quatorzième jour de juillet. L'été vit une éclaircie. Le duc Philippe leva la saisie de mes terres. Un accord fut signé, qu'il ne tint pas. Il s'efforce maintenant de m'interdire le droit de justice. N'arrivant pas à me faire plier, il attend mon dernier souffle pour mettre la main sur Cassel. Ces guerres m'épuisent. J'ai offert mes terres du Perche à mon petit-fils. Mais l'héritage de mon père, que je désirais transmettre à mes descendants, est convoité par la Couronne et surtout le duc de Bourgogne.

— Il en a le pouvoir ?

— Notre contrée a toujours été moins assujettie que celles de nos voisins à la domination des comtes de Flandre. Ces domaines, le manoir et son belvédère qui embrasse nos territoires furent donnés en apanage par mon grand-père Robert de Béthune, comte de Flandre. Mon propre cousin a persécuté de façon incessante mon père, Robert de Cassel, pour obtenir nos terres. Il lui a enlevé le comté, abrégé ses jours. Il eut également des démêlés avec ma mère. Je ne lui ai jamais pardonné. Mon père aurait dû posséder le comté de Flandre, et non son frère ! On fêtait le noble sire de Cassel lors de ses entrées officielles dans ses villes flamandes. Mais il est aussi ardu de résister aux visées familiales qu'aux visées royales. Si mon père n'avait dû renoncer à ses droits sur le comté de Flandre, j'occuperais aujourd'hui la place de Philippe le Hardi !

Yolande s'exprimait avec exaltation. Sa fièvre ne venait plus de son état de santé, mais de la révolte qui avait guidé sa vie. Elle s'arrêta un court instant, et poursuivit :

— La bataille de Roosebeke a ébranlé la raison du roi Charles, déjà chancelante. Sa folie a sonné le glas.

Le Hardi a pris du pouvoir sur le royaume de France privé de maître, qui n'en a pas fini avec les Anglais. Je me bats pour l'existence de l'apanage de Cassel. Je lutterai jusqu'à la fin.

La passion renaissait dans son regard. Insbette l'écoutait. Elle admirait son esprit de résistance, sa volonté sans limite.

— Mon enfant, nous n'allons plus nous revoir. Ne proteste pas ! Dieu le veut ainsi. Il m'a fait le présent de ta visite avant mon trépas. Tu es la clarté de ce jour. Insbette, petite fille... Tu entendras peut-être parler de moi comme d'un monstre, plus orgueilleuse que Satan.

Insbette se récria.

— Je lis l'incompréhension et la colère sur ton visage.

La comtesse lui releva le menton.

— Ce sentiment m'a accompagné ma vie durant, reprit-elle. Colère contre mon licencieux cousin, le comte Louis de Mâle, colère contre la trahison de mon fils, contre mon voleur de mari, le Navarre, contre l'avidité du clergé, contre ce parent éloigné, Henri de Bar, contre la famille Du Guesclin, et enfin contre les injustices du duc et du roi. Les desseins des uns et des autres ne sont pas inspirés par la ferveur religieuse, mais par l'attrait de la fortune et de la possession. La rumeur construit les réputations – Insbette songea à sa mère –, on me dit cruelle à cause de mes querelles avec mon fils, mais je me défendais contre son ingratitude. Mon petit Édouard me quitta si vite, je dus lutter contre une tendresse excessive pour son frère. On raconte que j'ai assassiné un chanoine, mais il avait quitté la tonsure et l'habit, pris les armes et s'était joint aux pillards qui dévastaient mes terres et commettaient d'horribles crimes. Je le fis mettre à mort, soit. Il le méritait, n'est-ce pas ? Le bruit courut que j'avais fait jeter dans un puits deux chanoines de Verdun, c'est faux ! Faux, tu m'entends ! répéta-t-elle avec une énergie désespérée. Mais la rumeur fut telle que je dus me résoudre à la fondation de trois chapelles en guise de réparation. L'évêque de Thérouanne voulut me faire courber la tête pour une question de dîme. On ne gagne pas contre le clergé. Ces prélats sont invincibles. Que je lègue par testament de l'argent à de pauvres filles, que je bâtisse des chapelles et fasse dire des messes ne changent rien. L'âge m'a-t-il apaisée ? se demanda-t-elle à voix haute. Je me suis trompée parfois, je fus possessive, exigeante. J'ai aimé la richesse. Je fus souvent perdante, mais ne me suis jamais avouée vaincue. J'ai voulu venger mon honneur blessé, défendre mes droits et mon dû, me battre avec les armes des hommes : la force, le crime. On ne me l'a pas pardonné. On a peur des femmes qui ont du pouvoir. La peur est une tueuse. Méfie-toi avec ton savoir.

Elle la regarda attentivement.

— Je combattrai jusqu'à mon dernier souffle. Il ne tardera pas. *Memento mori*, murmura-t-elle avec fatalité, rappelle-toi que tu vas mourir. Rappelle-toi la futilité de ce monde. Je sens la mort rôder autour de moi. Elle va, elle repart, mais ne me quitte plus. Que Dieu me vienne en aide !

Un sentiment de tristesse inonda Insbette.

Sa Dame de Cassel avait vécu toute sa vie en geôle, celle des héritières enchaînées à leur terre.

Elle demeura à ses côtés. Elles attendirent la nuit, ensemble, jouèrent aux dés et aux tarots.

Yolande lui proposa de rejoindre sa cousine Marguerite de Flandre, à la cour de Bruges.

— Elle est l'épouse du duc de Bourgogne, fit Insbette étonnée.

— Il me cherche noise, certes. Mais ce n'est pas le cas de ma cousine, ni de mon petit-fils, qui y réside. J'ai encore de nombreux alliés dans la place. Tu leur plairas là-bas avec tes lumières en astrologie. Tu as la tête bien pleine et bon jugement. Munie des papiers attestant ta parenté avec Philippe de Berkin, ma cousine te mariera. Les bâtards de noble sont, sinon héritiers, du moins légataires. Tu as jolie figure, elle fera volontiers de toi l'épouse d'un gentilhomme de la Cour.

— Accordez-moi la joie d'épouser qui j'aime.

— Renoncerais-tu par amour aux privilèges auxquels tu as droit ?

— Oui.

Yolande l'observa en silence, sourit aux yeux d'émeraude posés sur elle, à la délicieuse petite fossette qui, autrefois, avait eu raison de ses réticences. Elle chuchota :

— Enfant, tu portais en toi une irrévérencieuse curiosité, une soif de savoir. Tu es celle que j'aurais aimé être. Ne pas avoir à respecter les codes de haut lignage. Épouser un homme sans velléités de gloire… Si tu vas à Bruges, tu ne regretteras pas la condition que je t'offre. D'autant que…

— Oui ?

— Tu sais lire. Mieux, tu écris comme un clerc. Tu dois être prudente.

— Pourquoi ?

— De nos jours, si une femme est apothicaire ou savante, elle risque d'être considérée comme sorcière. Tu es calligraphe, enlumineuse, astrologue, tu es une érudite. Si tu veux transmettre ta science, il te faudra des appuis haut placés… Au matin, demain, tu partiras, armée de ta volonté, sans te retourner, sans pleurer. Crois-tu que je pleure ? Mes yeux seuls sont tristes…

Elle exhala un profond soupir.

— Quoi que tu décides, je t'admire, Insbette, et je te sais gré d'être venue vers moi.

— C'est moi, ma noble Dame, qui suis fière de vous servir, dit-elle en larmes.

Le lendemain, en quittant la forteresse de Yolande de Flandre, Insbette savait qu'elle ne la reverrait pas sur cette terre[1]. La comtesse lui avait souri avant qu'elle ne parte. Insbette garderait au cœur cette image et ses dernières paroles.

Elle avait la vague impression d'être à la croisée de deux mondes. Celui des grands seigneurs s'éteignait avec sa Dame de Cassel. Une nouvelle époque débutait, celle des princes et des rois.

Elle hésita. Une escorte de deux hommes d'armes lui était offerte par la comtesse, où qu'elle aille. Allait-elle suivre les conseils de Yolande, prendre la route

1. Yolande de Flandre s'est éteinte le 12 décembre 1395, au château de la Motte-aux-Bois.

de Bruges et accepter les honneurs qui s'offraient à elle ?

Les paroles singulières de sa mère lui trottaient dans la tête.

« Épouse l'homme que tu aimes. Sinon, ne te marie pas. Suis ton cœur, et non une quelconque volonté de revanche sur ton état de bâtarde… »

Elle tourna le dos à Bruges.

Lucas, elle devait le retrouver. Poursuivait-elle une chimère ? Elle n'avait cessé de l'aimer. Mais avant…

Elle fonça vers Ekelsbeke.

Un pressentiment la tenaillait… Un tourment insensé… Son maître…

40

Pendant ce temps, à Ekelsbeke

Il guettait. Par-delà l'horizon et la cime des chênes, par-dessus les toits, là où les yeux portent loin. Il ne voyait qu'ombres et reflets. Le vent avait beau souffler à perdre haleine dans la plaine, il ne la ramenait pas. Il ne libérait que des effluves suintants. Nathaël ne perdait pas espoir. Il restait parfois la nuit entière aux aguets, sous les étoiles, enveloppé de sa cape noire recouvrant son pourpoint. Sans bouger dans la brume montant des marais ou sous les cieux irisés et apaisés de l'aurore.

— Elle ne reviendra pas, lui disait Tièn en arrivant le matin après neuf heures et l'office de tierce.

Et elle ne revenait pas.

Un jour de décembre, Nathaël sentit croître l'agitation au-dehors. Le goût du sang. La clameur enflait, la folie se propageait dans les esprits. La rumeur l'accusait. Pourtant tous ces paysans nommés Jan, Pieter, Andries ou Colart laissaient le monde être monde. Ils se contentaient de louer Dieu. Laborieux, ils aimaient le vin et la bière. Ils exprimaient peu leurs sentiments, mais ils obéissaient au Seigneur. Et ici-bas, le Seigneur était représenté par le curé, les prédicateurs, les rois et les comtes. Les gens du village n'étaient pas pires qu'ailleurs, mais si on leur disait de se réjouir du spectacle des suppliciés, les ouailles obéissaient. La hantise du démon illuminait les bûchers. On répugnait à certaines actions, mais on craignait les représailles. On frémissait au châtiment qui attendait les hérétiques en tous genres. Affirmer que le sabbat des sorciers n'existe que dans les esprits débridés des crédules signifiait être accusé de complicité. Les inquisiteurs, cette engeance que l'on redoutait davantage que l'enfer et la peste, dévoraient tout sur leur passage. Là où sévit l'Inquisition, le monde tremble.

« Mon heure est arrivée, songeait Nathaël, celle de ma comparution devant cette mascarade de tribunal. »

On se plaignait de lui. Il ne percevait ni mépris ni dégoût à son encontre. Juste une crainte qui enflait, se muait en méfiance et en jalousie. La haine pointait son nez. On évoquait le démon, il fallait l'exorciser, le torturer pour en extraire le mal.

De quel autre moyen disposaient-ils pour se venger de leurs misères ? Un châtiment exemplaire. Nathaël serait la victime expiatoire. Depuis quelques mois, les expulsions de Juifs se multipliaient. La plupart s'éloignaient vers la Lorraine ou la Provence. Cette fois, il refusait cette éventualité. Nathaël ne voulait plus se sauver. Il demeurerait sur cette terre de Flandre, celle de son maître le chevalier, celle d'Insbette. Il ne serait pas confiné dans un quartier clos, comme l'avait ordonné, jadis, Louis le IXe. Après les Templiers, les condamnations au bûcher s'étaient raréfiées. Peut-être à cause de la malédiction du Grand Maître. Mais on brûlait des Juifs çà et là. Des savants surtout, que l'on soupçonnait de commerce avec le diable, lequel les comblait de ses faveurs. Le sabbat devenait celui des sorciers. Nathaël sentait revenir les procès, les massacres, les épidémies de bûchers. Le pire était la torture qui précédait cette odieuse agonie. D'après son vieil ami le chevalier, personne n'y résistait. Les cris des hommes soumis à la question étaient ceux de l'enfer. On trépassait dans des douleurs atroces. Mais avant, les doigts broyés, les membres désarticulés, les yeux exorbités, la bouche béante, on avouait ce que l'on désirait vous faire avouer : l'adoration de Satan.

Tièn avait ressenti un immense soulagement au départ d'Insbette. Il espérait qu'elle ne reviendrait pas. Il avait récupéré son maître, devenu plus attentif à ses progrès en matière d'enluminure.

Sa béatitude avait pris fin de façon brutale, quelques jours auparavant.

L'absence momentanée de Nathaël l'avait engagé à jeter un œil au parchemin qui accaparait son maître. Nathaël ne lui avait pas confié la charge de l'enluminer. Qu'avait-il donc de si précieux ?

Ce qu'il lut le glaça d'horreur. Toutes ces théories irréligieuses… De l'hérésie !

Bien entendu, Tièn n'ignorait rien de l'intérêt de son maître pour les étoiles, mais il n'eût jamais imaginé qu'il allait à l'encontre des doctrines de l'Église. Des affirmations dangereuses, qui remettaient les Écritures en question.

Lorsque Nathaël reparut, il crut voir le diable en personne. Il devait se confesser au plus vite pour purifier son âme, la débarrasser des impuretés dont elle s'était souillée en la compagnie de cet hérétique. Il ne voulait pas finir, comme lui, dans les tourments de l'enfer. Voilà ce qu'il complotait avec Insbette. Tièn se sentit contraint de le dénoncer. Après tout, les rumeurs concernant le Juif ne dataient pas d'hier. Elles ne devaient surtout pas retomber sur lui, malheureuse brebis égarée.

Nathaël s'en aperçut-il ? Vit-il l'éclat glacial de ses yeux gris, son teint plus pâle que jamais, la tension qui enserrait sa mâchoire ? Savait-il qu'il le trahirait ? Peut-être oublia-t-il que la jalousie et la peur agissent autant sur l'homme que les planètes.

C'est le moment qu'il choisit pour prendre son parchemin, le rouler autour du cylindre de buis, le glisser dans une sacoche de veau. Il ferma les grosses lanières et plaça le tout dans un coffret d'étain.

— Que fais-tu, maître ?

— Tu as ma confiance, Tièn.

Il toisa son gracile apprenti au visage tout en longueur, jusqu'au malaise.

— Il contient en quelque sorte mon héritage, reprit-il. Tu vas porter ce coffret chez Griete à Cassel, pour Insbette… – Il réfléchit un instant – Non, tu risques de te faire détrousser en route. Lorsqu'elle reviendra…

— Si elle revient…

— Elle reviendra ! répliqua-t-il avec une force qui fit frémir son copiste. Suis-moi. Je te demande juste d'indiquer à ta sœur – il insista sur ce dernier mot – l'endroit où nous allons l'enterrer.

En cette heure de danger, c'était à elle que Nathaël songeait, à elle qu'il voulait offrir son testament. Une violence s'empara de Tièn, un feu intérieur qu'il dissimula sous un sourire hypocrite et soumis.

Nathaël plaça le coffret d'étain et le laissa partir.

« A-t-il tant confiance en moi ? » se demanda Tièn en pleine confusion.

Un brouillard enveloppait l'âme du maître.

« Ne te plains pas, Nathaël, tu as rencontré un ange dans cette vie. En ce jour, ton cœur peut endurer les tempêtes. »

Il se souvint du vieux chevalier. De ce qu'il faisait avant chaque combat. Et comme lui, il mit un genou au sol. Il prit un peu de terre de Flandre entre ses doigts et la baisa.

« Je ne partirai pas. Je ne suis pas un désespéré. Dieu m'est témoin que je ne doute pas de Lui. On verra dans mon acte une victoire du mal. Je suis pour eux un agent du diable, mais je ne renierai pas la religion de mes ancêtres. »

Il avait été un survivant. Mais l'on n'était jamais qu'en sursis. Le « passage » effrayait.

« *Memento mori*. Rappelle-toi que tu vas mourir. Qu'*Elohim* me vienne en aide, car j'ai peur. Nous ne nous reverrons plus dans ce monde, petite Insbette. »

Il leva les yeux vers le ciel, discerna une étoile, puis une autre.

« La nuit sera belle. »

Il prit une corde et se dirigea vers un gros chêne.

Tandis que l'obscurité se referme sur lui, qu'il concentre toute son âme sur les êtres aimés, jaillit un rire cristallin. Il entend une voix d'enfant l'appeler par son nom.

Il rouvre les yeux. Une petite fille de huit ans se tient devant lui. Ses grands yeux innocents lui sourient.

— Je suis là, Sara.

Tièn venait de le dénoncer. Aux premières lueurs de l'aube, *ils* allaient venir chercher l'hérétique. Tièn prit soudain conscience de son indignité… Il devait le prévenir.

Il tourna le dos à la masse noire des hauts murs du château et se dirigea vers la maison de Nathaël.

Il n'était pas chez lui. S'était-il enfui ?

Il ressortit. Le rayonnement de la lune était faible. Il haïssait l'obscurité. Il craignait les ténèbres de la nuit. Enfant, il était content qu'Insbette soit chargée des corvées du soir. L'ombre noire des arbres l'enveloppait. Il trébucha sur une racine et s'étala de tout son long. Il mit un certain temps à se relever. Il n'avait rien de cassé. Le Seigneur était avec lui. Une constellation d'étoiles éclairait à présent la voûte céleste. La nuit était belle. Quelque chose oscillait. Était-ce l'un des grands arbres malmenés par le souffle d'un vent glacial ? Pourquoi cet arbre ? Les autres ne bougeaient pas. Il approcha.

— Par saint Paul et tous les saints !

Il se signa.

Nathaël était pendu au chêne. Il se balançait encore.

Son maître était un désespéré. Son orgueil l'avait conduit au crime suprême. Ses audaces de pensée étaient inspirées par Satan. C'était une bien mauvaise mort qu'il s'était donnée. Il venait de commettre l'un des actes les plus ignominieux qui soient. Il avait osé s'ôter la vie lui-même, faisant fi d'un au-delà lumineux, sans attendre le bon vouloir du Seigneur. Et sans l'attendre lui, Tièn. Il l'avait méprisé, ignoré. Comment n'avait-il pas perçu la menace venant de cet étranger, comment avait-il pu se lier à cet infidèle ?

L'irritation gagna le plus intime de son être. Les pensées se bousculaient dans sa tête. Il tremblait. Un déferlement de fureur s'emparait de lui. Contre cette trahison, contre sa propre souffrance. Ne pas rester là ! Mais avant, retirer le parchemin maudit de son abri. Il écouta les bruits de la nuit, déterra le coffret avec fébrilité. Ses ongles étaient noirs de terre. Que devait-il faire ? L'emporter ? On pourrait le prendre pour un voleur. Trop risqué. Il ouvrit le couvercle, se saisit de la sacoche de cuir et déroula le parchemin.

Ce message codé, il ne savait le déchiffrer, mais ensuite… Nathaël s'adressait au prince en personne… Et ce qu'il avait écrit lui donna envie de vomir.

Soudain, les gestes s'imposèrent à lui. Il déchira la partie essentielle du manuscrit, la glissa dans sa propre pochette de cuir. Il replaça le « ciel » d'Insbette dans la sacoche, celle-ci dans le coffret qu'il remit en terre. Si elle découvrait cette cachette, elle n'aurait que ça à se mettre sous la dent… Il recouvrit le tout de quelques glands.

Il se releva. Prêt à s'enfuir. Il tourna le visage vers le cadavre qui n'oscillait plus. Pris de remords, il se dirigea vers l'arbre. Il n'avait pas le cœur de l'abandonner au chacal ou à la haine des hommes. Le copiste était partagé entre son devoir de religieux et la fidélité à son maître, partagé entre une voix qui lui susurrait qu'il avait eu raison de le dénoncer et une autre qui l'accusait d'ingratitude. Laquelle était la voix de l'ange, laquelle était celle du démon, laquelle allait-il suivre ?

Le corps de Nathaël devait être caché. Si on le trouvait, on allait torturer et brûler sa dépouille.

Alors Tièn, en dépit de ses frêles épaules et de sa corpulence fluette, le détacha et le traîna à l'intérieur de la maison. Il était fou. Que faisait-il ici ? Il ne devait pas garder ce parchemin. C'était trop dangereux pour lui.

Il descendit toutefois Nathaël à la cave, le tirant de toutes ses forces dans l'ombre humide qui tombait des voûtes. Le sang battait à ses tempes. La crispation de ses muscles était presque insupportable.

Tandis qu'il le laissait écroulé dans un recoin, un râle s'échappa du corps sans vie. Nathaël se souleva. Son regard bleuté dévisagea le jeune moine, comme s'il voulait lui dire quelque chose de crucial. Tièn ouvrit une bouche béante pour hurler, mais aucun son ne sortit. Il lâcha sa pochette de cuir et se sauva. Le corps désarticulé du Juif retomba sur son testament.

Tiên remonta à la surface, terrifié, avec la certitude d'avoir assisté à une danse macabre.

41

Ekelsbeke

Accompagnée par les deux hommes d'armes de Yolande, Insbette chevaucha, sans faillir, entre brouillard, pluie et vent glacial. Des plaintes lugubres déchiraient le ciel. Était-ce un mauvais présage ? Elle ne voulait y croire. La dernière lieue fut éprouvante. Elle avait l'impression que la voûte céleste allait se refermer sur elle et l'engloutir. L'ombre des arbres s'épaississait sur leur passage. Sans le son des cloches qui revenait de façon ponctuelle, elle se serait cru en enfer. Une obscurité crépusculaire pesait sur toutes choses. Pourtant, on était en plein jour. Depuis son départ du château de la Motte, une sinistre appréhension oppressait sa poitrine et lui nouait le ventre.

À l'entrée d'Ekelsbeke, des habitants la reconnurent. Convertis pour l'hiver en tisserands, les paysans se penchaient sur le cuir, le bois et la laine. Sans arrêter leur labeur, ils observèrent à la dérobée la jeune femme aux yeux d'émeraude, à la chevelure couleur de miel. Elle était partie. Que revenait-elle faire ici, cette fière cavalière sur sa riche monture ?

Elle était escortée par deux hommes en cotte de mailles, qui semblaient la protéger. D'où tenait-elle ce train fastueux, la servante du Juif, la petite bâtarde ?

En atteignant la place, le malaise d'Insbette se cristallisa. Une menace, encore imprécise, affleurait sous le détachement apparent des villageois. Elle ne craignait rien pour elle-même. Était-elle imprudente ? Elle se sépara de son escorte après lui avoir confié son étalon. Les deux hommes menèrent les chevaux, aussi exténués et ruisselants que leurs maîtres, vers le maréchal-forgeron, lui remirent une bourse puis se dirigèrent chez Colart, le tavernier.

Elle avait hâte de rejoindre Nathaël.

Certains habitants lui tournaient le dos. De quoi avaient-ils peur ? Une rumeur se propageait par vagues. Elle ne vit pas la veuve Margot s'élancer vers l'église et en ressortir avec le curé. Sur son passage, elle saisit une bribe de phrase échangée avec délectation entre Jakemin le borgne et le cordonnier.

— La bâtarde, elle ne s'attend pas…

Une frayeur terrible s'empara d'elle. Elle se hâta. Son cœur battait à tout rompre.

Des gens d'armes du château harnachaient leurs chevaux. Des convois entraient et sortaient par le pont-levis abaissé de la forteresse. Rien ne semblait avoir changé. Rien, si ce n'était une odeur âcre, l'odeur de la fumée. Elle acheva le trajet en courant le long de l'enceinte massive de la forteresse.

La chaumière de Nathaël n'était pas la proie des flammes, mais dans la cour brûlaient les meubles et les lutrins. Des monticules épars jonchaient le sol. Des parchemins se consumaient. Quatre villageois occupaient les lieux et démolissaient les murs de torchis à coups de gros maillets.

— Que faites-vous ? s'écria-t-elle, hors d'haleine.

Ils haussèrent les épaules et poursuivirent leur besogne.

Trois moines agitaient des encensoirs et lançaient de l'eau bénite sur la demeure.

Elle se figea. Elle avait reconnu l'un d'entre eux : son frère, Tièn. Il récitait d'étranges formules. Où était Nathaël ?

— Tièn, murmura-t-elle.

L'avait-il entendue ? Il arrêta sa prière et se retourna vers elle. Son teint était pâle, ses paupières lourdes. La tonsure accentuait son aspect sévère.

— Tièn, que se passe-t-il ?

— Ces paysans sont de corvée. Ils doivent détruire la maison. Ils ne mettent pas le feu au chaume, à cause de la proximité du château. On nous a chargés de chasser le démon de ces lieux.

— Mais… tu y as vécu.

— Je n'y ai pas couché, Dieu soit loué. Toi oui… Va-t'en, si tu ne veux pas être poursuivie, Insbette.

— Il faut les arrêter, Tièn ! Le suzerain ne permettrait pas…

— Le seigneur du village a plié devant la sainte Église.

— Où est Nathaël, Tièn ? La maison n'est pas son sépulcre, dis ?

Sans attendre, elle se précipita à l'intérieur, faisant fi des protestations des paysans.

— Il n'est plus là, Insbette ! cria Tièn.

Elle resta un instant interdite dans la pénombre, le cœur transpercé par une lame de tristesse. Tout était saccagé. Sans âme. Les étagères à terre. Les livres et parchemins anéantis. L'encre répandue sur le sol. Elle l'appela, en vain.

Nathaël n'était pas là. Immobile, elle espérait le voir apparaître à la porte, comme par enchantement, et s'atteler à son ouvrage.

Aux exhortations de son frère, elle reprit conscience et sortit de la maison. Il était temps. Un pan s'écroula. Bientôt il ne resterait que des ruines.

— Où est-il parti, Tièn ? Il n'a rien laissé pour moi ?

— Que veux-tu qu'il te laisse ? répondit-il avec aigreur.

Il n'ajouta rien. Il voyait l'effleurement du désespoir dans les yeux de celle qui avait été sa petite sœur. Il soupira, regarda le ciel. Un soleil froid et sans éclat avait chassé les intempéries.

— La purification est achevée, Insbette. Tu vois, le soleil est revenu.

— Tièn… dis-moi où est Nathaël !

Pour toute réponse, il s'éloigna avec les deux autres moines. Il ne comptait pas revenir. Son cœur était lourd, sa conscience troublée, mais il avait agi pour le bien de l'Église.

— Où est Nathaël, Tièn ? hurla-t-elle encore.

Il se retourna.

— Il est mort, Insbette. Va-t'en !

« Mort… »

Ses idées se brouillèrent. Un sentiment de détresse la transperça.

On lui toucha l'épaule.

— Ne reste pas là, Insbette.

Le curé avait accouru. Elle chancela, s'accrocha à lui.

— Dites-moi, mon père, dites-moi… Il n'est pas mort ?

— Tu ne dois pas rester, répéta-t-il. S'ils reviennent, ce sera pour toi. Tu vivais avec lui, tu es un peu…

— Comme lui ?

En proie à une violente émotion, les yeux traversés par un éclair de folie, elle ajouta :

— J'ai une tache à l'oreille, des reflets roux dans la chevelure, on va m'accuser de sorcellerie ?

— Pas d'insolence, mon enfant. Certains sont poursuivis pour moins que cela. La suspicion qui s'était étendue sur cet homme t'atteint. N'oublie pas ton salut.

— Où est-il ?

— Il a trépassé. Frère Tiên a dit vrai.

Une vague de douleur déferla sur son corps.

Non, il n'était pas mort, il ne pouvait pas être mort, pas avant son retour !

— C'est impossible, réussit-elle à articuler.

— Il s'est noyé dans la rivière. Frère Tiên a vu les flots engloutir son corps.

Elle était chavirée. Un sanglot convulsif monta de sa gorge et la secoua, en rafales.

— Suis-moi à l'église, Insbette. Te voir dans la maison du Seigneur apaisera les esprits, et cela soulagera ta douleur.

L'église n'était pas vide, malgré cette heure de labeur pour les villageois.

Le temps de l'avent arrivait à sa fin. Dans la nef, on nettoyait le sol dallé, on frottait le bois sculpté de l'autel entre deux génuflexions et signes de croix. On briquait les chandeliers de cuivre et autres objets de culte.

— Il valait mieux qu'il meure, son procès allait s'ouvrir.

— Son procès, pour quoi ?

— Tu dois le savoir mieux que quiconque, Insbette, et ne me force pas à avertir mes supérieurs. On te connaît ici, on t'aime bien, mais il pactisait avec le diable.

— Il ne pactisait pas avec le diable ! C'est faux ! protesta-t-elle avec hardiesse.

— Plus bas, Insbette.

— Mais il était protégé par la châtelaine, mon père.

— Les seigneurs ne peuvent défendre les hérétiques.

— Que se passe-t-il au village ?

Il se méprit sur le sens de cette question :

— On s'affaire pour recevoir les reliques sacrées de saint Firmin. On espère que cette quatrième visite engendrera de nouveaux miracles. La sainte châsse sera transportée dans l'église.

Insbette tendit un visage suppliant vers le prêtre.

— Je peux rester un moment, mon père ?

— La maison du Seigneur t'est ouverte, Insbette.

Nathaël était mort… Il avait rendu l'âme sans lui dire adieu, sans lui transmettre ses secrets. Elle n'entendrait plus sa belle voix vibrer à son oreille. Elle ne le verrait plus, cet homme de l'ombre porteur de lumière qui l'avait sortie de l'obscurité de sa condition. Il lui avait enseigné la calligraphie et l'enluminure comme à un homme, il lui avait appris à repérer les étoiles et les signes du ciel.

Accablée, elle se sentait indiciblement seule. Elle était prête à se laisser sombrer lorsqu'elle se remémora ses paroles : « Tu as plus de vaillance que dix chevaliers. Va de l'avant. Les mondes inconnus ne sont pas si terribles, tu verras. »

La vie allait se poursuivre sans lui, sans son élan de vie, sans ses idées ni ses écrits.

« Je me souviens de son enseignement, je saurai le transmettre. »

Elle se rappela le jour où elle avait blotti, pour la première fois, sa petite main dans celle, réconfortante, de l'astrologue.

« Mon père. »

Un flot de larmes se déversa sans retenue. Insupportable, la douleur retombait sur elle avec la brutalité d'une avalanche. Elle s'aperçut qu'elle frissonnait.

« Mon père… »

Elle se souvint de ses derniers mots : « Tu gagneras ta lumière. »

Au même instant, un rayon de soleil lui parvint.

« Quelle ironie… »

Elle releva le visage. Le vitrail avait été réparé.

Il comportait ce bleu profond tant prisé de Lucas… Ce rouge si lumineux qu'elle aimait. Ces pigments…

« Ceux de Lucas », pensa-t-elle.

La lumière…

Elle tressaillit.

Il lui toucha la main avec douceur.

— Insbette… Que tu es belle…

Lucas caressa le visage baigné de larmes, mais nimbé de la lumière tombant du vitrail.

— Monsieur le curé m'a dit… Pour cet homme qui t'a recueillie…

Il n'eut pas besoin d'en dire davantage. Elle se recroquevilla dans ses bras.

— Tu es glacée.

Elle plongea son regard dans le sien, s'abreuva de son merveilleux sourire.

Le jeune homme fougueux, le premier à croire en elle, avait aujourd'hui trente ans. Il n'avait perdu ni son regard taquin et tendre, ni sa chevelure blonde indisciplinée.

Il n'avait plus besoin de l'œil intransigeant de son père, il était devenu maître verrier. On avait fait appel à lui pour préparer l'arrivée des saintes reliques, mais il devait partir dès le lendemain pour Hesdin.

Ils sortirent de l'église et échangèrent des confidences, entrecoupées de rires et de larmes. Son cœur saignait pour Nathaël, mais elle devinait une promesse dans les yeux de Lucas.

— Enfant, tu étais un esprit rempli de possibilités inouïes. Je suis très impressionné, Insbette.

— Hesdin… C'est loin ?

— C'est l'une des plus florissantes cités de l'Artois. Au pied du château, la ville possède un important marché, de nombreux artisans de la laine. Elle est ceinturée de remparts et de profonds fossés, qui lui ont permis d'échapper aux calamités de la guerre et du pillage.

— Tu vas œuvrer à l'église d'Hesdin ?

— Non. Pour le duc de Bourgogne, maître d'Hesdin. Un gros chantier est implanté dans l'enceinte du palais. Je pars assister le peintre Jean le Voleur, chargé de fournir des carreaux peints, des fresques pour les murs et plafonds, les armoiries et bannières ducales. Je vais m'atteler à la conception de certains vitraux.

Son visage était toujours aussi exalté lorsqu'il parlait de son art.

— Philippe le Hardi fait restaurer le château, reprit-il. Il désire un lieu somptueux, avec fontaines et jets d'eau. Le parc est déjà prodigieux. Je n'en ai jamais vu de tel, avec des collines boisées, des prés regorgeant d'oiseaux. On y trouve un vivier alimenté par la rivière, des vignes, des jardins fruitiers, un petit pont, une gloriette, une volière et un jardin de roses entouré d'un mur avec tourelles.

Insbette songea au jardin de Yolande.

— On dit, conclut-il, que son jardin est connu jusqu'en Italie.

Un silence s'ensuivit, empreint de respect et de timidité. Lucas allait-il disparaître de nouveau, sans elle ? Elle éprouva un douloureux pincement au cœur. Elle se mordit la lèvre, pensa à Nathaël et oublia ses peurs :

— Lucas, es-tu marié ?

— Je n'ai pas de femme, répondit-il avec un sérieux qui la troubla.

Il se tut, lui offrit un sourire où transparaissait son amour et lui confia :

— Ton regard, Insbette, n'a cessé de me hanter…

— Je t'avais dit qu'un jour j'œuvrerais à tes côtés. Je connais l'art de l'enluminure. Je peux dessiner les cartons… Veux-tu de moi, Lucas de Hesdin ?

Il l'attira dans l'ombre d'un pilier. Il lui dénoua la chevelure, la caressa. Il baisa ses paupières, son front diaphane. Elle sentait la chaleur et le souffle de Lucas sur sa peau, son cœur palpiter contre le sien, sa poitrine presser ses seins. Les lèvres fiévreuses d'Insbette s'offrirent aux siennes. Elle se cambra légèrement sous son étreinte. Il l'observa avec intensité. Sous son regard enflammé, elle frémit, se laissa aller à ce délicieux vertige et sut ce qui allait se passer. Un feu la dévora. Elle était prête. Elle l'aimait depuis toujours, elle l'aimait à se damner.

42

Vers la Côte d'Opale, de nos jours

Au stop, Nina se contempla dans le rétroviseur. Elle se trouva hideuse, les traits lourds et bouffis sous le souvenir d'une vilaine nuit qui s'était étirée, parcourue par un cauchemar, ponctuée de cris réels ou imaginés. Elle s'était réveillée à maintes reprises. Au petit matin, elle s'était recroquevillée sous sa courtepointe, enfonçant sa tête dans l'oreiller pour pleurer. Sur quoi ? Sur qui ? Pourquoi ces émotions entre veille et sommeil ? Son rêve ne s'était pas laissé appréhender au réveil. Il n'en subsistait qu'un malaise, des jambes en coton, des sensations inopportunes, imprégnées de culpabilité. Elle ne regrettait pourtant rien. Avait-elle peur, tout simplement ? Et peur de quoi ?

Elle roulait vers la Côte d'Opale.

L'air était doux. Un petit vent se chargeait de sel au fur et à mesure qu'elle approchait de sa destination. Elle devenait de plus en plus fébrile. Equihen-plage, située à la périphérie de Boulogne, marquait la limite entre la mer du Nord et la Manche. Ancien petit port de pêche du Boulonnais, entre falaises, dunes et plage de sable, il gardait un charme d'antan. Sa mère avait bien choisi. Jeune fille, Nina préférait l'animation du Touquet ou de la côte belge. Elle avait invité sa mère à Esquelbecq mais celle-ci l'avait rappelée afin qu'elle vienne passer la journée à la mer. Il faisait si beau, et demain, Nina devait reprendre la route pour Paris.

« L'univers trépidant de la capitale commence à me manquer. Je ne changerai plus ! » avait-elle répondu à Charlotte qui insistait pour la garder encore un peu.

La veille, elle avait quitté Florian. Elle avait engrangé assez de souvenirs teintés d'érotisme, elle avait assouvi des fantasmes qui l'obsédaient, ouvert des perspectives amoureuses qu'elle croyait enterrées. L'adieu ne s'était pas déroulé avec sagesse et raison comme elle l'avait prévu. Il était si beau, si jeune. Elle avait encore craqué. Il lui avait suffi d'une chemise blanche ouverte sur un torse bronzé, d'une mèche rebelle laissant deviner un regard gorgé de désir. Tout en lui invitait à l'amour.

Il était temps qu'elle reparte.

Comme à chacune des visites de sa fille, la mère de Nina proposa une balade sur le bord de mer.

Elles marchèrent un certain temps. En cette fin mai, la plage était presque déserte, hormis deux chars à voile qui profitaient des étendues de sable libérées par la marée. Un habitué arpentait la plage avec son chien. Derrière un pare-vent s'abritait un couple d'amoureux. Un cerf-volant rouge contrastait avec les couleurs opalines d'un ciel bleu pastel.

Liliane Vanparys était une femme de soixante-dix ans qui ne faisait pas son âge. Un nouvel amour, dix ans auparavant, l'avait rajeunie. Assez grande, elle prenait soin d'elle et veillait ardemment sur son poids. Peut-être était-elle un peu trop bronzée, ce qui accentuait ses rides d'expression, mais Nina n'était pas là pour la critiquer. Elle ne connaissait que trop sa susceptibilité, laquelle frisait parfois la parano. Elle la complimenta sur sa bonne mine et s'abstint donc de tout commentaire désagréable. Comme d'habitude, Liliane accueillit sa fille avec chaleur, lui demanda des nouvelles des enfants, de son mari. Nina s'empressa de satisfaire sa curiosité. Elle se félicita de leur avoir téléphoné avant de prendre la route. Elle la questionna à son tour sur son séjour dans le Midi. Le compagnon de Liliane allait la rejoindre la semaine suivante. Il était en visite chez ses propres enfants, à Paris. Dix ans déjà qu'ils étaient ensemble, Nina s'en rendait-elle compte ? Oui, tout allait toujours bien entre eux.

Un long silence s'ensuivit.

Non, cette fois, elle ne partirait pas bredouille. Nina respira profondément, se tourna vers les embruns pour se rafraîchir le visage et se donner du courage. Elle n'entendait plus que le halètement inlassable des vagues qui se mêlait aux battements de son cœur.

— Tu peux me parler de ma naissance, de… mon père, maman ?

— Il n'y a rien à dire, ma chérie, répondit-elle en haussant les épaules. Au fait, tu sais qui j'ai rencontré sur la côte ?

Sa mère restait sur la défensive. Pire, elle essayait d'esquiver le sujet. Comme d'habitude.

— Écoute maman, depuis mon enfance, j'essaie de t'interroger sur mon… géniteur. Je ne partirai pas cette fois sans savoir. Tu entends ?

Sa mère se mordit les lèvres. Elle se détourna, se mura dans un silence obstiné. Elle poursuivit sa marche, dérangea quelques mouettes et goélands posés, tranquilles, sur la surface frémissante de l'onde, et qui s'envolèrent en un battement d'ailes.

— Bon, je vais t'aider, maman. Attends-moi, s'il te plaît ! J'ai compris !

— Qu'as-tu compris ? fit-elle enfin, sur un ton agressif.

Nina rejoignit sa mère qui avait accéléré le pas et l'obligea à lui faire face.

— Ton bel étalon… Tout ça, c'est du roman. Assez de mensonges, de secrets. Je veux la vérité, de ta bouche. Tu peux me le dire, maman. Je l'ai compris… répéta-t-elle. Oui, j'ai deviné pourquoi tu ne pouvais m'en parler lorsque j'étais enfant, c'était trop…

Nina se troubla à son tour, gênée d'entamer ce chapitre intime et dérangeant, mais il devait être dévoilé. Elle n'était plus une enfant et elles pouvaient parler entre femmes. Sans peur de blesser.

— Tu as été violée, c'est ça ?

Liliane la regarda, stupéfaite. Ses traits se décomposèrent. Elle mit les mains sur son visage. Nina entendit des sanglots. Elle posa sa main avec tendresse sur l'épaule de sa mère, et poursuivit :

— J'ai juste besoin de connaître la vérité, maman. Je suis une petite bâtarde… comme Insbette, ajouta-t-elle à voix basse. Je fus conçue dans la violence, n'est-ce pas ?

Sa mère leva le visage. Elle n'était pas en pleurs. Elle avait éclaté d'un rire presque démoniaque. Un rire sanglant. Qui donna la chair de poule à Nina.

— Non !

Son cri venait du plus profond d'elle, comme un cri de naissance.

— Non ! Tu n'as rien deviné du tout. Je ne suis pas une victime, Nina !

Elle l'appelait pour la première fois par son surnom.

— Je suis coupable. J'ai piqué le fiancé de ma sœur. Je le lui ai volé, tu entends ? Voilà ce qui s'est passé ! Je lui ai pris l'homme de sa vie et peu de temps avant leur mariage. Tu es sa fille. Je l'adorais, ou je le croyais… En tout cas, je le désirais de toutes les fibres de mon corps. Il s'en est aperçu, et flatté, attiré peut-être par ma fraîcheur, mon innocence… Non, par ma naïveté, il en a profité. J'ai cru pouvoir affronter toute la famille. Elle m'a tourné le dos. Ma sœur Hélène la première. Elle ne s'en remettait pas. Elle est partie vivre au loin. Ma mère m'en a terriblement voulu. Seul mon frère a continué à me voir et surtout à te recevoir, mais pas ma belle-sœur. L'humiliation infligée à Hélène était inadmissible. J'étais seule fautive. Le malheureux fiancé était une victime, lui aussi. Avec le temps, je me demande…

Elle s'arrêta une seconde. Nina compléta sa pensée :

— Tu te demandes si tu n'as pas rendu service à Hélène.

— C'est vrai. Mais faucher le fiancé de sa sœur, cela ne se fait pas. Je croyais, bêtement, qu'il allait m'épouser, mais dès qu'il a su que j'étais enceinte, il a fui.

Elle soupira, ajouta au présent :

— J'ai honte, tellement honte… Je n'ai jamais osé t'en parler. J'avais peur que tu me juges, que tu me rejettes, toi aussi. Et puis ton père n'est pas l'homme que tu aurais pu espérer. Mais tu as été conçue dans un acte d'amour et de désir… fou.

Elle éclata, en sanglots cette fois.

— Je ne t'en veux pas, maman, ne culpabilise plus. La passion… le désir, dit-elle pour elle-même, sont plus forts que tous les conseils et interdits. Tu étais si jeune…

Nina se sentit débarrassée d'un poids énorme. Elle était revenue dans le Nord par peur. Non de vivre, mais de passer à côté de sa vie. La peur s'était envolée. Elle entoura sa mère de ses bras. Liliane leva les yeux vers elle :

— Merci, Nina. Tu m'as délivrée…

Tout s'éclaircissait. L'accouchement de sa mère dans la maison de Cassel. On l'y avait isolée plusieurs mois, comme une pestiférée. Puis son départ brutal à Lille avec son rejeton, comme une indésirable. Exclue de la famille avec sa bâtarde. Les visites de la petite Nadine, en solitaire, l'animosité silencieuse de ses grands-parents, l'absence obstinée de sa tante Hélène, la crainte inavouée de sa mère, son penchant à la défensive et à la culpabilisation.

Sa mère n'avait pas subi le calvaire de Renaude, elle n'avait pas eu à l'abandonner pour la sauver, mais elle était une « réprouvée », comme celle d'Insbette.

Elle avait payé assez cher ses premiers émois d'adolescente.

Et lorsque Liliane murmura, entre larmes et sourire : « Quand je t'ai emmenée, je t'ai serrée contre moi, j'ai ravalé mes larmes et n'ai plus pensé qu'à toi », Nina entendit comme un écho venu de très loin. Elle éprouva l'étrange impression de rejoindre sa terre natale.

43

Flandre française, Esquelbecq,
de nos jours, en décembre

Charlotte décida de baptiser sa fille le jour de l'anniversaire de Nina. À cinquante ans, cette dernière devenait l'heureuse marraine d'une adorable petite Insbette aux yeux verts et à la chevelure rousse, comme sa mère.

Cette fois, Patrick l'accompagnait. Avait-il senti le vent tourner, et avec lui, le danger de la perdre ?

Le week-end fut très chargé en événements et émotions. Il débuta par le baptême. Puis, une équipe de télévision vint faire un reportage sur place. Elle filma la plaque-souvenir confectionnée par Florian :

Sur ce site vécut au XIVe siècle l'astrologue-astronome Nathaël, précurseur en son temps.

La maison d'hôtes de Charlotte et Jean-François, *Le Vieux Chêne*, était devenue : *La Maison de Nathaël.*

Nina éprouvait un ineffable sentiment de fierté à l'idée de rendre justice au maître et d'accomplir ce que n'avait pu réaliser Insbette. Nathaël demeurait désormais dans le cimetière du village. Sa sépulture attirait déjà curieux ou sommités. Le parchemin figurait en bonne place au département des manuscrits de la Bibliothèque nationale. Il avait fait l'objet de plusieurs articles dans les journaux et les revues spécialisées.

On avait proposé à Nina de prononcer quelques mots. Elle était très émue. Sa voix la portait, comme une voix émergeant des siècles les plus reculés.

— La Flandre ne fut pas qu'un théâtre de guerre. Ces gens simples du Moyen Âge avaient, comme aujourd'hui, pour principales préoccupations de trouver un toit et un métier. Ils connaissaient la peur de mourir, de souffrir et leur antidote, le merveilleux… Nous ne sommes pas si différents… La fin du monde ne fut pas l'aboutissement d'un siècle de crises. Prospère, le XVe siècle allait ouvrir une nouvelle ère de progrès… L'aube de la Renaissance… Mais au plus terrible de ces années, des êtres comme Nathaël ont vécu, redonné un sens à l'existence, de l'espoir, du savoir, de la curiosité. Ces gens avaient le sens de l'effort, de l'endurance, et en même temps ils étaient des marionnettes dans les mains de Dieu. Ces gens sont un exemple pour nous. L'homme d'aujourd'hui aurait encore bien besoin de sages comme le maître Nathaël.

Nina se sentit brusquement confiante. Insbette avait connu l'agonie du Moyen Âge. Peut-être se dirigeait-on, nous aussi, non pas vers « l'apocalypse » comme le prédisaient certains, mais vers une nouvelle renaissance…

À son retour à Paris, Nina s'était mise à l'apprentissage de la calligraphie et, contrairement à ce qu'elle imaginait, elle était douée. Elle avait pris une certaine distance avec son métier. Elle bossait tout autant, mais l'absence de stress se reflétait dans ses relations avec les autres journalistes et amis. Lorsqu'elle avait tendance à s'énerver ou se presser, elle songeait aux paroles de son amie Charlotte : « Tu es malade du temps. »

Elle était entrée dans une chorale. Cela, elle n'avait encore osé l'avouer à ses proches. Elle rangeait ce nouveau passe-temps dans son jardin secret, celui qu'elle partageait avec Insbette. Elle sourit à cette pensée. Insbette avait-elle laissé une empreinte dans son subconscient ?

Disons que son esprit très rationnel s'était assoupli, et qu'elle en avait oublié ses cigarettes et ses bonbons coincés entre deux dents.

Au dîner qui achevait toutes ces festivités, Jean-François leva son verre :

— À toi Nina, à notre fille, et aux… six cent trente-deux ans d'Insbette de Cassel… C'est cela, Nina ?

Elle se leva pour trinquer, rencontra le visage de Florian. Dans leurs yeux passa une douceur, la reconnaissance d'une intimité qu'elle emportait avec elle comme un précieux bijou. Il y eut encore un sourire.

Tout était dit.

Lorsque le jeune maître verrier prit congé, Nina s'obligea à ne pas se retourner vers la porte, mais son corps fut parcouru d'un frisson douloureux. Le regard de Florian, rivé sur son dos, lui disait adieu… ou au revoir.

Un peu plus tard dans la soirée, chacun regagna sa chambre.

— Je te rejoins dans cinq minutes, dit Nina à Patrick.

Elle avait rendez-vous. Et ce n'était pas avec Florian.

Elle mit son manteau et sortit. Le ciel était constellé d'étoiles. Parmi les ombres du jardin, elle sentit une présence. S'en imprégna. Peu importait si elle rêvait.

Insbette était là.

Elle ne l'avait encore jamais vue ou imaginée avec une telle précision. Les mèches dorées de ses boucles brillaient sous le rayon de lune. Elle revêtait un manteau rouge. Sa couleur préférée.

La jeune bâtarde du XIVe siècle était-elle une lointaine ancêtre ? Nina était-elle sa réincarnation ? Au diable ces folles éventualités.

Elles étaient unies par les conjonctures astrales. Et elle percevait – au diable aussi la raison – une sensibilité proche de la sienne. Le temps, entre elles deux, n'était plus qu'illusion. Elle était son amie.

La voix de Nina s'éleva dans la nuit de décembre :

— Des femmes comme la comtesse Yolande et toi, Insbette, avez osé ouvrir des portes interdites à notre sexe. Tu es un exemple pour moi. Faire ta connaissance m'a permis de bousculer mes certitudes, de prendre du temps, de me poser… et de connaître enfin la vérité sur ma naissance. Il fallait préserver le parchemin jusqu'à ce que l'homme soit en mesure de l'accepter. Insbette, tu n'as pu le faire, mais il est parvenu jusqu'à moi, plusieurs siècles plus tard. Peut-être ai-je bâti tout un roman autour de toi, mais… Je suis certaine, aujourd'hui, que tu m'as confié cette mission au travers du temps.

Insbette sourit à son amie invisible.

Et Nina se sentit bien.

NOTE DE L'AUTEUR

Bien malmenée au travers du temps, la Flandre française conserve de ravissants villages et petites villes, comme Cassel ou Esquelbecq.

Yolande de Flandre a bien existé, et ce que découvre Nina, l'auteur l'a découvert avant elle. Tout ce qui concerne ce siècle médiéval, le Grand Schisme, les ravages en Flandre, le poète Eustache Deschamps, les béguines… est avéré.

Si vous allez à Esquelbecq, vous reconnaîtrez le château, l'église. En revanche, vous ne trouverez pas trace de Nathaël au cimetière, ni de *Maison de Nathaël.* Vous y serez accueillis dans d'autres maisons d'hôtes, tout aussi agréables… Même si les propriétaires ne s'appellent pas Charlotte et Jean-François.

REMERCIEMENTS

Un grand merci…

à Jacques Messiant, qui m'a transmis sa passion pour Yolande de Flandre. De roman en roman, ses ouvrages historiques enrichissent ma documentation.

à Philippe Masingarbe qui veille en maître sur l'étonnante bibliothèque du Comité flamand de France à Hazebrouck. Il a l'art de conseiller les livres, avec une modestie et une érudition que j'admire.

à Évelyne Valois pour son accueil enthousiaste à Esquelbecq, ses renseignements et le prêt d'ouvrages sur l'histoire de ce village du Livre particulièrement dynamique.

Merci également à Bernard Delmaire, de la commission historique du Nord, à Nathalie Rocar de l'office de tourisme de Cassel, et à tous ceux, qui, de près ou de loin, ont pu m'inspirer.

De nombreux ouvrages consultés à la Bibliothèque nationale, à Lille, au Comité flamand d'Hazebrouck, m'ont permis de pénétrer dans l'histoire de la Flandre au XIVe siècle et le mode de vie de nos lointains ancêtres.

Plus particulièrement :

Le Sentiment religieux en Flandre à la fin du Moyen Âge de Toussaert, Plon, 1963 ;

et le mémoire de Michelle Bubenicek : *Quand les femmes gouvernent, droit et politique au XIVe siècle : Yolande de Flandre*, École des Chartes, 2002.

Je n'oublierai pas le soutien et les commentaires judicieux prodigués par ma petite tribu familiale…

Je pense aussi à Jeanne, qui assista à l'éclosion de ce roman, à Charline avec laquelle j'ai sillonné la Flandre et ses béguinages.

L'accueil toujours chaleureux de ma ville natale, Hazebrouck, me va droit au cœur.

Enfin, un immense merci à mes lecteurs qui me procurent tant d'encouragements !

Du même auteur

Romans

La Kermesse du diable, Presses de la Cité, 1994, préface de Jacques Duquesne, prix Bernanos, prix Gabrielle-d'Estrées, prix de la Renaissance française

Le Cœur en Flandre, Presses de la Cité, 1996, prix Mme Europe

L'Oubliée de Salperwick, Presses de la Cité, 1998, Pocket, 2001, préface de Jeanne Bourin, grand prix de la Société des arts, sciences et lettres de Lille pour ces trois premiers ouvrages

Les Filles du Houtland, Presses de la Cité, 2000, Pocket, 2002

Le Moulin de la dérobade, Presses de la Cité, 2001, Pocket, 2003

Les Silences du maître drapier, Presses de la Cité, 2002, Pocket, 2004

La Splendeur des Vaneyck, Presses de la Cité, 2004, Pocket, 2006, prix de la littérature, Lions' Club international

Les Amants de la petite reine, Presses de la Cité, 2005, Pocket, 2007, prix Les soleils de Nucéra
L'Étrangère de Saint-Pétersbourg, Presses de la Cité, 2007
Un palais dans les dunes, Presses de la Cité, 2008, Pocket, 2010
Renelde, fille des Flandres (réédition de *La Kermesse du diable* et de *Le Cœur en Flandre* en un volume), Presses de la Cité, 2009
Les Jardins du vent, Presses de la Cité, 2010
Les Perles de la Moïka, Presses de la Cité, 2013

Contes et nouvelles

Le Colporteur d'étoiles, Presses de la Cité, 2003

Livres audio, livres en gros caractères, éditions VDB

Les Amants de la petite reine, 2006
L'Étrangère de Saint-Pétersbourg, 2008 (lu par l'auteur)
Un palais dans les dunes, 2009 (lu par l'auteur)

Livres en gros caractères, Éditions Libra Diffusio

La Kermesse du diable, 2011

Beaux-livres

La Flandre de France, éditions Snoeck, 2008, prix Luc Verbeke (franco-belge)

Ouvrage collectif

Balade dans le Nord, éditions Alexandrines, 2005, collection « Sur le pas des écrivains »

http://www.anniedegroote.com

PAPIER À BASE DE
FIBRES CERTIFIÉES

Le Livre de Poche s'engage pour l'environnement en réduisant l'empreinte carbone de ses livres. Celle de cet exemplaire est de :
450 g éq. CO_2
Rendez-vous sur
www.livredepoche-durable.fr

Composition réalisée par PCA

Achevé d'imprimer en juin 2013 en France par
CPI BRODARD ET TAUPIN
La Flèche (Sarthe)
N° d'impression : 3001034
Dépôt légal 1re publication : juillet 2013
LIBRAIRIE GÉNÉRALE FRANÇAISE
31, rue de Fleurus – 75278 Paris Cedex 06

31/6958/8